LE CHANT DE LA SIRÈNE

LES SECRETS DE L'AUTREMONDE - 2

www.editionsbookmark.com

LAURA THALASSA

LE CHANT DE LA SIRÈNE

LES SECRETS DE L'AUTREMONDE - 2

Traduit de l'anglais par
ANNABELLE BLANGIER

Infinity

Ceci est une œuvre de fiction. Les noms, les personnages, les lieux et les faits décrits ne sont que le produit de l'imagination de l'auteur, ou utilisés de façon fictive. Toute ressemblance avec des personnes ayant réellement existé, vivantes ou décédées, des établissements commerciaux, des événements ou des lieux ne serait que le fruit d'une coïncidence.

Edition originale américaine parue sous le titre : A strange hymn

Traduction ©Annabelle Blangier
Suivi éditorial © Julie Nicey
Correction © Emmanuelle Raux
Maquette © Gabe Reyes
Illustration de la couverture ©Trifbookdesign

ISBN: 9791038115354
Existe en format numérique

www.editionsbookmark.com

Astrid,
pour toi, l'univers

***

« Nous sommes tous comme la lune, nous avons aussi une face sombre. »
Khalil Gibran

Le puissant Nyx est venu
Le puissant Nyx a revendiqué
Tout ce qu'il pouvait
De ses sombres disciples.

Au plus profond de la nuit,
Son royaume s'est bâti
Prends garde, grand roi,
À ce qui grandit.

La conquête est facile,
Tout comme la couronne,
Mais même les plus puissants,
Peuvent être vaincus.

Élevé dans l'ombre,
Maintenu dans le noir,
Ton enfant viendra,
Et par la force s'emparera du pouvoir.

Et toi, assassiné,
Devras attendre de découvrir,
Quoi d'autre,
Une âme peut accomplir.

Prends garde à la mortelle,
Sous ton ciel,
Écrase l'humaine,
Témoin de ton trépas.

Par deux fois tu te relèveras,
Par deux fois tu tomberas,
À moins de réussir,
À tout changer.

Tombé au grand jour,
Tombé à l'aube,
Le monde entier,
Te croit déjà mort.

Alors durcis ton cœur,
Mon roi des ombres,
Et découvrons,
Ce que réserve la guerre.

La prophétie de Galleghar Nyx

Chapitre 1

Des ailes.

J'ai des ailes.

Les plumes noires irisées scintillent sous la faible lumière des quartiers royaux de Des, tantôt noires, tantôt vertes, tantôt bleues.

Des ailes.

Je suis debout face à l'un des miroirs dorés de Des, à la fois horrifiée et fascinée à cette vue. Même quand elles sont repliées, le sommet de mes ailes se dresse bien au-dessus de ma tête, et leur extrémité effleure l'arrière de mes mollets nus.

Bien sûr, ces ailes ne sont pas la seule chose qui a changé chez moi. Après un affrontement particulièrement désagréable avec Karnon, le Roi de la Faune fou, je suis désormais pourvue d'écailles sur mes avant-bras et de griffes au bout des doigts.

Et ce ne sont que les changements que je peux voir. Il n'y a aucune preuve physique de toutes les parties de moi qui ont été altérées d'une manière différente, plus fondamentale. Mis à part peut-être l'expression blessée dans mon regard.

J'ai passé presque une décennie à refuser de me voir en victime. Et je m'en sortais très bien – si j'ose dire – avant d'entrer dans l'Autremonde. Et puis il y a eu Karnon. Un petit frisson me parcourt à ce souvenir.

Après une semaine d'emprisonnement, toutes ces couches d'armure conçues habilement autour de moi m'ont été arrachées, et je ne sais pas trop comment faire face à tout ça.

Pour être honnête, je n'ai pas *envie* d'y faire face.

Mais même si j'ai beaucoup souffert, ça a été pire pour le Maître des Animaux. Des l'a vaporisé si complètement que tout ce qu'il reste de lui, c'est une tache de sang au milieu des vestiges de sa salle du trône.

Apparemment, on ne touche pas à la compagne du Roi de la Nuit.

Sa compagne.

C'est une autre de mes acquisitions récentes : *une âme sœur.* Je suis désormais liée à Desmond Flynn, le Négociateur, l'un des criminels les plus recherchés sur Terre, et l'un des faes les plus puissants ici, dans l'Autremonde.

Mais même ce nouveau statut est plus compliqué qu'il n'y paraît.

Je me pose encore tellement de questions sur notre relation; par exemple sur le fait qu'il y a quelques semaines, je ne savais même pas que j'étais une âme sœur. Les autres êtres surnaturels découvrent ce genre de truc quand ils sont encore adolescents et que leur magie se réveille.

Alors pourquoi pas moi?

Sans parler du fait que la plupart du temps, les âmes sœurs sentent le lien qui les relie à leur compagne ou compagnon, comme si c'était quelque chose de physique.

Je pose une main sur mon cœur.

Je n'ai jamais rien ressenti de tel.

Tout ce que j'ai, c'est la parole de Des que nous sommes des âmes sœurs – ça, et cette sensation sourde dans mes os qui l'appelle, lui et personne d'autre.

Je laisse retomber ma main de ma poitrine.

Derrière moi, dans le miroir, des étoiles scintillent au-delà des fenêtres en arche de la suite de Des dans l'Autremonde. Les lanternes suspendues sont éteintes et la lueur étincelante capturée dans les appliques murales a faibli depuis longtemps.

Je suis coincée ici, dans le Royaume de la Nuit.

Peu d'êtres surnaturels se plaindraient de cette situation – compagne d'un roi, obligée de vivre dans un palais –, mais la triste vérité, c'est qu'une fille comme moi ne pourrait jamais débarquer sur Terre pour reprendre sa vie, alors que d'énormes ailes lui sortent du dos.

Ça tournerait mal, si je faisais ça.

Alors je suis coincée ici, loin de mes amis – d'accord, de *mon* amie (mais pour être franche, Temper possède l'équivalent de la puissance et du tempérament d'*au moins* deux personnes) – dans un endroit où ma capacité à charmer et à séduire les autres rien qu'avec ma voix est plus ou moins inutile. Les fées, comme je l'ai découvert, ne peuvent pas être charmées. Ma magie est incompatible avec la leur.

Par contre, la réciproque n'est pas vraie. Elles peuvent quand même utiliser leur pouvoir sur moi ; le bracelet à mon poignet en est la preuve.

Je reporte mon regard sur mes ailes, étranges et irréelles.

— Tu ne les feras pas disparaître à force de les fixer, tu sais.

Je sursaute en entendant la voix sensuelle de Desmond.

Il est appuyé contre un mur, dans un coin sombre de sa chambre plongée dans la pénombre, et arbore une expression aussi irrévérencieuse que d'habitude. Ses cheveux blond polaire encadrent son visage, et même à cet instant, alors que je suis gênée et étrangement honteuse de moi-même, mes doigts me démangent tant j'ai envie de les passer dans ses doux cheveux pour les détacher.

Il ne porte qu'un pantalon bas sur les hanches et son torse musclé est exposé, ainsi que le tatouage sur son bras. Mon cœur accélère à cette vue. Nous nous dévisageons une seconde. Il ne montre aucune intention de se rapprocher, même si je suis certaine qu'il en a envie. Je le vois dans ses yeux argentés.

— Je ne voulais pas te réveiller, dis-je doucement.

— Ça ne me dérange pas d'être réveillé, répond-il, les yeux pétillants.

Il ne bouge toujours pas.

— Depuis combien de temps tu es là ? demandé-je.

Il croise les bras sur son torse nu, me dissimulant ses pectoraux.

— J'ai une meilleure question : depuis combien de temps *tu* es là ?

C'est du Des tout craché, de répondre à une question par une autre.

Je me tourne de nouveau vers le miroir.

— Je n'arrivais pas à dormir.

C'est la vérité. Pas à cause du lit, et encore moins de l'homme qui le réchauffe. À chaque fois que j'essaie de me tourner sur le ventre ou le dos, je roule inévitablement sur une aile, ce qui me réveille.

Il y a aussi ce petit souci avec le soleil, qui ne se lève jamais, ici. Le Royaume de la Nuit est plongé dans des ténèbres perpétuelles, puisque son rôle est de déployer la nuit dans le ciel. Jamais le soleil ne projettera ses rayons dans cette pièce, et on ne sait jamais vraiment quand se réveiller.

Des disparaît de son emplacement contre le mur. Une fraction de seconde plus tard, il réapparaît dans mon dos.

Ses lèvres effleurent le creux de mon oreille.

— Il y a de meilleures façons de passer les longues soirées sans sommeil, remarque-t-il d'une voix douce, alors que l'une de ses mains descend le long de mon bras.

Ma sirène remue à ces paroles, et ma peau se met à luire légèrement.

Ses lèvres effleurent mon cou et, même à ce contact à peine perceptible, mon souffle se coince dans ma gorge.

Mais c'est alors que j'aperçois son reflet, et les ailes. Ma peau cesse de luire aussitôt.

Des remarque que mon intérêt a décliné et s'écarte de moi aussitôt. Je *déteste* ça. Je peux sentir la distance qui nous sépare. Je n'ai pas envie qu'il me laisse de l'espace, j'ai envie qu'il m'attire plus près de lui, qu'il m'embrasse plus profondément et étouffe ces nouvelles insécurités que je ressens.

— Ces ailes… commencé-je avant de m'interrompre.

Des vient se placer en face de moi.

— Quoi ? me presse-t-il en me dissimulant le miroir.

Je lève le menton et explique :

— Elles me gênent.

Il hausse un sourcil.

— Elles te gênent pour faire quoi ?

Comme s'il ne savait pas autour de quel sujet nous dansons depuis tout ce temps.

— Pour jouer aux échecs, rétorqué-je d'un ton sarcastique. Pour… notre *intimité*.

Des me dévisage pendant plusieurs secondes, puis ses lèvres s'étirent lentement en un sourire. Son expression est pleine de ruse et de malice.

Il se rapproche d'un pas, jusqu'à ce que nos visages ne soient plus qu'à un cheveu l'un de l'autre.

— Chérubin, je peux *t'assurer* que tes ailes ne seront pas un problème, murmure-t-il avant de poser les yeux sur mes lèvres. Mais tu serais peut-être plus rassurée si je t'offrais une démonstration ?

À cette suggestion, ma peau s'illumine alors que ma sirène se déclare aussitôt partante. Quelles que soient mes insécurités, elle ne les partage pas.

Je contemple mes ailes par-dessus mon épaule et mes inquiétudes me submergent de nouveau.

— Tu ne les trouves pas rebutantes ?

Dès que ces mots ont quitté mes lèvres, j'ai envie de les rattraper et de les renfoncer dans ma gorge.

La seule chose que je déteste plus que d'avoir l'impression d'être une victime, c'est d'exprimer mes angoisses à voix haute. En temps normal, mon armure émotionnelle les dissimule – parfois si profondément que j'oublie moi-même leur existence –, mais après l'épreuve que j'ai subie avec Karnon, mon armure est réduite en morceaux éparpillés tout autour de mes pieds, et je n'ai pas encore eu le temps ou la volonté de m'en façonner une nouvelle. Je me sens à fleur de peau et douloureusement vulnérable.

Des hausse un sourcil. Dans son dos, ses propres ailes, que je n'avais pas remarquées jusqu'alors, se déploient. Leur peau argentée à la texture de cuir se tend alors qu'elles se déplient de chaque côté de son corps, me dissimulant la majeure partie de la pièce.

— Tu te rends bien compte que presque tous les faes ont des ailes ?

Je le sais. Mais *moi*, je n'en ai jamais eu.

Je lève la main. Dans la faible lumière, les écailles dorées qui recouvrent mon bras du poignet au coude scintillent comme des bijoux. Au bout de chacun de mes doigts, mes ongles reflètent un éclat noir. Ils ne sont plus pointus (parce que je les ai méticuleusement limés), mais dès que ma sirène se mettra un peu en colère, ils repousseront et redeviendront des griffes incurvées.

— Et ça ? indiqué-je. Est-ce que la plupart des faes ont ça ?

Il prend ma main dans la sienne.

— Ça n'a pas d'importance. Tu es mienne.

Des embrasse ma paume et, je ne sais comment, parvient à me donner l'impression que toutes mes angoisses sont insignifiantes.

Il garde ma main dans la sienne alors que j'observe mes écailles.

— Est-ce qu'elles disparaîtront un jour ? l'interrogé-je.

Il resserre les doigts autour des miens.

— Tu en as envie ?

Je devrais reconnaître cette voix, maintenant. Je devrais entendre la note d'avertissement qui s'y cache, l'intonation dangereuse. Mais je ne me rends compte de rien, trop occupée à m'apitoyer sur mon sort.

— Oui, lâché-je en croisant son regard.

Je sais que je me montre mesquine. Au lieu de profiter du cadeau que la vie m'a donné, je m'en sers pour alimenter mes angoisses.

Mon cœur se met à battre plus vite quand il touche du doigt l'une des centaines de perles qui encerclent encore mon poignet. Chacune représente une dette, pour des faveurs demandées il y a longtemps.

Il lève les yeux et croise mon regard.

— Action ou vérité ?

***

Le regard de Des pétille alors qu'il joue avec la perle à mon poignet, attendant ma réponse.

Action ou vérité ?

C'est un petit jeu auquel il adore s'adonner quand il s'agit de me faire repayer mes dettes. Pour moi, ça ressemble plus à la roulette russe avec une arme au chargeur plein qu'un enfantillage pour les petites filles de dix ans pendant leurs soirées pyjama.

Je dévisage le Négociateur ; ses yeux argentés sont à la fois si étranges et si familiers.

Je ne réponds pas assez vite.

Il étreint mon poignet un peu plus fort et le fait à ma place :

— Action.

La part de moi qui aime le sexe et la violence tressaille d'excitation, désirant savoir ce que Des a à offrir. Le reste de moi commence à se dire que je devrais être morte de trouille. L'homme qui se tient ici, devant moi, est surnommé le Roi du Chaos. Ce n'est pas parce que je suis sa compagne qu'il va se montrer clément avec moi. Il est toujours l'homme malicieux que j'ai rencontré il y a huit ans.

Des sourit, et l'expression est presque sinistre. Un instant plus tard, une pile de tissus en cuir tombe au sol à côté de moi. Je les regarde bêtement, sans comprendre le défi qu'il vient de me lancer.

Pour ce que j'en sais, je viens peut-être de me faire avoir en beauté.

En fait, je suis presque certaine que c'est le cas.

— Habille-toi, lance Des en me lâchant le poignet. Il est temps de démarrer ton entraînement.

Chapitre 2

Comment combattre un roi guerrier sans utiliser son charme ?

Avec beaucoup de difficulté.

Ce salopard m'a mise au défi de m'entraîner avec lui. Et si ça paraît vague, c'est parce que c'est fait exprès.

Je ne sais pas ce que je fais, pourquoi je le fais, ni pendant combien de temps je vais devoir le faire. Tout ce que je sais, c'est qu'il y a plusieurs heures, Des m'a donné un vêtement de cuir et une épée et que depuis lors, il n'arrête pas d'entailler cette tenue d'entraînement et de m'arracher mon épée de la main.

Au-dessus de nous, de petits orbes de lumière – de la lumière de fée – scintillent depuis les arbres inclinés au-dessus de la cour royale, qui sert aussi de terrain d'entraînement. Ils planent au-dessus des fontaines et parsèment les haies autour de nous. Au-delà, les étoiles brillent comme des diamants, plus vives et denses que je ne les ai jamais vues sur Terre.

— Lève le coude, m'ordonne Des pour la millième fois, attirant mon attention sur lui.

Ce n'est que l'une de ses nombreuses instructions…

Le coup doit partir de ton épaule. Ton bras n'en est que le prolongement.

Conserve la stabilité de ton centre de gravité. Rien ne devrait te faire perdre l'équilibre, à part un coup mortel.

Aie le pied léger, Callie. Ce qui te manque en corpulence, tu dois le compenser en vitesse.

Tes ailes sont un atout, pas un handicap. Ne les laisse pas te ralentir.

Des m'attaque à nouveau et, si je n'avais pas déjà été intimidée par son expérience, je l'aurais été par l'éclat prédateur de son regard. Cette expression ne lui va bien que quand il s'apprête à me ravir. Autrement, elle est juste terrifiante.

Je bloque faiblement son coup, puis recule en titubant. Le Négociateur me suit, un léger sourire sur les lèvres… comme s'il trouvait ça drôle.

Pff, je déteste l'entraînement.

De tout mon cœur.

— Pourquoi… est-ce qu'on fait ça, déjà ? hoqueté-je.

— Tu sais pourquoi, répond-il en fléchissant le poignet et en faisant tournoyer son épée.

Et je suis là, à haleter comme un chien.

— Ce n'est… pas une réponse.

— Ta seule arme, ton charme, ne fonctionne pas dans l'Autremonde, souligne-t-il, sans cesser d'avancer vers moi. Je refuse que ma compagne soit sans défense.

Enfin une réponse, et une *bonne* en plus. Je n'ai pas envie d'être sans défense, moi non plus. Si seulement l'entraînement n'était pas aussi douloureux, à la fois pour mon corps et pour mon ego.

— Combien de temps… va durer… cette tâche ? demandé-je, pantelante, tout en m'écartant de lui.

J'ai l'impression qu'on fait ça depuis des jours.

— Tu m'as dit que tu voulais devenir le cauchemar de quelqu'un, me rappelle Des. J'arrêterai de t'entraîner quand tu auras le sentiment de l'être devenue.

Apprends-moi à nouveau comment être le cauchemar de quelqu'un. Je me souviens de ces mots, que je n'ai prononcés qu'il y a quelques jours. Je ne m'attendais pas à ce qu'ils nous mènent à ça.

… c'est alors que je réalise ce qu'il a dit d'autre.

— Attends ! m'exclamé-je en arrêtant de reculer. Tu es en train de me dire que cette tâche ne se terminera pas quand on s'arrêtera à la fin de cette journée ?

Des me fonce dessus et sa lame frappe la mienne avec la force d'une enclume. Pour la centième fois, mon épée tombe au sol dans un cliquetis.

Et encore une fois, c'est une cuisante défaite pour moi.

Une seconde plus tard, la pointe de la lame du Négociateur se pose sur ma gorge. Nous nous dévisageons chacun d'un côté de l'épée.

— Non, chérubin, susurre-t-il. Nous n'en sommes qu'au premier jour de cette tâche.

Eh merde.

— Je déteste l'entraînement, lâché-je, la peau de mon cou effleurant la pointe de l'épée de Des quand je parle.

— Si c'était marrant, plus de gens le feraient, remarque-t-il.

Je hausse les sourcils.

— Le célibat n'est pas très marrant non plus, mais ça te ferait peut-être un peu de bien, rétorqué-je avec aigreur.

Son visage s'illumine d'enthousiasme. Il n'y a que cette fée cinglée pour trouver ma menace excitante.

— Est-ce que c'est… ?

Quelqu'un se racle la gorge derrière moi.

— Est-ce que j'arrive au mauvais moment pour me présenter ?

Je sursaute à cette nouvelle voix, et seule la célérité de Des m'évite de m'entailler le cou sur son arme. Il laisse retomber son épée et détourne les yeux des miens avec réticence.

Je me retourne et aperçois la silhouette d'un homme à quelques mètres de nous, le corps presque entièrement plongé dans l'ombre.

À côté de moi, le Négociateur remet son épée dans son fourreau.

— Ton timing est aussi approprié que d'habitude, Malaki.

La fée sort de l'ombre.

La première chose que je remarque, c'est la taille stupéfiante de l'homme. Lui et Des sont presque aussi grands l'un que l'autre, et comme Des, il semble être tout en muscles.

Sérieusement, qu'est-ce qu'ils donnent à manger à ces types ? Je croyais que les fées étaient censées être sveltes.

La deuxième chose que je note, c'est le bandeau qui lui recouvre l'œil gauche. Ce n'est pas le genre de chose qu'on trouve sur Terre. Une cicatrice fine et profonde dépasse du cache-œil, coupant son sourcil en deux et marquant sa joue. Sa peau a une forte couleur olive, rendue encore plus saisissante par ses cheveux brun foncé.

— J'avais peur de vous interrompre… jusqu'à ce que la jeune femme mentionne le célibat, rit Malaki tout en se rapprochant.

Des étire les lèvres à ces mots.

— On dirait que le puissant roi a finalement ployé le genou, ajoute l'homme.

Le regard de Malaki passe de Des à moi, et je le vois ralentir le pas alors qu'il m'étudie des yeux.

— Pas étonnant que tu l'aies cachée, remarque-t-il en s'arrêtant devant nous.

Je les observe tour à tour, et je me demande si je devrais me sentir offensée ou pas. Soudain, j'ai une conscience aiguë de mes ailes. Ma tenue d'entraînement en cuir trempée de sueur ne m'aide pas non plus à me sentir à l'aise.

— Il ne me cachait pas, rétorqué-je.

Gênée ou pas, je n'ai pas surmonté toutes ces épreuves pour laisser quelqu'un me rabaisser.

Mais quand je vois la façon dont Malaki continue à me détailler – pas comme si j'étais un monstre, plutôt une peinture à l'huile fascinante –, je réalise que j'ai peut-être laissé mes insécurités prendre le dessus sur moi. Un homme doté d'un cache-œil n'est peut-être pas du genre à moquer l'apparence des autres.

Ses mots étaient probablement un compliment. Quel choc.

— Callie, reprend le Négociateur, voici Malaki, le Seigneur des Rêves, mon plus vieil ami.

Ami ? Je reporte mon attention sur Des, qui arbore une expression prudente. Comment ai-je pu ne jamais savoir que Des avait des amis ? Tout le monde en a. Mais je n'ai jamais entendu parler des siens.

C'est loin d'être la première fois, mais j'ai la sensation que l'homme à mes côtés est un mirage. J'étais si sûre de le voir clairement depuis le début, mais plus je me rapproche, moins j'en suis certaine.

— Malaki, continue Des, son regard s'attardant sur moi une seconde comme s'il entendait mes pensées, voici Callypso, ma compagne.

J'ai la très forte impression que Malaki a envie de me serrer dans ses bras, mais au lieu de ça, il me prend la main.

— Ça fait des siècles que j'attends de pouvoir te rencontrer, déclare-t-il avant de s'incliner assez bas pour presser son front contre le dos de ma main.

Ses paroles s'infiltrent à travers mes pensées embrouillées.

Une fois qu'il s'est redressé, je lui lance un regard perplexe.

— Des *siècles ?* répété-je.

Il jette un regard au Négociateur.

— Tu ne lui as pas dit… ?

— Malaki, l'interrompt Des, qu'est-ce qu'il y avait de si pressant pour justifier que tu interrompes notre entraînement ?

— Il ne m'a pas dit quoi ? interrogé-je Malaki.

Ce dernier adresse un sourire vorace à Des.

— Oh, ça va être marrant, je le sens déjà, se réjouit la fée en commençant à reculer. Desmond, une affaire urgente t'attend dans la salle du trône.

Le Roi de la Nuit hoche la tête, avant de reporter son attention sur moi.

— J'arrive dans cinq minutes, lui répond-il en rivant ses yeux aux miens. Fais apporter une chaise pour Callypso. Elle va se joindre à nous.

Me joindre à Des ? Dans sa salle du trône ? Devant les autres fées ?

Oh que non.

— Oh là, oh là… commencé-je en levant les mains en signe de protestation.

Pour la deuxième fois de la journée, je sens la magie me parcourir, et je n'ai pas besoin de vérifier pour savoir que le Négociateur vient de prendre une autre perle.

— Il est temps d'arrêter de te cacher.

Chapitre 3

Je fais craquer les jointures de mes doigts avec nervosité alors que le Négociateur me guide à travers les couloirs de son palais, une main posée au creux de mon dos. Les plafonds voûtés s'élèvent au-dessus de nous, couverts de mosaïques peintes, et des éclats de lumière pétillent depuis les appliques murales.

Le simple cercle de bronze qui sert de couronne à Des est actuellement posé sur sa tête, et ses trois bracelets de guerre sont désormais visibles en haut de son bras, preuves de sa valeur au combat. Comme moi, il porte encore sa tenue d'entraînement en cuir, et j'essaie de ne pas trop remarquer à quel point il est séduisant dedans.

Au lieu de ça, j'observe ses ailes par-dessus mon épaule. Il les a gardées visibles toute la journée. En fait, depuis qu'il m'a récupérée dans la salle du trône de Karnon, elles sont presque tout le temps présentes. Il y a plus d'une semaine, Temper m'a appris que les fées masculines aiment exhiber leurs ailes quand leur compagne est avec eux.

Il me surprend à les observer et ses yeux scintillent.

Ce simple regard déclenche chez moi tout un tas de réactions très peu appropriées, et je dois me remémorer que ce type a forcé mon cœur de froussarde à affronter non pas un mais deux défis déplaisants, aujourd'hui : d'abord l'entraînement, et maintenant ça.

Devant nous, Malaki, une équipe de conseillers royaux et quelques gardes vêtus de noir se tiennent devant une porte ordinaire, visiblement en train de nous attendre.

— Quel est le problème ? demande Des, une fois arrivé à hauteur du groupe.

— Le dernier dirigeant de la Faune a envoyé un message, explique l'un des conseillers. Il refuse de le remettre à quelqu'un d'autre que vous.

Rien qu'à la mention des faes de la Faune, mon sang se glace. Je sais que c'est injuste de juger tout un groupe de faes d'après les actes de leur chef détraqué, mais la vérité, c'est que je n'ai pas uniquement souffert aux mains de Karnon. Tous les faes de la Faune qui m'amenaient devant leur roi, tous ceux qui sont passés devant ma cellule sans s'arrêter pour m'aider, tous ceux qui ont aidé ce fou – ils sont tous à blâmer, pour moi.

— Très bien, dit le Négociateur à côté de moi, la voix aussi veloutée que d'habitude. Laissez-moi aller voir ce messager.

Je commence à reculer, parce que je ne suis vraiment pas prête à me retrouver face à un fae de la Faune, mais Des garde une main ferme posée sur mon dos pour me maintenir en place.

L'une des fées passe la porte et je l'entends annoncer Des. Puis, à ma grande horreur, je l'entends aussi annoncer mon nom.

Je ne sais pas si c'était volontaire de sa part, mais les ailes de Des se déploient et se recourbent autour de moi pendant plusieurs secondes avant de se replier.

Je me sens plus que mal à l'aise alors que nous entrons tous deux dans la salle du trône.

Si je n'avais pas été aussi distraite par mes émotions, j'aurais pu être émerveillée par cette pièce. Le plafond voûté au-dessus de nous a été enchanté pour ressembler au ciel nocturne. La pièce est illuminée par deux grands chandeliers en bronze et plusieurs appliques murales dans lesquelles luisent de petits orbes de lumière. Les murs de pierre pâle sont couverts de gravures compliquées et de petits morceaux de céramique colorée en recouvrent la majeure partie, faisant ressembler la pièce à une immense mosaïque.

La salle du trône de Desmond est actuellement remplie de plusieurs douzaines de fées, alignées contre les murs ou nous observant depuis un balcon du niveau supérieur. Dès qu'elles nous voient, elles se mettent à applaudir, et ce son ne fait qu'accroître ma nervosité. Mes ailes se redressent sous l'effet de la tension et je dois prendre de grandes inspirations pour me calmer.

Le trône de Des est en bronze et couvert de coussins en velours bleu foncé. À côté, quelqu'un a apporté un siège plus petit conçu dans le même matériau.

Ma place, réalisé-je dans un sursaut.

Je m'y installe machinalement, mes ailes s'arquant par-dessus le dossier.

Cette pièce est à mille lieues de la salle du trône du Roi de la Faune, et pourtant, des souvenirs indésirables me reviennent quand même en mémoire alors que je la parcours des yeux. Sans parler du fait que celle-ci est remplie de monde.

Les applaudissements ne cessent que lorsque Des et moi sommes assis. Dans le silence qui s'ensuit, l'une des fées présentes s'avance devant le trône et s'incline.

— Mon roi, le messager de la Faune demande à vous voir, proclame la fée, répétant plus ou moins ce qu'on nous a déjà dit.

— Faites-le entrer, répond Des d'une voix retentissante.

Je jette un œil à mon compagnon. Quand j'étais au lycée, je m'amusais à imaginer toutes les vies qu'il devait avoir quand il n'était pas avec moi, mais jamais je ne me serais imaginé ça. Même après avoir appris qu'il était roi, il m'était trop difficile de me figurer le Négociateur rusé dans le rôle du dirigeant bienveillant. Mais à cet instant, il l'endosse comme si c'était une seconde peau.

Une drôle de combinaison d'émerveillement et de peur m'envahit. De l'émerveillement parce que pour la première fois depuis huit longues années, je suis reçue dans le monde de Des. Il me montre des facettes de lui-même que je l'ai *supplié* de me confier, par le passé.

Mais une crainte accompagne cet émerveillement. La seule chose concrète que je sais sur mon compagnon, c'est qu'il est plein de secrets. Et, peut-être pour la première fois, j'éprouve une certaine inquiétude à l'idée de ce que ça pourrait être.

Tout au fond de la pièce, les doubles portes en arche s'ouvrent, détournant mon attention de Des. Un homme doté d'une queue et d'une crinière de lion est escorté dans la pièce. Rien que de voir le fae de la Faune me fait crisper les doigts autour de mes accoudoirs. L'un de mes geôliers ressemblait à ça, et mon esprit est projeté de nouveau dans cette prison caverneuse, et toutes ses horreurs.

Je sens une main chaude se resserrer sur la mienne. Quand je tourne la tête vers le Négociateur, je vois qu'il a les yeux baissés sur notre invité. Son visage est tout en angles inflexibles alors qu'il m'étreint la main. Je n'aimerais pas être le destinataire de ce regard.

Je me détends un tout petit peu. Quoi qu'il puisse se passer ici, Des ne laissera jamais ce fae de la Faune me toucher. Je peux sentir toute l'ardeur de la dévotion du Négociateur, même à travers l'espace qui nous sépare.

La fée de la Faune remonte l'allée, un grand sac en cuir à la main. Il n'a pas l'air intimidé par Des. Au contraire, il semble réfréner une agressivité contenue, sa queue battant de droite à gauche de manière agitée.

— Le Royaume de la Faune a un message pour le Roi de la Nuit, annonce-t-il.

Même sa voix est agressive.

Je me serais attendue à ce que cela m'effraie. Tout ce qui compose cet instant n'a fait que faire naître la peur dans mon cœur. Mais quand je vois le fae de la Faune s'avancer vers Des – vers *moi* – empli de colère plutôt que de repentance…

Mes ongles commencent à se recourber en griffes.

Je sens la furie sanguinaire grandir; la sirène me murmure tout un tas de sombres pensées au fond de ma tête.

Souviens-toi de ce que ses semblables t'ont fait. Ce qu'ils ont fait à ces femmes.

Il mérite de mourir.

Un seul coup de griffes en travers de la gorge suffirait…

Je repousse ces pensées très, très loin au fond de moi.

Le fae atteint le bout de l'allée, à quelques pas de l'estrade sur laquelle Des et moi sommes assis. D'un mouvement fluide, il jette son sac au sol devant lui. Il atterrit avec un bruit sourd et humide ; quatre têtes tranchées et ensanglantées roulent par terre.

Je manque de tomber de mon siège.

— Bordel de merde !

Mes ailes se déploient, bousculant sans le vouloir un soldat qui se tenait trop près.

Sérieusement, qu'est-ce qui cloche dans ce monde ?

Autour de moi, les sujets de Des émettent des hoquets, les yeux rivés sur ces têtes décapitées.

Et ces morts… ces morts donnent l'impression d'être encore en train de hurler, les yeux écarquillés et la bouche grand ouverte.

Les hoquets se transforment en cris de vengeance et les soldats portent la main à leurs armes. Je prends conscience que les personnes présentes dans cette pièce sont à un cheveu d'abattre le messager sur place.

Le seul qui ne montre aucune réaction, c'est Des, et ça devrait vraiment m'inquiéter. Il a presque l'air de s'ennuyer alors qu'il contemple les têtes tranchées.

Il lève une main et tout le monde se tait. Il se renfonce dans son trône et reporte son regard sur le fae de la Faune, qui le dévisage d'un air de défi.

— Qui sont-ils ? l'interroge-t-il, sa voix résonnant dans toute la pièce.

— Les derniers diplomates du Royaume de la Nuit qu'il restait sur notre territoire, répond l'émissaire à queue de lion. Notre peuple demande justice pour le meurtre de notre roi, la destruction de notre palais et la mort de tous les faes de la Faune qui sont restés piégés dans le château quand vous l'avez détruit.

Le Négociateur sourit à ces mots.

Bordel de merde, si j'avais été ce type, je me serais pissée dessus.

— Refusez, et les faes de la Faune encore vivants n'auront de cesse que lorsque le dernier fae de la Nuit de notre royaume aura été éliminé, continue le messager.

La foule émet des sifflements mécontents et quelque chose s'installe dans la pièce, de plus sombre et insidieux que la nuit.

— Quelle sorte de justice exigez-vous ? demande Des en se penchant en avant et en posant le menton sur son poing.

— Nous exigeons que le Royaume de la Nuit paie pour la construction d'un nouveau palais, et que le roi actuel abdique le trône.

OK, ce type a de sacrées *cojones* pour entrer dans ce palais et demander au Roi de la Nuit de renoncer à son poste.

Il doit bien savoir que ses demandes ne seront jamais prises au sérieux !

Des se lève, et la salle est si silencieuse qu'on pourrait entendre une mouche voler. Il descend les marches, ses lourdes bottes résonnant sur le sol.

Ai-je trouvé qu'il avait une allure régalienne, il y a un instant ?

Je me trompais lourdement.

Avec ses cheveux blancs coiffés en arrière, sa tenue de combat en cuir moulée sur ses muscles bien définis et ses ailes aux bouts griffus soigneusement repliées dans son dos, il ressemble à un prince des enfers.

Son pas menaçant s'arrête quand il se retrouve au beau milieu du carnage. Il touche du pied l'une des têtes ensanglantées.

Pendant plusieurs secondes, tandis que la foule attend en retenant son souffle, nous n'entendons plus que le son mouillé de la chair morte, alors que la tête tranchée roule sous la botte du Négociateur.

— C'est une proposition surprenante… finit par dire Des, les yeux toujours posés sur ce qu'il reste de ses diplomates.

Le fae arbore une expression résolue, mais sa queue ne se balance plus de droite à gauche. Je ne saurais dire ce qui peut se passer dans sa tête à cet instant.

— … mais je vais devoir la décliner.

La voix de Des me fait l'effet d'une gorgée de whisky après une longue journée. Si onctueuse qu'on en sent à peine la brûlure.

Le fae de la Faune crispe la mâchoire.

— Dans ce cas, attendez-vous…

— *Non.*

Une vague de pouvoir s'échappe de Des. L'émissaire tombe aussitôt à genoux.

— Tu viens ici et tu déposes les têtes tranchées de mes diplomates à mes pieds, déclame Des, ses cheveux ondulant un peu sous la force de ses mots. Ensuite, tu demandes justice pour un roi fou qui a kidnappé, torturé et emprisonné des soldats… un homme qui a kidnappé, torturé et emprisonné *ma compagne.*

Soudain, tous les yeux se tournent vers moi. Ma peau me brûle sous cette attention soudaine.

— Et pour finir, continue Des en baissant les yeux sur le fae, tu menaces de tuer les miens si je ne me plie pas à tes exigences.

Le messager essaie de parler, mais la magie de Des maintient ses lèvres scellées.

Le Négociateur commence à tourner en cercles autour du fae de la Faune.

— Est-ce que tu connais mes sujets, au moins ? Je règne sur les plus grands monstres que tu peux imaginer, des créatures nées des pires peurs des fées. Et j'ai leur respect.

Des s'arrête dans le dos de l'homme et se penche pour lui murmurer à l'oreille :

— Est-ce que tu sais comment j'ai gagné leur respect ?

Le messager jette un œil au Négociateur par-dessus son épaule, les lèvres toujours scellées.

Mon cœur se met à battre de plus en plus vite. Quelque chose d'affreux est sur le point de se passer.

— En les laissant se repaître de mes ennemis.

Le fae a l'air ébranlé, mais ne panique pas.

Des se redresse et ordonne :

— Amenez-moi le *bog*.

Des murmures craintifs s'élèvent à ces mots. Toutes les fées de l'assistance se mettent à remuer nerveusement d'un pied sur l'autre.

Une minute plus tard, une porte latérale de la salle du trône s'ouvre.

Au début, il ne se passe rien. Puis une ombre traverse le seuil et glisse le long du mur. Les fées les plus proches hurlent et s'enfuient. L'obscurité semble s'étendre, de plus en plus grande, prenant une forme massive et cornue.

Dieu me protège, mais rien qu'à sa silhouette, l'ombre ressemble à un cousin mutant de Karnon.

J'attends de découvrir le monstre à qui appartient cette noirceur, mais finis par réaliser que c'est *elle*, le monstre. C'est une ombre, rien de plus. Sauf que plus je la regarde, plus elle me semble terrible. Même si elle n'a aucune présence physique, à un niveau profond, primordial, elle me terrifie.

Elle glisse le long du mur et perd sa forme quand elle se rassemble en flaque au sol. Les personnes présentes sont presque en train de se piétiner pour s'en éloigner, mais l'ombre ne leur prête aucune attention. Au lieu de ça, elle rampe vers le messager.

Le fae de la Faune tente de se remettre sur ses pieds quand le bog se rapproche, mais l'emprise magique de Desmond sur lui le cloue sur place.

Le messager commence à montrer les premiers signes de panique. Je suppose que, quoi que puisse être ce bog, sa réputation le précède.

Des s'écarte du fae.

— Attendez, attendez… dit l'envoyé, alors que la créature est à deux doigts de l'atteindre. Ne partez pas.

Des étire les lèvres à ces mots, même si ses yeux sont plus durs que jamais.

Un Des cruel. Sombre. J'ai un aperçu fugace de la bête derrière l'homme.

Le fae de la Faune essaie toujours de bouger, mais c'est comme si ses jambes étaient collées au sol au-dessous du genou.

— Je veux faire un marché ! s'écrie-t-il, les yeux rivés sur la créature d'ombre qui se rapproche.

Je veux faire un marché.

Les épaules de Des se raidissent à cette tentation, mais il ignore l'ennemi.

La créature n'est plus qu'à quelques dizaines de centimètres.

— S'il vous plaît, je ferai *tout ce que vous voulez* !

Pour un fae qui a eu le courage de menacer un roi dans son propre palais, il a craqué très vite. Je ne sais pas à quoi il s'attendait. Des n'est pas du genre à se plier aux volontés des autres. Il est une force qui les tord et les écrase. Je l'ai vu faire un nombre incalculable de fois avec ses clients.

Le Négociateur rejoint son trône, le visage aussi dur que l'acier. Son regard croise le mien et quelque chose passe dans ses yeux alors qu'il m'observe. Il semble presque regretter ce moment. Puis la lueur disparaît et son visage se fait de nouveau de marbre.

Il y a une noirceur chez cet homme, et je suis encore loin d'en avoir exploré toute la profondeur.

L'ombre réduit la distance entre lui et le fae de la Faune, recouvrant ses pieds. Les chevilles du messager commencent à disparaître, puis ses mollets.

C'est à ce moment-là qu'il se met à hurler.

Des monte les marches jusqu'à son trône et s'assied à côté de moi pendant que le bog continue à avaler le fae.

J'enfonce mes ongles dans mon siège alors que j'écoute les hurlements de l'homme. J'ai toutes les raisons de considérer ce châtiment comme mérité, mais maintenant que le fae de la Faune ressemble plus à une victime qu'à un monstre, je découvre que j'en suis incapable.

Je n'ai pas envie de rester assise là à assister à cela. C'est trop inhumain, trop fae, trop diabolique. Soudain, c'est trop pour moi.

Je me lève et, au milieu des cris et des regards, je quitte la pièce.

Personne ne m'en empêche.

Chapitre 4

Je suis debout sur le balcon de la suite royale de Des, le ciel nocturne scintillant au-dessus de moi. Après avoir quitté la salle du trône, j'ai un peu erré dans le palais avant de retrouver mon chemin jusqu'ici.

Loin en contrebas, je distingue des fées qui vont et viennent sur le domaine du palais. Au-delà, la ville de Somnia.

Je ne sais pas combien de temps je passe appuyée sur la rambarde, à regarder ce monde si étranger étendu devant moi. Assez pour remettre en question à peu près toutes les décisions qui m'ont menée ici.

— Dis-moi, chérubin, est-ce que je t'effraie ?

Je jette un coup d'œil par-dessus mon épaule. Des se tient sur le seuil du balcon et ses yeux de prédateur pétillent. Il me regarde comme si c'était moi la plus dangereuse de nous deux.

Je ne réponds pas tout de suite, me contentant plutôt de le détailler. Il sort sur le balcon, toujours vêtu de sa tenue d'entraînement en cuir – comme moi.

Il a l'air un peu sauvage alors que la lueur de la lune donne des angles sinistres à son visage. Il semble avoir envie de dévorer mon âme.

Est-ce qu'il m'effraie ?

— Oui, confirmé-je doucement.

Malgré cette réponse, il se rapproche. Et j'en suis heureuse. Ce n'est pas parce qu'il me fait peur que je n'ai plus envie de lui. Notre relation a été forgée dans le sang et s'est solidifiée dans la tromperie. Je suis la créature sombre qui aime le sexe et la destruction, et il est le roi de ces deux choses.

Une fois assez près, il pose une main sur ma nuque et attire mon front vers le sien. Il ne m'embrasse pas, se contentant de me maintenir contre lui.

— Vérité, exige-t-il. Est-ce que ça change quoi que ce soit pour toi ?

Je sens sa magie s'envelopper délicatement autour de ma trachée. Sa question est vague, et ça ne lui ressemble vraiment pas, mais je comprends malgré tout ce qu'il veut dire.

— Non, murmuré-je d'une voix rauque.

Ça devrait peut-être changer quelque chose. J'ai l'impression d'avoir cédé un morceau de mon âme. Mais Des a commencé à en collecter des fragments quand j'ai tué mon beau-père. Et en ce qui me concerne, il peut l'avoir ; je sais qu'il en prendra soin.

Des conserve la même posture, mais je suis sûre de l'avoir senti se détendre. Il sent la sueur et la douceur de la nuit. Mon terrible roi. Mon mystérieux compagnon.

Son pouce me caresse la joue et, pendant plusieurs secondes, aucun de nous ne prend la parole.

Le cruel Des. Le sombre Des. *Mon* Des.

— C'était quoi, ce truc ? finis-je par demander.

— Le bog ?

Je hoche la tête contre lui.

Il se redresse et s'écarte, mais sans me lâcher.

— C'est un cauchemar conscient. Il dévore les fées vivantes, et les soumet à leurs pires frayeurs en les digérant.

Un frisson me parcourt à cette idée.

— C'est horrible.

Il acquiesce à son tour, le visage lugubre.

— C'est vrai.

Et pourtant, ça ne l'a pas empêché d'en lancer un sur son ennemi. Même maintenant, il n'a l'air d'éprouver aucun regret.

C'est une fée. Tu savais dans quoi tu t'engageais quand tu as décidé de te mettre avec lui, non ?

Je me passe les doigts dans les cheveux, épuisée à la fois émotionnellement et physiquement. La tenue de cuir que j'ai portée toute la journée est collante et m'irrite à des endroits où elle ne le devrait vraiment pas.

— J'ai envie de rentrer chez moi, dis-je.

J'en ai assez de mes ailes et de cette nuit perpétuelle. J'en ai assez d'être entourée de monstres et de me sentir impuissante face à eux. Plus que tout, j'en ai assez de vivre dans un monde où Netflix n'existe pas.

— Je sais, lance Des, et son regard s'adoucit.

— Tu ne m'as jamais proposé de me ramener chez moi, remarqué-je d'un ton plus accusateur que je n'en avais l'intention.

— Tu ne me l'as pas demandé, réplique-t-il de sa voix de velours.

— Si je te demandais de me ramener à la maison, tu le ferais ?

La mâchoire du Négociateur se crispe et, l'espace d'une seconde, je décèle une lueur étrange dans son regard. Un éclat prédateur, typique d'un fae.

Puis la lueur s'évanouit.

— Je le ferais, répond-il en hochant la tête.

Nous nous taisons tous les deux, et je sais qu'il attend que je le lui demande… de me ramener à la maison. S'il suffisait de vouloir quelque chose pour que ça devienne réalité. Mais je ne peux pas partir, pas dans cet état. Si Des me ramenait obligeamment sur Terre, je n'en serais pas moins une humaine dotée d'ailes, d'écailles et de griffes.

— Qu'est-ce qu'on fait maintenant ? demandé-je d'une voix désespérée.

Des étire les lèvres.

— Tu sembles avoir oublié que tu me dois encore beaucoup de faveurs…

C'est vrai qu'il y a ça.

— … ou que tu te trouves être ma compagne.

Il y a ça aussi.

Il me prend la main et me ramène dans ses quartiers.

— Mais pour ce qui est de savoir ce qu'on fait maintenant, je propose de commencer par te faire couler un bain.

J'esquisse mon premier sourire de la soirée.

— C'est bien à toi de dire ça, rétorqué-je.

Je suis certaine que la sueur masculine pue deux fois plus que celle des femmes. Ça doit même être un fait scientifiquement prouvé.

Des me lâche la main.

— C'est une invitation ? demande-t-il en haussant un sourcil.

— Tu es le Seigneur des Secrets… je pense que tu peux déterminer ça tout seul.

Ses yeux s'illuminent de malice.

Pendant qu'il m'observe comme si j'étais le macaron le plus délicieux qu'il ait jamais vu, je tends une main dans mon dos et tâtonne le long de ma tenue d'entraînement, en vain. Durant ce qui me paraît une éternité, je tente de dénouer les liens qui s'entrecroisent dans mon dos et maintiennent le corsage en cuir en place, sans réussir à les atteindre…

Les mains chaudes de Des écartent les miennes, me font me retourner et défont les nœuds. Chaque caresse me fait l'effet d'un baiser. Soudain, mon cœur se remet à cogner dans ma poitrine, et ce moment amusant qu'on partageait est remplacé par une émotion qui couve comme des braises.

Mon corsage se desserre et tombe au sol devant moi ; je sens l'air effleurer ma poitrine exposée.

Des me fait me retourner de nouveau et pose la main au niveau de mon cœur cognant dans ma poitrine, comme s'il essayait d'en capturer les battements.

Il lève les yeux vers les miens.

— Chérubin, on a beaucoup de temps à rattraper.

Je sens ses mots venir s'enrouler au creux de mon ventre. L'amour, la romance… j'ai l'impression que tout ça est un terrier de lapin et que je suis Alice, sur le point d'y plonger.

Sa main glisse jusqu'à mon poignet et je me raidis quand ses doigts touchent mon bracelet. Que va-t-il me demander, cette fois ? De m'entraîner encore ? Ou de faire un truc sexuel coquin ? Je ne vais pas mentir, je suis sûre de pouvoir accepter la deuxième option sans trop de mal…

… et plutôt deux fois qu'une.

— Raconte-moi un détail de ton passé, quelque chose que je ne sais pas.

Évidemment, juste au moment où je me sens prête à participer à l'un des défis de Des, il me prend de court en me posant une question toute simple.

Une seconde plus tard, je réalise que la magie du Négociateur ne s'est pas emparée de moi comme d'ordinaire. Il n'a pas pris de perle. Il veut juste en savoir un peu plus sur moi… alors que je suis seins nus dans ses quartiers.

— Hum, qu'est-ce que tu as envie de savoir ?

Je lève les mains pour dissimuler ma poitrine. J'espère réussir un jour à avoir des conversations avec Des en étant à demi nue et sans éprouver la moindre gêne… mais ce jour n'est pas encore arrivé.

— Comment vous vous êtes rencontrés, Temper et toi ? demande-t-il.

— C'est ça que tu as envie de savoir ? Maintenant ?

— Tu crois que je crains de rater une opportunité de te faire l'amour ? rétorque-t-il, lisant en moi comme dans un livre.

Ces mots m'atteignent au plus profond de moi.

Il baisse les yeux sur ma poitrine couverte et baisse la voix :

— Ce n'est pas le cas.

J'étrécis les yeux à son arrogance.

Il fait un pas en avant, envahissant mon espace personnel, et je dois faire un gros effort pour ne pas avoir de mouvement de recul. Des a toujours cette présence écrasante, il est toujours une force de la nature.

— Je savais qui tu étais la nuit où je t'ai quittée, Callie, et j'apprends à connaître celle que tu es aujourd'hui, mais j'ai envie de savoir tout ce qui s'est passé durant ces sept années où j'ai été séparé de toi.

Mon souffle se coince dans ma gorge alors que je le dévisage. Nous sommes à la fois des amants, de vieux amis et des étrangers.

Il a parfaitement raison, nous avons tant de temps perdu à rattraper. Des détails que toute l'intimité physique du monde ne suffira pas à compenser. Et c'est ce qu'il attend de moi.

— J'ai rencontré Temper durant ma dernière année à la Peel Academy, commencé-je, alors que je me remémore ma dernière année au pensionnat surnaturel.

C'était une période difficile. J'avais perdu Des quelques mois plus tôt et je me retrouvais sans amis et sans famille. La seule chose que j'avais en abondance, c'était du chagrin.

— C'était le premier jour et j'étais assise toute seule dans mon cours de moralité de la magie, quand elle s'est laissée tomber sur le siège à côté de moi. Puis elle s'est mise à me parler.

Elle papotait comme si l'on était déjà amies, mais que je n'avais pas encore reçu le mémo.

— C'était la première fois depuis ton départ qu'un autre étudiant tentait de sympathiser avec moi.

Ça n'a rien de très douloureux d'admettre devant Des que j'ai autrefois été une paria. Il le savait déjà.

Pour ce qui est de mon amitié avec Temper, je n'ai appris que bien plus tard combien ça avait été dur pour elle de venir s'asseoir à côté de moi et de se jeter à l'eau. Elle en savait assez sur moi pour savoir que je n'avais pas d'amis ; nous avions ça en commun.

Il m'a fallu des semaines avant d'apprendre que les gens évitaient Temper encore plus que moi, en grande partie à cause du type d'être surnaturel auquel elle appartenait. Bien sûr, compte tenu de mon propre passé trouble, le rejet dont faisait l'objet Temper ne m'a fait que l'apprécier encore plus.

— À partir de là, continué-je, nous avons été inséparables.

Parler de Temper ne fait que souligner à quel point elle me manque. Ces sept dernières années ont peut-être été le néant question vie amoureuse, mais ce n'est pas le cas concernant tout le reste, et c'est en grande partie grâce à Temper. Elle doit être folle d'angoisse, en ce moment, et se demander où je suis passée.

Je repousse mes inquiétudes.

— Comment as-tu rencontré Malaki ? demandé-je en détournant le sujet de moi pour braquer le projecteur sur lui.

Je ne suis même pas sûre qu'il va répondre. Il ne répond jamais à ce genre de question.

Il m'observe un instant, si près de moi que je sens la chaleur de son corps.

— Tu veux bien dénouer ma tenue ? demande-t-il au lieu de répondre.

Mes épaules s'affaissent. Je ne devrais pas être déçue. Des m'a déjà montré tellement plus de lui-même que je ne l'aurais jamais cru.

Je pince les lèvres et hoche la tête.

Il se retourne, ses ailes aux angles acérés toujours visibles.

Je pose les mains sur les liens dans son dos, qui maintiennent son armure en cuir. Je les dénoue un par un.

— J'ai rencontré Malaki quand j'étais ado, commence-t-il d'une voix lente.

Mes doigts s'immobilisent un instant.

— À l'époque, j'étais… perdu, continue-t-il. Je me suis retrouvé à Barbos, la Cité des Voleurs, sans un centime en poche.

J'incline la tête et laisse échapper un petit sourire, avant de me remettre à ma tâche.

— C'est à peu près à cette époque que j'ai rejoint les Anges de la Petite Mort, raconte-t-il.

— Le gang, dis-je en me remémorant l'explication qu'il m'a donnée pour son bras couvert de tatouages.

— Une *confrérie*, corrige-t-il par-dessus son épaule.

Il prend une grande inspiration et continue :

— Malaki était membre, lui aussi. Il avait quelques années de plus que moi, mais il restait le plus proche de moi en âge.

Je sens bien que faire remonter ces souvenirs à la surface n'a rien de facile pour lui. Son esprit est comme un piège d'acier. Les informations y entrent et n'en ressortent jamais.

— Le fait de vivre en marge nous a rapprochés, reprend Des. Il m'a sauvé la vie, j'ai sauvé la sienne.

Je défais les derniers liens et la tenue de cuir glisse sur son corps. Comme moi, il se retrouve nu au-dessus de la taille. Je suppose que c'est notre manière personnelle et bizarre de mettre cartes sur table – on montre un peu de peau et on raconte un secret.

Il se retourne face à moi, torse nu.

— Il est mon frère dans tous les sens du terme, sauf par le sang.

Je croise son regard. Il est rare que Des s'ouvre ainsi à moi. Comme moi, il a passé des années à construire une armure autour de lui… et il est en train de la retirer. Il n'est plus le roi terrifiant, ou le Négociateur insaisissable.

À cet instant, il est juste mon Des.

— Vous vous connaissez depuis combien de temps ? l'interrogé-je.

Il garde le silence un instant.

— Longtemps, finit-il par répondre.

J'en sais assez sur les fées pour savoir que « longtemps » peut aussi bien vouloir dire des siècles que des décennies. Et cette remarque qu'a faite Malaki tout à l'heure…

Ça fait des siècles que j'attends de pouvoir te rencontrer.

J'incline la tête sur le côté.

— Tu es vraiment vieux, hein ?

Un sourire rusé s'étire sur le visage de Des.

— Je peux répondre à cette question, mais ce ne sera pas gratuit.

Je n'ai pas besoin d'acheter une faveur pour deviner que ce mec doit être d'un âge canonique.

Je commence à reculer pour me diriger vers la salle de bain.

— On reparlera de ça plus tard… grand-père.

J'ai tout juste le temps de voir son sourire s'élargir, puis il me soulève et me jette sur son épaule.

— Petite vilaine, dit-il en me donnant une tape sur les fesses.

Je pousse un cri aigu, puis me mets à rire.

— Pas étonnant que tes cheveux soient aussi blancs. Depuis combien de siècles est-ce qu'ils ont perdu leur couleur ?

Je sens le rire grondant de Des secouer ses épaules.

— Je te ferais savoir qu'ils ont conservé leur couleur jusqu'au jour où je t'ai rencontrée, me taquine-t-il.

Il nous mène vers la salle de bain. Je sens mes bottes s'ôter de mes pieds d'elles-mêmes et tomber au sol. Mon pantalon et ma culotte suivent le même chemin.

— *Des !*

À peu près chaque centimètre carré de ma peau nue est désormais pressé contre la sienne.

— *Callie*, rétorque-t-il en m'imitant.

— Qu'est-ce que tu fais ?

— Je dévêts ma reine, déclare-t-il, alors que sa main me caresse le haut de la cuisse.

Cela me fait taire aussitôt.

Oh, Seigneur, s*a reine*.

— Des, tu n'es pas sérieux, n'est-ce pas ?

Parce que… non. Non, non, non.

Je commence à peine à m'habituer à l'idée qu'il y ait un « nous ». Tout ce qu'il pourrait y avoir de plus est au-delà de ce que je peux gérer.

— C'était une tournure de phrase, m'apaise-t-il d'une voix douce. Si tu préfères que je te qualifie de femme de chambre…

Je lui donne une tape sur le dos, mais il se contente de recommencer à rire. Ce son m'aide à me détendre à nouveau. Juste une tournure de phrase.

Alors qu'il me porte, son propre pantalon glisse sur ses hanches, puis sur ses chevilles. Il finit de s'en débarrasser avec grâce.

Nous sommes tous les deux nus, maintenant.

Devant nous, le robinet de l'immense baignoire s'ouvre tout seul.

Il y entre et me repose prudemment sur mes pieds. L'espace d'un instant, je ne peux que dévisager mon âme sœur, qui a les cheveux détachés et dont le visage est tout aussi séduisant que la première fois que j'ai posé les yeux sur lui. Sa couronne et ses bracelets ont disparu et le seul atour qu'il porte encore, c'est le tatouage qui court sur son bras.

Sans ses vêtements, Des est encore plus attirant, avec son torse massif et les muscles qui le recouvrent.

Je le dévore des yeux et il fait pareil avec moi, son attention se portant sur mes seins, puis plus bas, vers ma taille et mes hanches.

Il se rapproche de moi et me fait lever le menton.

— J'ai envie de faire les choses bien avec tout ça, chérubin. Avec nous.

Je fais courir ma main le long de son bras tatoué, mon doigt s'attardant sur les larmes gravées dans sa peau.

— Moi aussi.

Pendant plusieurs secondes, le seul son autour de nous est celui de l'eau qui coule, remplissant la baignoire dans laquelle nous nous tenons. Puis la chanson *Stairway to Heaven* de Led Zeppelin rompt le silence et emplit la pièce.

Alors que je regarde autour de moi pour repérer les haut-parleurs discrets d'où doit provenir la musique, j'aperçois un plateau de bois poli posé sur le rebord de la baignoire. Dessus, il y a une tasse de café fumante, un espresso (dans une tasse minuscule) et une assiette de macarons. Notre commande habituelle au Douglas Café.

Et pour une raison que je ne saurais expliquer, c'est ce qui me fait craquer.

Je prends une inspiration tremblante et me mets à rire, même si cela ressemble plus à un sanglot.

— Arrête ça, dis-je d'une voix à la fois douce et rauque.

Mais au lieu d'obéir, Des m'attire tout contre lui, ses si beaux muscles se pressant contre mes courbes.

Il se penche vers moi, ses lèvres à un cheveu des miennes.

— Jamais.

Chapitre 5

Des est un romantique.

Zut.

Ce n'est pas ce dont mon cœur avait besoin. Ce n'est pas comme si je pouvais revenir en arrière, mais mon ego est quand même froissé de voir avec quelle facilité je me laisse séduire par quelques gestes attentionnés.

Près d'une heure après être entrés dans la baignoire, j'en ressors, l'estomac rempli de macarons et de café, pour me sécher. Je regarde Des sortir de la pièce d'un pas léger, les ailes déployées et une serviette enroulée autour de la taille.

Quand il arrive du côté opposé du lit, il laisse tomber le tissu éponge au sol, et par tous les saints, ses fesses sont *sublimes*.

J'enroule ma propre serviette autour de mon corps du mieux que je peux, arrachant accidentellement quelques-unes de mes plumes au passage, les yeux fixés sur le Négociateur. Je suis complètement en train de jouer les voyeuses, et je n'en éprouve aucune honte.

Il me regarde par-dessus son épaule, ses cheveux pâles coiffés en arrière. Je devrais me sentir embarrassée à l'idée qu'il m'ait surprise en train de le reluquer sans vergogne, mais son expression se réchauffe sous l'effet de ce qu'il lit sur mon visage.

Nous n'avons toujours rien fait, mis à part boire des espressos et manger des macarons en étant nus, et je commence à sentir grandir le besoin de rectifier la situation.

Je tords mes cheveux tout en entrant pieds nus dans sa chambre. Une douce lueur s'élève des lanternes suspendues au-dessus de nous.

Je suis sur le point de me diriger vers l'armoire élégante déjà remplie d'un million de tenues de fée m'étant destinée quand il plonge la main dans le tiroir de la commode près du lit et me jette un vêtement noir. Je le rattrape et sens le tissu doux sous mes doigts.

— Qu'est-ce que c'est ? demandé-je.

— Un prix de consolation. C'est le meilleur objet en provenance de la Terre que je puisse te donner.

Je fronce les sourcils.

Il fait un signe de tête vers le tissu dans ma main et je baisse les yeux avec réticence, avant de secouer le vêtement usé pour le déplier.

Un immense sourire s'étire sur mon visage quand je vois les énormes lèvres et la langue imprimées sur le T-shirt élimé. C'est l'un des T-shirts vintage des Rolling Stones de Des.

— C'est un prêt, précise-t-il.

— Un *prêt ?* répété-je en haussant les sourcils.

— Ce n'est pas parce que je t'aime que je vais t'offrir l'une de mes possessions les plus précieuses.

C'est officiel : j'ai bien l'intention de garder ce T-shirt.

Imitant Des, je laisse tomber ma serviette au sol et fais passer le vêtement par-dessus ma tête. Mon humeur légère s'assombrit dès que le bord entre en contact avec mes ailes.

Je les avais oubliées. Maintenait que j'ai des ailes, je ne peux plus enfiler mes vêtements aussi facilement.

Avant que j'aie pu envisager de m'apitoyer sur mon sort, le tissu léger du T-shirt, qui était rassemblé juste au-dessus de la jointure de mes ailes, se met à glisser sur mon dos comme s'il n'y avait aucun obstacle sur son passage. Le bas du T-shirt m'arrive à mi-cuisses.

Je lève vivement la tête vers Des, qui arbore un petit sourire narquois.

— Comment tu as… ?

— Par magie, mon amour.

Je palpe mon dos à l'endroit où mes ailes y sont attachées. Les bords du T-shirt sont séparés autour des os de mes ailes.

Je suis si concentrée sur le fait de comprendre comment ça fonctionne que je ne remarque pas la façon dont il me regarde. Ce n'est que lorsqu'il disparaît, avant de revenir à côté de moi, que je m'en rends compte.

— Ça te va bien, remarque-t-il en effleurant le bord du T-shirt.

Je me fige.

Des est tout entier concentré sur son objectif. Il plonge le regard dans le mien. Nous sommes des papillons de nuit voletant autour d'une flamme.

C'est à ce moment-là qu'un bâillement m'échappe.

Au. Pire. Moment.

Je ne suis pas fatiguée – enfin, si, la journée a été longue, depuis mon réveil très tôt en passant par mon entraînement de plusieurs heures, pour terminer par le spectacle de cet homme en train de se faire dévorer par un cauchemar vivant – mais je ne le suis pas assez pour rater ça.

Des baisse les yeux sur ma bouche. Il réfrène toute la passion qui l'avait envahi il y a un instant.

J'ai envie de hurler quand je le vois revêtir le masque respectueux qu'il arborait quand j'étais au lycée. Malgré sa tendance aux facéties, il peut se montrer étonnamment chevaleresque.

— On n'en a pas encore fini avec ça, prévient-il en tirant sur le bord de mon T-shirt, la voix encore rauque de désir.

Il m'entraîne jusqu'au lit, et je crois presque qu'il a été découragé par mon bâillement.

Ses ailes disparaissent pour lui permettre de rouler sur le dos. Une seconde plus tard, il m'attire à moitié sur son torse. À la manière dont il m'étreint… je comprends qu'il a abandonné toute idée de folâtrer pour le moment.

Je pourrais sûrement le faire changer d'avis, mais bon sang, il n'y a rien de plus confortable que d'être blottie contre lui.

— Raconte-moi un secret, murmuré-je.

— Encore un ?

Il a l'air si sincèrement étonné que cela me fait rire.

Je ne me souviens même pas du dernier secret qu'il m'a confié… était-ce à propos de son amitié avec Malaki ?

— Oui, un autre, insisté-je.

Il grogne et m'étreint un peu plus fort.

— Très bien… mais seulement parce que je t'aime bien.

Je souris un peu contre lui.

Je n'arrive pas à croire qu'il a suffi de le lui demander.

Des passe sa main sur mes plumes et dit :

— La seule chose que je n'aime pas à propos de tes ailes, c'est qu'elles cachent tes fesses… et j'aime vraiment tes fesses.

Un silence s'étire dans la pièce pendant trois bonnes secondes, puis je ne peux retenir mon rire plus longtemps.

— *Des*, ce n'est *pas* à ça que je pensais quand je t'ai demandé un secret.

— Et pourtant, c'est bien un secret que tu viens d'entendre. Considère que j'ai répondu à ta requête.

Il me pince les fesses comme pour souligner cette remarque et je laisse échapper un petit cri, qui le fait rire doucement. Ce petit rire grondant nous amène bientôt à nous embrasser… à des tas de baisers délicieux et langoureux.

Je finis par m'écarter et pose la tête sur son torse. Un silence s'abat sur la pièce, les seuls sons étant le battement du cœur de Des sous mon oreille. Je ferme les yeux.

Je pourrais m'habituer à tout ça.

Quelle pensée terrifiante.

— Pendant deux siècles, tu n'as été qu'un murmure de possibilité, dit Des, rompant le silence. Puis je t'ai rencontrée.

Il s'interrompt, comme si une histoire entière commençait et se terminait avec cette phrase. Comme si la vie était une chose avant qu'il me rencontre, et une tout autre après.

Cela suffit à me convaincre d'ignorer le fait qu'il vient plus ou moins d'admettre avoir plus de deux siècles.

— Tu étais tout ce que j'avais toujours voulu. Tu étais le chaos. Le désespoir. Le secret le plus mystérieux que j'aie jamais rencontré. Tout m'attirait, chez toi… ton innocence, ta vulnérabilité, et même ta vie tragique. Tu étais la créature la plus captivante que j'avais jamais vue.

Ma gorge se serre à ces mots. Il y a quelque chose de solennel non seulement dans ce qu'il dit, mais dans le simple fait qu'il le dise. J'ai demandé un secret et il m'a offert une révélation, quelque chose que je pourrai serrer contre mon cœur tard le soir.

— Après sept ans de séparation, continue-t-il, la femme que tu étais devenue était à des années-lumière de la fille que j'avais rencontrée.

Il incline la tête pour me regarder dans les yeux.

— Je n'en ai été que plus attiré par toi. Tu m'étais à la fois connue et inconnue, familière et exotique, à portée de main et interdite. Et je t'ai voulue si fort pendant si longtemps que j'étais sûr que ça allait me tuer. Encore aujourd'hui, *surtout* aujourd'hui, quand je te regarde, je ne vois qu'une vérité toute simple.

Il se tait.

— Quelle vérité ? demandé-je en me redressant un peu.

Dans la pénombre, je le vois me renvoyer mon regard.

— Tu es magique, mon amour.

Chapitre 6

Il y a du sang partout. Dans mes cheveux, sur ma peau, aspergé autour de moi. Je me redresse du sol et regarde autour de moi.

Non.

Pas ici.

Pas encore.

Je remarque les feuilles pourries qui recouvrent le sol, les vignes mortes qui grimpent sur les murs de la longue pièce et le siège en os qui surplombe tout le reste.

La salle du trône de Karnon.

— *Joli, joli oiseau.*

Mon sang se glace quand j'entends cette voix dans mon dos.

Impossible.

Le Roi de la Faune est mort.

— Tes ailes te plaisent ?

Mais cette voix…

Un frisson me parcourt le dos.

La voix de Karnon est grave et rauque, comme dans mes souvenirs.

Des feuilles craquent sous ses pieds quand il vient se placer devant moi.

Je vois d'abord ses bois tordus, puis ses yeux étranges, fous, et ses cheveux hirsutes.

Seigneur, c'est vraiment lui.

— Maintenant, tu es une bête, comme nous tous.

Je ferme les yeux. Il est *mort.*

— Tu ne seras jamais libre, susurre-t-il.

Sauf que ce n'est plus la voix de Karnon. C'en est une autre, que je ne connais que trop bien.

J'ouvre les yeux d'un coup et dévisage mon beau-père. L'homme que j'ai tué par accident il y a huit ans. Pourquoi tous ces fantômes reviennent-ils me hanter ?

Je n'ai que quelques secondes pour le regarder, bouche bée, avant que la pièce soit plongée dans les ténèbres.

L'air remue sur ma gauche, faisant voleter mes cheveux. Je tourne la tête, mais je pourrais aussi bien être aveugle tant je suis dans le noir complet.

Je sens un souffle m'effleurer la nuque, si près qu'il doit être penché vers moi. Mais quand je me retourne et tends la main, mes doigts ne rencontrent que le vide.

Dans le noir, j'entends un rire résonner faiblement, et les poils se hérissent sur mes bras.

En réaction à ma peur, ma sirène s'éveille et fait luire légèrement ma peau.

— Qui est là ? lancé-je.

— Les secrets sont faits pour une seule âme, déclame une voix de femme, venant de partout et de nulle part à la fois.

— Qui êtes-vous ?

— Il va venir te chercher.

Cette fois, c'est une voix d'enfant qui s'élève dans la pénombre.

— Qui ?

Karnon est *mort.*

Des rires résonnent tout autour de moi, de plus en plus fort. Je reconnais les voix de la femme, de l'enfant, du Roi de la Faune et de mon beau-père. Je les entends se moquer de moi, eux, et beaucoup d'autres.

D'un coup, ils se taisent.

— Qui ? répété-je.

Un grondement semblable à un coup de tonnerre retentit, et l'air s'épaissit alors qu'une vague de magie puissante enfle de plus en plus, rassemblant son pouvoir. Dans un craquement, une voix tonitruante transperce la magie…

— *Moi.*

***

Je me réveille dans un hoquet de stupeur. Mes yeux écarquillés croisent le regard plissé de Des. Il prend mon visage en coupe tout en m'observant d'un air inquiet.

Ce rêve m'a semblé trop réel. Mon beau-père et Karnon sont tous les deux morts, et pourtant, durant les nuits telles que celle-ci, c'est comme s'ils étaient encore là.

Je prends une grande inspiration, ma poitrine se soulevant et retombant trop vite.

Évidemment, ces hommes diaboliques n'ont participé qu'à une portion du rêve. Il y avait d'autres présences tout aussi inquiétantes, qui m'ont interpellée depuis les ténèbres. D'instinct, je sais à qui elles appartenaient : aux femmes endormies et à leurs enfants anormaux.

Et puis, il y a eu cette ultime voix… je ne sais quoi en penser.

Le front plissé, Des m'embrasse avec fougue. Le baiser se termine aussi vite qu'il a commencé.

— Je n'arrivais pas à te réveiller, dit-il.

Je frissonne. Ce n'était peut-être qu'un rêve, mais la vérité est que les guerrières sont toujours endormies, et que les soldats sont toujours portés disparus. Karnon a beau être mort, son œuvre vit encore.

Je regarde Des dans les yeux et lâche :

— Je veux retourner voir les enfants des cercueils.

***

Pour la deuxième fois de ma vie, je vais volontairement rendre visite aux petits monstres auxquels les soldates endormies ont donné naissance. Je suis peut-être la femme la plus stupide du monde de les approcher de nouveau. Mais je dois vérifier quelque chose.

— Rappelle-moi encore une fois pourquoi j'ai accepté ça ? râle Des à côté de moi, comme en écho à mes pensées.

Il porte le T-shirt et le pantalon noir que je suis habituée à voir sur lui, les cheveux noués en arrière par une lanière de cuir et son bras tatoué exposé. Il a l'air maussade, sûrement parce qu'il n'est pas vraiment ravi à l'idée de me ramener dans la nursery royale.

— Je t'aide à résoudre ce mystère, réponds-je en traversant le couloir.

Il ne répond rien, mais sa mâchoire se crispe.

Je commence à la sentir grandir au fond de mon ventre, cette peur que ce qui nous est arrivé, à moi et à toutes ces femmes, ne soit pas terminé. La mort aurait dû dissiper la magie… même si c'est une magie de fae. C'est l'une des règles qui vaut aussi bien ici que sur Terre.

Quand nous entrons dans la nursery, un sentiment de déjà-vu m'envahit. La plupart des enfants les plus jeunes sont couchés dans leur berceau et leur lit, dans une immobilité étrange, tandis que les plus âgés se tiennent du côté opposé de la pièce, les yeux fixés sur les grandes fenêtres. Leur posture est quasi identique à celle dans laquelle je les ai trouvés la dernière fois.

La seule chose qui a changé, c'est que plus de lits et de berceaux ont été apportés, pour recevoir l'afflux d'enfants venus de la prison de Karnon.

J'essaie de ne pas tressaillir en observant les enfants. Ils étaient déjà effrayants avant, quand ils n'étaient que des gosses étranges qui buvaient du sang et faisaient des prophéties, mais maintenant que je sais comment ils ont été conçus… Une vague d'horreur me submerge de nouveau.

Même quand la nourrice leur annonce notre arrivée, aucun d'eux ne bouge.

Les poils de mes bras commencent à se hérisser.

Il y a quelque chose de très perturbant à propos de ces enfants, de cet endroit.

Je prends une profonde inspiration, puis me dirige vers la fenêtre. Des reste à mes côtés, ses bottes lourdes claquant au sol à chacun de ses pas et la mâchoire crispée.

— Tu es revenue, dit l'un des enfants en me tournant le dos.

J'hésite un instant, puis me ressaisis.

— Oui.

— Tu n'étais pas censée revenir, ajoute un autre.

J'avais oublié que ces enfants agissaient comme s'ils n'étaient qu'une seule entité.

Ils se retournent à l'unisson et m'observent avec méfiance alors que je me rapproche.

Des vient se placer devant moi et j'en entends plusieurs siffler dans sa direction.

— Si l'un de vous touche ma compagne comme la dernière fois, prévient-il par-dessus leurs sifflements, vous serez bannis.

Étonnamment, cela fonctionne et ils se taisent.

Je croise le regard de Des alors qu'il fait un pas de côté. Ce n'est pas réglo de menacer des enfants, même s'ils sont flippants.

Il me rend mon regard, l'air déterminé.

OK. Va pour le bannissement, alors.

Les enfants lancent tour à tour des coups d'œil prudents à Des et d'autres scrutateurs vers moi.

Je m'accroupis devant l'enfant le plus proche, une petite fille aux cheveux roux flamboyant, et examine les traits de son visage. Pas de cornes, pas de griffes, pas de pupilles fendues. Elle ne ressemble en rien à Karnon, mis à part les crocs qu'elle doit avoir dans la bouche et qui lui permettent de boire du sang.

— Les esclaves ont une vie si courte, remarque-t-elle, alors que je l'étudie.

« Esclaves » est la classification officielle pour la plupart des humains qui vivent dans l'Autremonde.

Vous avez déjà entendu ces histoires de bébés humains échangés contre des changelins faes ? Vous vous êtes déjà demandé ce qu'il advenait de tous ces bébés humains ? *L'esclavage*, voilà ce qu'il leur est arrivé.

Le Royaume de la Nuit a décrété que cette pratique était illégale il y a un certain temps, mais les autres royaumes l'autorisent encore.

— Pourquoi est-ce que tu dis ça ? demandé-je à la petite fille tout en m'efforçant de ne pas lui montrer qu'elle me fout les jetons.

— Ils sont sales, faibles et hideux, ajoute le garçon à côté d'elle.

J'ai une conscience aiguë du fait qu'à leurs yeux, je suis l'une des «esclaves» qu'ils sont en train d'insulter.

Du coin de l'œil, je vois des ombres vaporeuses et ondulantes se former dans les angles de la pièce, signe clair de la colère grandissante de Des.

Je me concentre sur le petit garçon.

— Qui t'a dit ça?

— Mon père.

Il étire les lèvres en un petit sourire mystérieux et ajoute :

— Il va venir te chercher.

Je me redresse et fais un pas en arrière, les yeux rivés sur son visage. J'entends mon sang bourdonner dans mes oreilles.

Ce ne sont que des mots. Ça ne veut rien dire.

Mais dans mes tripes, je crois qu'ils veulent dire quelque chose, au contraire. C'est ce que me souffle mon instinct. Tout comme cette petite voix au fond de ma tête. Ils m'affirment tous que ce que je craignais en me réveillant de mon cauchemar était vrai : ce n'est pas terminé.

Je sens la main de Des se poser sur mon ventre pour me faire reculer prudemment des enfants. Hébétée, je le laisse faire tout en continuant à dévisager le petit garçon. Lui et les autres enfants nous suivent des yeux, et j'ai la nette impression qu'ils me traquent comme un prédateur avec sa proie. Pour finir, je me détourne du petit garçon pour foncer vers la sortie.

Je me sens trembler de tout mon corps. C'est absurde qu'un enfant puisse m'effrayer à ce point.

Des et moi avons presque atteint la porte quand j'entends la voix du gamin dans mon dos :

— Tes heures sont comptées.

Mes ailes se raidissent, se redressent. Heureusement que les encadrements des portes du château sont bien larges, autrement j'aurais dû me débattre avec mes ailes encombrantes pour sortir de cette pièce.

Dès que la porte s'est refermée derrière moi, je prends une inspiration tremblante.

Comment ce petit garçon connaissait-il cette phrase ? C'est celle que j'ai entendue murmurée dans l'air quand j'ai rendu visite aux femmes endormies, il y a des semaines.

— Karnon est mort, affirme Des.

Je hoche la tête.

— Je sais, soufflé-je en passant une main sur ma bouche.

Mes peurs ne s'atténuent pas. Au contraire, elles empirent. Le truc, c'est que je ne suis pas venue voir ces enfants parce que j'avais peur que Karnon soit encore en vie.

Je suis venue pour une tout autre raison.

— Est-ce que tous les faes de la Faune ont des caractéristiques animales ? demandé-je, alors que nous quittons la nursery.

C'était le cas de mes geôliers. Et de Karnon. Ainsi que de l'infortuné messager de la Faune que j'ai vu hier.

— La plupart, répond Des en s'arrêtant.

— Et les enfants de Karnon ? ajouté-je. Ils ne devraient pas partager ses caractéristiques ?

Le Négociateur pince les lèvres.

— Au moins certains d'entre eux, oui.

— Ces enfants ne partagent aucune de ses caractéristiques, remarqué-je.

À en croire l'expression de Des, il en est déjà venu à la même conclusion que moi...

Karnon n'est pas leur père.

Chapitre 7

Karnon n'est pas leur père.

Karnon n'est pas leur père.

Mais… comment ?

C'est lui qui a emprisonné toutes ces femmes. C'est lui qui les a agressées sexuellement.

À côté de moi, Des se remet à marcher, comme si cette révélation ne changeait rien du tout.

C'est alors que je comprends…

— Tu le savais, l'accusé-je, alors que nous traversons les couloirs de son palais.

Plutôt que de prendre un air surpris, coupable ou honteux à cette accusation – plutôt que d'avoir l'une de ces réactions normales –, Des me lance l'un de ses regards désinvoltes typiques.

— Et alors ? demande-t-il en haussant une épaule.

Et alors… ?

Je plaque ma paume sur son torse sculpté pour l'immobiliser au milieu du couloir.

— Oh non, *amigo*, notre relation ne fonctionne pas comme ça.

Il baisse les yeux sur ma main, et je sens que je suis très près d'énerver le Roi de la Nuit.

— Notre relation ne fonctionne pas comme *quoi*, chérubin ? lance-t-il en prenant un air rusé.

— Tu ne peux pas me cacher des trucs aussi importants.

Il a l'audace d'afficher une expression amusée, même si ses yeux restent froids.

— Je t'assure que je peux.

Je plisse les yeux.

— *Des*, l'avertis-je.

Il retire ma main de sa poitrine.

— C'est censé être un ton menaçant ? s'enquiert-il en haussant un sourcil.

Il fait claquer sa langue et porte ma main à sa bouche.

— Parce que si c'est le cas, continue-t-il, alors tu vas devoir travailler tes techniques d'intimidation. Je veux dire, c'est bien essayé, mais je suis plus excité qu'autre chose.

Des se met à embrasser le bout de mes doigts, ce qui me distrait de la conversation. Qui aurait cru que des baisers sur le bout des doigts pouvaient être aussi agréables ? Parce que c'est le cas. Je le déclare officiellement.

Concentre-toi, Callie.

— Laisse-moi te montrer quelque chose, dit-il d'une voix douce.

Adieu la concentration. Au lieu de reprendre notre dispute, je laisse Des m'emmener à travers son palais. Nous finissons par entrer dans ce qui ressemble à une immense bibliothèque dont les arches sont incrustées de céramique décorative. Entre les lustres en bronze sont suspendues une myriade de lampes colorées. Sans parler des livres.

D'innombrables étagères recouvrent les murs et remplissent les allées de la pièce, et chacun des livres posés dessus est relié de tissu ou de cuir. Il y a aussi des tas de parchemins empilés, et enroulés autour de poignées sculptées dans le bois ou l'os. Certaines sont même incrustées de nacre et de pierres semi-précieuses.

Je passe une bonne minute à tourner sur moi-même pour admirer les lieux.

— *Waouh*, finis-je par lâcher.

Ça sent le cuir, le papier et autre chose ; je dirais du cèdre, mais qui sait. J'éprouve l'envie soudaine de m'avancer vers les étagères une à une et de sortir chaque livre successivement pour le consulter, tout en laissant mes mains courir sur l'encre séchée et le papier doux. Cet endroit renvoie une atmosphère de magie et de sagesse, et je suis peut-être en train de vivre une expérience spirituelle.

Je sens les yeux de Des posés sur mon visage. Il finit par les détourner de moi pour examiner les lieux à son tour.

— C'est la bibliothèque royale ? deviné-je.

Des étire les coins de sa bouche.

— L'une des bibliothèques.

— L'une d'elles ? répété-je, hébétée.

— Dans celle-ci, on conserve la plupart des documents officiels. La bibliothèque principale est située dans l'aile est du palais.

J'ai du mal à digérer l'ampleur de cette information.

Il me guide jusqu'à une table et l'une des chaises s'écarte par magie pour moi. Des s'assied en face de moi et, pendant une seconde, se contente de m'observer. Quand il me regarde comme ça, je me sens extrêmement exposée.

— Quoi ? finis-je par lâcher en replaçant une mèche de cheveux derrière mon oreille.

Il m'adresse un petit sourire.

— Ma mère t'aurait adorée.

Rien qu'en prononçant ces mots, il vient d'inviter des fantômes dans cet endroit. Je me rappelle à peine ma propre mère, et je n'ai aucun souvenir du moindre comportement affectueux de sa part à mon égard. C'est merveilleux d'imaginer que la mère de Des aurait pu m'aimer.

— Tu crois ? finis-je par demander.

— Je le sais.

Il l'affirme avec tant de certitude que mon unique objection – que je suis humaine – meurt sur mes lèvres avant que j'aie pu l'exprimer.

M'empêchant de poser plus de questions sur le sujet, Des lève la main et fléchit le poignet. Au loin, j'entends le bruit du papier qui glisse contre le papier.

Un parchemin s'élève au-dessus des allées et flotte vers nous. Le Négociateur a toujours la paume levée et le vélin atterrit délicatement dessus.

— C'est le rapport que nous avons obtenu des victimes qui se sont remises de leur emprisonnement, m'indique Des, changeant de sujet.

Il pose le papier sur la table. Je me lève et rapproche ma chaise de lui.

— Tu as obtenu ça des survivantes de la prison de Karnon ? l'interrogé-je.

— Juste les faes du Royaume de la Nuit, précise Des. Les autres s'occupent d'interroger leurs victimes. Durant le prochain sommet entre nos royaumes, nous comparerons nos notes, mais en attendant, nous n'avons que les témoignages de mes sujets.

Je sais sans même avoir à regarder que j'en fais partie. C'était optionnel (l'avantage d'être la compagne du roi), mais je l'ai fait quand même. J'ai travaillé sur assez d'affaires pour savoir à quel point ce genre de choses peut s'avérer utile.

— Pourquoi tu voulais me montrer ça ? demandé-je en soulevant le bord du parchemin entre nous.

J'aperçois mon nom et mon ventre se serre un peu.

Des était dans la pièce quand j'ai donné ma version des faits, alors il sait ce qui m'est arrivé, mais le voir écrit là, à côté de celles de toutes les autres victimes, me met mal à l'aise.

— Tu es allée à la nursery pour déterminer si Karnon était le père de ces enfants, déclare Des en faisant glisser le parchemin vers moi. Je me suis dit que tu aimerais peut-être lire ce que les autres avaient à dire au sujet de leur expérience.

Ses paroles ressemblent presque à un défi, et je l'observe d'un air un peu circonspect avant de baisser les yeux sur le parchemin.

Je parcours des yeux les paragraphes rédigés dans une écriture élégante. Je dépasse rapidement mon propre témoignage et me concentre sur celui des autres rescapées.

Une par une, je lis l'histoire de neuf soldates faes, qui ont toutes été kidnappées dans leur sommeil. Elles ont toutes croupi dans la prison de Karnon entre un et huit jours.

Apparemment, comme moi, elles ont réussi à se rétablir après avoir été soumises à la magie noire du Roi de la Faune pendant une semaine. Celles qui sont restées captives plus de huit jours… vivent désormais loin en dessous de nous, dans des cercueils en verre.

Plus je lis, plus je sens Callie la détective privée se réveiller. Ça m'a manqué… de plonger dans des affaires, de résoudre des problèmes.

Il me faut un peu de temps avant de comprendre ce que Des voulait sûrement me montrer.

Je relève les yeux du parchemin.

— Seulement deux ont été agressées sexuellement par Karnon, remarqué-je.

Les deux qui ont échappé à ce sort n'ont pas été victimes d'agression sexuelle. Pas parce que le Roi de la Faune avait changé d'avis ; il se trouve juste qu'elles étaient les deux femmes kidnappées le plus récemment. Karnon n'a pas eu le temps de les paralyser avec sa magie. Il aimait violer les femmes quand elles ne pouvaient pas se défendre.

Des hoche la tête.

— Et ? m'encourage-t-il.

Je reporte mon attention sur le parchemin. Il ne me faut qu'une seconde pour rassembler les autres pièces du puzzle.

— Et seulement deux ont confirmé être enceintes, continué-je.

Sept femmes ont été violées par Karnon et par lui seul, sept femmes sont tombées enceintes.

Je croise le regard de Des.

— Donc Karnon est *bien* le père des enfants des cercueils ?

Des se renfonce dans sa chaise, jambes écartées. L'une d'elles tressaute fébrilement.

— On dirait bien.

J'ai envie de lui arracher les cheveux.

Rien de tout ça n'a de sens.

— Mais je croyais…

Je croyais que Des pensait que Karnon n'était *pas* le père.

Avant que j'aie pu aller au bout de ma pensée, quelqu'un frappe aux portes de la bibliothèque.

Des fait un signe de la main vers le parchemin, qui repart en flottant vers les étagères. Un autre geste de la main, et les portes de la bibliothèque s'ouvrent.

Malaki entre d'un pas nonchalant, l'air aussi négligé que d'habitude. Il s'incline devant nous, puis se redresse et reporte son attention sur Des.

— Désolé de vous interrompre, lance-t-il en guise de bonjour. Mais le devoir nous appelle.

Des se redresse sur sa chaise.

— Qu'est-ce qui est au registre ?

— Des problèmes aux frontières, deux fées vont se voir attribuer des bracelets de guerre et il y aura un déjeuner… oh, et tu dois aussi répondre à une invitation du Royaume du Solstice.

J'ai déjà commencé à me lever. Je dois trouver quoi faire de mon temps libre, maintenant que je suis coincée dans l'Autremonde.

— Attends, me dit Des.

Je tourne la tête vers lui.

— Tu veux te joindre à moi ?

Après ce que j'ai vu hier dans sa salle du trône ?

Je secoue la tête et réponds :

— Amuse-toi bien.

Puis je sors de la pièce, laissant le Roi de la Nuit et son plus vieil ami diriger le royaume sans moi.

Chapitre 8

J'ai presque envie de me cloîtrer dans les appartements de Des. Presque. Mais l'éventualité de passer des heures à m'ennuyer m'empêche de me mettre trop à l'aise dans ses quartiers.

C'est pourquoi j'enfile la tenue la plus *badass* que je puisse trouver (pantalon de cuir, bottes qui m'arrivent aux genoux et corset qui n'entrave pas mes ailes, mais dans lequel je me retrouve empêtrée à cause des lanières) avant d'aller explorer le palais. Même si mon armure émotionnelle n'a pas encore retrouvé sa place, une bonne tenue comme celle-ci fait déjà la moitié du travail.

Premier arrêt du jour : la bibliothèque principale du Royaume de la Nuit. Après avoir erré au hasard en demandant mon chemin, je finis par la trouver. Comme le reste de Somnia, elle est conçue avec les mêmes pierres blanches très distinctives, et son toit a la couleur bleu-vert du cuivre oxydé.

Je grimpe les marches imposantes qui y mènent alors que la pierre pâle scintille à la lueur de la lune. Les lampes alignées de chaque côté des marches étincellent d'une lumière chaude.

Et à l'intérieur… oh, à l'intérieur ! Le plafond voûté est recouvert de mosaïques peintes entre lesquelles pendent des lustres en cuivre. Partout où je regarde dans cette pièce caverneuse, de magnifiques objets faes sont exposés, de l'immense tapisserie qui semble chatoyer de différentes couleurs sous la lumière à la sculpture en marbre représentant deux fées ailées en plein combat.

Correction : la sculpture en marbre *animée*. Les statues émettent des sons de crissement alors qu'elles remuent leurs muscles de pierre.

Je m'avance vers la sculpture et l'observe. Au bout de plusieurs secondes, les statues tournent la tête et me lancent un regard mauvais.

— Elles n'aiment pas qu'on les regarde.

Je manque de sursauter à cette voix. Un homme se tient à mes côtés et me dévisage, moi, plutôt que la sculpture.

— Si elles n'aiment pas qu'on les regarde, pourquoi sont-elles exposées ainsi ? souligné-je.

Il pince les lèvres, et je ne saurais dire si je l'ai agacé ou amusé.

— Vous avez besoin d'aide ? me demande-t-il.

— Euh… non, je regardais juste.

Il incline la tête.

— Venez me trouver si vous avez besoin de quoi que ce soit, ma dame, et bienvenue dans la Bibliothèque du Royaume de la Nuit.

Je regarde la fée s'éloigner.

C'était… sympa. Il m'a appelée « ma dame » et n'a pas lorgné mes ailes comme je le craignais.

Je dépasse la sculpture avec prudence et m'enfonce un peu plus dans la bibliothèque. Il y a un nombre incalculable de pièces et d'étages remplis de livres. Des hommes et des femmes sont assis à des tables, occupés à parcourir des volumes.

Comme la bibliothèque où je me trouvais plus tôt, cet endroit sent le vieux parchemin, le cuir et le cèdre.

Je choisis une pièce au hasard et me mets à parcourir les allées. Par pure curiosité, je tire un livre relié en soie bleue et légère des étagères et l'ouvre.

Je ne sais pas ce que je m'attendais à trouver, mais certainement pas à une autre langue. Je tourne quelques pages, mais elles sont toutes couvertes du même alphabet archaïque.

— C'est du fae ancien.

Je laisse échapper un cri aigu et manque de laisser tomber le livre.

La fée qui m'a accueillie plus tôt est de retour et regarde par-dessus mon épaule.

— Vous m'espionnez ? l'accusé-je dans un murmure.

Il me lance un regard rusé et se redresse de toute sa hauteur.

— Le Roi de la Nuit m'a demandé de me mettre à la disposition de sa compagne.

Oh.

— Il ne sait même pas que je suis là.

Bien joué, Callie. Dis à ton potentiel harceleur que personne ne sait que tu es là.

— Vous êtes sûre ? m'interroge-t-il en inclinant la tête.

Les fées ont cette drôle de tendance à tenir des propos ambigus, mais je commence à prendre le truc. Cette remarque-là est assez claire.

Traduction : Tu ferais mieux de revoir tes faits, ma grande, parce qu'il sait tout à fait où tu es.

Alors comme ça, Des me surveille, et il a envoyé ce potentiel harceleur ici présent m'assister.

J'examine de nouveau la fée à mes côtés.

— Callie, finis-je par me présenter en tendant la main.

Il la regarde un instant, puis referme les doigts autour d'elle avec délicatesse.

— Jérôme.

Il reporte son attention sur le livre dans mon autre main.

— Vous cherchez quelque chose à lire en particulier ? m'interroge-t-il.

— Je furetais un peu, c'est tout, réponds-je.

Je ne saurais même pas par où commencer.

— Vous préférerez peut-être d'autres sections de notre bibliothèque… à moins que vous ayez des raisons de craindre les malédictions.

— Les malédictions ? répété-je.

— Le livre que vous tenez à la main parle des maladies causées par des malédictions, explique-t-il d'un ton stoïque. En particulier celles qui provoquent des hémorroïdes, des problèmes de transit…

Seigneur.

Je referme le livre et le repose sur son étagère.

Soudain, j'ai une idée.

— Est-ce que vous avez des livres sur le roi ?

***

Plusieurs heures plus tard, je suis assise à l'une des tables de lecture, une pile de biographies et de livres d'Histoire sur le royaume à côté de moi.

Certains livres ont été écrits en anglais, la langue la plus courante dans l'Autremonde, mais le livre que j'ai actuellement en face de moi a été rédigé à l'origine en fae ancien. Quand il l'a sorti de l'étagère, Jérôme l'a ensorcelé pour que je puisse le lire en anglais. C'est un phénomène vraiment étrange : chaque fois que je tourne la page, des caractères faes dansent devant mes yeux, avant de se transformer en lettres anglaises.

Quant au contenu du livre… Il est tout aussi intrigant. Je me sens comme une voleuse dans la nuit, à me renseigner ainsi sur l'histoire de famille de Des sans qu'il le sache.

Il aurait fait la même chose si nos rôles avaient été inversés.

Je fais glisser mon doigt sur le texte. Il décrit un autre combat auquel Des a participé. Comme la plupart des autres, il a eu lieu dans les Terres Frontalières, la zone où, d'après ce livre, « le jour rencontre la nuit ».

Et comme pour les autres combats mentionnés dans le livre, le récit décrit avec quelle célérité Des a vaincu ses adversaires et avec quel courage il a bataillé.

Je commence à lire les combats en diagonale. Ce n'est pas que je ne suis pas impressionnée, mais après avoir lu comment une énième personne a eu le crâne fendu, je commence à avoir du mal à apprécier le côté glorieux.

Plusieurs pages plus tard, je ferme le livre. Je ne sais pas ce que je m'attendais à trouver… peut-être un indice sur la véritable identité de Des, le Roi de la Nuit –, mais j'aurais dû me douter que ce ne serait pas si facile. Jusqu'ici, les livres m'ont paru dépourvus de toute information intéressante ou pertinente.

Tout ce que j'ai appris, c'est que Des a été un roi révolutionnaire, qui a tiré le Royaume de la Nuit d'un âge sombre (sans mauvais jeux de mots) pour en faire non seulement l'un des royaumes les plus puissants, mais aussi l'un des plus éclairés, un titre qui appartenait jusqu'alors au Royaume du Jour.

J'ai aussi appris qu'avant de devenir roi, Des était un soldat, comme le dernier ouvrage me l'a décrit avec tant d'éloquence (et de détails).

Mis à part ça, il n'y a quasiment rien de nouveau concernant mon compagnon.

J'attrape le livre suivant sur la pile, un petit volume usé qui tient sans mal dans la paume de ma main.

Quelque chose, dans ce livre, de sa couverture douce en cuir délavé à sa taille modeste, me fait me dire qu'il sera différent.

Dès que je l'ai ouvert, je vois que j'ai raison.

Chapitre 1 : Desmond Flynn, l'Enfant de la Nuit Oublié.

Je dois m'y reprendre à deux fois pour lire la prochaine phrase sur laquelle se posent mes yeux.

Comme la plupart des rois faes, Desmond Flynn est issu du harem royal.

Un harem ?

Ce simple petit mot me rend brûlante, puis glacée. Les rois ont des *harems ?*

Des ne m'a jamais parlé de ça. Je me rends compte que je me soucie moins du fait que Des en soit issu que de celui qu'il s'agisse d'une pratique normale dans l'Autremonde.

J'ai beaucoup de mal à me concentrer après ça, et mes yeux ne font que parcourir en diagonale le reste du texte.

À un moment donné, je sens l'atmosphère changer dans la bibliothèque. Tout était déjà silencieux jusqu'alors, mais désormais, une immobilité mortelle s'est emparée des lieux. C'est comme si le silence lui-même était assourdi. Mes poils se hérissent sur mes bras.

Puis des pas lourds résonnent dans le silence.

Je lève les yeux à temps pour voir Des entrer dans la pièce, la démarche sinueuse. Il a les yeux rivés sur moi et c'est ici, dans ce lieu grandiose, que je réalise à quel point il exerce une présence écrasante sur tout ce qui l'entoure. Je suis habituée à le voir évoluer dans l'ombre. Le regarder traverser cette salle immense et caverneuse comme s'il était chez lui (ce qui, techniquement, est le cas) est assez sexy.

Et quand je dis « assez sexy », je veux dire que c'est complètement torride.

Un harem.

Le mot se fraie un passage dans mon esprit, donnant un goût amer à mes pensées charnelles.

Un instant plus tard, Des disparaît, avant de réapparaître à ma table. Il se perche tout au bord et incline la tête pour lire la tranche des livres à côté de moi.

— Tu t'adonnes à un peu de lecture légère, chérubin ?

— Un peu.

Un harem, me murmure mon esprit. *Un harem. Un harem.* Un harem.

Il soulève la couverture du livre du dessus et hausse les sourcils.

— Tu veux connaître l'histoire de mon royaume ?

Son regard s'adoucit alors qu'il le reporte sur moi. Dans sa bouche, mes intentions semblent bien plus nobles qu'en réalité. Il ne devrait pas être dupe… il ne l'est sûrement pas. Mais il a l'air sincère, et cela suffit à me déstabiliser.

— Est-ce que tu as un harem ?

La question m'échappe avant que j'aie pu la retenir, et ma voix est rendue rauque par l'émotion.

Le visage de Des se fige.

— Pardon, quoi ?

— Est-ce que tu as un harem ? répété-je.

Un pli se forme entre ses sourcils.

— Pourquoi cette question ?

Ce n'est pas un non.

Mon cœur m'est remonté dans la gorge et mon pouls me martèle les oreilles.

— L'un des livres a mentionné le fait que tu étais né dans un harem.

Il tourne les yeux vers l'exemplaire ouvert.

— C'est faux, murmure-t-il.

Il soulève le petit volume et lit :

— *Desmond Flynn, l'Enfant de la Nuit Oublié.*

Il reporte son regard sur moi.

— Alors comme ça, ma sirène curieuse n'a pas seulement lu des informations sur mon royaume, finalement.

— Est-ce que tu as un harem ? insisté-je.

Autour de nous, les autres fées ont replongé le nez dans leurs livres, soit parce qu'elles ne sont plus intéressées par notre spectacle ou – plus probablement – parce que Des se sert de sa magie pour assourdir nos paroles.

Il se penche en avant et une mèche de ses cheveux blancs s'échappe du lien en cuir qui les noue.

— Qu'est-ce que tu ferais si c'était le cas ?

Je suis faible dans bien des domaines, mais pas celui-là.

— Je te quitterais.

Même si ça me détruisait, c'est ce que je ferais.

Des ombres commencent à se recourber et à se tordre aux coins de la pièce. Quelqu'un n'a pas apprécié ma réponse.

Des donne un petit coup sur la table avec la jointure de ses doigts.

— Et tu aurais bien raison.

Je ne sais pas à quoi je m'attendais, mais sûrement pas à ça.

Il se redresse et se lève de la table.

— Viens, dit-il en tendant la main.

— Tu n'as toujours pas répondu à ma question, remarqué-je, les yeux fixés sur sa paume.

Il pousse un soupir.

— Non, Callie. Je n'ai pas de harem. Je n'en ai jamais eu.

Je me détends et prends sa main.

— Pourquoi pas ? demandé-je, alors qu'il me guide hors de la bibliothèque.

Il me jette un coup d'œil, sourcil haussé.

— C'est une vraie question.

— Et elle a beaucoup de réponses, dit-il d'une voix onctueuse, tandis que nous sortons.

— … des réponses que tu ne veux pas me donner, m'obstiné-je.

Il sourit un peu.

— Si… mais une autre fois.

Nous sortons de la pièce et traversons le palais. Avant que nous soyons entrés dans le château en lui-même, Des me lâche la main et s'arrête.

Je m'immobilise à quelques pas de lui et lui lance un regard par-dessus mon épaule.

Cette expression sur son visage… Des n'est plus amusé ou aimant. Il ressemble en tous points à un fae. Avide des choses qu'il désire posséder. Je connais ce regard sournois et calculateur. C'est celui qu'il arbore quand il a quelque chose en tête et qu'il sait que ça risque de ne pas me plaire.

— Quoi ? demandé-je.

— Tu as lu des choses sur moi et mon royaume.

Ça n'explique en rien son expression. Il baisse les yeux sur mon bracelet.

Je fais un pas en arrière alors que la peau de mon poignet se met à me chatouiller. Je reconnais sans mal ce regard-là. C'est celui qu'il a juste avant de me forcer à repayer une dette.

— Non, lâché-je en lui lançant un regard d'avertissement.

Je n'ai aucune idée de ce qu'il a en tête, et c'est bien ce qui m'effraie.

Il s'avance tranquillement, ses lourdes bottes battant sur la pierre.

— C'est drôle, après tout ce que j'ai déjà exigé de toi, chérubin, tu crois encore pouvoir me faire changer d'avis avec tes protestations, ironise Des en se rapprochant. Tu me dois encore beaucoup, beaucoup de faveurs.

Des centaines, oui, je sais.

— M'obliger à faire des trucs contre ma volonté ne m'aidera pas à t'apprécier, remarqué-je.

Il se penche tout près de moi.

— J'ai déjà piégé, blessé et tué des hommes devant tes yeux. Je suis certain que te faire repayer quelques-unes des dettes *que tu me dois* ne devrait pas ruiner mes chances.

Je l'observe en plissant les yeux. Qu'est-ce que je suis censée répondre à ça ? Je lui dois des faveurs, c'est vrai, que j'ai achetées de manière équitable. Et je suis bien l'imbécile qui aime Des, même quand il est odieux.

— Montre-moi ce joli poignet, dit Des d'une voix enjôleuse.

Je n'ai pas le temps de réagir avant que sa magie s'enroule autour de mon bras et le fasse se soulever. Il se rapproche et inspecte les rangées de perles restantes.

Ses yeux passent de mon bracelet à mon visage.

— Il y a plusieurs semaines, tu as mentionné ce que tu voulais voir dans mon royaume, me rappelle-t-il. Tu étais sérieuse ?

D'abord son commentaire sur le fait que je lise des informations sur son royaume, et maintenant ça ?

Je me mords la lèvre, me demandant où il veut en venir avec ces interrogations. Au bout d'un moment, je hoche la tête ; j'ai envie de savoir tout ce qu'il y a à savoir sur cet homme, y compris concernant le royaume sur lequel il règne.

— Bien, lâche-t-il, l'air bien trop content de lui. Dans ce cas, toi et moi allons faire un petit voyage…

Est-ce que je dois m'inquiéter ? Un voyage, ça n'a pas l'air si mal que ça.

— … et on ira en volant. Tous les deux.

Chapitre 9

Je fusille Des du regard pour la millième fois alors que nous sortons sur le balcon le plus élevé de son château et que je me frotte les bras pour me réchauffer. Il est minuit et nous nous apprêtons à nous esquiver dans la nuit comme des criminels.

Je n'arrive pas à croire que je m'apprête à faire ça.

Voler.

Sur Terre, voler signifiait monter dans un avion. Ici, ça veut littéralement dire battre des ailes, et aussi stupéfiant que ça puisse paraître, je ne suis pas très enthousiaste à cette idée. Je veux dire, même les oiseaux se foirent parfois, et je n'ai rien d'un oiseau.

Je baisse les yeux sur mon bracelet. Deux perles ont disparu, le prix à payer pour ce voyage avec Des.

Deux. Perles.

Il me surprend en train de fusiller mon poignet du regard et prend ma mâchoire entre ses doigts, avant de me voler un baiser qu'il n'avait aucun droit de prendre.

— Haut les cœurs, mon amour, déclare-t-il. Ça va être drôle.

Drôle, mes fesses. La seule chose un tant soit peu plaisante dans cette expérience, c'est que Des porte un T-shirt Iron Maiden, que ses tatouages sont complètement exposés et que son pantalon de cuir moule son postérieur à la perfection.

Après tout, je peux être en colère contre lui et apprécier la vue.

Ses ailes se déploient derrière ses épaules, occupant une bonne partie du balcon de chaque côté de lui. Elles chatoient à la lueur de la lune, et les griffes incurvées au bout de chacune d'elles scintillent.

— Déploie tes ailes, m'ordonne-t-il.

— Je suis toujours en colère contre toi, souligné-je tout en obéissant.

La sensation de mes ailes qui se déplient est à la fois inconfortable, étrange et, de manière inexplicable, satisfaisante – comme retirer son soutien-gorge à la fin de la journée. Depuis qu'elles sont apparues, je les ai gardées fermement pressées contre mon dos. Je n'avais pas pris conscience jusqu'alors à quel point ça faisait du bien de les étirer.

— Je m'en rends bien compte, répond Des, la voix semblable à une caresse soyeuse.

Il disparaît. Avant que j'aie eu le temps de me retourner pour le chercher des yeux, je sens sa main chaude parcourir l'arête supérieure de mes ailes. Il les caresse comme il caresse le reste de ma peau, et la sensation est étrangement érotique.

— Elles sont époustouflantes, tu sais, murmure-t-il tout en passant les doigts dans mes plumes. Une caractéristique tentante de plus chez mon enchanteresse.

— Enchanteresse ? répété-je, la question m'échappant avant que je me souvienne que je suis censée être furieuse contre lui.

— C'est comme ça que les fées ont commencé à t'appeler… l'enchanteresse.

Je n'arrive pas à décider si je suis flattée ou déstabilisée par cette information.

— Il n'y a pas de sirènes, ici, dans l'Autremonde, continue Des, mais de temps en temps, nous recevons des créatures magiques, des enchanteurs, capables d'envoûter les autres avec leur magie. C'est un pouvoir très convoité.

Il revient se placer devant moi et porte son regard sur mes ailes.

— Essaie de battre des ailes.

Je lâche un grognement. L'espace d'un instant, j'avais oublié que j'étais ici pour apprendre à voler.

Je fais ce qu'il me dit, et le geste ébouriffe mes cheveux. Des observe mes battements d'ailes avec attention, hochant la tête comme un instructeur.

— Maintenant, essaie de sauter, m'ordonne-t-il. Vois si tu peux te maintenir dans les airs pendant un petit moment.

— Tu veux que je jongle, tant que j'y suis ?

J'ai l'impression d'être un monstre de foire.

Il croise les bras et attend.

Je pousse un soupir.

— *Très bien.*

Je saute et bats des ailes. Il ne se passe rien d'impressionnant.

— Encore.

Je réessaie et, comme la première fois, mes ailes s'avèrent inutiles.

— Encore.

J'essaie encore. Et encore. Et encore. Après avoir recommencé plusieurs douzaines de fois, je commence à comprendre qu'il y a un rythme précis à suivre. Puis, après quelques douzaines d'essais supplémentaires, mes ailes arrivent enfin à vaincre la gravité, rien que pour une seconde.

Des hoche la tête, l'air sérieux.

— Ça suffira.

Il me prend le bras et me guide vers le bord du balcon.

— Ça… ça suffira ? répété-je en lui lançant un regard sceptique. Ça suffira pour *quoi ?*

Le Négociateur monte sur le rebord du balcon.

— *Qu'est-ce que tu fais ?*

Il enjambe le rebord et se tourne face à moi, les pieds posés sur la balustrade en pierre.

— Chérubin, tout va bien.

Il dit ça comme s'il était le type le plus raisonnable du monde, et pas un mec en équilibre précaire au bord du plus haut balcon de Somnia.

— Grimpe là-dessus, m'enjoint-il en donnant une tape sur le rebord en marbre entre nous.

Un rire incrédule s'échappe de mes lèvres.

— Hors de question.

— Callie, lâche-t-il, l'air déçu. Je suis blessé. Jamais je ne t'éloignerais du droit chemin.

Dit l'homme qui m'a appris à boire et à jouer à des jeux d'argent. Je crois qu'il devrait revoir sa définition du «droit chemin».

Voyant que je reste plantée sur place, il ajoute :

— On peut faire ça de la manière douce ou de la manière forte.

Je croise les bras sur ma poitrine et ne bouge pas.

Ses yeux s'illuminent d'enthousiasme. Des n'apprécie rien plus que de me voir le défier. Malheureusement pour moi, ça ne tient jamais très longtemps, avec lui.

Je sens le souffle de sa magie dans mon dos, me poussant en avant, puis me hissant sur le bord du balcon devant lui.

— Tu es vraiment un salopard, grogné-je tout en grimpant sur le rebord.

Là-haut, les bourrasques sont assez fortes pour secouer mon corps et fouetter mes cheveux.

Depuis l'autre côté du rebord, Des m'attrape par la taille pour me retenir. Il me sourit, l'air d'un pirate.

— Ce qui ne tue pas rend plus fort, Callie. Maintenant… ajoute-t-il en m'étreignant les hanches, ouvre de nouveau tes ailes pour moi.

Ignorant mon bon sens, je fais ce qu'il me demande. Un coup de vent me balaie, soulevant mes ailes.

— Tu as senti ça ? demande le Négociateur en étudiant chacune de mes réactions. C'est le courant atmosphérique. On va s'en servir pour se déplacer.

— Je peux redescendre, maintenant ?

Des étire les lèvres d'un air malicieux.

— Chérubin, la prochaine fois que tes pieds toucheront le sol, ce sera dans une autre ville.

Je me sens pâlir et secoue la tête.

— Je ne suis pas prête.

— Si, tu l'es.

Des déploie largement ses ailes derrière lui et le vent secoue son T-shirt et ses cheveux.

À cet instant précis, je suis certaine que ce doit être un rêve. Il est trop sauvage, trop beau, trop fantastique pour être à moi, et ce qu'il me demande de faire est trop étrange pour être réel.

— *Vole*, dit-il en me lâchant la taille.

Un pouvoir me submerge à ce mot, déployant mes ailes dans la position adéquate. Avant que j'aie pu protester, il étire les bras de chaque côté de son corps. Tout se passe au ralenti : son corps s'incline à l'opposé de moi et du balcon, et la nuit semble prête à l'avaler tout cru. Ses pieds glissent du rebord et il tombe.

— *Des !* m'exclamé-je en tendant la main par réflexe.

Mon corps penche en avant et je perds l'équilibre. Soudain, il n'y a plus de rebord de balcon sur lequel me percher. Il n'y a plus rien à part le vide sous moi.

Des me sourit, les yeux levés vers moi, pas du tout affolé par le fait que nous soyons en train de tomber. Puis, au beau milieu de notre descente, il disparaît.

Disparaît.

Je me retrouve les yeux fixés sur le domaine du palais, trente mètres plus bas, et Des n'est nulle part en vue.

Oh, mon Dieu, je suis fichue. Tellement fichue. Ce n'est pas voler, c'est l'art de mourir, et celui qui m'a entraînée dans cette situation est parti.

Je suppose que j'ai la réponse à cette stupide question « rhétorique », maintenant : si un ami vous demandait de sauter, le feriez-vous ?

Apparemment, une idiote comme moi le ferait.

La magie de Des encercle toujours mes ailes et tire dessus. Je serre les dents et commence à me reposer sur elles, les inclinant de manière à prendre un peu le vent. La vitesse de ma chute m'empêche de bien contrôler mes mouvements.

Le palais défile devant moi un étage après l'autre, et le sol se rapproche à toute vitesse. Je continue à combattre le vent qui essaie de replier mes ailes, et la magie de Des m'y aide. Alors que je commence à me dire que c'est sans espoir, ma chute ralentit.

Je laisse mon instinct prendre le dessus et continue à incliner les ailes pour garder l'équilibre. Je ne tombe plus, je coupe le vent, et mon corps se met à planer au-dessus du sol plutôt que de dégringoler vers lui.

Je suis certaine que je ne suis plus en train de me précipiter vers ma mort, mais je ne suis pas non plus tout à fait en train de voler. Je ressemble plus à une feuille d'automne projetée dans tous les sens par un coup de vent.

Soudain, Des apparaît sous moi et porte les mains à ma taille.

— *Bats des ailes, mon amour.*

Je l'entends à peine par-dessus le sifflement du vent dans mon oreille, mais je commence à forcer mes ailes à s'agiter de haut en bas, de haut en bas.

J'oscille et, l'espace de quelques secondes, je crains de perdre tout le progrès que j'ai fait et de dévaler le reste de la distance qui me sépare du sol. Mais Des est sous moi, maintenant, pour s'assurer que ça n'arrive pas.

De manière lente et régulière, mes ailes me propulsent vers le haut. Des me lâche et je m'éloigne de lui pour m'élever de plus en plus dans les airs.

Bon sang, je *vole*.

Un rire stupéfait s'échappe de mes lèvres. C'est plus exaltant que j'aurais jamais pu l'imaginer. Je touche un courant d'air chaud et me mets à planer, me laissant porter par le vent.

Une ombre aux ailes impressionnantes apparaît à côté de moi. Je jette un œil au Négociateur, dont les cheveux ondulent dans l'air. Il m'adresse un sourire qui illumine tout son visage.

— *Suis-moi !*

Le vent s'empare de ses mots, mais je lis sur ses lèvres.

Il passe devant puis dévie à droite, son corps s'arquant dans le ciel alors que ses ailes immenses scintillent dangereusement à la lueur de la lune. Je le trouvais déjà fantastique avant, mais ce n'était rien comparé à ce moment. Des est magique, et par un drôle de caprice du destin, j'ai l'occasion de prendre part à cette magie.

Je le suis tout en ajustant mes ailes pour les forcer à se recourber dans l'air comme les siennes. Je ris de nouveau, le cœur bien plus léger maintenant que j'arrive officiellement à voler.

Je suis toujours en rogne contre Des pour m'avoir presque littéralement fait mourir de peur, mais ça en valait peut-être la peine ; ça vaut peut-être même la peur et le dégoût que j'ai ressentis les jours ayant suivi l'apparition de mes ailes.

Je suis Des jusqu'à ce qu'il ralentisse, puis nous nous retrouvons à planer l'un à côté de l'autre. Rien ne vaut le silence qui règne là-haut, dans le ciel. Le vent est trop bruyant pour nous permettre de parler, pourtant tout semble recouvert d'un voile de calme.

De temps en temps, Des pointe le doigt vers quelque chose. Une fois, c'est un groupe de pixies, une autre, un faible rassemblement de lumières, très loin en contrebas. J'imagine que c'est l'un des autres royaumes de l'Autre-monde – un qui ne flotte pas dans le ciel.

Il fait même un geste vers un couple de faes que j'aperçois au loin et dont le corps est en grande partie dissimulé par les nuages. Je ne distingue qu'une paire d'ailes étincelantes dépareillées et deux jambes entremêlées, puis les nuages se déplacent et ils disparaissent de mon champ de vision.

Je remarque un ou deux autres couples du même genre alors que nous volons. À en juger par la manière dont ils sont enlacés, il doit s'agir d'amants s'étant retrouvés sous les étoiles et les nuages.

Après environ une heure ou deux, j'aperçois une énorme masse de terre devant nous, qui dissimule une partie du ciel nocturne.

Une autre île flottante ! Comme Somnia.

À mesure que nous nous rapprochons, je remarque les lumières de la ville, qui pétillent d'une pâle couleur pastel.

Ce n'est que lorsque nous volons au-dessus de l'endroit que je peux l'étudier plus en détail. C'est une terre de tourelles et de remparts, de tours et de ponts. Tout cela défile sous mes yeux alors que nous planons en travers du paysage. D'immenses étendues de végétation sont intercalées entre les bâtiments. De si loin, je n'arrive pas à déterminer s'il s'agit de champs ou de forêts, de jungles ou de parcs bien entretenus.

Alors que nous approchons, je commence à remarquer les particularités de cette île. Les bâtiments semblent changer de taille et de forme dès qu'on détourne les yeux, et les rues ont l'air de ne mener nulle part. Même les couleurs sont à la fois plus vives et plus ternes qu'elles devraient l'être. Ça ressemble à la fois à un conte de fées et à un carnaval, et pourtant… c'est aussi comme si tout n'était pas tout à fait comme ça le devrait.

Personne ne nous regarde alors que nous amorçons notre descente. Nous ne sommes que deux fées de plus sur cette terre étrange.

Des se met à planer sur place, puis descend vers le sol avec grâce.

Mon atterrissage n'a rien de gracieux. Je me cogne contre le Négociateur et manque de nous faire tomber tous les deux. Il me rattrape par la taille, les yeux écarquillés, puis se met à rire. À mes dépens, supposé-je.

L'euphorie que le fait de voler m'a fait ressentir papillonne encore dans mon estomac et dans ma gorge, et je ne peux m'empêcher de me mettre à rire à mon tour.

Je viens de *voler*. Avec Des. Pendant toutes ces années, j'ai espéré faire partie de son monde, je désespérais de voir ce rêve se réaliser un jour… et tout cela m'a menée à ce moment. L'ironie du sort, c'est qu'il a fallu que je me fasse kidnapper par un fou pour que tous mes souhaits deviennent réalité.

Au bout d'un moment, notre rire se calme, mais je vois encore l'amusement pétiller dans ses yeux.

— J'aime tes cheveux quand ils sont ébouriffés par le vent, murmure-t-il en en effleurant une mèche.

Je peux dire la même chose des siens. J'ai toujours éprouvé une obsession bizarre pour ses cheveux qui lui arrivent presque aux épaules, et à cet instant, ils sont particulièrement sexy.

— Est-ce que le fait de voler était conforme à ce à quoi tu t'attendais ? demande-t-il.

Ce serait le moment parfait pour l'engueuler de m'avoir amenée par la ruse à dégringoler dans le vide. Mais je me rends compte que je n'ai pas envie de gâcher ce moment. Pas alors que je me suis amusée à ce point dans le ciel, et pas alors qu'il m'étreint comme s'il n'était pas sûr d'avoir envie de me lâcher un jour.

— C'était incroyable, dis-je d'une voix essoufflée.

Ses yeux pétillent d'excitation et Des laisse glisser ses mains le long de ma poitrine jusqu'à ce qu'on soit face à face.

Il dépose un brusque baiser sur mes lèvres, sa bouche exigeante. Puis je me laisse glisser dans ses bras jusqu'à ce que mes bottes touchent le sol.

Des fait un pas de côté pour me laisser examiner ce qui nous entoure.

— Bienvenue à Phyllia, le territoire des Rêves, déclare-t-il.

Je dévore des yeux la rue bordée de boutiques devant nous. Chaque magasin est plus spectaculaire que le précédent.

Dans la vitrine de la boutique de vêtements la plus proche de moi, il y a une robe qui semble faite d'écume. À côté se trouve un costume d'homme d'une teinte de bleu que je n'avais encore jamais vue. Je vois aussi un manteau qui semble avoir été conçu dans un morceau de ciel nocturne : de petits points de lumière scintillent sur le tissu sombre. Puis j'aperçois un bracelet qui a l'air d'avoir été tissé avec des nuages.

À côté de la boutique de vêtements, il y a un magasin de bric-à-brac rempli de meubles et de décorations aussi inhabituelles que fascinantes. Une table en quartz rose illuminée de l'intérieur. À côté d'elle est posé un flacon en verre rempli d'une brume tourbillonnante. L'étiquette qui y est accrochée indique qu'il s'agit de Rêve-Devenu-Réalité.

Plus loin dans la rue, il y a des restaurants, dont les tables débordent dans les rues et desquels émanent des arômes à la fois inconnus et appétissants.

Je sens l'attention de Des rivée sur moi. Il pose une main au bas de mon dos pour me faire avancer.

— Ici, à Phyllia, explique-t-il, tu trouveras des portes qui ne mènent nulle part, des gens que tu reconnaîtras un instant et qui te paraîtront étrangers le suivant, des endroits que tu seras sûre d'avoir déjà visités, mais sans pouvoir dire quand ni comment. Phyllia est l'endroit où chacune de nos pensées fantastiques peut devenir réalité.

Le territoire des Rêves. C'est comme un enfant étrange entre l'Autremonde et à mon idée du Pays des Merveilles. Tout a cette touche élégante et typique des faes, mais rien n'est tout à fait ce qu'il paraît.

Nous dépassons une fontaine autour de laquelle plusieurs personnes sont rassemblées, des flacons à la main.

— L'eau d'ici peut exaucer les souhaits modestes, m'explique Des à côté de moi.

Je regarde, fascinée, alors qu'une femme fae aux cheveux dorés plonge son récipient en verre dans l'eau. Je suis tentée d'essayer, moi aussi, rien que pour voir quel petit souhait je pourrais réaliser.

Nous dépassons plusieurs cafés et je m'attarde un instant sur leur faible luminosité et les conversations à voix basse qui nous parviennent depuis l'intérieur.

— Vous avez des restaurants dans l'Autremonde, remarqué-je.

— Ça te surprend ? s'amuse Des.

Oui. Je croyais que l'Autremonde était essentiellement composé de champs en fleurs et de bâtiments à l'architecture impossible. Les restaurants me paraissent si… *humains*.

Soudain, Des me guide vers l'un d'eux.

— Qu'est-ce que tu fais ?

— Je t'emmène dîner… à moins que tu n'aies pas faim, bien sûr.

Mon estomac choisit ce moment exact pour gargouiller. Je ne sais pas combien de calories j'ai brûlées en volant, mais ce doit être vraiment beaucoup.

— Je mangerais bien quelque chose.

Il étire les lèvres.

— Bien. Moi aussi.

Le restaurant dans lequel nous entrons est décoré dans des teintes argentées et bleu pervenche, des couverts jusqu'aux miroirs fixés aux murs. Près du sommet des hauts plafonds sont suspendues des volutes de nuages, et un vase rempli de fleurs blanches délicates, que j'ai déjà vues dans Somnia, est posé sur chaque table.

Dès que Des et moi sommes assis, j'examine discrètement la pièce.

Même au premier regard, les hommes et les femmes autour de nous n'ont pas l'air tout à fait normaux. Pour la plupart, il ne s'agit que de petits détails : les yeux un peu trop brillants pour être humains, les cheveux trop longs pour avoir poussé sur une tête de mortel. Mais il y a aussi quelques faes particulièrement remarquables. Comme l'homme à la peau gris lavande et à la bouche remplie de dents pointues et aiguisées. Ou la femme dont les membres sont longs et élancés, et dont la peau a la couleur des ombres profondes.

Alors que je les observe, ébahie, les clients du restaurant nous ignorent complètement.

— Est-ce que ces gens savent qui tu es ?

— Oui, m'assure-t-il.

— Pourquoi est-ce qu'aucun d'entre eux… commencé-je, avant de m'interrompre pour trouver les bons mots.

— Ne vient ramper devant moi ? termine-t-il pour moi.

— Ouais.

Il hausse une épaule.

— J'ai dissimulé notre apparence.

— Dissimulé notre… ?

— C'est une petite illusion qui altère subtilement les traits de notre visage… pour éviter qu'on soit reconnus.

Il se penche en avant et ajoute :

— Je me suis dit qu'aucun de nous n'avait envie d'être le centre de l'attention.

Mince, c'était vraiment gentil de sa part.

Je reporte mon attention autour de nous. Les gens présents ici ne sont pas les seules choses hors du commun. À mi-chemin dans le restaurant, le bâtiment se transforme en cathédrale gothique, dont les bancs et le pupitre sont actuellement vides.

— Une logique de rêve, explique Des.

Je tourne la tête vers lui et réalise que quelqu'un nous a déjà servi des boissons et du pain.

Je cligne des yeux, surprise.

— Cet endroit est vraiment…

Déstabilisant.

— … magique, terminé-je.

Des se renfonce dans sa chaise, un sourire sardonique sur les lèvres.

— Qu'est-ce que tu veux manger ? me demande-t-il.

Je fronce les sourcils.

— On n'a pas encore eu les menus…

Je n'ai même pas fini ma phrase qu'un plat de raviolis tombe sur la table devant moi.

Qu'est-ce qui vient de se passer ?

Des rit en voyant mes yeux écarquillés.

Il se penche en avant, ses avant-bras musclés posés sur la table.

— Tu crois que je t'écarterais du droit chemin, chérubin ?

Je lui lance un regard mauvais.

— La dernière fois que tu as dit ça, tu m'as piégée pour me faire tomber d'un immeuble.

— *T'envoler* d'un immeuble.

Je lève les yeux au ciel.

— Question de sémantique, Des.

— La sémantique fait tout, Callie, ne t'ai-je donc rien appris ?

Je ramasse ma fourchette, observe mes pâtes, qui sont couvertes d'une mystérieuse sauce crémeuse.

— Non, tu as raison. Tu m'as appris ce que c'est que d'être un salopard retors.

Des se réinstalle au fond de sa chaise, une expression narquoise sur le visage.

— Je prends ça comme un compliment.

Je coupe l'un des raviolis et en mange une bouchée. Son goût représente tout ce dont j'avais envie sans même le savoir.

— C'est bon ?

Je ferme les yeux et hoche la tête, savourant ce délice un peu plus longtemps.

— Et regarde, ça ne t'a même pas tuée.

Il a fallu que Des fasse son Des.

— *Pas encore*, lui rétorqué-je, parce que je peux être sarcastique, moi aussi.

J'ouvre les yeux et – je ne déconne même pas – je vois un churro se matérialiser devant Des, avant de tomber sur la table une seconde plus tard. Il y a même un morceau de papier en paraffine bon marché enroulé au bout, comme ceux qu'on trouve dans les carnavals.

Je hausse les sourcils.

Des prend le churro et pose une jambe, puis l'autre, sur la table. Puis il mord dans sa sucrerie sans vergogne.

Je dois bien admettre qu'il profite à fond de ce moment.

— Dis-moi, mon amour, reprend-il en croisant les chevilles, de quoi est-ce que tu rêves ?

— De quoi je rêve ? répété-je, une autre bouchée de ravioli à mi-chemin de ma bouche.

— À quoi est-ce que tu aspires dans la vie ?

Je mange mon morceau de ravioli et le mâche lentement.

Quand j'ai dégluti, je hausse les épaules.

— À être heureuse, je suppose.

— Oh, allez, chérubin, réplique-t-il en pointant son churro vers moi. Ne m'oblige pas à te prendre une perle. Je sais que tu as des rêves plus spécifiques que ça.

Je fixe mes pâtes en pinçant les lèvres.

— Je ne sais pas, finis-je par répondre. Il y a deux mois, je t'aurais dit que je voulais un mari et une famille.

Je suis surprise que cette confession me vienne avec autant de facilité. Des n'est peut-être pas le seul à apprendre à se montrer vulnérable.

La vérité, c'est qu'avant que Des revienne dans ma vie comme une tornade, je me sentais seule, douloureusement seule. Le genre de solitude qu'on ressent quand on a la sensation que notre vie nous passe sous le nez sans que personne soit là pour en être témoin.

Le Négociateur m'observe en plissant les yeux, le visage indéchiffrable.

— Tu n'as plus envie de ça ?

Je croise son regard. C'est si dur de lire en lui quand il est comme ça.

Je prends une grande inspiration et réponds :

— Si, j'ai toujours envie de ça, mais…

Il ne me faut que quelques secondes supplémentaires avant de réussir à prononcer les derniers mots :

— Mais maintenant, je n'ai plus peur que ça n'arrive jamais.

Voilà ce qui se passe quand on découvre qu'on a une âme sœur. La crainte de passer sa vie toute seule s'évapore.

Les yeux de Des se réchauffent à cet aveu, et je suis sûre que si nous n'étions pas dans un restaurant rempli de monde, il aurait balayé les couverts de la table pour me faire l'amour sur-le-champ.

Je me racle la gorge.

— Et toi, de quoi tu rêves ? l'interrogé-je, avec l'impression que ma peau est en feu.

Il m'observe, si immobile que j'ai la sensation qu'il attend le bon moment pour frapper.

— Nous avons le même rêve, finit-il par admettre.

— Tu veux un mari aussi ? ne puis-je m'empêcher de le taquiner.

Il m'adresse un sourire vorace et choisit ce moment pour prendre une autre bouchée de son churro – de manière très suggestive.

— Peut-être… me taquine-t-il. Mais tu feras l'affaire.

Je me réfrène de lever les yeux au ciel.

— Je suis *ravie* d'être ton prix de consolation.

Il étire les lèvres et m'observe pendant un instant. Puis, comme s'il venait de prendre une décision, il retire ses pieds de la table. Il jette quelques pièces à côté de mon assiette et me prend la main.

— Mais je n'ai pas fini, me plains-je.

J'ai à peine touché à mes raviolis et je compte bien les dévorer jusqu'au dernier. Je suis le genre de fille capable d'engloutir son assiette.

— Tu veux qu'on les prenne à emporter ? propose-t-il.

J'entrouvre les lèvres, mais avant que j'aie le temps de répondre, un autre churro tombe sur la table, presque dans mes raviolis.

C'est au tour de Des de hausser les sourcils.

— On dirait qu'une personne était jalouse de ma nourriture.

C'est la vérité. La façon dont il a mangé son churro l'a rendu *très* appétissant.

Je prends le mien et laisse Des me guider jusqu'aux portes du restaurant. Dehors, le ciel est aussi sombre que d'habitude. Je lève les yeux pour le regarder tout en mangeant un morceau de mon churro. Je me sens étrangement exaltée.

Nos bottes résonnent sur les pavés alors que nous marchons. Je ne sais pas où l'on va, mais je m'en fiche. Ce genre de soirée nous est familier à tous les deux. Des m'a déjà emmenée visiter des métropoles étrangères un nombre incalculable de fois, où nous nous baladions tous les deux dans les rues. Parfois, il nous fournissait tous les deux en alcool, d'autres fois en café et en pâtisseries.

— Ça me rappelle notre passé, murmuré-je.

Des me prend la main et la porte à ses lèvres pour l'embrasser.

Je sens mon cœur gonfler dans ma poitrine. Je vais garder cet homme auprès de moi pour toujours. Bénéficier d'une vie entière avec Des à mes côtés. C'est une idée si folle que je ne suis pas sûre de réussir à m'y habituer un jour.

Nous atteignons le bout de la rue marchande et débouchons sur une grande place. Au centre se trouve une sculpture représentant un couple ailé étroitement enlacé. Sauf que cette statue flotte de quelques mètres dans les airs.

Je m'arrête devant elle.

— Qui sont-ils ? demandé-je en observant le couple.

La femme semble faite de la même pierre noire que mes perles, et sa peau reflète la lumière. L'homme qu'elle étreint est composé d'un genre de grès chatoyant et sa peau semble illuminée de l'intérieur.

— Les Amants, m'indique Des. Deux de nos Dieux anciens.

Il pointe le doigt vers l'homme et ajoute :

— C'est Fierion, le Dieu de la Lumière, et elle, c'est Nyxos, la Déesse des Ténèbres.

Nyxos… pourquoi ce nom m'est-il familier ?

— Dans les mythes, explique Des, Fierion était marié à Gaya, la Déesse de la Nature, mais son véritable amour était Nyxos, la femme qu'il lui était interdit d'approcher. Leur amour est la raison pour laquelle le jour chasse la nuit et la nuit chasse le jour. Ici, sur le territoire des Rêves, ils sont enfin autorisés à être ensemble.

J'observe la sculpture un long moment tout en finissant mon churro. Même si ce n'est qu'un mythe, cette histoire tragique me touche quand même. Je déteste les histoires d'amour impossible. La vie comporte déjà bien assez de tragédies comme ça.

Je détourne les yeux de la statue pour les poser sur un énorme pont de pierre au moins aussi long que deux stades de football, et qui part de la grande place. Au milieu, les lampes qui l'illuminent s'évanouissent dans des ténèbres brumeuses.

Au-delà du pont, j'aperçois tout juste une autre île flottante.

— Qu'est-ce qu'il y a là-bas ? demandé-je avec un signe de tête vers le bloc de terre.

Cet endroit a quelque chose de particulier, quelque chose d'insidieux et d'attirant qui éveille la face plus sombre de ma nature.

Des fronce les sourcils.

— C'est Memnos, le territoire des Cauchemars.

— Memnos, répété-je, les yeux fixés sur l'île.

Je me souviens que Des m'a énuméré les noms de toutes ces îles flottantes il y a des semaines.

— Est-ce qu'on va la visiter ? l'interrogé-je.

Le Négociateur hésite.

— Tu te souviens du bog ?

Comment pourrais-je l'oublier ?

Je hoche la tête.

— C'est l'une des nombreuses créatures qui vivent à Memnos.

Je frissonne.

Message reçu.

— Je te montrerai cette île un jour, mais pour l'instant…

Il me prend la main et m'observe avec intensité.

— Pour l'instant, ce voyage est pour nous et nous seuls.

Chapitre 10

Le lendemain matin, je me réveille dans notre suite à Phyllia, avec les cheveux de Des qui me chatouillent le dos et la sensation de doux baisers déposés le long de ma colonne vertébrale.

Je m'étire avec langueur et un petit sourire s'épanouit sur mon visage.

Après cette soirée magique passée à explorer Phyllia hier soir, nous avons tous deux réservé une chambre dans un hôtel un peu à l'écart de la place principale, qui proposait des chambres changeant de couleur et de déco.

Aucun de nous n'a mentionné le fait que Des continuait sûrement à camoufler nos apparences. En général, les rois n'ont pas la possibilité de s'installer dans un hôtel comme un couple normal.

Les baisers sur mon dos s'interrompent. Un instant plus tard, Des me mordille l'oreille.

— Ai-je mentionné que j'adore ta tête au réveil ? demande-t-il d'une voix basse et rauque.

Je ris dans mon oreiller, puis tends la main et repousse son corps massif. Il roule sur le côté, m'entraînant avec lui, et dépose quelques baisers volés sur mes lèvres. Je cligne des paupières, encore assoupie.

— C'est ce que je préfère, dit-il en me regardant.

J'essaie encore de finir de me réveiller.

— Quoi ? m'enquis-je.

— Me réveiller à côté de toi tous les matins, répond-il en donnant une petite tape du doigt sur mon nez. Surtout quand tu es assoupie et adorable.

Je réprime un bâillement.

— Comment tu peux être aussi… *réveillé ?*

Au lieu de répondre, il se dégage de sous moi. Je retombe sur le matelas et mes yeux commencent déjà à se refermer.

De nouveau, je suis réveillée par ses caresses, sentant sa main chaude sur mon dos. Puis je le sens.

La délivrance… aussi appelée café.

J'ouvre les yeux avec difficulté et vois la tasse de café fumante à quelques centimètres de mon visage.

Je tends la main vers elle.

— Ah, ah ! lance Des en la déplaçant tout juste hors de ma portée. Si tu la veux, tu vas devoir sortir du lit.

Comme pour m'encourager, mes couvertures glissent soudain de mes épaules d'elles-mêmes et se retrouvent au niveau de mes chevilles.

J'en attrape le bout et les relève sur moi.

Elles glissent de nouveau.

Je les retire sur moi, d'un geste plus vigoureux, cette fois.

Vous savez quoi ? Au diable Des et son café.

Juste au moment où je coince les draps sous mon bras, ils recommencent à se dérober. Je me bats avec eux et m'engage dans un jeu de tir à la corde ridicule contre un objet inanimé.

— Oh, mon Dieu, Des, tu es sérieux ?

Il s'appuie contre l'une des têtes de lit et boit une gorgée de ce qui était censé être mon café.

— Je n'ai aucune idée de ce dont tu parles.

Sale menteur.

— *Très bien,* grogné-je en roulant hors du lit. Je suis debout.

Je m'avance vers lui d'un pas furieux. Ignorant soigneusement son torse nu et ses cheveux noués en chignon bien trop sexy, je lui prends sa tasse de café des mains et sors sur le balcon attenant à notre chambre.

— Un merci ne serait pas de trop, remarque-t-il en me suivant.

— Des excuses non plus, rétorqué-je par-dessus mon épaule.

De manière surprenante, il n'a rien à répondre à ça.

Le petit déjeuner a déjà été déposé sur la petite table en mosaïque qui occupe une bonne portion du balcon, et ça sent très bon.

Je m'assieds et me renfonce dans ma chaise pour siroter mon café. Seigneur, qu'est-ce que c'est bon ! Ça vaut presque la peine de perdre quelques minutes de sommeil.

Des s'assied en face de moi, sa large carrure dominant la petite chaise bistro. Il prend son espresso et le sirote avec délicatesse.

En temps normal, voir cette tasse minuscule dans sa main m'aurait fait rire. Mais à cet instant, je me contente de le fusiller du regard par-dessus le bord de ma tasse. Son visage magnifique ne m'aide pas. Ni son torse massif et ses bras musclés bien en évidence.

Pourquoi faut-il qu'il soit toujours aussi séduisant ? Surtout quand je suis certaine de ressembler à un animal écrasé.

Ce n'est qu'une preuve supplémentaire que le monde est injuste.

Des lance un regard appuyé à mon assiette, où se trouve un burrito de petit déjeuner fumant.

— Tu vas manger ?

— Pourquoi m'avoir préparé un petit déjeuner ? l'interrogé-je d'un ton soupçonneux.

Il repose son espresso, l'air méfiant.

— C'est une question piège ?

— Ça me semble être un geste anormalement gentil de ta part.

— Tu essaies juste de me vexer, là.

Peut-être, oui. Par le passé, quand Des m'emmenait prendre un petit déjeuner, c'était toujours sans contrepartie.

Alors pourquoi ai-je le sentiment que cette fois il y en a une ?

Je bois une autre gorgée de café, puis le repose sur la table.

— Tu m'as vraiment réveillée tôt rien que pour me donner à manger ?

— Il n’est pas si tôt que ça, m’indique Des, esquivant la question.

Il doit avoir raison. Les étoiles scintillent au-dessus de nos têtes, tout autant que lorsque nous nous sommes endormis hier soir.

— Pourquoi m’avoir préparé un petit déjeuner ? insisté-je.

— Parce que je t’aime, lance-t-il. Est-ce que tout doit avoir un prix ?

Mon cœur mièvre fond un peu à ces mots, mais je le connais depuis trop longtemps, et un peu trop bien, pour accorder foi à ses grands yeux argentés.

Je lui lance un regard sceptique.

— Avec les gens normaux, non. Avec toi ? Toujours.

Il esquisse un sourire narquois par-dessus son espresso, le premier signe que j’ai raison. Il a bien une idée derrière la tête.

— Alors qu’est-ce que c’est ?

— Tu le découvriras bien assez tôt.

Et c’est vrai. Dès que nous retournons dans notre suite, ma tenue d’entraînement en cuir apparaît sur notre lit.

Je lâche un grognement.

— Je croyais qu’on était en vacances ?

— Tes ennemis se fichent que tu sois en vacances.

Il marque un point.

Inutile d’argumenter ; je sens déjà la magie de Des m’obliger à m’activer. En grommelant, j’enfile la tenue et nous sortons tous deux de la chambre.

Nous quittons l’hôtel et nous dirigeons vers les étendues sauvages qui bordent le centre de la ville. Et ces terres sont vraiment sauvages, aussi belles soient-elles. Je trébuche sur des racines et dois repousser des fougères et autres plantes fleuries exotiques hors de mon chemin, alors que nous nous frayons un passage à travers la végétation.

Plus nous avançons, plus mes mouvements se font poussifs. Je me dis que ça doit être l’épuisement causé par notre soirée de la veille, jusqu’à ce que la sensation devienne si extrême que j’ai l’impression d’être dans une scène au ralenti. Des, quant à lui, a l’air de se déplacer sans le moindre mal.

La faune sauvage ouvre bientôt sur une clairière et Des s'arrête, avant de se tourner vers moi. Il me jette une épée et il me faut faire un effort ridiculement important pour lever le bras et la rattraper.

— Lève ton épée, Callie, dit-il avec un éclat hilare dans le regard.

Je tire l'arme de son fourreau, les membres lourds.

Il me faut une éternité pour soulever l'épée, et quand j'y parviens enfin, il s'élance déjà sur moi. Je parviens tout juste à plonger pour esquiver ses coups. Et il y va doucement. C'est si facile pour lui que c'en est pathétique.

— Plus vite, Callie.

Je suis absolument incapable de bouger plus vite. J'arrive à peine à *bouger* tout court. C'est comme si j'essayais de nager dans du miel. Même la tenue d'entraînement en cuir *badass* que je porte ne compense pas la torture que représente mon entraînement du jour.

Des, quant à lui, n'a pas l'air affligé des mêmes problèmes que ceux que je rencontre. Je ne sais pas si c'est parce que cet endroit ne l'affecte pas ou parce qu'il se sert de sa magie pour contrecarrer ses effets, mais il bouge avec célérité et ses attaques sont bien trop rapides pour que je me défende.

Je ne sais pas comment il arrive à être aussi précis, mais à chaque fois qu'il m'attaque avec son épée, il entaille ma tenue, faisant de petits accrocs dans le cuir. J'ai désormais des douzaines de petits triangles sur le haut de ma poitrine et mes cuisses. Et pas une fois je n'ai réussi à le toucher.

Pas une.

Pour finir, après ce qui me semble une éternité, Des annonce que l'entraînement est terminé pour aujourd'hui.

Je m'écroule au sol et mon épée tombe par terre en cliquetant à côté de moi.

Je suis fatiguée de la racine des cheveux jusqu'aux doigts de pieds, ma tenue donne l'impression qu'on a découpé un flocon de neige dedans, et à cet instant, je n'en ai plus rien à faire de quoi que ce soit.

Jour : 1, Callie : 0.

— Tu t'es bien débrouillée, déclare Des en s'approchant de moi. Cet endroit est enchanté pour bouger moins vite que dans le reste du monde. On dit qu'il imite un rêve au ralenti.

J'aurais bien aimé avoir cette information avant.

Évidemment, je remarque que cela n'a pas affecté Des autant que moi.

Petite fée sournoise.

Je pose la joue sur mes genoux, épuisée par cet entraînement.

Il s'accroupit à côté de moi et caresse mon visage de la jointure de ses doigts.

— On ne peut pas se reposer tout de suite. On doit passer à la prochaine île, m'informe-t-il presque sur un ton d'excuse.

Je suis incapable de lever mes fesses de ce coin d'herbe.

Des doit s'en rendre compte, parce qu'au lieu d'essayer de me convaincre de me relever, il glisse les bras sous mes ailes et l'arrière de mes genoux.

Il me soulève contre son torse et me blottit contre lui. Ses ailes surmontées de griffes se déploient autour de nous, puis il bondit dans les airs et nous nous élevons tous deux vers le ciel nocturne.

Alors que l'air froid m'ébouriffe les cheveux, Des presse mon visage contre son torse, me protégeant des plus grosses bourrasques.

J'appuie la tête sur lui et hume son odeur masculine. Je ne comprends pas comment, même ici, au milieu du ciel nocturne d'un monde étranger, je peux encore me sentir chez moi quand je suis blottie contre cet homme. Mais c'est le cas.

Mes yeux se ferment et je laisse le battement de ses ailes me bercer jusqu'à m'endormir.

***

Mon estomac fait un salto et je me réveille en sursaut. Un millier d'étoiles étincellent autour de moi quand j'ouvre les yeux en clignant des paupières.

Lorsque j'essaie de me redresser, je sens le bras de Des se resserrer autour de moi. Il me faut un petit moment avant de réaliser d'abord qu'on est encore dans le ciel, et ensuite que Des fait un excellent lit.

Je jette un œil en dessous de nous et remarque que nous amorçons notre descente vers une autre île flottante qui n'est pas Somnia.

Je comprends un peu mieux les questions énigmatiques de Des au sujet de mon intérêt pour son royaume. Il est en train de me faire faire une visite guidée.

J'essaie de me souvenir du nombre d'îles flottantes sur lesquelles il règne, mais j'ai un gros trou de mémoire. Tout ce que je sais, c'est qu'on va en visiter plusieurs.

Celle-là a l'air drôle. Même de loin, je le vois. Partout où je regarde, il y a des guirlandes de lumière colorées qui illuminent les bâtiments – pas comme celles qu'on voit à Noël, plutôt comme ce qu'on pourrait trouver sur la façade d'un bar.

Les plantes et les arbres fleuris et aux couleurs vives ont quelque chose de tropical, tout comme les parfums qui embaument l'air nocturne.

Ce n'est que lorsque nous nous rapprochons que je distingue une série de bagarres de bar dans les rues. Les fées qui n'y participent pas zigzaguent sur le trottoir d'un pas titubant – mis à part, bien sûr, le charmant couple peut-être en pleins ébats contre le mur d'un des bâtiments.

D'aaaaccord.

Nous atterrissons devant ce qui ressemble à une salle de jeu ; les fées à l'intérieur sont rassemblées autour de plusieurs tables, où d'autres faes font rouler des dés.

Je me dégage d'entre les bras de Des et regarde autour de moi.

— Où est-ce qu'on est ?

— À Barbos, la ville des Voleurs.

Je ne suis même pas étonnée que Des règne sur une île connue sous le nom de ville des Voleurs.

Nous nous mettons en marche et, mon Dieu, j'ai mal partout. Je dis bien *partout.*

Quel qu'ait pu être cet horrible endroit à Phyllia où l'on s'est entraînés, il m'a vidée de mes forces.

J'émets un grognement et me frotte les fesses alors que nous marchons.

— Des, je crois que tu m'as endommagé le derrière.

Il fourre ses mains dans les poches de son pantalon en cuir.

— Chérubin, le jour où je t'endommagerai le derrière, tu émettras des gémissements bien différents de ceux-là.

Par tous les saints. Le sang afflue à mon visage. À ma grande horreur, ma peau se met à luire.

Méchante sirène. Méchante.

Je ricane.

— *Ça*, ça n'arrivera que dans tes rêves.

Des s'arrête et prend ma mâchoire dans sa main, me forçant à le regarder dans les yeux.

— Tu sais, ce que je trouve le plus charmant chez toi, c'est que tu continues à dire des trucs comme ça alors que tu me dois tout un poignet de dettes, dit-il, tandis que son pouce me caresse le visage.

Je déglutis, sans trop savoir si l'agitation que je ressens est de l'appréhension ou de l'impatience.

Il m'attire tout près de lui.

— Fais attention à ce que tu dis, compagne, ajoute-t-il d'une voix plus sérieuse, je ne demande qu'à prendre tes mots comme un défi.

Il me lâche le visage et se remet à marcher.

Je reste plantée sur place pendant plusieurs secondes, avant de me ressaisir.

— Je veux divorcer, finis-je par déclarer.

— Désolé, chérubin, lance-t-il par-dessus son épaule, mais ton cul endolori est à moi, que ça te plaise ou non.

Je tire la langue à son dos.

— Je t'ai vue.

— Tant mieux, lancé-je avant de décider de l'ignorer.

Je ne sais pas si la magie d'illusion de Des est encore active, parce que les gens ne viennent pas se prosterner devant lui, mais par contre… ils n'arrêtent pas de me regarder.

Leurs yeux s'attardent sur mes ailes et mes avant-bras, mais je ne vois aucune peur ou pitié dans leurs yeux. Ils ont plutôt l'air… *intrigués*.

Gênée, je passe une main le long d'une de mes ailes.

— Ils ne te voient pas comme tu te vois, m'apprend Des, qui continue à marcher sans se retourner.

Je fronce les sourcils.

Il s'arrête et attend que je le rattrape.

— Il existe des faes de toutes formes et de toutes tailles, explique-t-il. Voir quelqu'un qui a ton apparence n'a rien d'étrange à nos yeux. Pour nous, tu es une magnifique humaine avec des ailes, et c'est à la fois exotique et séduisant.

Je baisse les yeux sur ce que je peux voir de mes ailes noires, les plumes irisées chatoyant sous la lumière. J'ai du mal à admettre ce qu'il vient de dire, et il m'est encore plus difficile d'essayer de redéfinir la façon dont je me vois.

Exotique. Séduisante. Ces mots sont très éloignés de ceux qui me viennent à l'esprit quand je me regarde dans le miroir.

Monstrueuse. Altérée.

J'ai honte d'admettre que ces regards appréciateurs apaisent en partie mon assurance brisée.

— Tu devrais vraiment t'en souvenir, chérubin, continue Des. Surtout quand tu rencontreras les élites d'autres royaumes. Ils te trouveront tout aussi attirante que toutes ces fées… peut-être même plus, parce que tu es mienne. Mais ils tenteront de dissimuler ce qu'ils ressentent sous un masque de dégoût, ou une autre émotion destinée à te rabaisser.

Ces faes m'ont tout l'air de gens très charmants…

Attendez.

Je tourne les yeux vers Des.

— *Quand* je rencontrerai d'autres élites ?

Chapitre 11

Non, il est hors de question que je rencontre d'autres élites.

Oui, ça finira sûrement par arriver à un moment ou un autre.

Non, pas ce soir.

Oui, Des se soucie de ce que je ressens.

Non, cette réalité ne me dispensera pas de rencontrer lesdites élites le moment venu.

Apparemment, rencontrer des faes importants fait partie du boulot, dans cette histoire d'âme sœur.

Argh.

Si je pouvais éviter de rencontrer un seul autre fae haut placé de toute ma vie, je m'estimerais heureuse. Des me suffit amplement.

Il m'arrête devant une taverne et je l'examine avec attention. Elle ressemble à toutes les autres. Même façade de bois sculpté, mêmes lumières vives suspendues au-dessus de l'auvent, même apparence collante suggérant que cet endroit a subi des décennies de bières renversées.

Pour être honnête, c'est tout à fait mon genre de bar. Divertissant, sans chichi et avec du bon alcool. Le seul inconvénient, c'est que primo, on est dans l'Autremonde, pas sur Terre, et deuzio, je ne peux pas boire d'alcool, à cause d'une faveur que Des m'a fait repayer il y a quelques semaines. Oh, et troizio, je vais entrer dans un bar vêtue de ma tenue en cuir. Sauf que maintenant, ce sont plus des lamelles de cuir qu'une tenue à proprement parler.

Le Négociateur m'ouvre la porte et nous entrons tous deux dans le pub.

Un par un, les clients turbulents nous remarquent. En quelques secondes, un silence de mort s'abat sur la salle.

— Euh… c'est normal, ça? murmuré-je à Des.

Il ne prend pas la peine de répondre.

Du côté opposé de la pièce, une chaise crisse sur le sol et une immense fée massive s'avance vers nous. Même si qualifier cet homme de «fée» me paraît un peu dur à avaler, en tout cas selon ma définition du mot.

Avec son visage couvert de cicatrices, ses vêtements en cuir déchirés et ses cheveux roux hirsutes, il ressemble plus à un pirate qu'à une fée, selon moi.

Ses yeux brun doré sont durs alors qu'il s'avance vers Des et moi. Personne d'autre ne bouge dans le bar; tous les yeux sont rivés sur nous.

— Qu'est-ce que tu fous ici, Bâtard? lance-t-il d'une voix rocailleuse.

Je hausse les sourcils. Mis à part moi, je ne crois pas avoir jamais entendu qui que ce soit insulter le Négociateur de manière aussi directe.

Une autre sorte de silence déconcertant s'est répandu dans la pièce, comme si quelqu'un avait craqué une allumette au-dessus d'un tas de poudre à canon et que tout le monde se préparait à l'explosion imminente.

Puis, comme dans un film, les deux hommes éclatent de rire et s'étreignent avec force.

Quoooiii?

Je les dévisage, incrédule.

Franchement, je ne comprendrai jamais les hommes, quel que soit le monde duquel ils viennent.

La fée crapuleuse s'écarte pour regarder mon compagnon des pieds à la tête.

— Comment ça va, Desmond?

Desmond. Pas étonnant que tout le monde se soit figé dans la pièce. Ces gens ont reconnu leur roi. Il a dû retirer l'enchantement qu'il avait placé sur lui-même juste avant qu'on entre dans le bar.

Des hoche la tête et un sourire rusé s'étale sur son visage.

— Très bien, mon frère. Très bien.

— Ah ! Je reconnais ce sourire, déclare la fée rousse en lui donnant une tape dans le dos. À qui t'as escroqué sa fortune, cette fois ? À moins que…

Il tourne les yeux vers moi.

— Tu as volé la femme de quelqu'un ? Ça faisait longtemps que t'avais plus amené de filles ici, espèce de gredin.

Oooh, c'est gênant. J'aurais préféré ne pas connaître ce détail.

— Fais attention avec celui-là, me dit l'homme roux en secouant l'épaule de Des. Il aime déshonorer ses femmes avant de s'en séparer.

Déshonorer ses femmes ?

Une vague de jalousie brûlante s'élève en moi.

Des prend une expression plus sérieuse.

— Ce n'est pas ça, dit-il. Pas du tout.

Il pose sur moi un regard intense, et je crois qu'il essaie de s'excuser en silence.

Je suppose que ce n'est que justice, que je me retrouve dans cette situation. Après tout, Des a dû endurer de me voir sortir avec d'autres hommes pendant sept ans, alors qu'il attendait que j'aie repayé mon ultime souhait, prononcé sans le savoir. Je peux bien serrer les dents et supporter d'entendre une partie de son historique amoureux.

La fée rousse m'étudie à nouveau. Cette fois, il doit déceler quelque chose qu'il avait manqué jusqu'alors, parce qu'il remarque :

— Ce n'est pas n'importe quelle fille, hein ?

— Non, acquiesce Des, sans cesser de m'observer de ce regard intense et brûlant.

L'autre fée dévisage le Négociateur pendant quelques secondes de plus, puis hausse les sourcils.

— Oh… *oh* ! s'exclame-t-il. C'est la fille que tu cherchais ?

Des hoche la tête.

La fée se retourne vers moi et me serre dans ses bras, manquant de m'étouffer.

— Bienvenue dans la famille, alors, dit-il d'une voix grondante. Mes excuses les plus sincères. Ça doit pas être facile de se retrouver avec le Bâtard comme compagnon.

Il finit par me lâcher et son regard passe de moi à Des comme un père empli de fierté.

C'est *tellement* bizarre.

— Ah, bon sang, dit-il en prenant une grande inspiration par les narines. Ça change tout, et dans le bon sens.

Il donne une tape sur le bras de Des. Puis, avec l'air de se souvenir que nous sommes tous deux encore plantés sur le seuil du bar, il lance :

— Eh bien, venez, laissez-moi offrir un verre au Bâtard et à sa fiancée. C'est le moins que je puisse faire.

Je ne suis la fiancée de personne, mais je ne prends pas la peine de corriger le rouquin. Je vis avec Des, je fais l'amour avec Des et je suis liée à Des. Une alliance et un morceau de papier me semblent n'être que des détails superflus, au point où j'en suis.

— Pourquoi est-ce qu'il n'arrête pas de t'appeler « Bâtard » ? demandé-je à Des, alors que son ami forban nous mène vers l'une des tables crasseuses.

Un tapage envahit de nouveau la taverne.

— Parce que c'est ce que je suis, répond Des.

— Je croyais que tu connaissais ton père.

Dans le livre que j'ai lu, n'était-il pas dit que le Roi de la Nuit était né dans le harem royal ? Ne connaît-il pas forcément son père dans ce cas-là ?

— J'ai découvert qui c'était quand j'étais ado, explique-t-il. Avant ça, on m'appelait le « Bâtard ».

Je me sens pâlir.

— Je t'ai appelé comme ça, me remémoré-je, mortifiée.

Je n'avais jamais envisagé que ce terme puisse être la vérité.

L'ami de Des s'arrête à une table et nous nous y asseyons.

— Chérubin, murmure-t-il. Je t'assure que ce n'est rien du tout.

Mais ce n'est pas rien pour moi…

L'ami roux du Négociateur s'assied en face de nous et donne un coup sur la table.

— Trois hydromels, aboie-t-il au barman au fond de la pièce.

Quand il reporte son attention sur nous, ses yeux pétillent.

— Desmond, mon vieil ami, tu ne m'as pas présenté officiellement à ta compagne.

Des pose un bras sur la surface de bois collante et tourne les yeux vers moi.

— Callie, commence-t-il avec un geste vers le rouquin, ce petit salopard est Phaedron. Phaedron, je te présente ma compagne, Callypso.

Phaedron me prend la main.

— C'est un vrai plaisir, dit-il en prenant un ton sérieux.

Ne sachant quoi faire d'autre, je hoche la tête et lui serre la main.

— Ravie de vous rencontrer.

De toute évidence, Phaedron est un autre vieil ami de Des, ce que je trouve assez déconcertant. Je m'habitue encore à l'idée que quelqu'un comme le Négociateur *ait* des amis. Et techniquement, il en a même plus que moi.

C'est assez déprimant.

Un nouveau groupe de fées entre dans le bar. La plupart sont des femmes, même s'il y a aussi deux hommes parmi elles. Ils traversent la pièce, vêtus de tenues échancrées et quasi transparentes. Ils passent tous de table en table, laissant glisser leurs mains sur les épaules et les bras de la plupart des clients.

Phaedron voit que je suis en train de les observer.

— Des prostitués, explique-t-il.

Je lui lance un regard entendu.

— Je ne suis pas née de la dernière pluie, répliqué-je.

Je vous jure que je suis capable de garder ce que je pense pour moi, mais je n'en prends pas toujours la peine.

Phaedron sourit et m'observe de haut en bas.

— Et le Bâtard a trouvé chaussure à son pied, s'amuse-t-il avant de se pencher en avant. Dis-moi, Desmond, est-ce que toutes les femmes humaines sont aussi fougueuses sur Terre ?

Des lui adresse un sourire malicieux.

— Seulement les meilleures.

— Ah ! rit Phaedron. Et ce sont de vraies guerrières au lit !

Je lève les yeux au ciel.

La conversation est interrompue par le barman, qui dépose nos verres devant nous.

J'esquisse une moue déçue en regardant le verre de liquide ambré devant moi.

Je ne peux toujours pas boire.

De l'autre côté de la salle, l'un des clients se met à siffler.

— Mon roi ! lance-t-il, affalé sur sa chaise. Quand est-ce que tu vas venir saluer ton vieil ami ?

Un sourire lent et paresseux s'étire sur le visage de Des.

— J'espérais pouvoir éviter ça, répond-il d'une voix forte.

J'observe la scène, ébahie. Je suis en train de découvrir une autre facette de Des, plus crue, grossière et fruste. Je ne le dis pas, mais à cet instant, il me rappelle tous les officiers de la Politia et les chasseurs de primes avec qui j'ai pu travailler en tant que détective privée. Je ne suis pas surprise de découvrir que j'apprécie beaucoup ce nouveau visage, malgré sa grossièreté.

La fée laisse échapper un rire caquetant.

— Ah, tu peux encore y arriver. Mon cul est trop vieux pour quitter ce siège.

— Mais pas trop pour t'avoir amené jusqu'ici, remarque Des.

La fée ricane de nouveau et ses amis se joignent à lui.

Je sens bien que Des a envie d'aller parler à ce qui semble être un autre de ses amis.

— Vas-y, suggéré-je en lui donnant un coup d'épaule, avant de faire un signe de tête vers son ami.

Il hésite, puis prend sa décision et se lève en récupérant son verre.

— Je reviens dans une minute, me promet-il.

Je le regarde s'éloigner d'un pas léger, donner un coup de pied dans une chaise vide à côté de la fée et s'y asseoir à califourchon.

— Qu'est-ce que tu as fait à mon ami ? demande Phaedron.

Je lui lance un regard perplexe.

— Je n'ai aucune idée de ce dont tu parles.

Phaedron secoue la tête.

— Il a attendu que tu lui donnes la permission avant de se lever. Et depuis que vous êtes entrés, Desmond a eu au moins deux opportunités de négocier quelque chose avec toi, s'il en avait eu envie.

Je fronce les sourcils.

— Il passe des marchés ici ? Dans l'Autremonde ?

— Oh, ouais. Tout le temps. Moins, maintenant, bien sûr… parce que c'est le roi. Mais quand il vivait encore ici, il était si doué qu'il aurait pu voler le vert de l'herbe.

Je sais très bien à quel point Des est doué.

— Je crois qu'il a déjà bien assez de moyens de pression sur moi, réponds-je.

Je lève mon poignet pour montrer à Phaedron mes rangées successives de perles noires.

— Chacune d'elles représente une faveur que je dois à Des.

Il observe le bracelet en plissant les yeux.

— Alors c'est comme ça qu'il t'a attrapée. Ce petit sournois.

Je me penche et pose les mains à plat sur la table.

— C'est comme ça que *je* l'ai attrapé, corrigé-je.

Phaedron aboie un rire.

— Desmond est encore plus gredin que je le pensais, s'il te laisse croire ça. Il n'aurait jamais laissé autant de faveurs non remboursées s'accumuler, à moins d'avoir prévu de te garder… que tu le veuilles ou non.

Que je le veuille ou non ?

Mes pensées doivent être écrites sur mon visage, parce que Phaedron explique :

— Tu ne dois pas savoir grand-chose sur les fées. Aucune ne laisserait sa compagne lui échapper, tout ça parce qu'elle a protesté.

C'est tout bonnement horrible.

— Des n'est pas comme ça.

Phaedron émet un son railleur.

— Le Roi de la Nuit ?

Nous tournons les yeux vers l'endroit où est assis Des, en train de rire et de donner une tape dans le dos de l'un des faes, qui a plusieurs tatouages sur le visage.

— Il est le pire d'entre eux.

— Je n'y crois pas, assuré-je.

Il y a eu certains moments où le côté fae de Des prenait le dessus sur lui, mais il est toujours parvenu à se reprendre, et toujours dans mon intérêt.

Phaedron m'observe de haut en bas.

— Tu ne lui as peut-être pas résisté assez pour le faire craquer, c'est tout, insiste-t-il.

Je n'ai rien à répondre à ça. Je n'ai jamais été du genre à jouer les insaisissables, avec le Négociateur. Ça a toujours été Des, pour moi, et nous le savions tous les deux.

— Fais-moi confiance, continue Phaedron, cet homme est fou de toi. Il ne le dira peut-être pas, mais…

Il reporte son regard sur Des, dont les yeux viennent de croiser les miens. Le Négociateur me fait un clin d'œil quand il remarque que je l'observe.

— Commence à lui résister, suggère Phaedron, et tu verras. Il ne te laissera pas partir.

Comment une simple phrase peut-elle à la fois vous emplir de satisfaction et de crainte ? Plus que tout, j'adore l'idée que Des veuille être à moi tout autant que je veux être à lui. Mais imaginer qu'il puisse me forcer à rester à ses côtés… qu'une partie de lui serait prête à ignorer mes envies et mes besoins… c'est effrayant.

Des n'est *pas* comme ça. Non. Mais je décide que je n'ai pas envie de passer la soirée à argumenter là-dessus avec Phaedron.

— Comment vous vous êtes connus, Des et toi ? l'interrogé-je pour changer de sujet.

Il boit une lampée de son hydromel avant de répondre :

— Il a rejoint les Anges de la Petite Mort quand j'étais à sa tête.

Je hausse les sourcils. Je ne suis pas surprise d'apprendre que Phaedron était à la tête d'un gang ni que Desmond se soit rapproché de lui. Je crois que ce qui me surprend le plus, c'est que Des, un roi des faes, et moi, soyons ici, dans ce bar de Barbos, à traîner avec Phaedron, qui est sûrement un criminel patenté.

Bon sang, je suis sûrement assise dans une salle remplie de criminels. Et le Roi de la Nuit ne les punit pas, il *prend des nouvelles* d'eux.

Phaedron se penche vers moi.

— Dis-moi, maintenant : est-ce que tu as une sœur... ?

Par chance, quelqu'un pousse un cri, interrompant cette discussion. La table au coin de la pièce est renversée et de l'hydromel coule partout alors que les fées qui étaient assises à cet endroit se sautent à la gorge.

Toutes les personnes ne participant pas au combat tournent les yeux vers Des.

En réaction à ces regards pleins d'attente, il lève son verre pour porter un toast silencieux à la salle.

Un cri triomphant s'élève et, soudain, les fées de la table du coin ne sont plus les seules à se battre. Les faes des tables adjacentes se lancent à leur tour dans la mêlée. Du verre explose, des tables se brisent et des coups pleuvent.

Les membres du réseau de prostitution de Barbos poussent des cris et se lèvent des genoux sur lesquels ils étaient assis pour aller se placer dans les coins opposés de la salle.

— La soirée n'est jamais tout à fait réussie tant qu'au moins un combat n'a pas éclaté, remarque Phaedron en prenant son verre et en se levant.

Des vient me rejoindre.

— Il est temps d'y aller, chérubin.

— Vous êtes tous les deux les bienvenus chez moi, nous invite Phaedron. J'y retourne dans une heure ou deux.

— On a des trucs de prévus, mais merci, mon frère.

— Prends bien soin de ta petite compagne, dit Phaedron à Des en me faisant un clin d'œil. Ne me donne pas de raison de m'en prendre à toi. Je peux encore te botter les fesses. Et pour l'amour des Dieux, mec, la prochaine fois, reste un peu plus longtemps. J'ai à peine eu le temps de commencer à corrompre ta copine.

— C'est d'accord, acquiesce Des en lui serrant la main. Prends soin de toi.

Nous nous séparons de la fée rousse au son du verre brisé et des cris.

Les rues de Barbos sont tout aussi tapageuses. D'autres fées travaillant dans le commerce de la chair sont de sortie, occupées à flirter avec des hommes et des femmes peu recommandables. Il y a quelques autres bagarres dans la rue, un groupe de fées siffle une femme qui leur souffle un baiser, une autre se trouve sur un toit, crachant des flammes qui prennent ensuite la forme d'un dragon. Et puis, il y a tous les autres – les fées qui dansent sur les balcons, qui volent en vacillant d'un bâtiment à l'autre ou qui sont évanouies dans les rues.

Nous dépassons des torches tiki – ce qui ressemble le plus à des lampes à gaz, dans cette ville – et la lueur oscillante des flammes danse sur le visage de Des, me donnant l'impression d'être à une autre époque en plus d'être dans un lieu étranger.

Des prend une grande inspiration.

— Rien ne vaut Barbos, se réjouit-il, l'air revigoré.

Qu'a dit Phaedron tout à l'heure ? Que Des avait vécu ici ? J'imagine sans mal le Négociateur hanter ces rues, faire des marchés avec des ivrognes et prospérer dans la nuit. Si Des avait été une ville, il serait Barbos. Les lumières, le chaos, la criminalité, le sexe, l'excitation. Tout ça fait partie de son identité.

La plupart des commerces que nous dépassons sont des bars, des bordels ou des salles de jeu. Sur les trottoirs devant les façades, des camelots vendent leurs marchandises. Des nous arrête devant l'un d'eux.

Je baisse les yeux sur les objets exposés.

— Des couteaux ? m'étonné-je en haussant un sourcil.

— Des dagues, des épées, des massues et des haches, rectifie-t-il en indiquant chaque arme du doigt.

Comme s'il y avait la moindre différence entre elles.

— Je me disais que, maintenant que je t'apprends à combattre, tu devrais avoir ta propre arme.

Mes yeux passent de lui aux lames. Je n'ai jamais vraiment été du genre à porter une arme – c'est plutôt le truc de Temper –, et alors que j'observe les objets tranchants devant moi, je me rends compte que ça ne m'attire toujours pas.

La vendeuse se met à expliquer les avantages et les inconvénients de chaque manche et longueur de lame. Ce n'est qu'un bruit de fond, pour moi. Quand je les regarde, je vois le sang, la violence et des souvenirs que j'ai fuis.

— Tu n'es pas une victime, chérubin, me rappelle Des en se penchant vers moi. Pas même ici, dans l'Autremonde. Choisis une arme. Fais en sorte que la prochaine personne qui s'en prendra à toi le regrette.

Ce sont les mots du diable, des mots cruels, mais la sirène en moi se rallie à leurs côtés. Bon sang, la fille brisée au fond de moi aussi.

Je ne suis la victime de *personne.*

Je me mets à étudier les armes plus sérieusement, comparant les manches en cuir à ceux en métal, les lames incurvées à celles aux bords dentelés.

— Passez votre main dessus, suggère la fée derrière la table. Celle qui vous convient vous appellera.

Je secoue la tête, prête à lui répondre que je ne suis pas une fée et que leur magie ne fonctionnera pas sur moi, mais Des me prend la main et la place au-dessus de la table, paume vers le bas, vers les armes.

Le message est clair : *tente le coup.*

Quand il me lâche le poignet, je prends une grande inspiration.

Ça ne marchera pas.

Je commence à bouger le bras quand même, le faisant passer au-dessus de la table d'objets.

— Moins vite, me conseille la vendeuse.

Je mets mon scepticisme de côté et ralentis mes mouvements.

Au début, rien ne se passe.

Quelle surprise.

Au moment où je m'apprête à me tourner vers Des pour le lui dire, je le sens. Ce n'est qu'un petit tiraillement, mais cela attire de nouveau mon attention sur la table.

D'accord, ce type particulier de magie fae fonctionne donc peut-être sur moi, finalement.

Comme un aimant, ma main se déplace à droite de la table. Elle ralentit, puis s'arrête.

Je retire ma main pour voir quelle arme j'ai choisie inconsciemment.

La dague ne fait pas plus de quarante-cinq centimètres de longueur du pommeau à la pointe. La poignée est en pierre de labradorite et les phases de la lune sont gravées dans la lame.

Pour une arme, elle est vraiment jolie.

— Un choix judicieux, remarque la vendeuse. La lame a été forgée dans les mines proches du Royaume de la Mort, et son métal a été infusé avec le sang des titans. La poignée a été conçue dans la Pierre des Mille Visages. Une arme puissante, faite pour un individu valeureux.

Super. Je suis juste soulagée que ma main ne se soit pas arrêtée au-dessus de l'énorme hache de combat à l'autre bout de la table.

— On va en prendre une paire, plus une ceinture fourreau, indique Des en venant se placer à côté de moi.

La vendeuse sort une autre lame de derrière le comptoir – la jumelle parfaite de celle que j'ai prise – ainsi qu'un fourreau.

— Je n'ai pas d'argent pour payer ça, hésité-je.

Des me regarde comme s'il me trouvait adorable, puis il tend des pièces à la femme.

— C'est un cadeau, dit-il.

Je suis habituée aux cadeaux de Des. Quand j'étais ado, il m'achetait tout le temps des babioles. Mais je ne suis plus adolescente et ces lames n'ont rien de babioles.

Mais je les accepte quand même.

Je prends les dagues et le fourreau des mains de la femme et fais courir mes doigts dessus.

— Mets-les, m'encourage-t-il.

Je n'ai pas besoin de me l'entendre dire deux fois. J'éprouve peut-être encore quelques réserves à l'idée de porter une arme, mais je ne vais pas mentir ; alors que j'attache la ceinture autour de ma taille et place les dagues de chaque côté de mes hanches, je me sens puissante, dangereuse. Pour la première fois depuis mon arrivée dans l'Autremonde, je me sens à nouveau moi-même.

Ces deux armes étaient tout ce qu'il me fallait.

Chapitre 12

Des n'a pas beaucoup parlé d'Arestys avant qu'on quitte Barbos pour rejoindre la plus petite île flottante du Royaume de la Nuit, alors je ne m'attends à rien de particulier.

Je vole à ses côtés, sans me soucier de son humeur maussade. L'air nocturne m'ébouriffe les cheveux comme un amant et les courants d'air chauds nous transportent à travers son royaume.

Ce vol est tout aussi enthousiasmant que la première fois que je me suis élevée dans le ciel, et je me demande brièvement comment je vais pouvoir retourner un jour sur Terre. Avant que Des m'apprenne à voler, je ne voulais qu'une chose : me débarrasser de mes caractéristiques animales. Mais maintenant, je ne suis pas sûre d'avoir un jour envie de les abandonner pour redevenir normale. Oui, ces ailes m'empêchent de passer par des portes étroites ou de dormir sur le dos, mais elles m'ont aussi fait découvrir une facette différente de moi-même, plus sauvage et plus libre que Callypso Lillis, la détective privée solitaire.

Le vol jusqu'à Arestys est plutôt long, et quand l'île finit par apparaître, je suis surprise de voir à quel point elle est sombre. La plupart des endroits qu'on a visités jusqu'ici étaient très lumineux. Seule Memnos, le territoire des Cauchemars, était aussi plongée dans l'obscurité, et un élan d'inquiétude me traverse à cette pensée.

J'aperçois brièvement la face cachée de l'île, où des centaines, voire des milliers de grottes parsèment la surface rocheuse. Quelques minutes plus tard, Arestys est en dessous de nous et je peux examiner pour la première fois l'île la plus petite et la plus pauvre du Royaume de la Nuit.

Des est silencieux alors que nous atterrissons sur le sable chatoyant qui recouvre la majeure partie de ce que j'ai dans mon champ de vision. L'île est petite, elle ne doit faire qu'une quinzaine de kilomètres de large. Certaines des autres îles flottantes m'ont paru massives, mais cet endroit… cet endroit ressemble à une simple pièce rapportée, oubliée par presque tout l'Autremonde.

C'est peut-être pour ça qu'il me plaît. Quelque chose m'attire, dans son côté solitaire et ignoré. Et ici, à l'écart du reste du monde, j'ai l'impression qu'il n'y a que moi et Des, ainsi qu'un océan infini d'étoiles.

— C'est ici que j'ai grandi, dit-il, d'une voix si basse que je l'entends à peine.

Je détourne vivement mon attention du paysage aride pour le reporter sur lui.

— Ah oui ?

Il me paraît impossible que quelqu'un d'aussi beau et complexe que Des vienne de cet endroit désolé et rude.

Son regard est distant, comme s'il était perdu dans ses souvenirs.

— Ma mère était le scribe de la ville, explique-t-il en pointant le doigt vers un groupe de bâtiments au loin. Elle rentrait à la maison en sentant le parchemin, les doigts tachés d'encre.

Je respire à peine de peur de le faire stopper son histoire.

— Nous étions si pauvres qu'on ne vivait même pas dans une vraie maison.

Des semble à la fois triste et heureux, alors qu'il évoque ces souvenirs.

— On vivait dans les grottes d'Arestys.

— Je peux voir l'endroit où tu habitais ? demandé-je.

Le visage de Des se vide de toute expression.

— Il n'existe plus, répond-il en croisant mon regard. Mais je peux te montrer les grottes.

***

Je baisse la tête en parcourant les grottes situées sous la surface d'Arestys. Ici, les rochers ont créé un labyrinthe de structures semblables aux alvéoles d'un nid d'abeilles. Il en émane une beauté triste, comme un arc-en-ciel dans une nappe d'huile.

Les tunnels sont froids et pleins de courants d'air, l'atmosphère y est humide et oppressante.

Des a *vécu* ici.

Mon compagnon, le Roi de la Nuit, a passé des jours – des années – dans ces grottes. Cela me paraît être une existence inhabituellement cruelle, dans un endroit aussi magique que l'Autremonde.

— Alors ta mère t'a élevé ici ? l'interrogé-je.

Sa mère, la scribe. Cette même femme qui m'aurait appréciée, selon Des. Cette même femme qui a dû un jour faire partie d'un harem royal.

Des hoche la tête, la mâchoire crispée alors que nous nous faufilons dans les tunnels.

J'étudie les grottes lugubres autour de moi. Une magie sombre émane de cet endroit, cachée au plus profond des roches. Elle est née du désespoir et des souhaits, des désirs inassouvis et des rêves gardés au fond de soi.

Comment un fils né dans un harem royal a-t-il pu se retrouver ici ? Et comment un garçon ayant grandi ici a-t-il pu devenir roi ?

— Et ton père ? demandé-je en contournant une flaque.

— C'est drôle que tu poses cette question…

La façon dont il a prononcé ces mots me pousse à croire que ce n'est pas drôle du tout. Il laisse les mots mourir sur ses lèvres et je n'insiste pas plus que ça.

Devant nous, le tunnel ouvre sur un cratère qui fait la taille d'un stade de football. Jusqu'à maintenant, nous étions sous terre, mais d'ici, nous voyons les étoiles pétiller au-dessus de nos têtes et illuminer la cavité en forme de bol.

Des passe devant moi, ses grosses bottes soulevant la poussière alors qu'il s'avance.

Une fois à peu près au centre du cratère, il s'agenouille.

Je dois faire de gros efforts pour ne pas le regarder, bouche bée. Avec ses cheveux blancs, son dos large et musclé, ses tatouages et ses ailes qu'il refuse obstinément de cacher… tout cela me paraît si attirant. Si attirant et si tragique.

C'est à lui que je dois mon salut, mais à cet instant, j'ai l'impression que c'est lui qui a besoin d'être secouru.

Je m'approche derrière lui et pose la main sur son épaule.

— C'est ici que ma mère est morte, raconte-t-il doucement.

Je sens mon estomac se nouer à cette confession.

Je n'ai pas les mots.

Des lève les yeux vers moi. Il est rare qu'il laisse voir ses pensées sur son visage, mais à cet instant, il ne prend pas la peine de me les dissimuler, et j'ai un aperçu clair de toute la douleur qu'il a accumulée en lui.

— Je l'ai regardée mourir.

Ma gorge se serre.

Je ne peux même pas imaginer ce qu'il a pu ressentir. C'est une chose de regarder le monstre qui vous a servi de beau-père se vider de son sang sur le sol de la cuisine, et une tout autre de voir mourir quelqu'un qu'on aime.

Je contourne Des et il passe les bras autour de ma taille. Il soulève le bas de mon T-shirt pour déposer un baiser sur la peau douce de mon ventre, alors que ses pouces vont et viennent sur ma peau.

Je fais courir mes mains dans ses cheveux, détachant les mèches de la lanière en cuir qui les retenait.

Même si cette tragédie s'est produite il y a de nombreuses années, à cet instant, c'est comme si le souvenir était encore frais dans la mémoire de mon compagnon.

— Qu'est-ce qui s'est passé ? demandé-je doucement.

J'ai failli ne pas poser la question. Dieu sait que j'ai un tas de souvenirs que je déteste évoquer.

Il lève la tête vers moi, ses cheveux blancs retombant de chaque côté de son visage.

— Mon père, voilà ce qui s'est passé.

Chapitre 13

Mon père, voilà ce qui s'est passé.

Si ce n'est pas une phrase sinistre, je ne sais pas ce que c'est.

Des se lève, déployant ses ailes derrière lui. Il se racle la gorge.

— Assez avec tout ça, déclare-t-il en me prenant la main. Il y a d'autres endroits que j'ai envie de te montrer avant qu'on retourne à Somnia.

Je meurs d'envie de poser encore des questions à Des à propos de ses parents, mais son langage corporel m'indique clairement qu'il a partagé assez de secrets avec moi pour ce soir. Peut-être pour de nombreux soirs.

Avec réticence, je m'élève de nouveau dans le ciel avec lui. Je n'ai aucune idée d'où il m'emmène, mais quand Arestys disparaît derrière nous, je réalise que nous n'en visiterons rien de plus. Il n'y aura pas de tour de l'île pour admirer ses autres attractions particulières, pas d'autre exploration de sa topographie, pas d'autre discussion au sujet de la vie de Des ici.

C'est ce dernier sujet qui m'intrigue le plus. Je n'arrête pas de glaner des bribes du passé de Des de sources variées, mais elles n'ont fait que soulever encore plus de questions.

Ce que je sais : Des est né dans le harem royal du Royaume de la Nuit, mais il a été élevé sur Arestys. Il a déménagé à Barbos et a rejoint une «confrérie». À un moment donné, il est devenu un soldat médaillé, puis un roi. Il a regardé sa mère mourir et il juge son père responsable de cela.

Oh, et pendant tout ce temps, il développait aussi sa carrière sur Terre en tant que Négociateur.

Ce que je ne sais pas : à peu près tout le reste.

Le vent perturbe ses cheveux et ses vêtements alors que nous volons. Ici, au milieu du ciel nocturne, il a l'air tout à fait à l'aise. Je n'arrive pas à déterminer s'il s'agit d'un masque conçu avec soin ou s'il a vraiment laissé son chagrin en arrière, sur Arestys. Ce que je comprends enfin, cependant, c'est que le mystérieux Négociateur a ses propres démons.

Le vol est beaucoup plus long que les autres, et quand nous amorçons notre descente, mon corps est épuisé.

L'île flottante sur laquelle nous atterrissons semble faite de bassins brillants et de prairies illuminées par la lune. Disséminés ici et là, se dressent des villas élégantes et quelques temples, chacun à bonne distance les uns des autres.

Au loin, je distingue une ville chatoyante dont les murs blancs sont illuminés. Des se dirige droit vers elle.

Tandis que nous approchons, les maisons éparpillées se rassemblent de plus en plus alors que le paysage passe peu à peu de rural à urbain. La ville elle-même est construite sur le littoral de l'île, ses bâtiments blancs bâtis le long de la falaise.

Une rivière scintillante serpente en travers de l'île, ses eaux d'une couleur aigue-marine fluorescente. Quand elle atteint le bord de l'île, elle coule sur le côté, créant une cascade qui se transforme en brume plusieurs centaines de mètres plus bas.

Nous contournons le centre-ville et remontons la rivière, avant de tourner de nouveau vers l'intérieur des terres.

Nous grimpons des collines jusqu'à ce que la rivière ne soit plus qu'un ruban brillant loin en dessous de nous. Bientôt, les collines se transforment en montagnes aux flancs couverts de feuillages denses et fleuris.

Nous ne commençons à redescendre qu'en arrivant devant un pic de montagne particulièrement grand. Là se trouve une somptueuse maison de pierres blanches décorée des mêmes ornements orientaux que le palais de Des.

Nous la contournons et débouchons dans la cour de devant. Les seuls sons autour de nous sont les doux chants des cigales et le bruissement de l'eau.

Je me retourne pour admirer la structure impressionnante et la montagne au-delà.

— Bienvenue à Lephys, dit Des. La ville des Amants.

Il me prend la main et me mène vers la maison, avec ses plafonds cathédrale et son sol carrelé. La seule source de lumière provient des douzaines de lanternes aux couleurs vives suspendues au-dessus de nos têtes.

Les bords des portes voûtées sont incrustés de mosaïques peintes couleur émeraude, indigo et kaki. De larges colonnes peintes soutiennent les hauts plafonds et donnent l'impression que les lieux sont encore plus vastes qu'en réalité.

J'ai beau avoir très envie de continuer à dévorer cet endroit des yeux, nous ne nous attardons pas longtemps ici. Nous sortons à l'arrière de la maison.

Nous arrivons devant un énorme kiosque dont les rideaux ondulent dans l'air nocturne. Au-delà, une pâle lueur bleu-vert émane de la rivière que nous avons suivie jusqu'ici.

La rivière fluorescente s'écoule en cascade dans le bassin peu profond devant nous. Du côté opposé, l'eau s'en déverse pour couler le long de la montagne.

Des me lâche la main et fait passer son T-shirt par-dessus sa tête. Il se sert de sa magie pour séparer le tissu quand il passe au niveau de la jointure de ses ailes, avant de le reformer ensuite.

Il jette le vêtement de côté, puis traverse le kiosque pour se diriger vers l'eau. Il lève un pied pour retirer l'une de ses grosses bottes, puis l'autre.

Des me regarde par-dessus son épaule.

— Tu as besoin d'aide, chérubin ? me taquine-t-il.

Avant que j'aie eu le temps de répondre, je sens mes vêtements s'écarter. Sa magie les retire de mon corps comme il éplucherait une banane.

Je laisse échapper un petit cri quand ils glissent sur mon corps, avant de tomber en tas à mes pieds, me laissant toute nue.

Des se dirige vers moi alors que le reste de ses vêtements s'écoule de lui. M'habituerai-je un jour à la vue de son corps dans toute sa gloire, ou à la façon dont il me regarde ?

Il s'arrête une fois devant moi. Puis il prend mon visage entre ses mains et m'embrasse profondément.

— Ça fait des années que je m'imagine t'amener ici, admet-il quand notre baiser prend fin.

— Vraiment ?

Il me prend la main et traverse le kiosque à reculons, en direction de la rivière.

— Très souvent.

J'examine le paysage d'un œil neuf. Ça me donne le vertige, de me dire qu'il s'est imaginé m'amener ici alors que je n'aurais jamais deviné qu'un tel endroit pouvait exister.

— À l'époque où nous avons été séparés, reprend-il en baissant la voix, je me suis mis à avoir une imagination débordante, te concernant.

Seigneur. Rien que le fait de l'entendre dire ça déclenche une décharge de chaleur en moi. La façon dont il me regarde n'arrange rien non plus. Il me dévisage comme si j'étais son étoile et qu'il était les ténèbres, se préparant à me dévorer.

— Peut-être… commence-t-il en reculant vers la rive et en plongeant un pied dans l'eau. Peut-être que si tu t'y prends bien ce soir, je te confierai certaines de mes idées les plus créatives… pour le bon prix, bien sûr.

Je suis certaine que, quel que soit son prix, je serais plus que ravie de le payer.

Mes orteils touchent l'eau, puis le bout de mes ailes. Un centimètre après l'autre, mon corps nu se retrouve immergé.

Quelque chose, ici, dans le lourd parfum du jasmin et l'odeur de la terre humide, sans parler de la sensation enivrante d'avoir toute l'attention de Des, bloque mon souffle dans ma gorge et alourdit mes paupières. Ma poitrine se tend et mon entrejambe palpite. C'est peut-être cette île – la ville des Amants –, à moins que ce ne soit que la magie étrange entre nous, mais je suis totalement sous son emprise.

J'ai envie qu'il me noie dans la folie de ces sensations. De nous.

Des ne détourne pas un instant les yeux de moi, et la lueur de l'eau se reflète dans ses pupilles. C'est une drôle de sensation de laisser quelqu'un en qui l'on a confiance nous voir nue. C'est à la fois effrayant et grisant.

Mes paupières papillonnent. La sirène en moi me pousse à plonger dans le bassin, à me baigner dans ses eaux. Je lève brièvement les yeux vers la lune au-dessus de nous. Ici, dans cette petite crique scintillante, nos deux natures primordiales sont satisfaites. Je devine qu'il avait anticipé tout ça.

Je m'approche de Des jusqu'à ce que nos poitrines mouillées s'effleurent. Distraitement, je suis du doigt les tatouages qui recouvrent son bras, et ce geste lui provoque un petit frisson.

— Continue comme ça, mon amour, et je ne réussirai pas à faire durer cette soirée comme j'en avais l'intention, prévient-il d'une voix rauque.

Je n'ai qu'à regarder son visage pour savoir qu'il est sérieux. Je sais aussi que cela ne m'aide pas à renforcer ma volonté. Je n'ai peut-être pas envie de faire durer les choses. J'ai peut-être envie que le Roi de la Nuit se montre rapide et féroce, plutôt que lent et cruel.

Des passe un bras autour de ma taille et m'attire contre son torse. Il se penche vers moi et embrasse chaque côté de mon cou, ses cheveux délicieusement mouillés gouttant sur ma peau.

— Je pourrais me perdre en toi, murmure-t-il.

Il enroule les jambes autour de ma taille fine et je sens son sexe m'effleurer, déjà dur et prêt à l'action. Je rougis jusqu'à la racine des cheveux.

— Qu'est-ce qu'il y a ? chuchote-t-il en embrassant mes joues empourprées. Ma sirène serait-elle… timide ?

Je laisse échapper un rire rauque. C'est vraiment une fripouille, même quand il se montre affectueux.

Il fourre son nez contre mon visage.

— Je pourrais voler toutes les étoiles dans le ciel pour toi, me murmure-t-il à l'oreille. Je serais prêt à tout pour t'entendre rire comme ça.

— Tu n'aurais pas besoin de les voler, Des, ironisé-je. Je parie que tu pourrais faire un marché avec elles pour les persuader de descendre dans ta main.

Ses yeux pétillent d'amusement.

— Tu me surestimes.

Au lieu de répondre, je pose ma bouche sur la sienne et m'en empare brutalement, la main étalée sur son torse. C'est une réponse suffisante.

Il resserre son étreinte et rapproche mon pelvis alors même que ses lèvres s'accordent au rythme de ma passion. Il grogne dans ma bouche et enroule les bras autour de mon dos. Je remue contre lui, mon corps ayant soif du sien, et ma peau commence à s'illuminer.

Ça fait si longtemps. Beaucoup trop. Soudain, je n'arrive pas à m'expliquer pourquoi. Nos corps ont beaucoup de choses à rattraper.

Il rompt le baiser le temps d'appuyer son front contre le mien. Son regard me scrute, cherchant ma permission. Je m'agite de nouveau contre lui pour l'encourager en silence à continuer.

Il déplace très légèrement son corps, nous aligne l'un à l'autre, puis se glisse en moi, la tête pressée contre la mienne et les yeux étudiant avec attention l'expression de mon visage.

Je dois faire un gros effort pour ne pas gémir quand je le sens me pénétrer. Pourtant, ce moment est bien plus que du sexe. C'est lui, moi, et cet endroit.

Si j'avais pu le dévorer, je l'aurais fait. Il est ma mauvaise conscience, mon cauchemar, mon compagnon. L'homme qui boit des espressos dans des tasses minuscules et qui noue parfois ses cheveux dans des chignons ridicules. Ce même homme qui aime les facettes les plus sauvages et diaboliques de moi, avec lesquelles je ne suis pas toujours à l'aise moi-même.

Je rejette la tête en arrière et regarde les étoiles. Il y en a des milliers et des milliers, et leur lueur m'effleure la peau. Entre chacune d'elles s'étendent des ténèbres insondables. Elles sont tout autour de moi, en moi, en train de me faire l'amour.

Des va et vient en moi, son sexe m'étirant d'une manière exquise. J'enroule les bras autour de son cou et me presse tout contre lui.

L'eau n'est plus la seule à luire. Ma peau étincelle, la sirène appréciant énormément l'eau autour de nous ainsi que l'homme en nous.

Au beau milieu de l'acte, il nous déplace plus près de la cascade, où le flanc rocheux de la montagne crée une sorte de mur. Le Négociateur plaque mon dos contre lui, me prend les poignets et les cloue à la surface rocailleuse.

— Action ou vérité ? articule-t-il d'une voix rocailleuse sans cesser de me pilonner.

Attendez, c'est une plaisanterie ?

Voyant que je ne réponds rien – parce que mon cerveau a cessé de fonctionner il y a plusieurs minutes –, il se retire.

Je laisse échapper un son plaintif, me sentant vide sans Des entre mes jambes.

Je devrais pourtant connaître ma fée rusée mieux que ça, maintenant.

Il plonge sous l'eau et place mes jambes sur ses épaules. Puis, au beau milieu du bassin, je sens ses lèvres se presser contre mon sexe.

Je laisse finalement échapper le gémissement que j'ai réprimé plus tôt. Et heureusement que Des est sous l'eau, parce que c'est un son très embarrassant.

Alors que je me laisse aller contre la paroi rocheuse, haletante, je comprends que c'était *ça*, le défi de Des. Pour une fois, je ne me plains pas du tout des méthodes de remboursement du Négociateur.

Seigneur, vraiment pas.

Il aspire d'abord une de mes lèvres dans sa bouche, puis l'autre. Je rue contre lui, rendue folle par ses bons soins.

Sa langue trouve mon clitoris et un orgasme inattendu explose du plus profond de moi. Je pousse un cri tout en oscillant contre lui, les doigts enfoncés dans ses cheveux.

Je n'ai aucune idée de comment ce petit malin sait que j'ai joui – comme je l'ai dit, mon cerveau a cessé de fonctionner depuis longtemps –, mais mes jambes retombent de ses épaules quand il se redresse. Puis, d'un geste sûr, il s'enfonce de nouveau en moi et reprend ses va-et-vient.

— Tu es prête pour le numéro deux ? me provoque-t-il.

Il n'a même pas l'air essoufflé.

Orgasmes multiples ? Mais qui est cet homme ?

Ses mouvements deviennent plus brutaux, plus profonds et, comme un marionnettiste, il tire les ficelles de mon corps jusqu'à ce que je sois encore à deux doigts de basculer.

Je resserre mon étreinte autour de lui. C'est un moment à la fois brutal et doux, implacable et cajoleur. Je regrette presque d'avoir souhaité qu'il soit rapide et vigoureux. Avec Des, je pourrais rester comme ça pour l'éternité.

De manière hypothétique.

De manière réaliste, dès qu'il m'embrasse, je craque.

Comme si un barrage avait cédé, je succombe à mon deuxième orgasme. Je hoquette dans sa bouche et me raccroche à lui comme s'il était la seule chose qui m'empêchait de partir à la dérive. Puis il jouit à son tour, ses lèvres évoluant fermement contre les miennes alors que ses coups de reins se font de plus en plus profonds et brutaux.

J'ai l'impression que ce moment dure une éternité ; nous sommes enlacés et il est impossible de dire où il s'arrête et où je commence.

Mais toutes les bonnes choses ont une fin. Nous rompons le baiser et Des se retire de moi. Aucun de nous ne lâche l'autre ; la respiration forte, nous gardons nos corps plaqués l'un contre l'autre.

— J'aimerais ne jamais partir, déclare Des d'une voix râpeuse contre moi.

— Moi non plus, avoué-je en resserrant mon étreinte autour de lui.

Je ne saurais dire combien de temps nous restons dans cette position. Assez pour que ma peau s'assombrisse et que notre respiration se calme.

— Chérubin, finit par dire Des. Je voulais te montrer quelque chose.

Avec beaucoup de réticence, je m'écarte de ses bras.

Il me prend la main et m'attire vers la cascade, mes pieds glissant sur les pierres lisses de la rivière alors que nous avançons. Nous passons sous les trombes d'eau, et la rivière me martèle la tête et les épaules alors que Des me guide de l'autre côté.

Là, la lueur qui émane de l'eau éclaire les contours d'une grotte. Des claque des doigts et, soudain, les lieux s'illuminent.

Des centaines de bougies à la flamme vacillante sont posées sur presque chaque surface de la grotte, scintillant doucement dans les ténèbres. La lumière de l'eau et celle des flammes dansent sur le plafond, créant un spectacle hypnotique.

— *Waouh*, soufflé-je.

Cet endroit semble tout droit sorti d'un rêve.

Au milieu de toutes les bougies se trouve une paillasse sur laquelle ont été disposées des couvertures, et un plateau de nourriture nous attend juste à côté.

Des nage jusqu'au bord du bassin et se hisse sur le sol rocheux de la grotte, avant de passer les mains dans ses cheveux pour les lisser en arrière. Il se retourne et tend la main vers moi ; chaque centimètre carré de son corps sublime scintille.

Je prends sa main et sors de l'eau à mon tour, les ailes alourdies. Avant que j'aie pu chercher une serviette, il tend la main et la fait courir sur mes plumes.

Un frisson de magie chaud me chatouille le dos et, en un instant, mes ailes, ma peau et mes cheveux sont secs. Quand je reporte mon regard sur lui, je vois qu'il s'est séché aussi.

C'est à ce moment-là que je réalise que Des et moi sommes encore nus. C'est à la fois bizarre et agréable, d'être exposés ainsi l'un à l'autre. Il y a tant de premières fois que je n'expérimente que maintenant, avec cet homme.

Je m'avance vers la paillasse et m'agenouille, déployant mes ailes dans mon dos. Ici, le vrombissement de la cascade résonne en écho. J'ai l'impression d'être dans un genre de temple primitif, et que Des est le dieu à qui il rend hommage.

Le Négociateur s'assied à côté de moi, soulevant le bout de ses ailes pour les appuyer contre un rocher. Il examine les alentours.

— Après tout ce temps, me voilà de retour dans une grotte, lance-t-il avec ironie.

Ses paroles me rappellent les grottes d'Arestys.

Je sens une certaine vulnérabilité, chez lui, à cet instant.

Encore maintenant, il a du mal à baisser sa garde.

J'ai envie de lui dire que cet endroit est parfait, qu'*il* est parfait. Que je chéris chaque facette de lui, aussi brisée soit-elle.

Mais je ne dis rien du tout. Après tout, il est par nature aussi embarrassé par l'intimité émotionnelle que moi.

Au lieu de ça, je tends la main et la fais courir sur ses ailes.

Il ferme les yeux comme s'il savourait cette sensation. Je me lève, passe derrière lui et étudie leur éclat argenté tout en faisant glisser ma main le long de chaque griffe et articulation.

Je le sens frissonner sous mes doigts. Ses ailes se crispent en réaction, et leurs fines veines sont clairement visibles sous la faible lumière.

— Je me suis toujours imaginé que les fées avaient des ailes de papillon, admets-je.

— Tu n'avais pas tort, répond Des, me tournant toujours le dos. Les miennes sont assez rares.

Il se retourne le temps de passer les bras autour de ma taille pour m'attirer de nouveau sur la paillasse confortable. Puis ses mains viennent se refermer sur mes fesses. Évidemment, ma peau s'illumine à ce geste, alors que ma sirène s'éveille.

Sans surprise, Des arbore une expression parfaitement innocente.

Je lui lance un regard sous-entendant « je sais très bien ce que tu fais ».

Il plisse les yeux et rit.

— Tu es si suspicieuse avec moi. C'est comme si tu croyais que je ne pensais qu'à coucher avec toi.

Comme si ce n'était pas le cas. C'est un vrai fourbe.

— Tu dis ça comme si tu ne venais pas littéralement de le faire il y a cinq minutes, rétorqué-je.

— Je dirais que c'était il y a un tout petit peu plus de cinq minutes.

Je me retiens de justesse de lever les yeux au ciel. Apparemment, qu'ils soient humains ou fées, les hommes ont toujours un aussi gros ego.

Des étend son corps à côté du mien, sa main s'attardant au creux de ma taille. L'air chaud et humide de cet endroit me caresse la peau et fait boucler mes cheveux.

Je me redresse, tends la main et continue à suivre du doigt la partie des ailes de Des que je peux atteindre.

— Donc, toutes les fées ont des ailes d'insecte sauf toi ? l'interrogé-je.

Il secoue la tête.

— C'est le cas de la plupart, mais pas toutes, répond-il en faisant courir sa main de ma taille à ma cage thoracique. Il y a aussi d'autres types d'ailes. Certaines fées ont des ailes d'oiseau, comme toi.

— Pourquoi les tiennes sont différentes ?

Son regard se perd au loin alors que son pouce me caresse la peau d'un geste absent, me donnant la chair de poule.

— Certains disent que ma famille descend des dragons, murmure-t-il, alors que la lueur des flammes danse sur son corps. D'autres, que nous sommes issus de démons.

Des dragons ? Des démons ?

Mince alors.

Je ne vais pas faire comme si je comprenais comment fonctionnent les lignées des fées.

— J'ai toujours pensé qu'elles ressemblaient à des ailes de chauve-souris, admets-je.

— *De chauve-souris*? répète Des en haussant les sourcils et en tournant de nouveau les yeux vers moi.

Je suis certaine de l'avoir encore offensé, mais il rejette la tête en arrière et éclate de rire.

— Alors c'est quoi? insisté-je. Des ailes de dragon ou de démon?

Des hausse une épaule avec bonne humeur.

— L'histoire de ma famille remonte si loin que personne ne s'en souvient.

Je songe à la mère de Des, la scribe, qui a dû raconter des tas d'histoires à son petit garçon aux cheveux blancs… et parmi elles, celles liées à son héritage.

Je souris un peu à cette pensée. Je ne peux même pas imaginer ce que je ressentirais si l'on me disait que les dragons existent… et que je suis peut-être l'une de leurs descendantes.

— Qu'est-ce qu'il y a? demande Des en effleurant ma lèvre inférieure, comme s'il voulait me voler mon sourire.

Je secoue la tête.

— Je t'imaginais juste petit garçon, en train d'écouter les histoires de ta mère concernant tes ancêtres.

Aussitôt, le visage de Des se ferme.

J'ai dit quelque chose qu'il ne fallait pas, je le sens.

Je m'attends à ce qu'il s'écarte et s'enfuie, comme il l'a fait tant de fois par le passé. Je me prépare émotionnellement à cette possibilité.

Mais il ne s'enfuit pas, il ne part pas.

Il se contente de répondre :

— Les histoires viennent du côté paternel de ma famille.

Ce même père qui avait quelque chose à voir avec la mort de sa mère.

Aïe.

J'examine de nouveau les ailes de Des. Je ne savais pas qu'elles représentaient un détail terrible de son passé… tout comme les miennes. C'est étrange de regarder ces ailes et de voir quelque chose de très différent de ce que lui doit voir.

— Qu'est-ce que tu crois, toi ? demandé-je d'une voix douce. Qu'elles sont un héritage des démons ou des dragons ?

— Connaissant mon père ? Plutôt des démons.

Je déglutis. J'ai vraiment, *vraiment* envie de lui poser des questions sur son père, mais je n'ose pas les formuler. Il est clair qu'un océan d'amertume et de colère est enfoui sous cette relation.

— Eh bien, dis-je en faisant courir ma main le long de l'os de l'aile la plus proche de moi, quelle que soit leur origine, je les trouve parfaites.

Sous mes doigts, je sens le corps de Des trembler.

— Ça ne te fait pas peur ? s'étonne-t-il. L'idée qu'un peu de sang de démon puisse couler dans mes veines ?

Je hausse les épaules.

— Tu m'as rencontrée le jour où j'ai tué mon beau-père, lui rappelé-je en touchant l'une de ses griffes. Et je t'ai vu exécuter des hommes. Je pense qu'on est au-delà de ça.

À ces mots, le regard de Des se fait plus profond. Il m'attire tout contre lui et l'une de ses ailes s'étale sur moi comme une couverture. Il m'embrasse le bout du nez, puis pose son menton sur le sommet de ma tête.

— Merci, chérubin, murmure-t-il.

Je ne sais pas trop pourquoi il me remercie, mais je hoche la tête contre lui et lui caresse le visage. Au bout d'un moment, mes yeux se ferment, mon corps réchauffé par celui de Des.

Et c'est ainsi que nous passons notre première nuit à Lephys. Pas dans la maison somptueuse derrière le bassin, mais dans cette modeste grotte, nos corps nus entremêlés.

Chapitre 14

Quand Des et moi rejoignons finalement la ville de Somnia, il y a quelque chose de nettement différent chez moi.

Je ne déteste plus mes ailes… ni mes écailles ou mes griffes. À un moment donné au fil de cette semaine, je me suis rendu compte que ce qui m'effrayait chez moi me fait désormais me sentir… plus *forte*.

Je sais voler. Je suis capable de taillader quelqu'un à mains nues.

Tout cela me rend puissante, que ça ait été l'intention de Karnon ou pas.

Mon entraînement avec Des a aussi renforcé mon courage. Je pourrais jurer que mes bras et mes jambes sont mieux définis et que, même si je n'ai pas encore réussi à porter un seul coup à Des, je commence à combattre avec plus d'assurance.

Je ne l'admettrai jamais devant Des, mais je suis contente qu'il m'ait forcée à m'entraîner avec lui. Même si je déteste le processus, j'apprécie assez les résultats. Je commence aussi à adorer la paire de lames sanglée à mes hanches. Elles sont pressées contre mon corps à cet instant, tandis que Des et moi parcourons les couloirs familiers de son palais.

La pièce en haut d'une tour où Des m'emmène est l'un des endroits les plus cool de tout le palais. En verre du sol au plafond, elle m'offre une vue aérienne de tout Somnia, du domaine du château à la ville qui s'étend au-delà.

Mis à part les lanternes suspendues au plafond, le seul meuble de la pièce est une table massive, où des couverts pour deux personnes ont été disposés.

Dessus, il y a ce qui ressemble à des plats indiens, comme l'indique aussi l'odeur délicieuse qui en émane. Ma nourriture préférée.

Des se dirige vers la table d'un pas assuré, vêtu du même pantalon noir et des mêmes bottes impressionnantes que sur Terre, les cheveux noués avec une corde en cuir.

J'admire les lignes de muscles épaisses et la peau tatouée de ses bras alors qu'il tire une chaise pour moi. Le seul ornement fae de sa tenue, à cet instant, ce sont les trois bracelets de guerre en bronze autour de son biceps, qui ne font qu'ajouter à son sex-appeal.

Je m'assieds sur le siège qu'il me propose et le regarde s'installer à son tour.

Avant même que j'aie le temps de me servir, il s'en charge à ma place. Un plat d'aloo gobi et un de riz se soulèvent dans les airs et flottent dans ma direction.

Tandis que j'entreprends de me servir une grosse cuillère, une théière se dirige vers la tasse devant mon assiette et me verse un peu de chaï.

— Comment tu as réussi à mettre la main sur tout ça? l'interrogé-je en finissant de me servir.

Des se renfonce dans sa chaise, l'air beaucoup trop fier de lui.

— Être roi a ses avantages.

Il passe cinq bonnes minutes à me regarder manger avant de se joindre à moi. Je sais qu'il aime la bonne nourriture indienne, lui aussi – c'est lui qui m'a fait découvrir cette cuisine –, mais il a l'air plus intéressé par le fait de me regarder me régaler plutôt que de le faire lui-même.

— Ça te dérange si on parle un peu affaires pendant le dîner? finit-il par demander.

Je hausse les épaules. Maintenant qu'on est de retour à Somnia, Des a repris le travail et je dois à nouveau me trouver des occupations. Il n'y a rien de pire que l'ennui, alors je veux bien l'écouter parler affaires en mangeant, si ça me donne quelque chose à faire.

— Qu'est-ce qu'il y a? demandé-je en m'essuyant la bouche avec ma serviette.

Des claque des doigts et un parchemin apparaît dans l'air, avant de s'abaisser devant moi. Je n'arrive pas à l'attraper avant qu'il ait atterri dans mon assiette de tikka masala au poulet, et la sauce orange huileuse imbibe le papier.

Je me penche en avant, attrape le morceau de parchemin et tamponne la sauce dessus avec ma serviette.

— C'était vraiment nécessaire? demandé-je.

Je fronce les sourcils quand mes efforts pour nettoyer le papier ne font qu'étaler encore plus la sauce dessus.

Sur le parchemin, il y a un genre de graphique avec plusieurs colonnes contenant chacune une série de noms, de genres, de dates et d'heures, de lieux et, enfin, ce qui ressemble à des notes.

Le Négociateur fait un signe de tête vers le document.

— C'est une liste de tous les soldats qui ont disparu ces trois derniers mois, explique-t-il en buvant une gorgée de chaï.

Je hausse les sourcils et examine de nouveau le tableau. Il y a tant de noms que ça donne le vertige, et sa liste n'inclut pas seulement les femmes soldats disparues, mais aussi les hommes.

Jusqu'ici, Des et moi n'avons pas beaucoup parlé des hommes s'étant volatilisés du Royaume de la Nuit, en grande partie parce que, contrairement aux femmes, les hommes n'avaient pas refait surface, ne nous donnant aucun indice sur ce qui aurait pu leur arriver.

— Tu remarques quelque chose d'inhabituel? m'interroge Des en m'observant par-dessus le bord de sa tasse.

Je continue à parcourir le tableau.

— Tu sais, si tu as envie que je remarque quelque chose, tu pourrais juste le…

Les mots meurent sur mes lèvres quand je pose les yeux sur les dates.

Depuis que Des a tué Karnon, aucune femme n'a disparu… mais cinq hommes se sont volatilisés.

Je relève les yeux vers le Négociateur.

— Les hommes continuent de disparaître.

Des regarde par la fenêtre, vers la ville scintillante en contrebas.

— Beaucoup d'hommes disparaissent du Royaume de la Nuit, lance-t-il sur le ton de la conversation. Ce n'est peut-être rien.

J'entends presque le « mais » qui suit cette remarque.

— Qu'est-ce qu'il y a ? demandé-je en abaissant le parchemin.

Il boit une autre gorgée de thé.

— Quatre des cinq derniers hommes disparus étaient des soldats.

Ça fait trop de disparitions pour être une coïncidence, ce qui veut dire…

Que ce n'est pas terminé.

Le papier bruisse un peu quand ma main se met à trembler.

— Mais tu l'as tué, protesté-je à voix basse.

Le regard de Des s'adoucit quand il tourne la tête vers moi.

— J'ai tué *Karnon.*

Il me faut quelques secondes pour comprendre ce que Des ne dit pas. Une fois que c'est fait, j'écarquille les yeux.

— Quelqu'un d'autre enlève les hommes.

Chapitre 15

Karnon n'a jamais pris que les femmes. Maintenant que Des l'a tué, ces disparitions ont cessé. Le document dans ma main le prouve.

Mais les hommes…

— Alors tu crois que plus d'une personne est derrière tout ça, deviné-je en dévisageant Des, abasourdie. Mais… pourquoi ? Et comment ?

Des passe une main dans ses cheveux blond polaire et les muscles de ses bras ondulent sous sa peau.

— C'est ce que j'essaie de découvrir.

C'est alors que Malaki entre dans la pièce, à grands pas assurés et ressemblant à un pirate jusqu'au bout des ongles, avec son bandeau sur l'œil et ses joues mal rasées.

Il laisse tomber une grande feuille en paraffine sur la table.

— L'invitation au Solstice… la troisième qu'ils envoient, dois-je préciser.

Il plisse soudain le nez.

— Beurk, c'est quoi, cette odeur ? grimace-t-il en regardant les plats indiens éparpillés sur la table.

Il vient vraiment de critiquer mon dîner ?

Des se renfonce dans sa chaise et croise les bras sur son torse.

— On n'ira pas au Solstice, cette année.

Malaki s'assied et une assiette et des couverts apparaissent devant lui. Un instant plus tard, il tend la main vers le plateau de samossas.

— Sérieusement ? lancé-je d'un ton railleur en haussant les sourcils.

Il a dénigré mon repas il y a une seconde, et maintenant il s'apprête à le manger.

— Tu vas vraiment faire ça ?

Il me jette un regard confus tout en remplissant son assiette de triangles fourrés. Puis il reporte son attention sur Des et lâche :

— C'est une très mauvaise idée.

Des hausse une épaule.

— La dernière fois que Callie a visité un autre royaume, c'était en tant que prisonnière.

— Et ensuite tu as tué le roi de ce royaume, rappelle Malaki d'une voix calme. Je pense que tout le monde sait qu'il n'a pas intérêt à s'en prendre à ta compagne.

— On n'ira pas, répète Des.

— Avoir une compagne ne veut pas dire que tu n'es plus roi.

— *Attention*, prévient Des, le mot fouettant l'air et crépitant de pouvoir.

Malaki se carre dans son siège et incline la tête.

— Mes excuses, mon roi.

Le Négociateur semble se détendre et le pouvoir qui saturait l'air une seconde plus tôt se dissipe.

— *La loi du royaume*, murmure Des.

— Je sais, répond Malaki, l'air lugubre.

Mon regard passe de l'un à l'autre. J'arrivais à peu près à suivre la conversation jusqu'ici, mais ils viennent de me perdre.

— C'est quoi ? m'enquis-je. Ce que tu viens de dire.

Des adresse un signe de tête à son ami.

— Explique-lui, Malaki. Si elle doit se soumettre au Solstice parce que tu penses que c'est une bonne idée, alors charge-toi de lui dire ce qu'elle devra sacrifier.

Malaki pousse un soupir, puis tourne la tête vers moi.

— Tu connais ce dicton humain, « À Rome, fais comme les Romains » ?

Je le regarde en plissant les yeux.

— Vous connaissez ce proverbe ? m'étonné-je.

Il ne m'a pas l'air d'être le genre de fée à se balader sur Terre.

— Et toi ? insiste-t-il.

Mon regard passe de lui à Des, puis je hoche la tête avec hésitation.

— C'est la loi, ici, dans l'Autremonde.

Je ne comprends toujours pas.

— Quand elle est dans le Royaume de la Nuit, explique Malaki, une fée doit suivre ses règles. Des ne veut pas que tu quittes le Royaume de la Nuit parce que vous vous retrouverez tous deux soumis aux lois d'un autre royaume.

— C'est aussi plus ou moins comme ça que ça marche sur Terre, confirmé-je, ne voyant pas en quoi c'est un problème.

— Le Royaume de la Flore réduit les humains en esclavage, intervient Des.

Ah. Là, je vois le probl…

Boum !

Toute la pièce se met à trembler alors qu'une vague de magie nous submerge, me repoussant contre le dossier de ma chaise. Nos assiettes et nos couverts s'entrechoquent sur la table et quelques-uns tombent par terre. Au loin, j'entends des hoquets étouffés.

Nous échangeons tous trois un regard.

Qu'est-ce que… ?

D'un coup, nous nous mettons tous en mouvement. Je renverse ma chaise dans ma hâte de comprendre ce qu'il se passe. Malaki, Des et moi nous empressons de sortir de la pièce, ayant tout oublié du dîner, des hommes disparus et des royaumes détenant des esclaves.

Dans les couloirs, des fées courent en tous sens et tentent de trouver un abri. L'un des officiers du palais accourt vers nous et s'incline rapidement devant Des.

— Il y a eu une faille dans la sécurité, explique-t-il, essoufflé. L'un des portails est désactivé… quelque chose a traversé et l'a détruit.

— Rassemblez cent de mes meilleurs soldats et dites-leur de nous rejoindre dans les airs.

Dès que Des a donné cet ordre, l'officier retourne en courant d'où il est venu.

Nous nous remettons en marche. Au lieu de se rendre vers l'étage principal du palais, Des et Malaki rejoignent l'un des balcons du château.

Je scrute l'horizon, cherchant une explication à cette violente vague de magie. Elle m'a semblé si familière…

Des détourne les yeux de l'horizon pour me regarder. Il entrouvre les lèvres et je suis sûre qu'il s'apprête à me demander de retourner dans le palais.

Mais au lieu de ça, il referme la bouche et crispe la mâchoire. Il s'avance vers moi et referme la main sur ma nuque.

— Tu veux te joindre à moi ? me propose-t-il.

— Toujours, réponds-je par instinct, sans réfléchir.

Partout où va mon compagnon, j'irai aussi.

— Desmond… proteste Malaki.

— Ce sera dangereux, m'avertit-il, ignorant son ami. L'un de nous pourrait mourir. Tu es sûre ?

Mon cœur bat la chamade. Ai-je cru un jour que l'amour de Des pourrait s'avérer étouffant ? Qu'il pourrait tenter de me couver comme une petite chose fragile ? Parce que ce n'est pas le cas. Il est dangereux et dévorant, et à cet instant, il me laisse un goût de sang et de fumée dans la bouche.

— Je suis sûre.

Derrière nous, Malaki lève les mains au ciel.

Des m'adresse un signe de tête, l'air grave.

— Suis-moi et reste en sécurité. C'est un ordre.

Ses ailes se déploient dans son dos, s'épanouissant comme une fleur difforme et épineuse. En réaction, mes propres ailes s'étirent.

Dans un élan de magie, il bondit dans l'air nocturne, propulsé par ses ailes. Mon propre décollage est loin d'être aussi gracieux, mais quelques secondes plus tard, je suis moi aussi dans les airs, derrière le Roi de la Nuit, alors que Malaki me suit de près.

Je ne vois ce qui a causé toute cette agitation que lorsque Malaki, Des et moi avons rejoint les soldats de Des.

Très loin en contrebas de l'île flottante de Somnia, sur le continent principal qui constitue l'Autremonde, une énorme boule de feu se déploie, et d'épaisses volutes de fumée noire s'en élèvent déjà.

Des flocons de cendres fumantes dérivent autour de nous à mesure que nous nous rapprochons. Je plisse les paupières pour examiner les flammes alors que la fumée me brûle les yeux.

Je fronce les sourcils.

Juste au centre du brasier, à l'endroit où la chaleur aurait dû être la plus ardente et les flammes les plus vives, je distingue un passage noirci, que l'incendie n'ose pas toucher.

L'un des gardes pointe quelque chose du doigt le long du chemin roussi et je regarde dans la direction qu'il indique. Là, au milieu de la terre calcinée, il semble y avoir deux silhouettes.

Ce n'est que lorsque nous sommes à environ trente mètres du sol que je reconnais l'une d'elles.

Eh ben merde alors !

Temperance « Temper » Darling, ma collègue et meilleure amie, marche parmi le brasier comme si elle le contrôlait, traînant une fée à l'air très effrayé derrière elle. Ses yeux sombres brillent comme des charbons ardents et des éclairs crépitent autour d'elle.

Oh oh.

Elle a officiellement perdu le contrôle de son pouvoir. Je ne l'ai vue comme ça que deux autres fois, et ça ne s'est jamais bien terminé.

Autour de moi, je sens la magie de fae enfler dans l'air. Je ne sais pas si elle n'émane que de Des ou si celle de ses soldats s'y ajoute aussi, mais propulser du pouvoir vers Temper quand elle est dans cet état ne peut mener qu'à une chose : la destruction.

Je tourne la tête vers Des, qui est en train d'étudier Temper du regard. Il n'a pas l'air de la reconnaître, et pourquoi serait-ce le cas ? Même si je lui ai souvent parlé d'elle, il n'a jamais rencontré Temper en personne.

Parfois, je pars du principe que mon compagnon est omnipotent et infaillible, qu'il sait tout et reconnaît tout le monde aussitôt. Que rien ne peut le prendre par surprise.

Mais c'est possible, et de toute évidence, c'est ce qui vient d'arriver.

Il commence à faire des signes à ses hommes, qui ajustent leurs positions, le corps tendu et prêt à l'action.

Si je ne fais pas quelque chose maintenant, ils vont bombarder mon amie, et ça finira mal pour tout le monde.

Prenant une décision impulsive, je replie mes ailes dans mon dos. Mon corps s'incline et commence à plonger vers la terre.

— Arrêtez ! s'exclame quelqu'un derrière moi.

Je n'ai aucune intention d'obéir.

Je jette un œil par-dessus mon épaule. Mon regard croise celui de Des et, l'espace d'un instant, nous ne faisons que nous regarder. À ce moment, je ne suis pas ses ordres et je ne reste pas en sécurité non plus, contrairement à ce qu'il m'a ordonné de faire. Il aurait toutes les raisons de se servir de sa magie pour me stopper dans mon élan, mais il ne le fait pas.

Cette petite marque de confiance me donne du courage.

Je n'ai aucun moyen de lui faire savoir que cette femme est en réalité ma meilleure amie, ou que je suis peut-être la seule à même de sauver la situation avant que quelqu'un soit blessé. La seule chose que je peux faire, c'est adresser un signe de tête à Des.

Je sais ce que je fais, songé-je en espérant qu'il comprendra.

Même s'il ne peut pas lire dans mes pensées, je pense qu'il est capable de les deviner sur mon visage. Il me regarde pendant une seconde de plus, puis lève le poing. En réaction, ses soldats s'immobilisent, toujours en position.

C'est tout ce que j'ai le temps de remarquer avant de regarder de nouveau devant moi.

Sous moi, Temper lève les yeux vers notre groupe, une lueur ardente et peu familière dans ses yeux d'habitude chaleureux quand ils se posent sur moi.

C'est la Temper que les gens craignaient dans notre pensionnat, et tout ce pouvoir est la raison pour laquelle elle était exclue.

La réalité terrifiante de son existence, celle qu'elle doit affronter tous les matins quand elle se lève et tous les soirs quand elle ferme les yeux, c'est qu'elle est capable de causer ce genre de carnage. Elle en est capable, et une partie d'elle en meurt d'envie.

Elle peut puiser dans ce pouvoir tentateur, et il la persuade de le faire chaque fois qu'il le peut. La plupart du temps, elle lui dit d'aller se faire foutre.

Aujourd'hui, elle y a cédé.

Je sais ce que se demandent les soldats en train d'observer Temper. La même question a fait douter un grand nombre de nos clients.

Qu'est-ce qu'elle est ?

Je regarde mon amie à travers la fumée, les vagues de chaleur faisant miroiter et ployer sa silhouette. Il n'y a qu'un type d'être surnaturel dont la magie est aussi puissante, aussi effrayante et enivrante.

Une ensorceleuse.

Chapitre 16

Temper et moi nous dévisageons à travers l'espace entre nous, sa peau crépitant alors que la magie danse autour d'elle. Ses yeux de soufre et sa peau électrique sont à des années-lumière de celle qu'elle est d'habitude.

Mon amie est une espèce rare d'être surnaturel, du genre que la plupart des gens espèrent ne jamais rencontrer. Les ensorceleurs et ensorceleuses manient la magie comme les sorciers, mais contrairement à eux, ils disposent d'une quantité de pouvoir presque infinie dans laquelle puiser à volonté. Le seul problème, c'est qu'à chaque fois qu'ils utilisent leur magie, cela ronge leur conscience jusqu'à ce qu'il n'en reste plus rien.

S'ils n'en utilisent qu'un peu par-ci par-là, ça n'a pas vraiment de conséquence. Mais un pouvoir tel que celui-là ? Sa force est suffisante pour lui arracher une grosse part de moralité.

Le pire, c'est que le pouvoir de Temper tente toujours de l'amadouer pour la persuader de l'utiliser, comme ma sirène me cajole pour que je cède à mes ténèbres intérieures. Elle est toujours là, à l'affût d'un moment de faiblesse.

Mon amie est venue à mon secours. J'ai disparu et elle m'a cherchée, frénétiquement, jusqu'à ce que son pouvoir l'engloutisse. Elle a abandonné une part d'elle pour moi.

C'est une démonstration d'amitié complètement tordue, mais cela me touche quand même.

J'amorce ma descente ; la chaleur et la fumée de l'incendie sont suffocantes.

Callie. Je sens la voix de Des plus que je ne l'entends, dans le ciel au-dessus de moi.

Je lève les yeux vers l'endroit où lui et ses hommes planent dans le ciel, à plus de cinq mètres au-dessus de moi.

Son expression est bien assez éloquente. Il ne veut pas que je me rapproche. Pas du tout, et il s'apprête à intervenir.

Je me détourne de lui. Je dois concentrer mon attention sur Temper.

Elle me regarde approcher du sol tandis que la fée qu'elle retient prisonnière tente de s'enfuir, même s'il est clair qu'elle n'ira nulle part.

J'atterris sur le sol fumant et la chaleur me donne l'impression d'être dans un four.

— Des ailes, sérieux ? dit-elle d'une voix sans intonation.

Pas de « bonjour » ni de « comment vas-tu ? » ou même de « pourquoi tu ne m'as pas appelée ? » Juste « il t'est poussé des ailes ». Je n'ai jamais vu Temper autant sous l'emprise de son pouvoir.

— Ce salopard t'a obligée à te faire pousser des ailes, reprend-elle, et la chaleur autour de nous grandit avec le ton de sa voix.

Son regard passe de moi à Des.

Elle écarte la fée qu'elle retenait, manquant de peu de la jeter dans le feu. L'homme évite le brasier en titubant juste à temps, puis il s'enfuit en courant, se propulsant dans le ciel tout en marmonnant toutes sortes d'obscénités que Temper n'entend pas. Tout son courroux est concentré sur mon compagnon.

— Quoi que tu penses, Temper, *ne le fais pas*, dis-je à voix basse.

Si elle touche à un seul des cheveux de Des, amie ou pas, je devrai la mettre K.-O.

Temper reporte son attention sur moi et plisse les yeux d'un air menaçant. Elle incline la tête comme pour essayer de comprendre ce qui m'est arrivé.

— Qu'est-ce qu'il t'a fait ?

De toute évidence, elle croit que c'est moi, la folle, ici.

Sur un coup de tête, je fais un pas en avant.

— Éteins les flammes, relâche ta magie, et je t'expliquerai tout.

Ses yeux sont toujours aussi étranges, et ces petites décharges électriques continuent de jaillir de sa peau, mais je suis certaine que je commence à l'atteindre.

Jusqu'à ce qu'elle me sourie, une expression qu'on ne peut qualifier que de sinistre.

— Et si je n'ai pas envie ?

Le voilà, le monstre qui dévore Temper.

Ma sirène remonte à la surface, illuminant ma peau.

— Ne me force pas à te charmer, déclaré-je d'une voix menaçante.

— Tu *n'oserais* jamais, rétorque-t-elle.

Elle a raison. Dans n'importe quelle autre situation, je m'y refuserais. D'abord parce que je suis sûre qu'elle est capable de résister à mon charme. Ensuite, parce que je n'ai pas envie de devenir la cible de sa fureur.

Mais cette situation est différente.

— Il n'est pas mon promis, Temper. Il est mon âme sœur.

Je n'ai jamais eu l'occasion de le lui dire.

C'est une explication : je ne suis pas retenue ici contre ma volonté, ce qui devrait la dissuader de faire du mal à mon compagnon. Pendant un long moment, Temper n'a aucune réaction. Puis, lentement, elle lève les yeux vers le Négociateur, le visage dénué d'expression.

Dans le ciel, d'autres fées se sont jointes à lui. Elles ne viennent pas toutes de son royaume, mais on dirait bien que Temper est en train de rassembler toute une foule, et si tout cela ne prend pas fin bientôt, soit mon amie sera blessée, soit un tas d'innocents le seront.

Temper reporte son attention sur moi.

— C'est ton âme sœur, répète-t-elle, l'air presque en transe.

Je hoche la tête, la peau toujours brillante.

Protège ton compagnon, me murmure ma sirène, tentant de me persuader d'utiliser mon charme sur mon amie.

Je garde la bouche résolument close.

Temper ferme les yeux et je me raidis. Pour ce que j'en sais, elle s'apprête peut-être à enflammer les cieux et toutes les fées qui s'y trouvent.

Je pourrais l'arrêter tout de suite. Tout ce qu'il me faudrait, c'est utiliser un peu de ma propre magie. J'ai toutes les raisons de le faire, et ma sirène en a très envie.

Mais je ne fais rien.

Des m'a accordé le bénéfice du doute il y a quelques minutes. Je peux bien faire pareil pour Temper. Alors je tiens ma langue et attends qu'elle agisse.

Mon amie rouvre les yeux et, d'un coup, les flammes et les explosions se dissipent, comme si elles n'étaient rien de plus que des bougies d'anniversaire sur lesquelles on vient de souffler.

Les iris de Temper pâlissent et les lignes rouges brillantes qui les striaient commencent à disparaître. Sa peau cesse de crépiter et ce pouvoir brûlant et écrasant se replie enfin.

Un instant elle était une ensorceleuse féroce, et le suivant elle n'est plus que mon amie.

Elle laisse échapper un soupir tremblant.

— Meuf, souffle-t-elle. Ça fait plaisir de te voir.

C'est tout ce que j'avais besoin d'entendre. Je réduis la distance entre nous et prends Temper dans mes bras. Sa peau a la sensation du sable brûlant sous mes doigts.

— Tu vas devoir m'expliquer pour ces ailes, me prévient-elle sans cesser de m'étreindre. Et cette histoire d'âmes sœurs, et comment tu t'es retrouvée ici. Seulement après, je pourrai te promettre de ne pas faire griller les fesses de ton petit ami.

Maintenant que l'imminence du danger a disparu, j'entends mon pouls battre à mes tempes. Que se serait-il passé si je n'étais pas venue avec Des ? Que se serait-il passé si Temper n'avait pas écouté mes suppliques ?

Je l'étreins plus fort.

— D'accord, accepté-je contre son épaule.

Autour de nous, des fées commencent à atterrir et à se rapprocher avec prudence. Je ne sais pas combien de secondes il nous reste avant d'être rejointes par d'autres personnes.

— Je n'arrive pas à croire que tu as fait exploser un portail de l'Autremonde, m'émerveillé-je en m'écartant d'elle.

— Meuf, c'est ce qui s'appelle faire une entrée remarquée.

Chapitre 17

Plusieurs heures plus tard, après de nombreuses menaces de mort (à la fois de la part de Temper et dirigées contre elle), un risque d'incarcération et tout un tas d'explications, Temper et moi nous retrouvons avec Des et Malaki dans l'un des quartiers privés du Négociateur.

Temper croise les talons sur l'accoudoir de la chaise à haut dossier sur laquelle elle est assise de travers.

— Donc, laissez-moi résumer. Vous êtes des âmes sœurs, tous les deux, dit-elle en pointant le doigt vers moi et Des, mais vous n'avez pas pu vous retrouver avant un temps ridiculement long parce que l'un de vous…

Elle pointe le doigt vers moi.

— … a fait un souhait insensé. Et juste après vous être enfin mis ensemble, elle a été jetée dans une prison pour faes, enchaîne-t-elle en pointant de nouveau le doigt vers moi. Un roi psychopathe a décidé de lui donner des ailes…

Et des écailles et des griffes.

— … puis toi, continue-t-elle en pointant le doigt vers Des, tu as buté ce salopard. Et maintenant tu es coincée ici.

Elle pointe une dernière fois le doigt vers moi en prononçant ces mots.

— Elle n'est pas coincée ici, proteste Des d'un air sombre.

Il est assis sur une autre chaise, les avant-bras posés lourdement sur ses cuisses.

— Comme si elle pouvait balader son petit cul plein de plumes dans tout L.A., rétorque Temper avec humeur.

Malaki fait un pas en avant.

— Et si on discutait du problème le plus pressant : tu as oblitéré l'un des portails du Royaume de la Flore et tu as pris une fée en otage.

Temper croise les bras et l'étudie de haut en bas.

— Si tu t'attends à ce que je m'excuse, tu ne sais pas qui je suis, *compadre*.

Un coup frappé à la porte interrompt la conversation. Des fait un geste du poignet et la porte s'ouvre.

La fée sur le seuil s'incline.

— Mon roi, dit-il, mon seigneur, mesdames.

Il adresse un signe de tête à chacun de nous avant de reporter son attention sur Des.

— Il y a des soldats faes de la Faune devant les grilles du palais. Ils exigent l'arrestation de l'ensorceleuse.

Nous en sommes à la deuxième tentative d'incarcération.

Des se frotte le menton un instant, puis répond :

— Je refuse de la leur livrer.

— Mon roi… commence la fée.

— L'ensorceleuse est une invitée d'honneur et bénéficie donc de ma protection, ainsi que de celle de mon royaume, l'interrompt-il.

Il tourne les yeux vers moi et continue :

— Tous les dégâts que son arrivée a causés seront remboursés intégralement avec mes fonds personnels.

Mon souffle se coince dans ma gorge. Il fait ça pour moi.

Moi qui commençais à croire qu'il me serait impossible de l'aimer plus encore…

Malaki hausse les sourcils. Il étudie Temper, qui l'observe comme si elle avait envie d'en faire son quatre-heures.

La fée dans l'encadrement de la porte hésite, puis s'incline.

— Très bien. Je vais leur transmettre l'information.

Quand la porte s'est refermée, la pièce se retrouve plongée dans le silence.

Pour finir, Temper se racle la gorge.

— Je suppose que tu veux que je te remercie, lance-t-elle en triturant une peluche qui dépasse de la chaise.

Le fait est que Des vient d'offrir sa protection à Temper… je ne suis pas sûre qu'il s'en rende compte, mais ça signifie beaucoup, pour elle. Mon amie est habituée à être jugée et condamnée, pas à ce qu'on lui accorde le bénéfice du doute.

— Maintenant, tu es obligé de faire une apparition au Solstice, les interrompt Malaki. Tu vas devoir prouver aux autres royaumes que tu es toujours un allié fidèle. Autrement, cela pourrait marquer les prémices d'une guerre.

Des se frotte le visage. Pour la première fois, il ressemble à un roi fatigué.

Sentant que ses paroles font réfléchir Des, le Seigneur des Rêves fait un pas en avant.

— Si tu assistes au Solstice et leur montres que tu es toujours le dirigeant qu'ils connaissent, ça contribuera grandement à apaiser les tensions.

Des ne répond rien pendant une minute, se contentant de ruminer les mots de Malaki.

Ses yeux argentés hypnotiques croisent les miens. Je sens bien qu'il est tiraillé entre son envie de me protéger et celle de protéger son royaume. Ça m'ébranle jusqu'au plus profond de moi, de me rendre compte que je tiens à ce point à quelqu'un.

— Je n'ai pas besoin d'être protégée, lui assuré-je.

— De ces fées-là, peut-être que si, marmonne Des.

Pour finir, il hoche la tête avec réticence.

— D'accord, je vais y aller… nous irons *tous*.

Il parcourt la pièce des yeux, regardant d'abord Malaki, puis moi, puis – à ma grande surprise – Temper.

Elle vient aussi ?

Temper a l'air ravie.

— Ça me va. Je la suivrai comme son ombre, se réjouit-elle avec un signe du menton vers moi.

C'est alors que je réalise ce qui vient de se passer : Des a l'intention de nous emmener, moi et une ensorceleuse au tempérament de feu, dans un endroit où les mortels sont considérés comme des esclaves. Nous devrons respecter leurs lois archaïques, des lois qui assujettissent les humains.

Je me retiens de déglutir. Dans quoi est-ce qu'on vient de s'engager ?

Chapitre 18

— Meuf, dis-le-moi franchement : qu'est-ce qui se passe, bon sang ? demande Temper.

Nous nous trouvons toutes les deux dans sa chambre d'amis. Comme dans le reste du palais du Royaume de la Nuit, cette pièce est décorée dans un style marocain, avec ses portes voûtées, ses colonnes couvertes de mosaïques et ses lanternes suspendues.

— Qu'est-ce que tu veux dire ? l'interrogé-je en m'appuyant contre la porte.

Elle commence à fouiner dans la pièce.

— On dirait vraiment que tu commences à prendre tes aises ici, pendant que tu testes la vie auprès de ton prince fée.

Je prends mes aises dans ce royaume et avec mon compagnon, c'est vrai, ce qui aurait rendu l'ancienne Callie très nerveuse. À ses yeux, l'Autremonde était trop effrayant et Des trop inconstant.

— Qu'est-ce que tu veux que je fasse, Temper ? Tu l'as dit toi-même tout à l'heure : je ne peux pas retourner sur Terre comme ça.

Je fais un geste vers mes ailes et ajoute :

— Je suis un monstre.

Un monstre. Ce mot a le goût d'un mensonge quand il quitte mes lèvres. Peut-être à cause de tous les pouvoirs dont j'ai appris l'existence, ou peut-être parce que tout le monde me ressemble un peu, dans ce royaume. Ou alors c'est parce que le Roi de la Nuit me trouve parfaite, même avec tous ces ajouts. À un moment donné, j'ai décidé que le mot « différente » ne voulait pas forcément dire « mal ».

— Il existe deux façons d'annuler ce que tu as subi, dit Temper.

Une sensation inconfortable m'envahit l'estomac. Annuler la magie de Karnon… combien de fois ai-je prié pour que ces écailles sur mes avant-bras disparaissent ? Pour que mes ongles noirs retrouvent leur couleur chair normale ? Pour me débarrasser de mes ailes ?

C'est une sensation familière. À une époque, j'ai souhaité pouvoir me débarrasser de mon identité pour vivre dans la peau de quelqu'un d'autre.

Je commence à peine à aimer cette enveloppe-là, malgré toutes ses imperfections. Et Temper sous-entend que je pourrais m'en débarrasser. Que je devrais le faire.

Je ne m'attendais pas à me sentir blessée par cette proposition, mais je le suis, un peu. J'ai envie qu'elle m'accepte comme je suis, comme l'a fait Des.

— Je n'ai pas envie de l'annuler, dis-je.

Temper arrête sa fouille minutieuse et me regarde en haussant un sourcil épilé.

— Tu es sérieuse ?

Gênée, je tire sur le bord de l'une de mes ailes, faisant chatoyer les plumes irisées. Puis je la lâche et soupire.

— C'est si difficile à croire pour toi ?

— Meuf, toi et moi, on sait toutes les deux que tu ne peux pas retourner sur Terre avec cette apparence. Tu n'as pas envie de rentrer à la maison ? Tu as toute une vie qui t'attend.

Une vie solitaire et vide. Ça ne veut pas dire que j'ai envie de l'abandonner, mais je n'ai pas non plus envie de changer qui je suis pour retrouver cette vie-là.

J'ouvre la bouche pour le lui expliquer, avant de changer d'avis. Je n'ai pas à défendre mes choix. Elle est censée me soutenir, comme je l'ai soutenue par le passé. C'est comme ça que notre amitié a toujours marché.

— Oublie ça, dis-je en secouant la tête.

Puis je me retourne pour partir.

— Attends, lance-t-elle en s'avançant vers moi et en me prenant le poignet. Callie, tu sais que ça ne me pose un problème que si ça t'en pose un à toi.

Elle scrute mon regard de ses yeux bruns chaleureux tout en continuant :

— C'est juste que je sais que tu ne voulais surtout pas devenir un loup-garou, quand tu étais avec Eli, et maintenant, alors que tu es avec cet autre type depuis trois secondes et demie, voilà que tu ressembles déjà à une fée.

Je lui lance un regard exaspéré.

— Je ne suis pas avec lui depuis trois secondes et demie, rétorqué-je.

Elle m'étreint la main un peu plus fort et tente de déchiffrer mon expression.

— Très bien, finit-elle par dire, ayant pris sa décision. Tu as une longue histoire sordide avec lui. Mais je n'aime pas avoir à partager ma meilleure amie, même si c'est avec son compagnon.

Voilà la véritable raison de l'appréhension de Temper. Elle se sent menacée.

Depuis que nous sommes amies, personne ne s'est jamais mis entre nous. Et pour ce que j'en sais, puisque Des est l'homme qui m'a blasée des hommes, elle est anti-Des par loyauté. Et voilà que je lui demande d'oublier toute sa colère et sa jalousie.

C'est beaucoup demander, et elle est prête à faire un effort, pour moi.

Je retire ma main de son étreinte pour pouvoir la serrer dans mes bras.

— Je t'aime, espèce de folle, dis-je.

Une seconde plus tard, elle referme les bras autour de moi.

— Je sais. Comment pourrait-il en être autrement ? J'ai fait exploser un portail pour toi.

Alors que nous sommes encore enlacées, je me mets soudain à rire.

— Je n'arrive toujours pas à croire que tu aies fait ça. Et la tête que faisait cette fée… ris-je, songeant à l'homme qu'elle a pris en otage.

Ce type a sûrement dû changer de pantalon, après cette expérience.

— Tu veux parler de mon guide ? demande-t-elle. Ça lui apprendra à m'avoir fait payer trop cher.

Nous nous mettons toutes les deux à nous marrer ; c'est tellement tordu, mais on est un peu dingues, après tout.

Temper s'écarte de moi et son rire s'interrompt.

— OK, où est-ce que ces fées conservent leur alcool ? m'interroge-t-elle en fouillant la pièce du regard. Je vais devoir me bourrer la gueule, si je dois rester dans ce foutu Autremonde.

— Je croyais que tu étais passionnée par les fées, lui rappelé-je en faisant quelques pas dans sa chambre.

— Ouais, quand j'avais *dix-sept ans*. J'aimais aussi le rouge à lèvres orange, à l'époque.

Elle tressaille à ce souvenir, puis s'agenouille devant un vaisselier disposé dans un coin de la pièce.

— Ah, ah ! lance-t-elle en ouvrant les portes. Les voilà.

Elle attrape une bouteille couverte d'une écriture chatoyante, la débouche et la renifle.

— Beurk, fait-elle en grimaçant un peu, ça sent la pisse de leprechaun, mais ça fera l'affaire.

Je ne vais même pas relever son commentaire sur les leprechauns.

Elle en boit une gorgée à la bouteille, avant de me la tendre.

Je refuse d'un geste de la main.

— Donc, lâche-t-elle en se laissant tomber dans un fauteuil fleuri, Mal-a-ki.

Elle agite les sourcils tout en prononçant chaque syllabe avec soin. J'émets un grognement et m'écroule sur son lit.

— *Nooon.*

— Non *quoi ?* s'enquiert-elle avec une pointe d'insolence.

J'attrape l'un de ses oreillers et le coince sous ma poitrine.

— Je sais déjà comment ça va se passer : tu vas coucher avec lui, et ensuite tu la lui feras à l'envers. Il sera vexé et il se vengera sur moi parce que je suis ta meilleure amie.

Elle me lance un regard en coin tout en buvant une autre gorgée de sa bouteille.

— Ça t'apprendrait, espèce de petite maigrichonne. J'ai dû gérer Eli depuis que tu as rompu avec lui, et ce salopard poilu avait sérieusement une dent contre moi, sans mauvais jeu de mots.

Oups. Temper marque un point. Notre affaire, West Coast Investigations, transmettait une partie de notre boulot à Eli, qui était un chasseur de primes surnaturel. Je ne m'attendais pas à ce que notre relation – ou plutôt notre absence de relation – affecte notre travail.

Apparemment, je me trompais.

— Donc, continue Temper, il a une petite amie ?

— Eli ? demandé-je en haussant une épaule. Comment je le saurais ?

— Meuf, on sait toutes les deux que je ne parle pas d'Eli. *Malaki.*

Pauvre fée. On dirait qu'il va encore devoir avoir affaire à Temper dans les jours qui viennent, qu'il le veuille ou non. Elle est une vraie force de la nature, quand elle en a envie.

— Aucune idée, avoué-je.

Je ne sais même pas si les fées ont des copines ou des copains. Elles ont l'air d'être le genre de créature à faire la cour au lieu d'avoir des rencards, et qui ont des promises au lieu d'avoir des conjoints. Et apparemment, pour les dirigeants, elles ont aussi des *harems.*

Je réprime un frisson.

— Hum…

Temper boit une autre gorgée de sa bouteille, sans se rendre compte du tour qu'ont pris mes pensées. J'éprouve soudain l'envie de boire. Maudit soit Des pour m'avoir forcée à rester sobre. J'aurais bien besoin d'un peu d'alcool pour endurer cette conversation.

— Son cache-œil est réel ? demande-t-elle.

Je me contente de lui lancer un regard appuyé.

— Il l'est, hein ? s'exclame-t-elle comme si c'était une révélation incroyable. J'ai envie de voir ce qu'il y a dessous.

— Est-ce qu'on t'a déjà dit que tu étais sérieusement détraquée ?

— Dit la fille qui adore baiser les mauvais garçons. Comment c'est, au lit, avec le Négociateur ? Je parie que c'est un vrai pervers de première classe.

J'aurais vraiment besoin d'alcool pour mener cette conversation.

— Temper, je n'ai pas envie de parler de ça.

— Quoi ? Mais tu me parles *tout le temps* de ça.

C'était à l'époque où les hommes n'avaient pas d'importance et où c'était marrant de se moquer de certaines situations sexuelles dans lesquelles je m'étais fourrée. Mais mon intimité avec Des… Elle me semble différente, *sacrée*.

— Je n'ai jamais rien connu de mieux, admets-je du bout des lèvres. Et je ne dirai rien de plus.

Temper m'observe par-dessus sa bouteille.

— Merde alors, moi qui croyais que ce type avait une mauvaise influence sur toi.

— Oh, il a quand même une mauvaise influence, assuré-je, mon regard se perdant dans le vague.

Des a beau être mon âme sœur, il reste aussi l'homme qui m'a poussée à sauter dans le vide, celui qui tue sans remords et qui se sert du sexe pour collecter ses dettes.

— Si tu le dis.

Nous discutons pendant quelques minutes de plus. Ce n'est que lorsque l'alcool commence à faire effet sur Temper et à l'assommer que je la mets au lit, avant de m'esquiver de sa chambre.

Je m'accorde quelques secondes supplémentaires pour fermer sa porte sans faire de bruit.

— Tu as des explications à me donner.

Des est adossé au mur du couloir.

Il s'avance vers moi et, comme une idiote, je me mets à reculer. Quand ses yeux pétillent comme à cet instant, je sens qu'il est tout juste à la frontière de la folie, de succomber à sa cruauté de fae.

Il me rejoint en une seconde et me cloue au mur.

— Essayons autrement, dit-il en me mordillant l'oreille. Tu as des explications à me donner.

Il passe une jambe entre les miennes, la frottant du même coup contre mon entrejambe.

— Maintenant, tu veux bien commencer par ton incapacité à obéir à mes instructions, quand on était sur le balcon tout à l'heure, ou par la façon dont tu as failli te faire tuer en affrontant une ensorceleuse en colère ?

Je déglutis discrètement. Je savais que ça allait arriver.

— J'aurais pu…

Sa voix se brise et il reprend d'une voix rauque :

— J'aurais pu te perdre. Si tu avais été blessée… je n'aurais même pas eu le temps de t'administrer du vin de lilas.

C'est ici que je m'excuse de l'avoir effrayé, avant de le remercier d'avoir eu confiance en moi.

Sauf que je n'en ai pas le temps.

Son visage se ferme jusqu'à ce que le Négociateur suave et rusé me rende mon regard.

— Ou alors, continue Des, on saute les explications et on passe directement au remboursement.

Le remboursement ?

Soudain, le Négociateur ne me plaque plus au mur. Il soulève l'une de mes jambes, puis l'autre, pour les enrouler autour de sa taille.

— Des… dis-je, commençant à devenir nerveuse.

Qu'est-ce qu'il a en tête, au juste ?

Il se met à marcher tout en me gardant dans ses bras.

— Réessayons l'exercice consistant à écouter mes instructions : cette fois, quand je te les donnerai, tu obéiras.

Je le regarde en plissant les yeux.

— Qu'est-ce que tu prépares ?

Il m'adresse un regard sombre et ardent.

— Tu le découvriras bien assez tôt, chérubin.

Il traverse un couloir, puis un autre, tout en me gardant serrée contre lui. Je ne prends pas la peine d'essayer de me dégager, surtout parce que je sais que c'est ce qu'il a envie que je fasse, et aussi parce que la dernière fois que j'ai tenté de m'extirper de cette position, il a utilisé sa magie sur moi.

Alors, au lieu de ça, je le laisse me porter. Je ne suis pas un poids plume. S'il veut s'épuiser à me trimballer partout, à sa guise.

Au bout d'un moment, il ouvre une double porte d'un coup de pied, débouchant sur l'un des nombreux balcons du palais.

Je sens l'air frais du soir dans mon dos, qui ébouriffe mes plumes et agite mes cheveux.

— Si tu me jettes de ce balcon… l'avertis-je.

Il n'attend pas que j'aie terminé ma menace. Un instant il est sur la terre ferme, et le suivant nous partons en flèche dans les airs. Je suis toujours dans ses bras.

OK, Des ne comptait donc pas me jeter d'un balcon… il a l'intention de me lâcher dans le vide depuis le ciel.

Sauf qu'il ne me lâche pas.

Je le fixe des yeux et nos regards se rivent l'un à l'autre.

— Et maintenant quoi ? l'interrogé-je.

Ses yeux se mettent à pétiller.

C'est à ce moment-là que je sens mes vêtements se desserrer, exactement comme à Lephys.

Qu'est-ce que… ?

Ma tenue de fae fond pratiquement sur mon corps. Je laisse échapper un cri aigu et tente de rattraper le reste de mes vêtements. Peine perdue ; ils me glissent entre les doigts comme des grains de sable.

Heureusement que j'avais déjà rangé mes dagues, autrement le petit cadeau de Des aurait disparu à jamais.

Je jette un œil en contrebas et regarde mes vêtements tomber vers Somnia dans un chatoiement de tissus. Nous sommes déjà trop haut pour que je puisse voir où ils atterrissent.

L'air nocturne caresse ma peau nue. J'ai l'impression de me baigner nue, une sensation étrange, nouvelle et pas tout à fait déplaisante. Je pourrais être embarrassée à l'idée d'être à ce point exposée, sauf que nous sommes trop haut dans le ciel et que la nuit est trop sombre pour que qui que ce soit nous voie.

Je me tourne de nouveau vers Des, nue comme un ver. Comme moi, il s'est débarrassé de tous ses atours. Je fais courir une main sur son biceps et suis du doigt l'un de ses bracelets de guerre.

Nous nous glissons à travers une couche de nuage vaporeux et la brume me pique la peau. Les nuages me rappellent la première fois où j'ai volé. Des m'avait indiqué du doigt les couples cachés dans la pénombre, tous enlacés amoureusement.

Je prends une brusque inspiration en réalisant ce que Des a l'intention de faire. Ce que *nous* allons faire.

Évidemment que le Roi de la Nuit, l'homme qui règne sur le sexe et le sommeil, la violence et le chaos, a l'intention de m'emmener là-haut où seules les étoiles et les grandes étendues de l'univers peuvent nous voir.

— Je t'avais dit que j'avais de très, très nombreuses exigences, dit-il, lisant dans mes pensées.

Sa voix est douce alors que nous planons tous deux dans les cieux, les cheveux agités par la brise légère.

À mesure qu'il parle, je sens sa magie nous envelopper. Elle n'est ni insistante ni inconfortable, comme elle peut l'être parfois. Au lieu de ça, j'ai l'impression de me baigner dans l'essence même de Des – les ombres et les rayons de lune.

Lentement, il fait glisser ses mains le long de mon dos. C'est comme la caresse d'un sculpteur, qui me moule et me fait prendre une forme plaisante. Puis elles glissent à l'arrière de mes cuisses.

Mes paumes sont entrecroisées lâchement autour du cou de Des, et je joue avec la pointe de ses cheveux doux.

— Je croyais que tu voulais que je suive tes instructions, rappelé-je dans un souffle.

Il me soulève de quelques centimètres, avant de me faire glisser sur lui. Mes lèvres s'entrouvrent alors que je le dévisage, et ma peau se met à luire. Je ressemble à l'une des nombreuses étoiles dans le ciel, tandis que nos peaux se rejoignent.

— C'est le cas, répond-il en fourrant son nez contre ma joue. Mais je me suis rendu compte que je te préférais un peu sauvage.

Sur ces mots, nous nous mettons tous deux à remuer, et nos corps prennent très vite un rythme fiévreux. Nous passons la nuit comme deux simples amants, cachés parmi les nuages.

Chapitre 19

Le lendemain, Des et moi sortons sur le terrain d'entraînement, moi un peu échevelée après ma soirée et Des l'air toujours plus vif que jamais.

Si je m'attendais à ce que le Négociateur y aille doucement avec moi après notre moment d'intimité d'hier soir, je me trompais.

Je serre mes dagues flambant neuves dans mes mains, avec l'impression d'être une amatrice alors que Des fonce sur moi.

— Bloque… *bloque!* aboie-t-il tout en commençant son attaque.

Je lève les bras un peu tard et parviens à le retenir au dernier moment.

— Mon flanc est à découvert, Callie, dit-il.

— Comment je suis censée… ?

Il se dégage de moi en tournoyant, puis je sens sa lame se presser contre mon cou.

— Combien de fois je t'ai tuée, aujourd'hui ? ironise-t-il, et je sens son souffle chaud sur ma joue.

— Vingt-trois.

Il m'a fait compter. Comme si je ne me sentais pas déjà minable, niveau compétences de combat.

Il fait claquer sa langue.

— Tu peux faire mieux que ça.

Je n'ai pas envie de faire mieux que ça. J'ai envie de rentrer au palais, de rejoindre les cuisines royales et de piller toutes leurs pâtisseries, avant de faire une longue sieste.

Mais j'ai eu l'occasion de découvrir que les souhaits étaient de petits sournois qui vous revenaient toujours en pleine tronche – en tout cas, quand on les obtenait du Négociateur.

Des balaie l'air de son épée, m'arrachant une de mes lames d'entre mes doigts. Le métal émet un cliquetis métallique en tombant au sol.

OK, sérieusement, ma nullité commence à m'énerver.

— Ton arme est une extension de ton bras, proclame Des en se mettant à tourner en cercles autour de moi. Tu ne permettrais pas qu'on te coupe la main… alors ne laisse personne te priver de ta lame.

Je plonge vers ma dague tombée, évitant de peu une autre attaque de mon compagnon et roulant hors de portée.

— Enfin, ma sirène montre du potentiel.

— Ce que je ne donnerais pas pour que tu te taises, marmonné-je.

Même si j'adore sa voix, il y a quelque chose de très déplaisant dans le fait de recevoir des instructions de la part de celui avec qui l'on couche.

— Tu serais prête à me donner quelque chose ? relève Des, l'air intrigué. Chérubin, je suis *toujours* ouvert à ce genre de marché.

Derrière Des, Malaki et Temper sortent du palais pour se diriger vers notre terrain d'entraînement. Je n'ai jamais été aussi heureuse de les voir. Ça devrait me permettre d'échapper à l'entraînement pour aujourd'hui.

Soudain, la pointe de la lame de Des est contre mon sternum, et il m'observe de ses intenses yeux argentés.

— Ne détourne pas ton attention de ton ennemi une seule seconde.

— Temper et Malaki sont là, dis-je avec un signe de tête vers eux.

— Bien, lâche-t-il sans se détourner de moi. Tu pourras peut-être les impressionner avec tes compétences.

— On ne va pas s'arrêter ?

Soudain, la présence de Temper me paraît beaucoup moins bienvenue. Je n'ai pas envie que le monde entier me regarde me faire botter les fesses. J'ai une réputation à tenir. Et je dois aussi songer à ce qu'il me reste encore de dignité. J'aimerais le conserver.

Par-dessus l'épaule de Des, je vois mon amie adresser des regards charmeurs à Malaki.

Mon adversaire me fait un croche-pied. J'atterris sur une hanche et mes armes m'échappent des mains.

— Concentre-toi, grogne-t-il.

Pour un type qui a pris son pied plusieurs fois hier soir, on aurait pu s'attendre à ce qu'il soit de meilleure humeur.

Je me rue pour récupérer mes dagues, mais il en écarte une d'un coup de pied.

Et zut. Il est sérieux ?

— Meuf, lance Temper, je sais que tu peux faire mieux que ça.

Je lui lance un regard mauvais, mais je perds mon temps. Elle a déjà détourné son attention de moi pour se pencher vers Malaki et lui murmurer quelque chose à l'oreille. Il rit. Je suis sûre qu'ils se moquent de moi.

Le Négociateur me donne une tape sur les fesses avec son arme, ce qui me rend instantanément furieuse.

— Si tu n'aimes pas la façon dont je te parle, montre-le-moi.

J'attrape ma dague restante et porte un coup, le bout de la lame entaillant la tenue de cuir au niveau des mollets de Des.

Il s'immobilise et baisse les yeux vers son vêtement protecteur déchiré. Soudain, un sourire s'étire sur son visage.

— Bien joué ! me félicite-t-il tout en rengainant son épée. Je vais peut-être réussir à faire de toi une guerrière.

Il me tend la main et ajoute :

— L'entraînement est terminé pour aujourd'hui.

Je lance un regard sceptique à sa main avant de la prendre, me demandant s'il s'agit d'un autre de ses pièges. Mais non. Apparemment, j'ai le droit de finir l'entraînement plus tôt si je fais des progrès. Un point pour moi.

— Oooh, vous avez déjà fini ? demande Temper en approchant d'un pas tranquille avec Malaki.

Comme si elle en avait quelque chose à faire. Elle est juste déçue que son rencard impromptu avec le Seigneur des Rêves s'arrête de manière aussi abrupte.

— Ne prends pas cet air si triste, Temperance, répond Des. J'ai des projets pour vous deux, les filles.

Pour nous deux ?

Je lui lance un regard interrogateur alors que mon estomac se noue.

— Vous allez passer la journée à vous préparer pour le Solstice, toutes les deux.

***

— Quelles conneries, me lance Temper.

Nous sommes toutes les deux enfermées dans la boutique du tailleur royal alors qu'une armée de fées prennent nos mesures et approchent des échantillons de tissu devant notre visage. L'air est saturé de l'odeur de bois de santal et de lampe à pétrole.

On nous a déjà verni les ongles (ou les griffes, en ce qui me concerne) et coupé les cheveux.

— Je veux dire, sérieusement, merde.

La fée en train de prendre ses mesures émet un son désapprobateur.

Je parviens à grand-peine à réprimer mon sourire à l'expression de dédain total sur le visage de Temper.

— Je croyais que tu aimais te faire belle ? soulevé-je.

Dieu sait que Temper est toujours en train de me parler des améliorations que je pourrais apporter à ma garde-robe.

— Ouais, j'aime ça quand je le fais moi-même. Ça ne prend que cinq minutes et, plus important encore, je n'ai pas à rester en sous-vêtements en dentelle pour qu'une petite fée me tripote. Aïe !

La petite fée en question vient de la piquer avec une épingle.

— Eh, tu l'as fait exprès ? s'insurge Temper en lançant un regard noir à la fée.

— Peut-être que si vous arrêtiez de bouger… dit cette dernière.

— Je reste sans bouger depuis une heure. Je ne suis pas une fichue statue.

Une autre fée intervient :

— Ma dame, nous sommes vraiment désolés du désagrément. Nous travaillons aussi vite que nous le pouvons.

Temper l'ignore et s'adresse à la première :

— Si tu me piques encore une fois, je te donnerai une bonne leçon.

La couturière en train de travailler sur moi me tapote le bras.

— C'est fini, murmure-t-elle, avant de me laisser descendre du piédestal sur lequel je me tenais.

— Oh, c'est pas vrai, se plaint Temper en voyant que j'ai terminé. Vraiment ? Tu as fini avant moi ? C'est injuste ! Je ne suis même pas une invitée importante de cette fiesta du Solstice.

— Calme-toi, Temper, l'apaisé-je en me dirigeant vers nos vêtements. Tu auras bientôt fini aussi, et je vais t'attendre.

— En fait, ma dame, intervient la couturière, le roi a demandé à ce que vous le rejoigniez dès que vous auriez terminé.

— Je *t'interdis* de m'abandonner ici, lâche Temper.

Je hausse les épaules tout en continuant à rassembler mes affaires.

— Ordres du roi, me défends-je. Je ne peux pas lui désobéir.

Je me dirige vers la porte.

— Callie…

Je m'esquive de la boutique avant qu'elle ait pu finir sa phrase.

Est-ce que je m'en veux d'abandonner Temper ?

Pas autant que j'ai pitié des fées qui devront finir de s'occuper d'elle. Elle peut être un vrai dragon quand elle en a envie.

Dehors, un soldat m'attend.

— Ma dame, dit-il en s'inclinant. Je suis ici pour vous escorter jusqu'au roi.

Je réprime l'envie de lever les yeux au ciel. C'est si pompeux.

Nous nous frayons tous deux un chemin à travers le domaine du palais, en direction de l'une des tours. Le garde s'arrête devant une porte en bois sculptée de manière raffinée et munie de poignées en bronze.

La porte s'ouvre en silence et j'entre. C'est une autre bibliothèque – dans une tour, à en juger par les murs incurvés couverts de livres. Plusieurs tables occupent le centre de la pièce, et sur l'une d'elles se trouvent une pile de bouquins, une toile peinte à moitié, des pots de peinture abandonnés et un pinceau.

Mais pas de Roi de la Nuit.

Je me dirige vers la table, mes pas résonnant dans la pièce. Curieuse, je soulève la toile. Au début, je ne distingue que l'inclinaison d'une hanche, le creux d'un nombril et l'esquisse d'un téton sombre. Mais c'est alors que je remarque l'avant-bras étendu de manière langoureuse au coin du tableau, bien reconnaissable grâce aux rangées d'écailles dorées qui le recouvrent.

Je manque de laisser tomber la peinture.

C'est moi. *Nue.* D'accord, on ne voit pas mon visage, mais ce n'est pas nécessaire. Je ne connais qu'une seule personne ayant des écailles sur les avant-bras… moi.

C'est clairement l'œuvre de Des.

Je reprends la peinture et, oh, mon Dieu, c'est mon téton ! Mon *téton.* Il était en train de le peindre quand il a été appelé pour son boulot.

Et ce petit pervers n'est même pas là pour que je lui passe un savon.

Je tourne les yeux vers les pots de peinture. Sur un coup de tête, j'attrape le pinceau et le plonge dans un pot de peinture noire, avant de noircir tout le tableau.

Est-ce que je m'en veux de détruire une œuvre aussi belle ?

Autant que je m'en veux d'avoir abandonné Temper… c'est-à-dire pas du tout.

Une fois que j'ai fini, je pose la toile de côté, les mains désormais couvertes de taches de peinture noire.

Satisfaite de ma petite vengeance personnelle, je détourne mon attention de la toile pour la reporter sur la pile de livres. Une note est posée au sommet.

Callypso,

Au cas où vous auriez envie d'en apprendre plus sur le Solstice.

Jérôme.

Il me faut un instant pour remettre un visage sur ce nom, mais je finis par y parvenir. Jérôme est le bibliothécaire que j'ai rencontré il y a une semaine.

Curieuse de découvrir quels livres il a rassemblés pour moi, je prends le premier de la pile et le pose sur la table. Puis je tire une chaise et tourne la couverture.

Avant que j'aie pu jeter un œil à la page de titre ou au sommaire, les pages se mettent à défiler d'elles-mêmes, avant de s'arrêter sur un chapitre intitulé «*Solstice*».

Je parcours des yeux la première page… puis la suivante… et la suivante. Je me perds dans les mots, ma curiosité pour le festival grandissant à mesure que j'absorbe les informations.

D'après ce qu'explique ce chapitre, le Solstice est un rassemblement entre les quatre principaux royaumes : la Nuit, le Jour, la Flore et la Faune. Il a lieu la semaine du jour le plus long de l'année. C'est une célébration du renouveau, organisée au Royaume de la Flore, et elle a pour unique objectif de célébrer le cycle de la vie. Toutes les rivalités mesquines et les vieilles inimitiés sont mises de côté pendant cette semaine, pour que les quatre royaumes puissent se retrouver, discuter des problèmes des royaumes et festoyer ensemble.

Apparemment, à en croire la note de bas de page que j'ai trouvée dans l'un des ouvrages, ne pas assister au Solstice est un tabou assez important, ce qui explique pourquoi Malaki a si farouchement harcelé Des pour qu'il y soit présent.

Le livre se referme de lui-même dès que j'ai terminé le chapitre.

OK…

J'attrape le livre suivant de la pile, qui concerne cette fois le Royaume de la Flore. Comme l'autre, celui-là s'ouvre à une page spécifique. C'est une peinture d'une belle femme aux cheveux roux bouclés et flamboyants et aux yeux verts. Des lianes de coquelicots rouge sang s'enroulent autour de son bras.

Mara Verdana, dit la légende au-dessous. *Reine de la Flore, et son roi consort, l'Homme Vert.*

Je reporte mon regard sur l'image, stupéfaite. Il y a une deuxième personne sur cette peinture ?

Maintenant que je regarde avec plus d'attention, je l'aperçois enfin. Il se mêle juste parfaitement à la végétation en arrière-plan. Aux côtés de la Reine de la Flore, il y a littéralement un homme vert. Sa peau est d'une teinte vert pâle, ses cheveux et sa barbe d'une nuance plus sombre et sauvage. Ses yeux pétillent de malice.

J'étudie cette image pendant un long moment. Mara Verdana est tout en couleurs vives et resplendissantes, comme une fleur tout juste éclose, alors que l'Homme Vert rappelle les bosquets broussailleux et un léger duvet d'herbes sauvages ; il représente toutes les plantes qu'on néglige et sous-estime.

Voilà les dirigeants qui organiseront le Solstice. Ceux-là mêmes qui réduisent les humains en esclavage.

Cette idée me perturbe beaucoup, en particulier parce qu'ils n'ont l'air ni diaboliques ni injustes. Tout comme mon beau-père ne ressemblait pas au genre d'homme qui abuserait de sa fille.

Je repousse le livre.

Où est Des ?

Je réalise que je l'attends depuis presque une demi-heure et qu'il ne s'est toujours pas montré. D'un geste absent, je fais tourner mon bracelet autour de mon poignet. Je baisse les yeux sur les perles et il me vient une idée.

Je n'ai pas besoin de l'attendre si je n'en ai pas envie. J'ai un moyen de l'appeler assez efficace.

— Négociateur, lancé-je dans la pièce vide. J'aimerais faire…

— … l'amour ?

La voix de Des ressemble à un whisky velouté, et je sens son souffle se déployer sur ma joue.

Je le regarde par-dessus mon épaule. Son corps est un mur de muscles très attirants, qui dissimule les rangées de livres derrière nous.

Il pose un bras lourd sur mon bureau et baisse les yeux sur ma bouche.

— Parce que si c'est ce que tu veux, chérubin, je serais ravi d'arranger ça.

Il a l'air si content de me voir que ses yeux pétillent. Je m'en veux presque de m'être montrée impatiente.

— Pourquoi m'avoir fait venir ici ? l'interrogé-je en parcourant la pièce des yeux.

— Je me suis dit que tu voudrais en savoir plus sur le Solstice.

Je l'observe d'un peu plus près.

— Tu me connais si bien que c'en est troublant, parfois.

— Je suis le Seigneur des Secrets, tu te souviens ?

Il reporte son regard sur la pile de livres restants.

— Oh, tu n'es même pas encore arrivée aux livres qui contiennent les informations vraiment croustillantes, remarque-t-il.

Son regard passe des livres à sa toile désormais toute noire.

Il prend une brusque inspiration.

— Vilaine, vilaine fille, siffle-t-il en étirant les lèvres.

Il fléchit le doigt pour faire voler la toile. Il l'attrape et étudie l'image obscurcie.

— Tu t'essaies à la peinture ? me demande-t-il en haussant un sourcil.

— C'est *moi* que tu peignais, l'accusé-je.

Est-ce que j'espérais le faire se sentir coupable ? Si oui, je me faisais des illusions.

Il repose la peinture.

— Tu sais que la censure est la mort de la créativité.

— Je m'en fiche.

Des approche son visage du mien.

— Oh, mais à en croire tes gémissements d'hier soir, je crois que tu accordes une grande importance à la créativité… sous toutes ses formes.

Je me sens rougir.

Je jette un autre regard à la pile de livres.

— Quand est-ce qu'on part pour le Solstice ? l'interrogé-je.

— Demain.

J'en tombe presque de ma chaise.

— *Demain ?*

Je comprends mieux l'insistance de Malaki, maintenant. C'est ce qui s'appelle prendre une décision à la dernière minute.

Des tire une chaise à côté de moi, s'assied dessus et pose les talons sur la table.

Il croise les bras sur son torse et ses bracelets de guerre étincellent à la lumière.

— Si tu avais lu les livres, tu ne serais pas si surprise.

— Je ne sais même pas quel *jour* on est, répliqué-je.

Ce n'est pas comme si des calendriers étaient accrochés partout dans le palais du Royaume de la Nuit.

— Et d'ailleurs, continué-je, je ne sais pas non plus combien il y a de jours dans une année de l'Autremonde.

— Exactement comme dans le tien.

Je laisse échapper un soupir exaspéré.

— Ce n'est pas le problème.

— On est le 17 juin, m'indique Des.

— Ce n'est pas le problème non plus.

Il me lance un regard indulgent. Puis il fait un geste du poignet et l'un des livres glisse de la pile, dérive dans l'air et atterrit dans ses mains ouvertes.

Je lui lance un regard perplexe.

— Qu'est-ce que tu fais ?

— C'est l'heure de te faire la lecture, chérubin, s'amuse-t-il. Tu veux des réponses, et je me sens d'humeur indulgente, alors pour cette fois, je vais te mâcher le travail et te fournir ces informations directement dans ta vilaine petite bouche.

Je pince les lèvres et, en réaction, Des se contente de me prendre la mâchoire et de m'embrasser, avant de reporter son attention sur le livre.

Il ouvre le premier et les pages se mettent à défiler à toute vitesse.

— Ah, oui, dit-il quand elles s'arrêtent. Un bref historique des quatre royaumes.

Il commence à me lire le chapitre, sa voix prenant un accent cockney sans la moindre raison alors qu'il m'explique les vieilles rivalités entre la Flore et la Faune, la Nuit et le Jour. Je l'observe, complètement hypnotisée par sa voix et son charisme.

— … *Chacun se bat pour les terres frontalières qu'il estime lui revenir, même si nos grands-parents nous ont expliqué que la terre, l'eau et le ciel appartenaient à toutes les créatures faes. La graine de l'avarice a été plantée à l'aube du temps, et au fil du cycle des saisons, elle n'a fait que grandir dans le coeur des fées.*

Ce qui aurait dû être une lecture ennuyeuse est égayé par la narration de Des. Il lit tous les livres restants un par un, prenant des accents différents à chaque fois – parfois irlandais ou russe, d'autres allemand ou français. Une fois, il imite même une jeune paysanne (pour mon plus grand plaisir).

Des avait raison : certains des derniers livres qu'il m'a lus n'ont pas besoin d'une narration farfelue ; ils sont bien plus divertissants que mes premières lectures.

Dans ces derniers bouquins, j'apprends que le père du Roi du Jour avait un harem rempli d'hommes ; le fait qu'il ait engendré Janus, le monarque actuel, ainsi que son frère jumeau Julios, aujourd'hui décédé, a été considéré comme un miracle.

Ou que Mara Verdana, la Reine de la Flore, n'était pas la princesse héritière en titre ; c'était sa sœur, Thalia. Mais avant de monter sur le trône, celle-ci est tombée amoureuse d'un enchanteur itinérant se faisant passer pour un ménestrel. Ce scandale a bien failli déchirer le royaume. Pour finir, l'enchanteur a été mis à mort, et Thalia, ne s'étant jamais remise de sa peine de cœur, s'est empalée sur sa propre épée.

Je me raidis quand le texte passe aux récits concernant le Royaume de la Faune, et plus spécifiquement Karnon. Apparemment, d'après l'auteur du texte, il était un jeune homme « au cœur tendre ».

— *La peur grandissait au sein du royaume. Les âmes sensibles font de piètres dirigeants, surtout dans un royaume de bêtes*, lit Des.

Je passe mon pouce le long des écailles sur mes avant-bras d'un geste absent.

— *Mais en grandissant, Karnon s'est avéré à la fois doux et fort, comme un ours peut être tendre avec ses petits, mais féroce avec les intrus. Son règne a apporté une véritable harmonie dans un royaume ayant subi de nombreuses guerres civiles au fil des siècles.*

Des referme le livre. Mon regard passe du bouquin à mon compagnon.

— Attends, c'est tout ? m'étonné-je. C'est tout ce que ça dit sur lui ? Rien à propos de sa folie ?

— Sa folie est trop récente pour avoir été incluse dans un livre aussi ancien.

— Comment peuvent-ils le qualifier de dirigeant bienveillant ? m'insurgé-je.

Il a violé et emprisonné des femmes.

— Callie, tempère Des d'une voix douce. Toi et moi savons que les monstres ne le sont pas de naissance, quelque chose les a rendus comme ça.

Je sais que c'est vrai, mais à cet instant, j'ai un goût amer dans la gorge.

— L'Histoire devrait se souvenir de ce qu'il était vraiment.

Je triture l'une de mes écailles, ébranlée par les mots du livre.

— Elle s'en souviendra.

Ma colère se dissipe un peu aux paroles de Des, mais je n'arrive pas à me sortir les yeux fous de Karnon de la tête.

Joli, joli oiseau, répète sa voix dans mes souvenirs.

Maintenant que je pense à lui, le mystère que je suis censée résoudre me revient en mémoire.

Karnon n'est pas le seul à blâmer ; quelqu'un d'autre fait Dieu sait quoi aux hommes disparus.

Et pour ce qui est du Roi de la Faune, quel était son rôle, à lui et son cœur noirci ? À quoi sa mort a-t-elle servi ?

Les femmes dorment toujours et leurs enfants terrorisent toujours les autres fées. Quel que soit le sort occulte lancé par Karnon, sa mort ne l'a pas rompu.

— Est-ce que la mort est censée rompre les enchantements ? demandé-je à Des.

Il scrute mon visage, sûrement pour comprendre ce que j'ai en tête. Quelques secondes plus tôt, j'étais à deux doigts de brandir une torche et une fourche.

— Oui, finit-il par répondre.

— La mort de Karnon n'a pas rompu l'enchantement.

— Non, acquiesce-t-il.

Nous revoilà au point où nous étions il y a une semaine, quand j'ai regardé dans les yeux de ces enfants des cercueils et n'ai vu aucune preuve que Karnon était leur père.

Sauf que maintenant, sachant qu'il y a plus d'un ravisseur, et connaissant la nature bienveillante du Roi de la Faune…

Et si Karnon n'était *pas* le responsable du sort occulte ?

Rien qu'à l'idée d'ôter une partie de la faute de ce qu'il s'est passé des épaules de Karnon, je sens la nausée m'envahir.

Je repousse toute ma haine et tous les souvenirs déments de ma période de captivité et tente de voir les choses d'un point de vue plus objectif.

Chaque fois que je rendais visite au Roi de la Faune, j'avais l'impression qu'il y avait deux Karnon, un délirant et étrangement gentil, et l'autre calculateur et sinistre. Le premier aimait me caresser la peau et me chuchoter des promesses d'ailes et d'écailles, le deuxième m'enfonçait sa magie noire dans la gorge. Karnon pouvait passer d'une version de lui-même à l'autre en l'espace d'une seconde, comme il aurait enfilé ou enlevé un manteau.

Même si j'étais perturbée par le Karnon délirant, le dirigeant étrangement tendre, mais tout de même complètement fou, je craignais le Karnon sinistre ; il était à la fois cruel *et* lucide.

J'ai toujours supposé que ces facettes de lui n'étaient que deux aspects du même homme, mais peut-être… peut-être qu'il y a une autre explication.

Et si Karnon n'avait pas abrité deux personnalités dans un même corps, mais deux êtres distincts dans un seul corps ? Des a peut-être tué l'homme fou et primal qui m'a donné des écailles et des griffes, mais pas celui qui a tenté de m'assujettir à sa magie…

J'arrive à peine à suivre le cours de mes propres pensées, en grande partie parce que la simple idée que deux personnes différentes puissent résider dans un seul corps me paraît impossible.

Mais *impossible* n'est pas un mot auquel souscrivent les fées.

Je regarde mes écailles et mes griffes. Bon sang, ces changements devraient être impossibles. Les gens ne se métamorphosent pas comme je l'ai fait.

Plus je regarde mes caractéristiques animales, plus une autre pensée traîtresse éclot dans ma tête. Les écailles, les griffes et les ailes sont des attributs de *sirène.* Même quand je les détestais, ce n'était pas le cas de ma sirène. Elle se sentait plus puissante que jamais. Et l'homme qui a fait ressortir ces traits chez moi n'était pas le roi qui tentait de m'engloutir sous sa magie, c'était celui qui me caressait la peau et me marmonnait des absurdités au sujet de mes ailes cachées.

Je sens ma respiration ralentir.

— Qu'est-ce qu'il y a ? demande Des, scrutant mon visage.

Je lève les yeux vers lui.

— Et si… et si Karnon n'essayait pas de me punir, ce jour-là, dans la salle du trône ? Et si…

Je n'arrive pas à croire que je m'apprête à dire ça.

— Et s'il essayait de me sauver ?

C'est une pensée insensée.

Des se penche en avant, retire ses pieds de la table et appuie les avant-bras sur les cuisses.

— Explique-toi, exige-t-il.

— J'étais à deux doigts de mourir, ce jour-là. Je le sentais.

Je suis en train de réarranger tous mes souvenirs de ce jour en songeant à cette nouvelle possibilité.

— Karnon m'a transformée et ça a failli me tuer, c'est vrai… mais ça t'a aussi mené à lui. Et s'il savait ce qu'il faisait ? Et s'il savait que quelque chose clochait chez lui ? Et s'il t'avait attiré jusqu'à lui de manière délibérée ?

Des plisse les yeux.

— Je ne te suis pas.

Je me passe les mains dans les cheveux. Mes pensées sont embrouillées.

— J'ai toujours cru qu'il y avait deux versions de Karnon, mais si ce n'était pas vraiment ça… et s'il existait une entité totalement séparée à l'intérieur de lui ?

OK, une fois prononcées à voix haute, elles semblent bien plus ridicules que dans ma tête.

Des a un mouvement de recul.

Plusieurs secondes passent. Il garde le silence, et je commence à croire que ma théorie n'est qu'un tas de conneries.

— Tu crois que c'est pour ça que le sort n'a pas été rompu ? devine-t-il. Parce que quelque chose ou quelqu'un d'autre vivait à l'intérieur de Karnon, et qu'il a échappé à sa mort ?

Dit comme ça…

Je hausse les épaules, ayant l'impression d'être redevenue une adolescente naïve. Je n'y connais rien à la magie des faes et à ses limites.

Avec hésitation, Des hoche la tête, sourcils froncés.

— C'est possible.

Je ne sais pas si je suis soulagée ou effrayée par son acquiescement. Parce que d'un côté, je suis heureuse qu'il ne me prenne pas pour une folle, mais d'un autre côté… si ce que j'ai suggéré est vrai, alors il existe une créature fae malveillante capable de sauter de corps en corps… et elle est encore en liberté.

Elle continue de traquer, de tuer, de *vivre*.

Chapitre 20

Le lendemain, le palais est pris dans un tourbillon d'activité. Toutes les fées présentes sur le domaine royal semblent occupées à nettoyer, à se pomponner ou à préparer des valises – tout cela, je présume, en l'honneur du Solstice.

— Qu'est-ce qui se passe, bon sang? demande Temper en sortant la tête de sa suite et en observant les fées qui courent dans les couloirs.

Ses cheveux sont tout ébouriffés et on dirait qu'elle a très peu dormi.

Je l'étudie un peu plus longtemps.

— Qu'est-ce que tu as fait hier soir… ?

— Après que tu m'as jetée en pâture aux loups, tu veux dire? demande-t-elle en secouant la tête. Meuf, c'était un coup bas.

Je lève les yeux au ciel. S'il y a un loup ici, c'est Temper.

— Tu as tué quelqu'un? l'interrogé-je.

— Non, mais j'ai donné des cheveux fourchus et des pellicules à cette vilaine fée qui a pris mes mesures.

On peut faire confiance à Temper pour inventer des vengeances à la fois cruelles et originales. Au lycée, elle avait tout un carnet rempli de petites idées de malédictions astucieuses.

— Temper, elle faisait juste son boulot.

Elle pousse un soupir mécontent.

— Elle n'arrêtait pas de me piquer comme si j'étais une poupée vaudoue! J'avais envie de lui dire «meuf, ma famille a *inventé* les poupées vaudoues». Bref…

Elle m'observe de nouveau.

— Qu'est-ce qui se passe ? veut-elle savoir en reportant son regard sur le couloir animé.
— Le Solstice, expliqué-je.
— Eh bien quoi ? répond-elle en étouffant un bâillement.
— Ça commence aujourd'hui.
— Quoi ? s'exclame-t-elle.
— On part dans, euh…
Je fais mine de sortir mon téléphone, avant de me souvenir qu'on est dans l'Autremonde, où la technologie n'existe pas. Si je veux déterminer l'heure qu'il est, je vais devoir apprendre à cartographier les étoiles.
Pff.
— On part bientôt.
— C'est quand, bientôt ?
Je hausse les épaules.
— Je partais me changer.
— Te changer ? Pour mettre quoi ?
Temper regarde autour de nous, comme si des vêtements allaient se matérialiser de nulle part.
— Un sac de farine… une tenue, qu'est-ce que tu crois ? rétorqué-je en m'éloignant. Je dois y aller. Prépare-toi et retrouve-moi dans la cour.
Elle laisse échapper un grognement frustré, puis ferme sa porte.
Je retourne dans les quartiers de Des, étrangement nerveuse à l'idée de la semaine qui m'attend. D'après tout ce que j'ai appris du Solstice, il y aura des bals, des réunions et des bavardages, et rien de tout ça ne me fait envie. Et puis, il y a le fait de devoir côtoyer des fées pour qui les humains ne sont que de la main-d'œuvre esclave.
Ça va être génial.
Quand je me glisse de nouveau dans les quartiers de Des, un paquet m'attend sur le lit, avec mon nom dessus en écriture tout en boucles.
J'hésite pendant une fraction de seconde, puis ouvre le couvercle. Dans la boîte, il y a une robe comme je n'en ai encore jamais vu de ma vie. Je ne suis pas vraiment du genre *girly*, mais j'apprécie tout de même les jolis vêtements, et celui-ci est bien plus que joli.

Le tissu pâle luit – il *luit* – d'une couleur bleu clair. Le col en dentelle forme un V profond. Je fais courir mes doigts sur le tissu, qui est à la fois incroyablement doux et assez délicat. Nichées à côté de la robe, s'enroulent deux vignes fleuries, qui émettent la même lueur pâle que la robe.

C'est à ce moment-là que Des sort de la salle de bain en tripotant sa propre tenue, qui, comme la mienne, est faite d'un matériau lumineux.

Il est bien loin du roi voyou que je suis habituée à voir, vêtu d'un pantalon ajusté, de bottes qui lui arrivent aux genoux et d'une chemise joliment moulée à ses larges épaules et sa taille fine. Pour compléter le tout, la couronne en bronze orne sa tête.

Avant de poser les yeux sur lui, j'aurais cru que ce genre de tenue donnerait à Des une allure moins dangereuse, mais au lieu de ça, elle ne fait qu'aiguiser l'inclinaison de ses yeux ainsi que l'angle formidable de sa mâchoire et de ses pommettes.

Voilà le monstre dont tous les contes de fées m'ont appris à me méfier. Un homme trop beau pour être réel, qui sort au cœur de la nuit pour enlever les jeunes filles égarées.

— Ça te plaît ? demande-t-il.

Je hoche bêtement la tête, pensant qu'il parle de lui, jusqu'à ce que je réalise qu'il me montre le paquet.

Je reporte mon attention sur la robe et vois les coins de sa bouche tressaillir.

— Elle est… à couper le souffle, dis-je en regardant ma propre tenue.

Et je suis sincère. Je frotte le vêtement luminescent entre mes doigts.

— Qu'est-ce que c'est ?

— Du clair de lune tissé, indique Des, l'air ravi de ma réaction.

— Du *clair de lune* tissé ? répété-je.

J'essaie de me faire à l'idée que dans l'Autremonde, tout ça est parfaitement normal.

— Et je vais pouvoir la porter ?

Ses lèvres frémissent de nouveau.

— C'est l'idée, chérubin.

Il se rapproche et écarte les cheveux de mon visage.

— Ça fait des années que j'attends de te voir habillée comme toutes les reines de mon monde, dit-il.

J'effleure les revers de son costume.

— Parfois, j'oublie que tu es une fée, admets-je.

Quand je songe que c'est en train de m'arriver à moi, je trouve tout ça ridicule ; il n'y a rien de particulièrement humain chez Des, mais il possède cette nature désarmante qui me le fait parfois oublier. Ce n'est qu'à cet instant, en le voyant porter sa tenue de fae, que je me souviens.

— Je sais, dit-il doucement.

Il y a tant de non-dits dans ces deux mots. Encore une fois, je regrette qu'il ne me confie pas plus de ses secrets.

Je m'écarte de lui.

— Tu veux bien m'aider à enfiler la robe ?

Maintenant que j'ai des ailes, les vêtements me posent toujours des problèmes.

Il fait glisser ses mains le long de mon dos. En réaction, les vêtements que je porte glissent de mon corps, ne me laissant que ma culotte. De tous les petits tours de magie de Des, je commence à me dire que celui-là est mon préféré.

Ma robe se soulève de la boîte et dérive au-dessus de moi. D'un coup, elle s'abaisse, et le tissu se déverse sur mon corps comme de l'eau. Je n'ai même pas besoin de soulever les bras ; la robe s'enfile sur moi sans mal.

Des passe les mains sur la dentelle qui recouvre mes bras pour la lisser.

— Dis-moi un secret, dis-je d'une voix douce.

J'entends le sourire dans la voix de Des quand il me répond :

— Petite gourmande. Je sens que tu ne seras satisfaite que quand tu connaîtras tous mes secrets.

Je souris un peu, surtout parce qu'il a raison. J'ai envie qu'il partage tous ses secrets avec moi, rien que parce qu'ils font partie de lui.

Ses mains glissent le long de mes bras.

— Très bien, en voilà un pour ma compagne exigeante : en temps normal, tu devrais bénéficier de tout un cortège de dames pour t'habiller et te baigner.

— En quoi c'est un secret ? l'interrogé-je en me tournant face à lui.

— J'ai mis fin à cette tradition dès que tu es arrivée dans mon royaume, pour pouvoir m'occuper de toi moi-même.

Quel petit rusé. Même si je ne m'en plains pas.

Mais maintenant que j'y réfléchis…

Je hausse les sourcils et regarde par-dessus mon épaule.

— Tu veux me *baigner ?*

Le regard argenté de Des se fait plus profond. La réponse est écrite en lettres majuscules sur son visage.

— Tu as envie d'un bain ?

Seigneur, je pourrais jurer que la température vient de grimper de cinq degrés dans la pièce.

Je me racle la gorge.

— Remettons ça à plus tard.

— *Marché* conclu.

Un frisson me parcourt le dos. J'avais oublié que cet homme transformait de simples phrases en accords contraignants.

Peu après que Des m'a aidée à enfiler ma robe, nous quittons tous deux ses quartiers. J'ai les yeux baissés sur ma tenue tandis que je suis Des à travers son palais, et que Malaki ainsi que d'autres gardes nous rejoignent. Le corsage serré en dentelle s'évase en une jupe vaporeuse qui descend jusqu'au sol et traîne derrière moi.

Ces vignes fleuries et luminescentes associées à la robe sont désormais enroulées autour de mes poignets et de mes avant-bras, comme un drôle de croisement entre des gants et des bijoux. Les fleurs qui en éclosent sont les mêmes que j'ai vues partout dans Somnia. Je fais courir mon doigt le long des pétales délicats. Ils ont l'air réels. Encore de la magie de fée impossible à l'œuvre.

Nous sortons du château et traversons les jardins étendus du palais, qui sont tous éclairés par des guirlandes lumineuses et des feux de Bengale enfermés dans des boîtes en verre.

— Callie, j'ai besoin que tu fasses quelque chose pour moi, reprend Des à côté de moi.

— Ça ne sera pas gratuit, réponds-je du tac au tac.

Il l'a cherché. Ses yeux étincellent.

— Petite effrontée. On dirait que tu as appris tous mes tours.

Ça n'a pas l'air de le déranger du tout.

— Marché conclu, alors.

— Qu'est-ce que tu attends de moi ? l'interrogé-je.

Des reporte son attention devant nous et je suis son regard. Dans une rangée ordonnée qui entoure tout le domaine du palais se trouvent plusieurs colonnes de soldats à pied ou à cheval. Ils portent un uniforme noir sur lequel est brodé un trait lumineux dans le même matériau que celui dont ma robe entière est faite.

Derrière eux, assis sur les chevaux, il y a toutes sortes de fées ; des gardes royaux aux conseillers politiques en passant par ce qui doit être une partie de la noblesse. Certains tiennent des instruments et d'autres des lanternes au bout de longs mâts ; d'autres encore brandissent des bannières représentant un croissant de lune, ce que je suppose être l'emblème royal.

— Je veux que tu libères ta sirène et que tu la laisses libre jusqu'à ce que tu aies été présentée à Mara, la Reine de la Flore, explique Des, détournant mon attention du spectacle devant nous.

Sa requête me met aussitôt sur les nerfs.

— Je n'ai aucun contrôle sur elle.

— Tu n'as pas besoin de la contrôler, chérubin. Tu es la compagne du Roi de la Nuit. Nous représentons tous les actes qu'il vaut mieux pratiquer dans le noir.

La façon dont il dit ça me noue l'estomac.

D'accord, il me donne donc carte blanche pour relâcher ma sirène. Je regarde tous les hommes et femmes faes devant nous, bien contente, pour une fois, que mon charme ne puisse contrôler les autres fées. Parce que si c'était le cas, ma sirène considérerait que la saison de la chasse est ouverte.

— J'accepte à une condition, dis-je.

Des sourit, avec l'air d'apprécier au plus haut point le marché que je lui propose.

— Qu'est-ce que tu veux ? Tu as déjà mes couilles sur un plateau…

— Lève mon obligation de rester sobre.

Cela efface aussitôt l'expression amusée de son visage.

— Non.

— Alors tu peux oublier la sirène, répliqué-je d'un ton faussement bravache.

Des s'arrête et m'attire tout près de lui.

— Fais attention à quoi tu joues, petite compagne, murmure-t-il en me caressant le dos. Aussi tentant que puisse être ton marché, tu oublies une simple vérité.

— Laquelle ?

— Je pourrais persuader ta sirène de sortir moi-même, menace-t-il en baissant la voix.

Si le Roi de la Nuit décide de me séduire, je ne pourrais pas faire grand-chose pour empêcher mon corps de lui céder. Étant une sirène, je ne suis pas faite pour résister aux avances sexuelles, surtout pas quand elles proviennent de mon compagnon.

— Tu le regretterais, le préviens-je d'une voix tout aussi basse.

Il me scrute un instant, soupesant mes paroles.

— Très bien, finit-il par lâcher, une légère pointe d'amusement revenant dans ses yeux. J'accepte tes termes. Tu peux recommencer à boire de l'alcool… pour l'instant.

Il dépose un bref baiser sur mes lèvres, et je sens une partie de sa magie se soulever de mes épaules.

Je peux de nouveau boire. Youpi !

Il s'écarte de mes lèvres, les paupières lourdes, alors qu'il observe ma bouche.

— À ton tour, chérubin, dit-il.

Je n'ai pas besoin de faire beaucoup d'efforts pour puiser dans ma propre magie. Ma peau se met à luire et je la sens prendre le relais. Je fais rouler mes épaules et mon regard passe de Des aux fées devant nous.

Celles qui m'aperçoivent ont l'air captivées. Leur expression est différente de celle qu'ont les humains ; leurs yeux sont toujours un peu vitreux, leur esprit prêt à être plié à ma volonté. Ces faes ne semblent pas être sur le point de succomber à l'emprise de mon charme ; elles sont juste fascinées par mon apparence.

Je me détends un peu plus et laisse à la sirène davantage de liberté que je le fais en général sur Terre. Je me remets en marche, ondulant davantage des hanches alors que tout mon corps s'est mis à luire. Un sourire malicieux joue aux coins de ma bouche.

Cette soirée va être *marrante*.

Tant de gens nous attendent… bien plus que je ne comptais en voir venir. Je sens de plus en plus de regards se poser sur moi à mesure que notre groupe rejoint le leur. Mes griffes s'aiguisent et mes ailes se redressent un peu.

Des pose une main dans mon dos et je reporte mon attention sur lui, mes paupières s'abaissant un peu. S'il y a bien une personne qui a encore du pouvoir sur moi à cet instant, c'est lui.

Ses cheveux blancs sont écartés de son visage, et la couleur de sa tenue est presque assortie. C'est comme si quelqu'un avait décroché la lune du ciel, l'avait modelée en homme et me l'avait donné. Je n'ai qu'une envie : me repaître de lui tout mon saoul. Et c'est bien ce que je compte faire.

Il remarque mon intérêt.

— Accorde-moi ce soir, Callie. Après ça, je te donnerai tout ce que tu veux, promet-il.

— Tout ce que je veux ? répété-je en reportant mon intérêt sur sa bouche et en faisant claquer ma langue. Tu sais bien que ce genre de marché fait à l'aveugle n'est pas prudent.

Ses yeux s'illuminent.

— Je suis prêt à découvrir ce que tu en feras.

Nous sommes interrompus par des claquements de sabots. Un soldat tient les rênes de deux chevaux d'un blanc pur.

— Vos montures, annonce-t-il.

— On va monter à cheval ? m'étonné-je.

La bête la plus proche donne un coup de tête dans mon épaule et me renifle les cheveux.

— Tu as une objection ? demande Des.

Je regarde de nouveau l'animal et sens la sirène se dissiper. Apparemment, s'il n'y a ni sexe ni violence, elle est aux abonnés absents.

C'est rare, pour moi, d'essayer de la garder éveillée ; je suis plutôt habituée à la réprimer chaque fois que je le peux. Je lutte avec mon pouvoir étrange et finis par réussir à prendre le contrôle.

— Ça me va très bien, assuré-je.

Sur ces mots, Des me prend par la taille et m'aide à monter sur mon cheval. Je m'attends à ce qu'il se hérisse avec nervosité, mais il ne dit rien. Soit ces chevaux sont exceptionnellement bien éduqués, soit les montures de l'Autremonde sont bien plus résistantes que celles auxquelles je suis habituée.

À côté de moi, Des se hisse avec grâce sur sa propre monture, puis le reste des hommes proches de Des font de même.

Nos chevaux se remettent en ligne, se plaçant en formation. Je jette un œil derrière moi et aperçois Temper, assise sur son cheval et vêtue d'une robe bordeaux foncé.

On dirait qu'elle a trouvé quelque chose à se mettre.

Malaki s'approche d'elle sur sa propre monture et le regard qu'il lui lance… mon Dieu, c'est officiel : elle a réussi à l'attraper entre ses griffes.

Quelqu'un siffle et les musiciens de notre procession se mettent à jouer une mélodie douce et éthérée.

Je me retourne alors que nous commençons à avancer, la file de soldats et de montures contournant le château pour se diriger vers le portail principal du palais. Je me rends compte que je n'ai pas besoin de diriger mon cheval ; il semble ne former qu'un avec le groupe.

Devant nous, le portail s'ouvre, puis tous les résidents de Somnia apparaissent, nous acclamant alors que nous les dépassons.

Des se penche sur son cheval pour me parler.

— Les fées ont commencé à exposer leurs ailes, m'informe-t-il avec un signe de tête vers la foule.

Je suis son regard. Il a raison. Un grand nombre d'entre elles ont déployé leurs ailes, les fines membranes scintillant sous la lumière des lampadaires.

— Pourquoi ? l'interrogé-je.

En général, les fées ne montrent leurs ailes qu'en cas d'émotion forte.

— Parce que nous avons exposé les nôtres, répond-il.

En effet, Des, qui me dissimulait autrefois soigneusement ses ailes, les arbore désormais fièrement. Et je n'ai d'autre choix que de faire pareil.

— Pourquoi est-ce qu'ils nous imitent ? demandé-je.

— Parce que nous faisons partie de la royauté.

— *Tu* fais partie de la royauté, le corrigé-je. Pas moi.

Des me lance un regard indéchiffrable, puis hoche distraitement la tête.

La procession serpente à travers les rues de la ville, et alors que je m'attends à ce que notre jolie file de chevaux et de soldats se dirige vers le bout de l'île, nous faisons demi-tour et repartons vers le palais.

J'ai déjà très envie de descendre de cheval, mais quelque chose me dit que ça ne risque pas d'arriver de sitôt.

Mes mains brillantes se resserrent autour des rênes tandis que je jette un regard au Négociateur, qui observe la foule comme un loup parmi les hommes. Il va devoir me payer le prix fort en faveurs sexuelles avant que je puisse considérer ça comme un échange équitable…

La flèche sort de nulle part, descendant vers moi en sifflant.

Des tend vivement la main et l'attrape, à quelques centimètres de ma poitrine.

Bordel de merde.

Nous fixons tous deux le fragile morceau de bois et de pierre qui a bien failli me tuer.

Mon souffle se coince dans ma gorge.

Quelqu'un a tenté de me tuer. Mon compagnon vient de me *sauver*.

Des relève les yeux et retrace la trajectoire de la flèche jusqu'à sa source. Son regard se rive sur la silhouette qui vient de sauter d'un bâtiment tout proche.

— Protégez-la, ordonne le Négociateur aux soldats les plus proches de moi.

Puis il disparaît.

Une fraction de seconde plus tard, je le vois sur un toit, les ailes déployées. Il attrape un fae et l'attire tout près de lui, une lame pressée contre sa gorge. Il ne me faut qu'un instant pour remarquer le plumage qui remplace les cheveux du captif, ainsi que l'arc et le carquois encore attachés dans son dos.

Un fae de la Faune a tenté de me tuer.

Mes ailes se déploient alors que l'adrénaline afflue en moi avec un temps de retard.

Des retourne l'homme face à la foule. Puis, devant des centaines de ses sujets, mon compagnon passe sa lame en travers de sa gorge. Un jet de sang se déverse sur la foule.

Nom d'un chien, c'est une sacrée manière de se charger de ses ennemis.

Du talon de sa botte, Des fait tomber la fée du bâtiment.

La foule en contrebas s'écarte alors que le mourant fait des moulinets dans l'air, avant d'atterrir au sol avec un bruit mou écœurant.

Pendant plusieurs secondes, le Négociateur reste sur le toit, la poitrine se soulevant avec force. Puis il rengaine son arme et se propulse dans le ciel, déployant ses ailes autour de lui. La foule émet un hoquet en avisant ses ailes au bout griffu – des ailes de dragon, des ailes de *démon* – s'élever au-dessus d'elle.

Il plane vers la procession immobilisée et atterrit en douceur sur sa selle, repliant ses ailes derrière lui.

Les acclamations de la foule ont été remplacées par un silence inquiétant. Le seul qui n'a pas l'air affecté par ce qui vient de se passer, c'est Des. Il tend la main vers moi et m'attire à lui pour un baiser féroce.

Il a le goût du sang, de l'amour et de la mort. Il m'embrasse comme s'il pillait ma bouche, et ça ne me dérange pas du tout. Je lui rends son baiser avec avidité, m'abreuvant de l'essence de mon Roi de la Nuit.

Il a beau être la mort ailée, il m'a sauvée.

Au beau milieu de notre baiser, les acclamations reprennent dans la foule. Elles sont un peu plus sauvages, un peu moins clémentes que les rugissements précédents de notre public.

Des s'écarte de mes lèvres, la main posée sur mon cou tout en continuant à me serrer contre lui. Je décèle dans ses yeux une étincelle de peur, une pointe d'adoration – mais plus que tout, je vois un puits profond et infini de fureur. Voilà le monstre qui se cache derrière les bracelets de guerre et les tenues raffinées, le monstre que je n'ai pas envie de dompter, celui que je voudrais *libérer.*

Je suis les ténèbres, semblent vouloir dire ses yeux, *et tu es mon charmant cauchemar. Personne ne nous enlèvera ça.*

Il cligne des yeux et le chaos qui tourbillonnait dans ses yeux s'apaise.

— Tu vas bien ?

Je hoche la tête.

— Oui.

Il me lâche, et déjà mon corps souffre de l'absence de ses caresses teintées de violence et de son regard malveillant.

Des soldats approchent de nous, posent des questions, tandis que d'autres repoussent la foule. À l'endroit où la fée de la Faune est tombée, un gros rassemblement de fées est désormais en train de se disputer. La situation dégénère et les gens s'échauffent.

Des éloigne d'un geste de la main les hommes et les femmes qui viennent lui parler, puis il émet un sifflement pour signaler à la procession de se remettre en mouvement. Rapidement, les hommes et les femmes reprennent leur place dans la file, certains remontant sur leur cheval et d'autres reprenant leur position avec les soldats à pied.

Cette fois, le convoi avance sans perdre de temps. Mon cheval commence à galoper, ses sabots claquant sur la route pavée alors qu'il remonte la rue à la suite de la file de ses semblables et de soldats, en direction du palais.

À côté de moi, le visage de Des arbore une expression inflexible. Ce n'est que lorsque nous avons repassé le portail qu'il se détend – même si ses mains continuent à serrer ses rênes comme s'il voulait les étrangler.

Au bout d'un moment, notre groupe se dirige vers un bâtiment que je n'avais encore jamais vu. L'annexe circulaire est immense, et ses grandes doubles portes sont ouvertes de manière accueillante. Notre procession les traverse sans ralentir.

L'excitation m'envahit, ainsi qu'une pointe de peur. Je ne vois rien au-delà de l'entrée plongée dans l'ombre de la structure en marbre, mais je me rends bien compte qu'il y a trop de chevaux et de fées pour que tout le monde puisse entrer dans le bâtiment.

Personne d'autre ne semble partager mes inquiétudes. Pas même Des, qui rumine encore à côté de moi.

Les premiers fantassins à l'avant de notre convoi passent le seuil en trombe et disparaissent à l'intérieur. Puis c'est au tour de la rangée suivante, puis la suivante.

Puis la première rangée de cavaliers entre. Il reste dix mètres entre moi et la porte, puis cinq, trois…

Des et moi passons les doubles portes, les sabots de nos chevaux résonnant alors que nous entrons dans la pièce voûtée. J'ai tout juste le temps de sentir l'air onduler comme un tissu devant nous, puis Des me prend la main.

Un portail, réalisé-je. *Bien sûr.*

Quelques secondes plus tard, nous le traversons à toute vitesse. Mon estomac se tord alors que mon corps traverse le temps et l'espace.

Mon cheval touche terre de l'autre côté du portail et ne titube même pas.

Je cligne plusieurs fois des paupières et plisse les yeux sous la lumière vive qui m'aveugle. *Le soleil.* Je m'en abreuve comme s'il s'agissait de sexe ou de carnage, et sens ma magie enfler.

Je referme les paupières et profite du soleil. J'avais presque oublié ce que ça faisait. Quand je rouvre les yeux, je porte mon attention vers les champs vallonnés et infinis qui s'étirent dans toutes les directions, les petites fleurs sauvages qui les parsèment se balançant sous la brise. Ce n'est que plus loin devant nous que les collines laissent place à des montagnes couvertes de forêts et à des sommets violets.

— Bienvenue au Royaume de la Flore, proclame Des à côté de moi en me lâchant la main.

Toute sa fureur semble avoir disparu.

Même si nous avons laissé le danger rencontré à Somnia derrière nous depuis longtemps, mon cheval ne ralentit pas. Toute notre procession avance à pleine vitesse. Même les soldats à pied courent, et je ne peux m'empêcher de me dire que tous les souhaits du monde ne pourraient me convaincre de courir avec une horde de chevaux au galop dans mon dos.

Mais je suis peut-être la seule à penser comme ça.

Alors que le soleil commence à se coucher, le ciel donne à ma peau une teinte rose et fait danser un tas de couleurs sur ma robe brillante.

Au bout d'un moment, les prairies laissent place à des bois, les collines se faisant plus abruptes à mesure que nous avançons. Pour finir, notre groupe ralentit, les chevaux passant au petit trot.

Quelques virages plus tard, je comprends pourquoi.

Jusqu'à maintenant, les arbres étaient grands, mais en face de moi, ils occupent absolument tout le paysage, avec leurs troncs bien plus gros que ceux des séquoias géants que j'ai vus en Californie.

Et plus je les regarde, plus je réalise que ces arbres sont en fait des *maisons*. Un escalier s'enroule autour de l'un d'eux, et deux autres sont reliés par des ponts finement ouvragés faits de branches et de vignes. Des structures faes complexes sont construites autour et à l'intérieur des troncs de ces arbres. En ce moment, des centaines de faes de la Flore sont rassemblés le long des ponts au sommet des arbres et sur les balcons, ou bien aux abords des sentiers, pour regarder passer notre procession.

Le chemin que nous suivons s'incurve et les arbres se séparent. Devant nous, un château de pierre grise couvert de vignes fleuries se dresse parmi un anneau d'arbres gigantesques.

Le palais de la Flore.

Plus nous en approchons, plus il y a de fées rassemblées sur les côtés de la route. Beaucoup ont les yeux rivés sur Des, le Roi de la Nuit, qui chevauche sur son cheval noir, mais un bon nombre d'entre elles m'observent, étudiant ma peau luisante, mon visage, mes ailes.

Qu'ils sachent ce que ça veut dire que d'être un humain, murmure la sirène. *Je ne suis pas à prendre à la légère.*

Aucun portail ne sépare les terres du palais du reste, mais quand nous entrons dans le domaine royal, je sens l'air devenir visqueux pendant une fraction de seconde autour de nous, comme si je traversais du miel. Quelle que soit cette barrière magique, elle est destinée à empêcher la plupart des gens d'entrer.

De l'autre côté, les gens qui nous attendent sont clairement plus aisés. Leurs vêtements sont plus décorés, leurs cheveux coiffés de manière plus élaborée et leurs bijoux plus délicats. Un grand nombre d'entre eux portent les doigts à leur front quand nous les dépassons, dans ce que je suppose être un signe de respect.

Au pied du château, notre procession s'arrête et la musique jouée par notre groupe s'interrompt.

À côté de moi, Des disparaît de son cheval, déclenchant des hoquets de la part de la foule de spectateurs. Il réapparaît à côté du mien.

— Il est temps de descendre, Callie, dit-il.

Des tend la main vers moi pour m'aider à descendre de ma monture. Il semble totalement inconscient de lui-même – sa beauté, sa force, son magnétisme. Toute son attention est concentrée sur *moi*. Il me garde contre lui un peu plus longtemps que nécessaire et son regard passe de mes yeux à mes lèvres.

— Je compte toujours te faire tenir ta promesse, murmuré-je, mon charme transformant mes paroles en musique.

Un sourire mystérieux illumine son visage alors qu'il se souvient de son serment de me donner tout ce que je veux.

— Je n'ai pas oublié.

Il finit par me lâcher et nous avançons tous deux avec notre groupe, à pied cette fois, tandis que nos chevaux sont emportés dans une autre direction. Nous traversons d'immenses doubles portes sculptées dans un bois massif.

J'essaie de ne pas être trop bouche bée alors que nous entrons dans le palais, mais c'est difficile.

C'est comme si la forêt s'était invitée dans le château. Le sol est couvert d'herbes sauvages et parsemé de fleurs de printemps. Des vignes s'entrecroisent sur les murs de pierre, chaque branche couverte de fleurs. Même les lustres suspendus au-dessus de nos têtes sont une extension du monde naturel, conçus presque entièrement de ce qui ressemble à du bois et de la mousse vivace et fleurie. La seule chose inanimée semble être les bougies fixées aux lustres d'où dégouline de la cire.

Nous traversons le vestibule et presque tous les soldats de Des restent en arrière, s'alignant de chaque côté de la porte qui mène plus loin dans le château.

Des me prend la main.

— C'est l'heure de faire les présentations, explique-t-il à voix basse.

C'est parti pour le moment le plus curieux de la soirée.

Nous portons tous de jolies marques, qui dissimulent nos pensées dépravées. Les miennes sont cachées derrière ma peau brillante et ma voix mélodieuse. Celles de Des rôdent dans l'ombre. Que me montreront cette reine et son roi consort?

Notre groupe désormais bien plus resserré passe la porte en face de nous. De l'autre côté, il y a une salle du trône remplie de faes de toutes formes et de toutes tailles. La plupart ressemblent à des fées normales, mais certaines ont plus l'air de plantes que de gens, et je suis à peu près sûre de repérer quelques lutins, ainsi qu'une créature ressemblant étonnamment à un troll. Tout le monde porte des tenues somptueuses. De toute évidence, ces gens sont les citoyens les plus privilégiés du Royaume de la Flore – ainsi que les plus inconstants, probablement, aux allégeances aussi flexibles que mon corps sous les caresses de Des.

Le Négociateur et moi traversons l'allée, le corps toujours brillant – dans mon cas, c'est en partie à cause de mes vêtements et en partie du fait de ma peau. Je sens les yeux de tout le monde posés sur moi, une sensation presque physique. Leur curiosité, leur jalousie et leur avidité me submergent.

Je suis intriguée par toutes ces créatures étranges, que je comprends à peine et que je ne peux contrôler. Ces dernières me rendent mon regard, fascinées par ma peau et mon visage. Je sais que je ressemble à un ange étrange, avec mes ailes noires qui miroitent sous ces drôles de chandeliers.

Quand nous atteignons le bout de l'allée, les gardes devant nous s'écartent, dévoilant l'estrade derrière eux.

C'est alors qu'apparaît Mara Verdana, la Reine de la Flore, installée sur un trône de vignes et de fleurs.

Ses cheveux roux flamboyant tombent en cascade sur ses épaules et sa poitrine, ses yeux sont de la même couleur vert vif que les plantes qui nous entourent. Sa peau est d'une pâleur d'albâtre et sa bouche tout aussi voluptueuse que le reste de son corps.

Elle a des fleurs dans les cheveux, tissées dans sa robe, et sa couronne en est entièrement constituée. Mais elle est la plus jolie de toutes. Je me rends compte que j'ai envie de toucher cette peau pour voir si elle est aussi douce que des pétales, comme je l'imagine.

Elle m'observe en plissant les yeux, un léger sourire amusé sur les lèvres. Elle a beau être la Reine de la Flore, comme Des, elle ressemble plus à une panthère, à mes yeux; quelque chose de beau et dangereux, qui frappera quand vous vous y attendrez le moins. Malgré toute sa magnificence, elle est peut-être complètement folle.

À côté d'elle, assis sur un trône visiblement plus petit, il y a son époux, l'Homme Vert. Fidèle à son nom, il est vert des pieds à la tête. Ses cheveux ont la teinte sombre des conifères et sa peau la couleur pâle de l'herbe printanière.

Je m'attendais à un homme barbu et musclé, mais comparé au Négociateur, l'Homme Vert tient plus du dandy, avec un joli visage dépourvu des angles durs et rugueux de celui de Des. Contrairement au portrait que j'ai vu de lui, il n'a pas de barbe et son visage est aussi lisse que son corps est gracile.

La sirène en moi décide qu'elle n'éprouve aucun intérêt pour lui. Il n'y a aucun pouvoir à tirer de lui et aucun danger duquel s'abreuver. Tout ce que je ressens vis-à-vis de cet homme à cet instant, c'est… de la pitié. Une telle créature a tous les attributs d'un être sauvage et violent, mais à côté de sa femme éblouissante, il est docile, conciliant, *vaincu*.

Des et moi avançons jusqu'au bord de l'estrade. Je ne sais pas quel est le protocole fae dans ce genre de situation, alors je porte les doigts à mon front, comme j'ai vu les autres fées le faire à notre intention.

— Reine de la Flore, Homme Vert, déclare Des en inclinant la tête vers eux, c'est un plaisir de vous voir, comme toujours.

Mara se lève, sa robe couleur sauge ondulant à ce mouvement. Un sourire s'étire sur son visage. Sa joie me fait l'effet d'une flèche en plein cœur. Je me demande combien de gens ont abandonné tout ce à quoi ils tenaient pour se repaître du sourire de cette femme.

— Bienvenu, mon Empereur des Étoiles du Soir.

Mon empereur ?

Mes mains se crispent.

Mara descend les marches, sans jamais tourner les yeux vers moi. Je sens mes poils se hérisser.

Je n'aime pas être ignorée, siffle ma sirène.

Elle s'approche de Des et l'embrasse sur les deux joues. Derrière elle, l'Homme Vert descend de son trône et la suit, ses yeux ambrés fixés sur moi. Rien qu'à la façon dont il me regarde, je sens sa fascination. Je sens celle de tout le monde. Elle est suspendue dans l'air comme un parfum ; je suis une créature enviable, quelque chose d'étrange et de tabou.

Combien de mains aimeraient me caresser la peau, combien de visages aimeraient s'enfouir dans mes cheveux… ? Mara peut bien profiter de cet instant avec Des. Le Roi de la Nuit est à moi, et les sujets de la Reine de la Flore pourraient tout aussi bien être sous mon charme.

— Mara, reprend Des, je te présente ma compagne, Callypso Lillis, l'une des dernières sirènes.

Avec réticence, Mara détourne les yeux de Des pour les poser sur moi. Un intérêt sincère passe dans son regard.

— Quelle *beauté.*

Ce compliment apaise la furie sanguinaire qui palpite sous ma peau. La beauté est l'un des rares pouvoirs que je possède encore, dans ces lieux étrangers. Mais quelque part au fond de moi, ce compliment a aussi un goût amer.

Rien ne rabaisse mieux le danger représenté par une femme que le fait de la qualifier de belle, me murmure la partie rationnelle de mon cerveau.

Mara pose les mains sur mes avant-bras, m'attire plus près d'elle et m'embrasse sur les deux joues. Derrière moi, j'entends ses sujets prendre de brusques inspirations, et quelque chose me dit que Mara vient d'enfreindre le protocole.

Parce que je suis humaine…

Elle me lâche et se redresse.

— Desmond a de la chance de s'être trouvé un tel joyau. Et tu as de la chance de t'être trouvé un compagnon roi.

Quelle femme astucieuse. Ses paroles ne sont pas tout à fait une insulte, mais elles sont formulées de manière à frôler la limite.

Je lui adresse un sourire lent.

— Vous êtes trop aimable.

C'est la première fois que je m'adresse directement à elle, et un silence s'abat sur la pièce alors que tout le monde écoute ma voix harmonieuse.

Mara fait un signe de la main à certains de ses gens.

— Veuillez accompagner le roi et la reine à leurs quartiers, leur ordonne-t-elle sans prendre la peine de laisser l'Homme Vert nous saluer.

Puis elle tourne de nouveau son attention sur Des et moi et ajoute :

— Le banquet débute dans une heure dans les Jardins Sacrés. Je suis impatiente de vous y retrouver tous les deux.

Chapitre 21

Nous nous trouvons tous deux dans la suite où nous allons résider, enfin seuls. Presque toutes les surfaces autour de nous sont couvertes de plantes fleuries. Elles poussent dans des pots, forment des guirlandes le long des murs et pendent des plafonds. Leur odeur est presque trop entêtante.

La suite elle-même est vivante, située dans l'un des arbres colossaux qui entourent le château. D'autres pièces se trouvent au-dessus et en dessous de nous, où s'est installé le reste de notre groupe.

Ma peau pâlit alors que je force la sirène à retourner dans ses profondeurs aquatiques et l'enferme à double tour. Je me frotte les bras en me remémorant toutes ses pensées égocentriques et tordues.

— Je lui dois encore quelque chose, me rappelle Des en haussant un sourcil.

Oui, les faveurs sexuelles dont elle comptait le dépouiller.

— Elle finira par revenir collecter sa dette, assuré-je en me passant les mains dans mes cheveux, reprenant le contrôle de mon corps. Pourquoi est-ce que tu voulais que je la laisse sortir ?

— Les fées ont toujours une conscience aiguë de la dynamique du pouvoir, explique Des en croisant les bras et en s'appuyant contre une table. Je voulais que Mara te rencontre sous ta forme la plus cruelle.

Et qui de mieux que ma sirène pour se dresser face à elle ?

Je laisse échapper un soupir tremblant. Cela ne fait même pas une heure que nous sommes arrivés et déjà, je suis jaugée.

Voilà comment j'ai été accueillie au Solstice. Que les festivités commencent.

***

Quand nous arrivons dans les Jardins Sacrés, le ciel est sombre et je me sens un peu plus moi-même.

— Les Jardins Sacrés, murmuré-je, alors que nous marchons sous un treillis de fleurs et entrons dans la clairière boisée. Ça ressemble au nom que j'aurais pu donner à mon vagin à l'adolescence.

À côté de moi, Des sourit d'un air narquois.

— Sans le moindre doute, chérubin.

Son regard se fait un peu triste et je me demande si, comme moi, il songe à tout ce temps que nous avons perdu, entre aujourd'hui et cette époque.

Dès que nous sommes entrés dans le jardin, qui est plus une prairie fleurie entourée de haies et d'arbres, toute la foule reporte son attention sur nous. Un océan de visages étrangers nous regarde, Des et moi, et je n'en reconnais que deux : Temper et Malaki. Ils doivent être arrivés ici peu de temps avant nous.

Des me mène un peu plus loin dans les Jardins Sacrés. L'espace est illuminé par des guirlandes vacillantes et plusieurs feux de camp. Les lieux sentent le jasmin et la fumée, cette dernière dérivant vers le ciel empli d'étoiles au-dessus de nos têtes à mesure que le feu siffle et brûle.

Des se penche vers moi et son souffle me chatouille l'oreille.

— Il te siérait de savoir…

— Est-ce que tu viens de dire « te siérait » ? l'interromps-je. Tu as quel âge, huit cents ans ?

— … qu'en tant que Roi de la Nuit, continue-t-il, sans se soucier de ma remarque, on attend de moi que j'aide à mener les festivités de la soirée, et que vu que tu es ma compagne, tu devras être à mes côtés.

— Comme si j'avais d'autres endroits où aller, répliqué-je.

J'aperçois une énorme jarre de vin de fée. Ce sera mon arrêt *numero uno* dès que la fête aura commencé.

Les yeux de Des s'illuminent et ses lèvres s'étirent dans un sourire ravi.

— Un petit conseil, chérubin : l'insolence m'excite, alors si tu veux que je garde les mains loin de toi et de tes précieuses perles, tu ferais mieux de t'efforcer de te montrer plaisante.

Je hausse un sourcil.

— Si tu crois que je vais jouer les petites amies dociles et convenables, tu…

Avant que j'aie pu finir ma phrase, une main invisible me pousse dans les bras de Des. Il arbore toujours ce sourire suffisant sur le visage.

— Le terme correct est « compagne », précise-t-il d'une voix grave et séduisante. Je ne suis pas ton « petit ami ».

Il esquisse une grimace en prononçant ces mots, puis continue :

— Je ne suis ni petit ni particulièrement amical.

Il termine son petit discours par un baiser sur le nez.

Je ne réalise l'erreur que j'ai commise que lorsque les mains baladeuses de Des me relâchent enfin. Il m'a provoquée de manière *délibérée*, en sachant que j'allais ouvrir ma grande bouche et lui offrir son opportunité.

Petit malin.

Je regarde autour de nous. Les braises des flammes et la lueur vacillante des lampes me jouent des tours. Une seconde, les fées nous adressent de doux sourires, la suivante, elles nous lorgnent de manière suggestive.

Tout cela est déconcertant, comme si Des et moi étions un spectacle en train de se jouer rien que pour les divertir.

Mais aussitôt que je remarque l'attention anormale dont nous faisons l'objet, elle se détourne de nous. La foule devient silencieuse, et Mara émerge des ténèbres, l'Homme Vert à son bras. La traîne de sa robe glisse derrière elle, laissant des pétales de fleurs dans son sillage.

À la suite de la Reine et du Roi de la Flore avance un groupe d'hommes beaux et vêtus de queues-de-pie et de hauts-de-chausses. Derrière eux se trouve un groupe de musiciens portant des harpes et des lyres, des violons et des flûtes.

Mara se sépare des fées autour d'elle pour rejoindre le centre du rassemblement.

— Bienvenus à tous, déclare-t-elle en écartant les bras, à la première soirée du Solstice.

Tout autour de nous, je repère des faes de la Faune, de la Flore et de la Nuit. Seul un groupe de fées se fait remarquer par son absence.

— Où est le Royaume du Jour ? murmuré-je à Des.

— En général, ils n'arrivent pas avant les premières lueurs de l'aube.

Je forme un « O » avec ma bouche, comme si cela avait le moindre sens pour moi, alors que ce n'est pas du tout le cas.

Bref.

— … C'est une semaine de festivités, continue Mara, durant laquelle même la Mère et le Père s'enlacent du fond de leurs tombes de terre. Durant laquelle l'eau et le vin, le sol et le soleil, les hommes et les femmes se rassemblent. Pour cette semaine, laissons de côté nos maux et nos vendettas…

Certains faes de la Faune tournent les yeux vers moi et Des à ces mots.

— … et buvons tout notre saoul, mangeons copieusement, aimons pleinement et faisons la fête sans retenue.

Une acclamation s'élève de la foule alors que plusieurs fées sifflent pour faire connaître leur approbation.

Mara attend que son audience se soit calmée avant de reprendre :

— Nous sommes nés du plus profond des entrailles de la nuit, et c'est au plus profond de la nuit que retournent nos esprits quand notre corps est mort et notre chair refroidie. C'est pourquoi nous allons démarrer cette semaine de festivités par ce qui est survenu en premier, avant la première lumière vacillante : les ténèbres primordiales. Tournons notre regard vers le Seigneur des Secrets, le Maître des Ombres… Desmond Flynn, le Roi de la Nuit.

Elle fait un geste vers l'endroit où nous nous trouvons, Des et moi. Les regards de la foule étaient déjà perturbants avant, mais ce n'était rien comparé à l'attention intense que nous accordent désormais toutes les personnes rassemblées ici.

Mes ailes se redressent d'attention, mais Des reste aussi calme que jamais. Il pose une main rassurante sur mon dos et nous guide vers Mara et sa scène improvisée.

Ce n'est pas tout à fait ce à quoi je m'attendais, quand j'ai accepté de rester aux côtés du Négociateur ce soir.

Quand nous avons rejoint la Reine de la Flore, Des parcourt la clairière des yeux. L'espace d'un instant, les seuls sons audibles sont les sifflements des feux de camp.

Puis Des prend la parole :

— Il y a un certain nombre de choses que les faes savent dès la naissance : que la nuit est sombre et la chair chaude. Que même si nos vies sont longues, un jour, elles prendront fin. Ce soir, et durant tout le Solstice, apportons la vie dans les ténèbres.

Ses mots me semblent anciens, comme si ces vers avaient été récités assez de fois pour contenir une certaine magie.

— Ce n'est que dans les ténèbres et les endroits sombres que nous exauçons nos souhaits les plus sincères et nos désirs les plus profonds, continue-t-il, alors que le public l'observe avec un intérêt soutenu.

Tandis qu'il parle, son pouce dessine de petits cercles au bas de mon dos.

— Ce n'est que dans la nuit que nous nous libérons de nos manières civilisées et relâchons les entraves qui nous lient durant la journée. Ce n'est qu'alors que nous cherchons le contact d'une peau douce. Ce n'est qu'alors que nous osons rêver. Alors libérez vos inhibitions, cédez à mon emprise, trouvez un partenaire consentant et ensemencez-vous.

Je regarde Des. Est-ce qu'il est en train de suggérer ce que je crois… ?

La musique s'élève, me détournant de mes pensées, et les fées s'éparpillent dans la clairière en se prenant par la taille ou la main. Les gens se mettent à tournoyer et tous les cheveux coiffés avec soin, tous les corsages serrés se dénouent alors que les gens sont emportés par la musique.

Même moi, je n'y suis pas insensible ; mes hanches se balancent et je porte la main à mes cheveux, qui retombent en vagues le long de mon dos.

— Tu as réussi à me faire attendre, cette année, Desmond, dit la voix faussement douce de Mara, alors qu'elle arrive derrière nous.

Elle pose une main sur son épaule et il se tourne face à elle.

— Je craignais que tu ne viennes pas, continue-t-elle.

— Ah, comme c'est amusant de te laisser dans le doute, rétorque Des, ses yeux pétillants de malice.

Les hommes qui ont suivi Mara s'approchent d'elle. L'un d'eux pose une main possessive sur sa hanche tandis qu'un autre lui effleure le bras. Un autre se penche et lui murmure quelque chose à l'oreille tout en gardant ses yeux sombres rivés sur moi. Elle se laisse aller à leur contact.

Toute cette scène provoque un picotement inconfortable sur ma peau, surtout quand elle lance un regard impudique à Des.

— Profite bien de ta soirée, mon Roi de la Nuit, susurre-t-elle.

Puis elle se détourne pour faire face au groupe d'hommes qui l'attend.

Ils se resserrent autour d'elle et, un instant plus tard, je l'entends rire aux éclats alors qu'ils la font tournoyer entre eux.

Je pivote vers Des et nous avons une conversation entière rien que par le regard.

C'était tellement bizarre.

Je sais. Et ça ne va faire qu'empirer.

Des se rapproche.

— Est-ce que tu veux…

Avant qu'il ait pu terminer sa question, un noble fae nous interrompt. Ses cheveux brun foncé sont tressés en une série de nattes compliquées qui pendent dans son dos.

— Desmond, Desmond, Desmond, tu es un homme difficile à joindre…

Il donne une tape sur l'épaule de mon compagnon, puis le tourne vers un groupe d'hommes et de femmes vêtus de manière similaire.

Des résiste et tend la main vers moi.

Son ami marque une pause et remarque enfin ma présence. À moins que la fée ne m'ait vue, mais n'ait pas envie de prendre en compte ma présence. Même s'ils éprouvent tous un certain intérêt pour moi, je sens émaner quelques sentiments de rejet à mon endroit. Aucune des fées n'a l'air pressée d'élever une simple humaine à un statut important, qu'elle soit la compagne d'un roi ou pas.

— Vas-y, dis-je à Des. Je te rejoins plus tard.

Il fronce les sourcils.

— Plus tard, promet-il avec réticence, l'air mécontent de ma décision de m'esquiver.

Je comprends qu'il me veuille à ses côtés, mais il est clair que ces gens le veulent pour eux seuls. Et je n'ai pas particulièrement envie de rester à côté de lui à jouer les petites compagnes dociles pendant que toutes les autres fées m'ignorent.

Je recule, sentant que la foule continue de m'observer. Et c'est bien toute l'ironie de la situation. Si l'on m'attirait dans un groupe, je serais sûrement ignorée pendant toute la conversation, mais si l'on me laisse vagabonder, tous les yeux restent fixés sur moi.

Ignorant les regards, je recule et traverse la foule jusqu'à trouver la femme que je cherchais.

— Enfin, je t'ai pour moi toute seule, se réjouit Temper. Je commençais à croire que j'allais devoir maudire quelqu'un pour m'accorder ne serait-ce que trois minutes avec toi.

— J'aurais aimé que tu le fasses, marmonné-je.

Comme ça, au moins, j'aurais arrêté de me sentir comme la personne la plus malchanceuse de la fête.

Temper arque un sourcil et un début de sourire se forme sur ses lèvres.

— C’est bon à savoir…

— J’ai besoin de boire quelque chose.

Dès que les mots ont quitté ma bouche, mes yeux se portent sur le vin de fée.

— Meuf, je ne pense qu’à ça depuis un bon moment déjà, renchérit Temper.

Elle me prend la main et me guide vers la table des vins.

— Je croyais que tu faisais une pause, niveau alcool ? souligne-t-elle par-dessus son épaule.

Argh, je ne lui ai jamais avoué que ma sobriété était plus du fait de Des que du mien.

— La pause est terminée.

— Dieu soit loué, ainsi que tous ses petits anges, lâche-t-elle avant de chantonner *tout est bien plus sympa avec un peu de margarita.*

Le vers d’une chanson stupide qu’on a inventée il y a longtemps, à Las Vegas.

Nous atteignons la table et nous versons chacune une louche de vin, avant de repartir avec notre butin dès que nos verres sont pleins. Nous restons aux abords de la clairière, pas tout à fait parmi la fête, mais pas tout à fait en dehors non plus. Nous sommes toujours les deux marginales de l’époque de la Peel Academy.

— Aaah, soupire Temper après avoir bu sa première gorgée. Ce truc est délicieux.

Je goûte à mon tour et… *miam.* Les fées font un excellent vin. Nous sirotons nos verres en silence tout en observant les gens.

— Je déteste cet endroit, finit par lâcher Temper.

Elle fait un signe de tête vers les fées en train de se mêler dans la clairière.

— Regarde un peu comme ils nous dévisagent. C’est pire qu’au lycée.

Dans la pénombre, je vois la lueur du feu osciller dans leurs yeux surnaturels. Elle a raison, ils n’arrêtent pas de nous jeter des regards.

— Toi aussi, ils t'observent ? demandé-je en haussant les sourcils.

— Depuis qu'on est arrivés, confirme-t-elle. À croire qu'ils n'ont encore jamais vu d'humains.

Pour être franche, je doute qu'ils aient déjà vu une ensorceleuse… ou une sirène ailée.

… Mais ce n'est pas la raison pour laquelle ils nous dévisagent.

Nous sommes deux énigmes pour eux, des humaines ayant réussi à déjouer les règles de leur royaume pour se retrouver à l'échelon le plus élevé de la société des fées.

— Tu avais remarqué ? demande Temper avec un signe de tête vers les serveurs qui traversent la foule comme des fantômes.

Je regarde les humains, les changelins de ce royaume. Eux ou leurs ancêtres ont été échangés à la naissance contre un bébé fae.

— Remarqué quoi ? demandé-je en suivant son regard.

— Leurs poignets.

J'observe de nouveau les serveurs les plus proches. Il me faut plusieurs secondes avant que l'un d'eux se tourne selon le bon angle, et quand c'est le cas…

Je prends une brusque inspiration.

La peau boursouflée et marbrée de son poignet comporte un motif en forme de feuille couleur framboise.

— Ils ont été marqués.

Chapitre 22

Marqués comme du bétail. Je reste ébranlée par cette prise de conscience bien après que Malaki s'est joint à notre groupe, portant ce soir un cache-œil argenté. Il ne s'attarde que le temps de proposer une danse à Temper, puis mon amie disparaît, partant danser dans la clairière comme si elle était à sa place parmi ces gens.

Et je reste là, à faire tapisserie, exactement comme au temps du lycée.

Je baisse les yeux sur mon vin.

Voilà pourquoi je ne devrais pas boire. La pitié n'a rien de flatteur, peu importe comment on la porte.

Je parcours les jardins des yeux, observant les festivités du Solstice.

Ce n'est pas une fête, ce sont des bacchanales. Partout où je regarde, des gens dansent, leur silhouette illuminée par la lune. Ils rient et tourbillonnent, leurs cheveux détachés fouettant l'air autour d'eux.

Ceux qui ne dansent pas sont aux abords de la piste de danse, occupés à bavarder et à boire. Enfin, soit ils bavardent et ils boivent, soit ils s'esquivent discrètement. Des couples disparaissent dans les bois, et j'ai vu au moins une fée partir avec un homme et revenir avec un autre.

Tout le monde a les yeux trop brillants, un sourire trop large et les joues trop rouges.

Ils sont complètement bourrés.

Toute la foule a réussi à oublier ses soucis pour la soirée. Les seules personnes pour qui ce n'est pas le cas, c'est moi et les serviteurs humains, ces derniers gardant la plupart du temps les yeux baissés.

— Vous vous amusez ?

Je sursaute à cette voix et une partie de mon verre se renverse sur mes mains.

— *Merde*, juré-je entre mes dents.

L'Homme Vert est à mes côtés, et je ne sais pas du tout depuis combien de temps il est planté là à m'observer, tout comme j'observais tous les autres.

— Désolé, dit-il, les yeux rivés sur mon visage. Je ne voulais pas vous faire peur.

— Non, ce n'est rien, réponds-je en secouant la main.

— Nous n'avons pas été présentés, ajoute-t-il en tendant la main. Je suis l'Homme Vert, roi consort du Royaume de la Flore.

Je prends sa main, même si la mienne est encore un peu collante à cause du vin. Au lieu de la serrer, il la porte à ses lèvres et y dépose un baiser, ses yeux ambrés posés sur moi.

Je décide à cet instant que ses yeux sont trop intenses, trop malicieux, trop cupides.

Il me lâche la main et demande :

— Alors, est-ce que vous vous amusez ?

Cet homme est trop perspicace. Il sait que je me sens mal à l'aise et déplacée.

— Non, admets-je, décidant de dire la vérité.

Le visage de l'Homme Verre s'illumine à cet aveu.

— L'honnêteté est un plaisir rare, entre ces murs, remarque-t-il en regardant autour de nous.

Techniquement, il n'y a aucun mur autour de nous, mais ceux dont il parle sont invisibles. Ils séparent les paysans des nobles, les humains des fées.

Je lui adresse un sourire crispé tout en reportant mon regard sur la foule. Tout le monde a recommencé à m'observer, sûrement parce que l'Homme Vert est à mes côtés.

— C'est affreux, n'est-ce pas ? dit-il.

Je lui jette un regard.

— Quoi ?

— Les yeux qui vous voient sans vous voir. Les postures. La gaieté facile.

Je déglutis discrètement. Cet homme est en train de lire en moi, et je n'aime pas l'idée qu'il y parvienne aussi facilement.

J'émets un son évasif tout en scrutant la foule à la recherche de Des. Un groupe de fées de plus en plus grand s'est rassemblé autour de lui, chacun se disputant son attention. Je suis tentée de me frayer un chemin jusqu'à lui à coups de coude, mais je n'ai pas plus envie de me retrouver là-bas que de rester ici.

Mes yeux se posent sur Mara, qui est en train de rire parmi son groupe d'hommes et quelques nobles obséquieux. Elle est le soleil et eux les planètes qui tournent autour d'elle, cherchant avidement son sourire, son contact, son regard. La seule personne qui manque à son groupe d'admirateurs, c'est l'homme à mes côtés.

— Accepteriez-vous de danser avec moi? demande ce dernier.

À cette question, je reporte toute mon attention sur l'Homme Vert.

Les fées me rendent nerveuse, et plus particulièrement les hommes. La faute à Karnon et ses sbires.

Mais quand je regarde l'Homme Vert, je ne vois pas un prédateur, plutôt quelqu'un dans la même situation que moi.

Pourquoi ne pas danser? Nous sommes dans un festival, l'Homme Vert a l'air d'en avoir envie et je suis déterminée à m'amuser.

— D'accord, accepté-je.

Il me sourit, et je suis déconcertée de voir à quel point il est séduisant quand il est heureux. Ce n'est pas que je ne m'en étais pas rendu compte jusqu'alors… toutes les fées ont l'air attirantes. Mais la présence de Mara l'avait un peu éclipsé.

Il me prend mon verre de vin des mains, le pose sur une table et me mène parmi la foule de danseurs. Puis nous nous mettons à tournoyer comme tous les autres couples.

L'alcool me réchauffe l'estomac et la danse fait s'envoler ce qu'il me restait de prudence. Dès que je me mets à remuer les pieds, je me retrouve emportée par le rythme envoûtant de la musique.

— Alors comme ça, vous êtes la compagne du Roi de la Nuit, reprend l'Homme Vert en m'observant avec un peu trop d'intensité.

— Hum.

Difficile de me concentrer sur lui quand la musique, le vin et la danse essaient de détourner mon attention.

— Tout notre royaume est fasciné par vous, remarque-t-il en posant une main au creux de mon dos. Une humaine aux pouvoirs surnaturels, compagne du Roi de la Nuit. Sans parler du fait que vous êtes plus charmante que bon nombre de nos femmes.

Pourquoi est-ce qu'on parle ? Et pourquoi de ça ?

— Quelle importance que je sois charmante ou pas ? l'interrogé-je, distraite.

Je suppose que c'est une question stupide, ici, dans l'Autremonde, où la beauté est une obsession et où la laideur rôde toujours juste sous la surface.

— Tout le monde croyait que l'implacable Desmond Flynn s'était retrouvé enchaîné à une simple esclave ordinaire, explique l'Homme Vert. Nous avions pitié de lui, jusqu'à ce que nous vous rencontrions.

Le vin prend un goût amer dans mon estomac, la musique commence à m'irriter les nerfs et la danse à me donner le vertige. Je m'écarte de l'Homme Vert, n'ayant plus envie de danser avec lui.

— Quelque chose ne va pas ?

Il dit ça comme s'il ne venait pas de traiter mes semblables d'esclaves, comme s'il ne venait pas d'insinuer le peu d'égards qu'il éprouve pour eux. C'est cette intolérance ordinaire qui me rebute le plus.

— *Je* suis une humaine ordinaire, répliqué-je, alors que les couples continuent à tourbillonner autour de nous.

— Non, Callypso Lillis, enchanteresse des mortels, réplique-t-il. Vous êtes tout sauf ça.

Sur ces mots, il commence à reculer.

— Essayez de vous amuser, ce soir, me recommande-t-il. Une semaine entière de festivités vous attend.

Puis il se laisse avaler par la foule et je me retrouve à nouveau seule, alors que des corps chauds se tortillent et m'effleurent de tous côtés.

Soudain, la simple idée de passer une semaine ici, entourée de toutes ces fées, me paraît extrêmement décourageante.

Au bord de la piste de danse, un épais voile de ténèbres traverse la foule de faes vêtus de couleurs vives, et tout au centre, s'avance le Négociateur, la nuit l'enveloppant comme une cape.

Je le rejoins, remarquant que pour la première fois ce soir, il s'est libéré de son auditoire.

Ses yeux sont rivés sur quelqu'un dans la foule.

— Ce petit idiot a raison, déclare Des une fois à ma hauteur. Tu n'as rien d'une femme ordinaire.

— Tu écoutais ma conversation ?

Un jour, je vais devoir déterminer comment il a réussi à découvrir autant de secrets. Il est impossible que Des ait entendu par mégarde ce que l'Homme Vert m'a dit.

— Ça te surprend ? demande-t-il, répondant à ma question par une autre question.

Je hausse les épaules. Maintenant qu'il est là, sa présence me fait l'effet d'une drogue, et je me rends compte que je me fiche de savoir s'il m'a espionnée, ou s'il a abandonné son fan-club rien que pour s'assurer qu'aucun autre homme ne s'approche de moi.

J'enroule mes bras autour de son cou. Soudain, je comprends ce qui a pris à tous les autres. C'est l'odeur de la fumée des feux de camp, la pulsation de la musique, le fourmillement de l'alcool dans mes veines. Tout cela me pousse à me laisser emporter par la nuit, et par cet homme. De tout céder à la magie, rien que l'espace d'une soirée.

Il prend mes joues entre ses mains et je le vois s'abreuver de l'expression de mon visage. Je dois sûrement ressembler à tous les autres fêtards – joues rouges, yeux dilatés, sourire facile.

Il prend soudain une décision et m'embrasse brutalement. Il a le goût de vin de fée et de pensées coquines.

— Danse avec moi, dis-je, quand nos bouches se séparent.

Son pouce me caresse la joue.

— Je n'ai pas envie de danser avec toi, rétorque-t-il, et le ton de sa voix m'ébranle jusqu'au plus profond de moi.

Il n'a pas envie de danser, mais ses yeux pâles et brumeux veulent autre chose, quelque chose qui éveille ma sirène.

Il m'attire tout contre lui.

— Je ferai en sorte que ça en vaille la peine… murmure-t-il, sachant très bien à quoi je pense.

Je pourrais céder. Après tout, pourquoi pas ?

… mais je ne devrais pas. N'est-ce pas ?

Il porte une main à mon poignet.

— Ou bien je pourrais rendre ta décision plus simple.

Mon souffle se coince dans ma gorge alors que Des tient mon poignet entre nous, les perles noires semblant aspirer la lumière autour de nous.

— *Action ou vérité*, chérubin.

Si je choisis la vérité, nous aurons une petite discussion à cœur ouvert, puis nous recommencerons à danser et à boire. Mais sinon…

Mon regard remonte de sa silhouette imposante jusqu'à son joli visage aux traits durs.

— *Action.*

L'espace d'un instant, sa main étreint mon poignet plus fort, alors qu'un sourire sournois s'étire lentement sur son visage.

— Qu'il en soit ainsi.

Sa main glisse jusqu'à ma paume, sa magie ondulant sur ma peau comme un millier de caresses légères.

Le Négociateur m'avait prévenue avant que je lui achète ma première faveur. Avec une sirène, il ne demanderait pas que des secrets.

Il y aurait aussi du sexe.

Sauf qu'à l'époque, il disait ça pour me faire peur. Mais maintenant… maintenant que nous sommes en couple, le sexe va de pair avec l'amour.

Des m'attire vers les bois sombres qui bordent la clairière, une flamme brûlant dans ses yeux argentés.

Je sens les regards rusés que nous lancent les autres fées alors que nous nous esquivons, et je ne peux m'empêcher de rougir. Elles savent toutes ce que nous nous apprêtons à faire.

Nous laissons la musique et les danses derrière nous pour entrer dans la forêt, qui est plongée dans un silence inquiétant.

— À quoi tu penses ? s'enquiert Des d'une voix aussi onctueuse que du whisky.

Que rien qu'à l'idée de sentir ta peau pressée contre la mienne, j'ai les genoux qui flanchent.

— Que tu es un petit diable sournois, réponds-je à la place.

Son rire résonne dans la nuit, débridé et impétueux. Il me pousse contre un arbre tout proche et le tronc se glisse entre mes ailes.

— Tu es aussi sauvage que moi, Callie. Je sais ce que tu veux… ce que veut ta sirène.

Il fourre son nez dans mon cou et ajoute :

— Laisse-moi te montrer.

Ses douces caresses et ses mots aguicheurs persuadent ma sirène de refaire surface, et ma peau s'illumine.

Je me cambre contre lui et rejette la tête en arrière.

Oui.

C'est tout ce que je voulais. Lui et moi sous le ciel sombre. Une union primale. Passionnée.

Je tends la main vers son pantalon au moment où il attrape ma jupe et la froisse dans ses mains. Nos mains sont habiles et empressées, nos mouvements saccadés. J'entends ma respiration irrégulière.

Alors que nous portons encore la moitié de nos vêtements, son corps dur et délicieux se presse contre moi.

— Ma compagne, murmure-t-il, ses cheveux me chatouillant la joue alors qu'il se penche vers moi.

Il y a une note d'urgence dans sa magie, qui exige toujours plus, et dans notre passion enfiévrée.

Les ombres du Négociateur nous recouvrent, assombrissant tout ce qui nous entoure jusqu'à ce qu'il ne reste que lui et moi, un unique point dans l'univers ténébreux sur lequel il règne.

Ses ailes se replient autour de nous, abritant encore plus nos corps.

À côté de ma peau brillante, je vois les muscles de son cou se crisper. Puis, d'un geste puissant, il me pénètre.

L'une de ses mains se referme en coupe autour de mon sein à travers le tissu de ma robe, puis il penche la tête et sa bouche brûlante embrasse la peau exposée de ma poitrine. Mes doigts s'enfoncent dans ses épaules.

Il va et vient en moi, nos corps brûlants et humides à l'endroit où nous sommes liés. Ils émettent des sons glissants et mouillés alors que nous nous unissons.

— J'avais l'intention… d'y aller plus lentement, articule Des.

Ses coups de reins sont si puissants qu'ils en sont presque douloureux. Cette étreinte n'a rien de doux. Elle est sauvage, primale, et elle éveille les recoins les plus sombres de moi-même.

J'enfonce mes doigts dans ses cheveux et lui incline la tête sur le côté. Quelques minutes plus tôt, ses cheveux blond polaire étaient lissés en arrière avec élégance. Maintenant, ils sont victimes de mes caresses.

Je resserre ma poigne dans ses cheveux.

— Je ne veux pas y aller lentement, répliqué-je, mon charme teintant ma voix. Je veux tout ce que le Roi de la Nuit peut m'offrir… et ensuite, j'en veux plus encore.

Avec un grognement, Des me donne exactement ce que je demande.

Encore, et encore, et encore.

Chapitre 23

Je me réveille au son du bruissement des chênes et en sentant un frisson de rosée sur ma peau. Ma hanche me fait mal après avoir dormi sur une surface dure, et l'odeur de la terre humide m'emplit les narines.

Où suis-je ?

Je cligne des yeux pour finir de me réveiller, me passe la main dans les cheveux et en retire plusieurs feuilles et brindilles. Ma robe luit encore faiblement, et dans mon dos, il y a l'arbre que Des et moi avons souillé un peu plus tôt.

Des.

Je cherche autour de moi, mais il n'est nulle part en vue. Je me frotte les tempes et tente de rassembler mes souvenirs malgré le début de gueule de bois qui s'installe, maintenant que la soirée est terminée. Pourquoi suis-je toute seule ?

Au loin, une branche craque.

Je me fige.

Quelles sont les chances pour qu'il s'agisse de mon Roi de la Nuit ?

Proches de zéro, me murmure mon esprit.

Je me lève en m'efforçant d'être aussi silencieuse que possible. Même si j'ai un peu de mal à passer inaperçue. Difficile de faire ça quand on est dans une forêt sombre et qu'on porte une robe brillante.

Je commence à revenir sur mes pas. Je pense pouvoir retrouver le chemin de ma suite ; je dois juste sortir de cette forêt.

Une autre branche craque et je sursaute à ce son.

Est-ce que quelqu'un me suit ?

Et où est passé Des ?

Alors que je suis certaine d'avancer dans la bonne direction, la forêt semble s'assombrir au lieu de laisser place aux Jardins Sacrés.

Je me masse le front. Ai-je vraiment à ce point tout mélangé dans ma tête ? L'odeur des restes fumants des feux de camp semble plus forte ici qu'à mon réveil… mais il n'y a aucune musique, pas de rire ni le moindre son provenant des fêtards.

Je suis toute seule.

Derrière moi, des feuilles crissent.

Je me raidis.

Je ne suis peut-être pas toute seule…

Lentement, je me retourne.

Au loin, je vois un homme aux larges épaules et à la tignasse blanche.

— Des ! m'exclamé-je en me détendant aussitôt.

Je commence à me diriger vers lui, d'abord en marchant puis, voyant qu'il ne se rapproche pas, je me mets à courir.

— Des !

Il disparaît avant que j'aie pu l'atteindre.

Je me fige net.

Il va venir te chercher… murmurent les arbres.

— Des ?

Je sens le métal se presser contre ma gorge et, du coin de l'œil, j'aperçois les cheveux blond polaire de Des.

— Qu'est-ce que tu fais ? l'interrogé-je.

Si c'est son idée d'une séance d'entraînement…

Mais ce n'est pas un entraînement. Je sens ses intentions malveillantes dans la façon dont il me tient et dont sa lame s'enfonce dans ma peau, comme s'il voulait la percer.

Les lèvres douces du Négociateur glissent le long de ma pommette.

— Crains-moi, mortelle, chuchote-t-il. Car je causerai ta perte.

Des dépose un baiser sur ma peau, puis me tranche la gorge avec son couteau.

***

Je me réveille avec un cri étranglé, une main pressée sur mon cou.

Je ne suis pas morte. C'était juste un rêve. Juste un rêve.

Mon corps est blotti dans les bras de Des.

— Callie, dit-il d'un ton soulagé en voyant que je suis réveillée.

Il attire mon visage tout près du sien.

— Callie, Callie, Callie, se met-il à murmurer, plus pour se rassurer, semble-t-il, que pour moi.

Le Négociateur et moi sommes entremêlés dans des draps doux, tous deux nus.

Je m'écarte de lui le temps de le regarder dans les yeux. Il n'en a aucune idée, mais à cet instant, je persuade mon esprit de cesser de le voir comme une menace. La morsure de cette lame m'a paru si réelle.

Je déglutis.

C'était un cauchemar, rien de plus.

Je prends une inspiration tremblante alors que les dernières bribes de rêve s'effacent.

— Je vais bien… tout va bien.

La lueur de l'aube s'infiltre à travers la fenêtre de notre chambre et le soleil éveille le parfum des fleurs dans notre suite. À un moment donné durant la soirée d'hier, nous nous sommes tous les deux esquivés jusqu'à notre chambre pour terminer ce que nous avions commencé dans la forêt.

Je me laisse retomber dans le lit, entraînant Des avec moi. Avec réticence, il me laisse l'attirer sur le matelas et me blottit contre lui.

Je ne suis pas prête à me réveiller, mais je ne suis pas sûre de réussir à me rendormir.

— Raconte-moi un secret, murmuré-je.

Il joue avec une mèche de mes cheveux, et ne dit rien pendant un long moment.

— Les cheveux de ma mère étaient exactement de cette couleur, finit-il par dire.

— Vraiment? m'étonné-je en inclinant la tête pour le regarder.

Il repose ma mèche de cheveux.

— Parfois, continue-t-il, perdu dans ses pensées, quand je me sens d'humeur particulièrement superstitieuse, je me dis que ce n'est pas une coïncidence.

Je ne sais pas ce qu'il entend par là, mais à sa confession, mes bras se couvrent de chair de poule. On parle de la femme qui a élevé Des, la scribe morte à cause de son père, selon lui.

— Parle-moi d'elle… ta mère.

Il me serre contre lui.

— Qu'est-ce que tu veux savoir, chérubin?

— N'importe quoi… réponds-je en dessinant des cercles du doigt sur son torse. Tout.

— Si exigeante, s'amuse-t-il avec tendresse.

Puis il prend un ton plus sérieux et reprend :

— Elle s'appelait Larissa, et je l'aimais de tout mon cœur…

Je sens une boule se former dans ma gorge. Ce n'est pas tant ce qu'il dit que la façon dont il le dit, comme si sa mère avait conçu toutes les étoiles de son ciel.

Sa poitrine se soulève et se rabaisse quand il déglutit.

— Il n'y a toujours eu qu'elle et moi, d'aussi loin que je me souvienne.

Je remarque qu'il évite prudemment d'évoquer son père.

— Elle était ma gardienne, mon professeur et mon plus proche confident. Ça n'aurait sûrement pas dû se passer comme ça… je suis sûr que ce n'est pas ce qu'elle voulait pour moi, mais à Arestys… ma mère et moi étions vus comme des curiosités.

Mon doigt s'immobilise sur son torse.

Des, une curiosité? Et dans l'Autremonde, en plus?

— Même selon les standards d'Arestys, nous étions pauvres, continue-t-il. Nous ne pouvions nous permettre de payer un logement, alors nous vivions dans les grottes que je t'ai montrées. Et sous le toit de ma mère, j'ai dû me plier à deux règles strictes : d'abord, je ne devais jamais me servir de ma magie, et ensuite, je ne devais jamais perdre mon sang-froid.

Je ne sais pas où va Des avec cette histoire, mais il a les yeux lointains. Pour une fois, il ne mâche pas ses mots.

— Naturellement, j'arrivais toujours à contourner ces deux règles.

Le Négociateur détournait les mots de quelqu'un pour qu'ils s'accordent à ses besoins ? Quelle surprise.

— Je ne pouvais pas utiliser la magie, alors j'ai appris à négocier avec d'autres créatures magiques pour qu'elles me prêtent une partie de la leur.

C'est donc comme ça que Des a acquis son affinité pour les marchés. Je n'avais aucune chance contre lui.

— Peu de choses peuvent vous ostraciser aussi vite que le fait d'être pauvre et faible, dans l'Autremonde. Et quand j'étais petit, c'est comme ça que les gens nous voyaient, ma mère et moi : elle était scribe parce qu'elle ne pouvait utiliser qu'une faible quantité de magie, et son fils n'en possédait pas du tout.

Mon cœur commence à se serrer. Je ne m'attendais pas à ça, quand je lui ai posé des questions sur sa mère.

— Le fait d'être vus comme faibles et pauvres a fait de nous des cibles, continue-t-il. Pour ma mère, cela a pris la forme d'hommes mauvais. Plusieurs fées ont disparu sur notre île, après avoir rencontré ma mère. Elle ne m'a jamais soufflé mot de ce qui s'était passé, et je ne pouvais pas comprendre, à l'époque, mais… je suis certain que ma mère leur a fait quelque chose.

— Et toi ? l'interrogé-je.

— Quoi, moi ?

— Comment tu faisais pour ne pas être pris pour cible ?

Des sourit, d'un air un peu malicieux.

— Je ne faisais rien, chérubin. Je contournais juste la deuxième règle de ma mère.

Règle numéro deux : Des ne doit pas perdre son sang-froid.

— Les enfants fées n'aiment rien plus que de s'en prendre aux plus vulnérables, dit-il. Ma mère ne pouvait rien faire pour éviter que je sois tyrannisé, et elle ne pouvait pas m'empêcher de me défendre, alors elle m'a appris à me battre et à réprimer mes émotions pendant le combat.

Qui était cette femme, qui avait autrefois fait partie d'un harem royal, avant de devenir une modeste scribe ? Qui a enjoint son fils à maîtriser sa magie et sa colère, mais lui a quand même appris à se battre ?

— Je ne comprends pas, avoué-je. Pourquoi cacher ton pouvoir ?

Des passe une main le long de mon dos.

— C'est une question pour une autre fois. Mais pour l'instant, je peux au moins te dire une chose : une mère au destin malheureux, un père cruel et une enfance solitaire. Toi et moi avons connu des tragédies similaires, chérubin.

Chapitre 24

— Tu vas devoir me faire rouler pour me faire sortir d'ici, dis-je à Des.

Nous sommes assis dans un grand atrium, parmi une foule d'autres invités du Solstice, tous occupés à boire du thé et à manger des fruits, des noix et des pâtisseries pour le petit déjeuner, alors que le soleil scintille à travers les grandes fenêtres.

Je me laisse aller en arrière sur ma chaise et lève les pieds sur le bord de la table, avant de me souvenir que je porte une robe.

Oups. Voilà pourquoi les robes ne sont pas mon genre, d'habitude. Elles ne sont pas très pratiques. Et puis ce corsage me comprime l'estomac.

Je tire dessus tout en observant les fées autour de nous. Des et moi sommes installés à notre propre table privée ; ses gardes et les nobles du Royaume de la Nuit sont assis aux tables autour de la nôtre. Plus loin, les membres des royaumes de la Flore et de la Faune sont en train de manger, eux aussi.

Globalement, la foule a l'air juste un peu patraque. Malgré les sourires paresseux et les caresses nonchalantes, j'ai vu plusieurs fées cacher un bâillement derrière leur main, et les conversations sont assez feutrées.

Mara et l'Homme Vert se font remarquer par leur absence. Leur table surélevée est située tout au fond de la pièce, paraissant abandonnée.

Je suis sur le point de demander à Des des explications sur la relation entre les deux dirigeants de la Flore quand, sortie de nulle part, ma tenue d'entraînement en cuir se matérialise dans l'air, avant de tomber sur la table une fraction de seconde plus tard.

Elle renverse un pot de lait et mon restant de café, et une grande partie de la tenue atterrit dans un bol de miel.

Oh, Seigneur, dites-moi que c'est une hallucination.

— Tu es sérieux, Des ?

Nous avons attiré l'attention des autres tables.

Il s'étire, pas du tout dérangé par les regards rivés sur nous, et laisse entrevoir ses abdos sous le bord de sa chemise ajustée.

— L'entraînement commence dans une demi-heure, annonce-t-il.

Il se *fiche* de moi.

— Espèce de tyran, marmonné-je entre mes dents.

— Qu'est-ce que tu viens de dire ?

— Rien.

Une heure plus tard, je porte ma tenue de cuir, mes dagues sont accrochées à mes hanches et j'ai mon épée à la main.

Nous nous battons tous deux dans l'un des jardins proches de l'immense cèdre abritant nos quartiers. L'arbre monstrueux se dresse bien haut au-dessus de nous et l'escalier qui s'enroule autour de lui est actuellement rempli de fées de la Nuit qui vont et viennent.

Dans les jardins, des glycines et des roses poussent sur des treillis, tandis que d'épais buissons de bruyère et de lilas prospèrent en dessous. Enfin, ça et un milliard d'autres plantes, certaines que je reconnais et d'autres non.

Je marche sur une fleur de jacinthe en m'écartant de Des.

— Tu es sûr qu'on peut s'entraîner ici? demandé-je avec irritation. Je suis en train de détruire les jardins de la reine.

Des s'avance vers moi, son épée à la main.

Il affiche un sourire narquois et saute d'un rocher pour s'approcher de moi.

— Ne fais pas comme si c'était un accident.

D'accord, je n'ai pas été spécialement prudente dans mon jeu de jambes ; j'éprouve peut-être encore une légère rancœur envers la propriétaire des lieux et la façon dont elle interagit avec Des.

— Et, non, ajoute-t-il. Ça ne dérange pas du tout la reine qu'on s'entraîne ici, même si on détruit les fleurs. Le seul endroit qu'elle tient à protéger, mis à part les maisons en bois de cèdre de ses invités, c'est son bosquet de chênes sacrés.

Autrement dit, l'endroit où j'ai couché avec Des hier soir.

Je regarde vers l'orée des jardins à la périphérie de laquelle déborde une partie du bosquet. À la lueur du jour, je me rends compte que la vaste forêt encercle tout le domaine du palais.

Je ne comprendrai jamais pourquoi un tas de chênes ordinaires valent plus la peine d'être protégés que tout le reste.

Des fouette l'air de son épée devant moi.

Je pousse un cri et bondis en arrière pour éviter le coup.

— Libère ta sirène, ordonne-t-il de but en blanc.

— Pourquoi ? haleté-je tout en esquivant un autre coup d'épée.

— J'ai envie de vérifier quelque chose.

Je brandis ma propre épée vers lui, mais il s'écarte habilement de ma portée avant même que j'aie pu l'atteindre.

— Laisse-la tranquille, rétorqué-je.

Elle a eu une soirée mouvementée, hier soir. Même les garces diaboliques comme ma sirène ont besoin de se reposer.

Le Négociateur disparaît. Un instant plus tard, je sens son souffle sur mon cou. Je me raidis en me remémorant mon rêve.

— On peut faire ça de la manière douce…

Il écarte mes cheveux de mon épaule et ses lèvres effleurent ma peau.

— … ou de la manière drôle.

Il ne se rend pas compte à quel point ses efforts sont efficaces, à cet instant. Rien n'agite autant ma sirène que la peur et l'excitation, et là, je ressens un peu des deux.

— Je pourrais te déshabiller lentement et te coucher dans l'herbe, souffle-t-il. Avant d'écarter tes jambes pour t'offrir le plus sacré des baisers.

Une rougeur me remonte sur les joues.

Il pose la main sur ma poitrine.

— Je savourerai cette douce chatte jusqu'à ce que tu sois au bord de craquer, mais je ne t'autoriserai pas à lâcher prise, continue-t-il. Pas avant que tu aies enroulé tes jolies jambes autour de ma taille et que tu m'aies supplié de m'enfoncer en toi.

Je m'écarte de lui, mon corps protestant à cette distance soudaine entre nous. Ma sirène frappe contre les murs de sa cage et je sens mon contrôle sur elle m'échapper.

— Je te prendrai ici même, là où n'importe qui pourrait nous voir, comme le faisaient autrefois mes ancêtres.

Seigneur, c'est si coquin.

Il vient se replacer face à moi et étire un coin de sa bouche.

— Je voudrais qu'ils nous trouvent, qu'ils me voient te revendiquer.

Et puis merde. J'abandonne.

Ma sirène remonte à la surface, excitée par toutes ses suggestions taboues.

— La voilà, se réjouit-il en reculant, et je perçois la jubilation dans sa voix.

Je me mets à faire les cent pas avec fébrilité, les yeux rivés sur lui.

Tout ce qu'il vient de dire, ce n'était que pour me libérer. Le truc, c'est que je n'aime pas être titillée ainsi, *manipulée*. J'aime être la seule à manier ces armes.

Je fais craquer mon cou, sentant le pouvoir pulser en moi, et remue l'épée dans ma main plusieurs fois.

— Bonjour, ma belle, roucoule Des en levant son épée.

Je plisse les yeux, et il doit comprendre mon regard, parce qu'il lance :

— Tu sais pourquoi je t'ai fait sortir ?

Je ne prends pas la peine de lui répondre.

— Je veux que tu m'affrontes, explique-t-il.

Ça ne sera pas un problème.

Je m'avance vers Des d'un pas nonchalant, toutes mes réticences envolées. Elles ont été remplacées par un besoin primal de vengeance et de sang.

Cette fois, dès que je suis assez proche de lui, j'abats mon épée sans hésitation. Des pare le cou, puis s'avance, brandissant sa propre lame.

Je bloque le coup suivant, nos épées plaquées l'une contre l'autre. Derrière elles, une lueur hilare danse dans les yeux de Des.

— Ça te dérange, mon amour, qu'on joue avec toi ?

Je lui lance un regard meurtrier et mes ongles s'aiguisent. Je serre les dents, puis écarte son épée de la mienne et donne un coup de griffes. Il s'écarte du passage en tournoyant, évitant de peu le coup de pied que j'essaie de lui donner entre les jambes.

— Stupide fée, me moqué-je. Tu sais qu'il est imprudent de jouer avec moi. Je finirai toujours par te le faire payer.

Des a l'air encore plus euphorique à ces mots, ce qui ne fait que m'énerver davantage. Avec un grognement, je l'attaque à nouveau.

Nous bloquons, frappons, bloquons, frappons. À un moment donné, notre combat ressemble moins à une série de pas et de coups qu'à une danse. J'évolue avec fluidité, guidée par mon instinct, et mon courage rend chacune de mes attaques assurées et rapides.

Plus le combat avance, plus il me pousse dans mes retranchements, et plus il fait ça, plus j'en ai envie. De sang. De sexe. De combat. De baiser. N'importe lequel. Tout à la fois. Sa violence et sa passion m'appartiennent. Je peux les exploiter à ma guise. Les savourer.

Je donne un coup vers le bas, mon corps se tordant pour suivre le mouvement. Alors que je mène mon attaque, j'entends la lame de Des siffler près de moi, puis un son tranchant. Une mèche de cheveux noirs tombe au sol.

— Oups, lance Des d'une voix neutre, l'air de n'éprouver aucun remords.

En réaction, je lui souris, puis passe à l'attaque. Je feinte à gauche, puis pars à droite. Il bloque. Je donne un coup de pied, visant son plexus solaire. Il esquive et s'écarte. Je bondis en avant et frappe à nouveau, cette fois en direction de son visage.

Je manque sa mâchoire de quelques centimètres, mais ma lame tranche une mèche de cheveux blond polaire. Nous marquons tous deux une pause et la regardons voleter vers le sol.

L'expression de Des est un mélange de stupéfaction et d'admiration.

— Tu m'as touché, s'émerveille-t-il. Tu m'as vraiment touché.

Il se redresse et sourit.

— Tu sais ce que ça veut dire, chérubin ?

Je fais un pas prudent en arrière. Je suis encore grisée par cette petite victoire, mais je ne suis pas trop submergée d'orgueil pour savoir quand je devrais battre en retraite.

— On va devoir y aller plus fort.

Il fait passer son arme de sa main gauche à la droite.

Merde.

Je n'avais même pas remarqué.

Je recule en direction de la forêt de chênes sacrés de la reine. Les feuilles m'effleurent et murmurent, murmurent…

Des me fonce dessus, l'air enthousiaste.

Je me retire un peu plus loin dans la forêt, la sève du chêne qui me surplombe coule sur ma joue, puis sur mon épaule nue.

— Me fuir ne te servira à rien, me provoque Des.

Un instant, il se tient au milieu du jardin, les rayons du soleil éclairant les traits pâles de son visage, et le suivant, il a disparu.

Je tourne sur moi-même, fouillant les arbres des yeux.

— Tu me cherches ?

Sa voix me chatouille l'oreille, mais quand je me retourne, il n'y a personne.

— Tu ne me trouveras jamais si tu te concentres sur l'endroit où je devrais être.

Cela vient de plus loin dans le bosquet boisé.

— Sors de ta cachette et bats-toi à la loyale ! m'exclamé-je d'une voix éthérée.

— Les fées n'aiment pas se battre à la loyale, réplique-t-il, quelque part au-dessus de moi.

Je lève les yeux juste à temps pour voir Des accroupi sur l'une des branches en surplomb, le corps prêt à bondir.

Je me raidis et me prépare à ce qu'il m'attaque, savourant cette possibilité. Mais il ne vient pas.

L'expression du Négociateur change d'un coup alors qu'il m'observe.

— *Callypso…*

Il disparaît, puis se matérialise à nouveau devant moi un instant plus tard, écartant mes cheveux de mon visage.

— Tu saignes.

Je me sens pâlir quand j'entends l'inquiétude dans sa voix.

Je saigne ?

Je porte la main à l'endroit où sont rivés ses yeux. Aussitôt, je sens quelque chose de mouillé et de chaud.

La sève qui a coulé sur moi.

Sauf que quand j'écarte la main et regarde mes doigts maculés de rouge, cela ressemble moins à de la sève qu'à du sang.

— Beurk, dis-je en l'essuyant, alors que ce qu'il restait de la sirène s'esquive. Ce n'est pas le mien.

— Alors à qui est-il ?

— Il venait de l'arbre.

Il ne faut que quelques secondes avant que je réalise ce que je viens de dire.

Les arbres ne saignent pas.

Des a déjà deux longueurs d'avance sur moi et scrute les chênes à la recherche d'autres traces de sang.

Des taches sombres sont visibles sur le sol, autour de plusieurs arbres tout proches. Des flaques scintillantes que j'ai prises pour de la sève. Mais est-ce bien ça ?

Des en frotte une avec sa botte, puis relève les yeux vers la canopée des arbres. Je suis son regard et ne remarque qu'à cet instant les étranges ruisseaux de liquide sombre qui s'écoulent le long du tronc de l'arbre.

Le Négociateur disparaît, puis se matérialise sur une branche au-dessus de nous, et se volatilise de nouveau. Il s'élève de plus en plus haut.

Moins d'une minute plus tard, il est de retour à côté de moi et s'essuie les mains.

— Pas de corps et aucun signe d'attaque, m'apprend-il. Le fluide semble provenir de l'arbre lui-même.

Je crois que ça me rassure.

— Donc… c'est bien de la sève, remarqué-je.

Des secoue la tête, les lèvres pincées en une ligne fine.

— Non, c'est du sang.

Chapitre 25

Les arbres saignent.

Je réprime un frisson.

— C'est normal, ça ? demandé-je en essuyant ce que je peux du sang qui a coulé sur moi – dégueu –, alors que nous sortons de la forêt de chênes.

Ça ne venait pas que d'un arbre. Plusieurs autres chênes des environs avaient du sang qui coulait de leur tronc.

Des secoue la tête, sourcils froncés.

— Non.

Pourquoi un arbre saignerait-il ? Et s'agit-il juste des chênes situés à l'endroit où nous nous entraînions, ou de toute la forêt ?

Je repense à hier soir, quand Des m'a pressée contre un autre chêne. Celui-là avait l'air tout à fait normal…

L'un des gardes de Des arrive à grands pas vers nous, les yeux écarquillés.

— Votre Majesté…

Il s'interrompt d'un coup en me voyant.

— Tu peux parler librement, lui ordonne Des.

Le garde reporte son attention sur Des.

— Deux de nos soldats ont disparu.

Des soldats ont *disparu ?*

Des hausse les sourcils.

— Il est bien plus de midi. Pourquoi ne suis-je informé de cela que maintenant ? l'interroge Des.

Le garde secoue la tête.

— Les festivités… ils avaient la matinée de libre… Ils étaient censés rentrer pour l'appel à midi. En voyant qu'ils n'étaient pas là, plusieurs soldats sont partis à leur recherche. Leurs lits sont encore faits, leurs sacs n'ont pas été ouverts. On pense qu'ils ne sont pas rentrés après les célébrations d'hier soir.

La bouche de Des se crispe. Il tourne brièvement les yeux vers moi, l'expression indéchiffrable.

— Continuez de chercher les hommes, finit-il par dire. Il y a encore une chance pour qu'ils soient juste en train de cuver les effets d'hier soir.

Le regard lugubre de Des croise le mien et ses yeux me disent ce qu'il refuse d'exprimer à voix haute : il y a encore une chance pour que ce soit le cas, mais elle est infinitésimale.

Des arbres qui saignent et des hommes qui disparaissent.

Et ça fait à peine une journée qu'on est là.

***

Le reste de mon entraînement est annulé. Des et moi nous séparons dans le jardin, lui pour aller rejoindre ses hommes et moi pour prendre une douche. Je grimpe avec lassitude l'escalier qui s'enroule autour du cèdre géant, passant devant plusieurs pièces successives.

J'aurai des fesses d'acier d'ici à la fin de cette semaine.

Des et moi sommes au moins au trente-septième étage.

Je m'arrête en voyant la chambre de Temper, et m'accorde un instant pour reprendre mon souffle. Alors que je suis appuyée contre la rambarde à admirer la vue, la porte de la chambre de mon amie s'ouvre.

Je hausse les sourcils en voyant Malaki en sortir furtivement.

Mince alors. Temper s'est tapé le Seigneur des Rêves.

Dès qu'il me voit, il baisse la tête et se frotte la nuque, l'air clairement mal à l'aise.

— Ce ne sont pas mes affaires, lui assuré-je en levant les mains.

Mais ça le deviendra dès que Temper m'aura acculée. Elle adore divulguer ses exploits sexuels jusque dans les moindres détails croustillants.

Il se racle la gorge, puis m'adresse un sourire penaud et me dépasse.

Ses pas sont en train de s'éloigner dans l'escalier quand je songe soudain à quelque chose.

— Attends, lancé-je en me retournant. Malaki…

Il s'arrête une marche plus bas et se retourne, son cache-œil scintillant au soleil. Dans la lumière crue du jour, la cicatrice qui s'étire de sous le bandeau est encore plus effroyable.

— Est-ce qu'il y aurait un moyen pour que j'aille voir les femmes endormies du Royaume de la Flore ?

Il fronce les sourcils.

— Je pourrais poser la question…

— Tu veux bien ? demandé-je en me mordillant la lèvre.

Il m'étudie un instant. Puis il hoche la tête.

— Considère que c'est fait.

Avant la fin de l'après-midi, Malaki a tenu sa promesse.

Je me tiens dans l'une des grandes serres du Royaume de la Flore, Temper à mes côtés. La chaude véranda est remplie à ras bord de femmes endormies, chacune disposée dans un cercueil de verre. Comme dans le Royaume de la Nuit, il y en a des centaines, si ce n'est des milliers, les cercueils déployés dans tout le bâtiment.

— C'est vraiment perturbant, dit Temper à côté de moi, et j'ai vu mon lot de trucs perturbants, pourtant.

Sachant que résoudre des enquêtes est ce qu'on sait faire de mieux, elle et moi, et qu'il n'est jamais bon de laisser Temper sans occupation, je l'ai amenée pour qu'elle m'apporte son aide. Je lui ai expliqué tout le mystère durant le trajet jusqu'ici.

Je hoche la tête, mon regard passant d'une femme à l'autre. Je ne suis toujours pas habituée à ce spectacle, même après tout ce temps. Ce sont les petits détails qui m'ébranlent le plus – la façon dont les oreilles pointues de l'une dépassent de sous ses cheveux, l'impression qu'une autre aurait peut-être des fossettes, si elle se réveillait et souriait.

Je me souviens encore des terribles baisers de Karnon, de la façon dont il enfonçait sa magie noire dans ma gorge. À l'époque, le fait de n'être qu'une pauvre *esclave* avait joué en ma faveur. Quel que soit le sort corrompu grâce auquel il a endormi ces femmes, j'y ai échappé.

La porte de la véranda s'ouvre et l'Homme Vert apparaît.

— J'ai entendu dire que je vous trouverais ici, déclare-t-il, ses pas résonnant dans toute la salle.

— Qu'est-ce qu'il nous veut, ce nabot fleuri ? me demande Temper à voix basse tout en regardant le fae de la Flore se diriger vers nous.

Je hausse les épaules.

— Je crois qu'il nous trouve intrigantes.

— Pff.

L'Homme Vert arrive à notre hauteur et se présente à Temper, qui n'a pas du tout l'air impressionnée.

— Donc, vous comptez résoudre le mystère ? demande-t-il en se tournant vers moi.

Je perçois une note subtile de dédain dans sa voix. Et pourquoi en serait-il autrement ? Cela fait dix ans que ce mystère afflige l'Autremonde, et tous les chevaux du roi et tous ses serviteurs n'ont pas suffi à empêcher ces disparitions de survenir… encore et encore.

— Je compte essayer.

Il reporte son regard sur les femmes qui nous entourent.

— Je connaissais l'une de ces femmes… *personnellement.*

La manière dont il dit cela me donne envie de plisser le nez. À mon avis, lui et l'une de ces soldates étaient plus qu'amis.

Temper et moi échangeons un regard entendu. Seigneur, j'adore avoir ma meilleure amie à mes côtés.

— Où sont les enfants ? l'interrogé-je en reportant mon attention sur l'Homme Vert.

— Ils sont plongés dans un sommeil différent, répond-il d'un ton énigmatique.

Je fronce les sourcils, confuse.

— Mara les a fait tuer, explique-t-il.

— Bordel, lâche Temper.

On sait que la situation est grave quand Temper est impressionnée par son niveau de cruauté.

— Des fruits empoisonnés, c'est comme ça qu'elle les appelait, continue l'Homme Vert. Ils ont été éliminés dès qu'ils sont entrés dans le royaume… la pourriture se répand vite.

Je croise les bras sur ma poitrine.

— Les arbres de la reine ont l'air de pourrir, eux aussi… pourquoi ne pas les éliminer ? demandé-je.

L'Homme Vert me lance un regard perplexe.

— De quoi est-ce que vous parlez ?

— Du bosquet de chênes sacrés. Les arbres saignent.

— Bordel de merde, souffle Temper.

— Vous devez imaginer des choses, réplique-t-il. Les chênes vont très bien.

Imaginer des choses ?

— Non, je ne…

Temper pose la main sur mon bras.

— Inutile d'essayer de faire entendre raison à ce taré. Lui et sa femme ont *tué* des enfants.

L'Homme Vert prend une expression condescendante et nous observe tour à tour.

— Ne me dites pas que vous avez le cœur brisé pour ces créatures ?

— Ça me semble juste hypocrite, réponds-je. De protéger une plante, mais d'étouffer des vies faes.

— Ce serait hypocrite *si* les arbres étaient affligés du même mal que ces enfants, rétorque l'Homme Vert.

Pff, pourquoi est-ce que j'ai abordé ce sujet ? C'est parfois si fastidieux de parler avec une fée.

— Oubliez tout ça, réponds-je.

Je donne un coup de coude dans l'épaule de Temper et lui dis :

— Il n'y a rien de plus à voir ici.

Nous nous frayons un chemin entre les allées de cercueils pour rejoindre la porte.

— Même si de la pourriture s'était développée sur les arbres, ils ne sont pas nés ainsi, lance-t-il dans notre dos. Au contraire des enfants. On peut guérir une maladie, mais pas un état d'existence permanent.

Je l'ignore.

— On dit qu'un spectre hante cet endroit, ajoute-t-il, changeant de sujet.

Je m'arrête.

— Il essaie juste de t'embobiner, meuf, me presse Temper en me prenant par le bras pour m'intimer de me remettre à marcher. Ne te laisse pas avoir par ses combines.

Mais je viens de me souvenir de quelque chose que j'ai entendu il y a un mois, au sujet d'une ombre qui veillait sur les enfants dans la nursery du Royaume de la Nuit.

Je me retourne.

— Qu'est-ce que vous savez là-dessus ?

Il sourit.

— En général, ce sont les esclaves qui le voient. Ils disent qu'à la pleine lune, on le voit se déplacer parmi les cercueils.

— « Le » ? répété-je en me rapprochant. Comment savez-vous que c'est un homme ?

Il incline la tête.

— Parce qu'une seule personne peut s'occuper de ces femmes, maintenant… le Voleur d'Âmes.

Chapitre 26

J'ai les yeux levés vers les étoiles, Des à mes côtés, et nous sommes tous deux silencieux.

Nous sommes tous deux rongés par l'inquiétude, lui pour les soldats de la Nuit, qui n'ont pas été retrouvés, et moi à cause de ce que m'a dit l'Homme Vert.

— Ce taré essaie juste de te faire marcher, m'a assuré Temper après notre départ.

Elle a peut-être raison, ou peut-être pas. Je n'ai pas encore compris les motivations des fées. Pas même celles de celle couchée à côté de moi.

Le Roi de la Nuit et moi sommes retournés aux Jardins Sacrés. Hier soir, cette section du domaine du palais était grouillante d'activité. Maintenant, elle est abandonnée, et les seules preuves des festivités de la veille au soir sont les taches de vin au sol et les piles de cendres à l'endroit où brûlaient les feux de camp.

Des me prend la main. Sans un mot, il la porte à sa bouche et dépose un baiser sur ma peau.

— Je serai bien content quand il sera temps de quitter ce palais, déclare-t-il.

— Moi aussi, acquiescé-je dans un soupir.

Mes yeux passent d'une étoile à l'autre. Les constellations me sont étrangères, mais elles n'en sont pas moins belles que sur Terre.

D'un seul coup, l'une des étoiles commence à tomber du ciel. Je cligne plusieurs fois des yeux pour m'assurer que je n'ai pas une hallucination.

Un instant elle était fixée dans les cieux, et le suivant elle s'est mise à descendre, chutant du ciel comme si la gravité l'attirait vers l'horizon.

J'essaie encore de comprendre comment une étoile peut tomber quand une autre glisse de son perchoir, laissant une faible traînée miroitante dans son sillage.

— Des !

— Hum ? répond-il paresseusement.

C'est alors qu'une autre étoile tombe… puis une autre, et encore une autre, chacune quittant sa place dans la canopée au-dessus de nous pour chuter à l'endroit où le ciel rejoint la terre.

— Les étoiles sont en train de tomber du ciel !

Je ne me serais jamais imaginée prononcer une telle phrase.

Des douzaines se décrochent du cosmos, maintenant, donnant l'impression que la nuit pleure des larmes exquises.

Je me redresse en position assise, incapable de détourner les yeux de ce spectacle.

Juste avant que l'une d'elles touche l'horizon, leur trajectoire dévie et se tourne… *vers nous*.

Je fronce les sourcils. Je regarde vers Des, qui ne m'a toujours pas répondu.

Il observe le ciel, lui aussi, mais n'a l'air ni alarmé ni surpris. Il tend la main vers les cieux et l'air ondule un peu sous l'effet de sa magie.

Se produit alors la chose la plus étrange que j'aie jamais vue : les étoiles déchues se rassemblent une par une dans la main tendue de Des, paraissant tout aussi minuscules dans sa paume que lorsqu'elles étaient dans la voûte céleste au-dessus de nous.

J'arrête de respirer quand il baisse le bras, puis me tend la main. Des étoiles sont regroupées dans sa paume. Je sais que les vraies ne sont pas aussi petites. Je tends la main et les effleure du doigt. Elles ressemblent à des grains de sable, et elles sont chaudes au toucher.

Je n'arrive toujours pas à réfréner ma surprise.

— Comment as-tu… ?

— J'ai emprunté leur lumière pour la soirée, explique Des, la lueur des étoiles se reflétant dans ses yeux.

Je laisse échapper un rire surpris, me remémorant notre conversation nocturne sur Phyllia, le territoire des Rêves.

Je pourrais voler toutes les étoiles du ciel pour toi.

Tu n'aurais pas besoin de les voler, Des.

— Tu as fait un marché avec les étoiles ? demandé-je, incrédule.

— J'ai demandé gentiment.

Il dit ça comme s'il y avait une différence.

Cette fois, je rejette la tête en arrière et éclate de rire. Il a convaincu les étoiles de descendre du ciel.

Quand mon rire se dissipe, Des me contemple toujours avec intensité.

— Je t'avais dit que je t'offrirais les étoiles pour ce rire.

C'est vrai.

Il se penche en avant et lève sa main en coupe au-dessus de ma tête.

— Qu'est-ce que tu fais ? demandé-je avec un mouvement de recul.

— Ne bouge pas, chérubin.

Avec réticence, je fais ce qu'il me dit et reste immobile.

D'un coup, il déverse toutes les étoiles sur ma tête.

Je hausse les sourcils, toujours sans bouger.

— Pourquoi avoir fait ça ? demandé-je, craignant ce qu'il se passera si je secoue mes cheveux.

— Les étoiles ont accepté d'accrocher le ciel nocturne dans tes cheveux pour une soirée.

Il m'observe toujours du même air intense. Ça me donne envie de coincer timidement mes cheveux derrière mon oreille.

Un petit miroir de poche se matérialise hors de l'éther en ondulant, dans la main de Des. Il me le tend et je le prends avec méfiance, avant de baisser les yeux sur mon reflet.

Je prends une brusque inspiration.

Des centaines de points de lumière scintillent dans mes cheveux, toutes les étoiles regroupées en constellations. Je secoue la tête et les astres bougent en même temps. On dirait vraiment que je porte le ciel nocturne dans mes cheveux.

— C'est magnifique, m'émerveillé-je en détournant les yeux de mon reflet pour regarder Des.

C'est plus que magnifique. C'est époustouflant, surréaliste. Je lève la tête pour m'assurer que ce n'est pas que dans mon imagination, mais ce n'est pas le cas. Le ciel noir au-dessus a perdu ses compagnes scintillantes.

Des se penche et m'embrasse, m'effleurant délicatement les lèvres, avant de se lever. Il remet en place sa chemise ajustée et ramasse un brin d'herbe.

— Je dois écourter cette soirée, mon amour, mais on doit y aller. Après tout, une autre danse nous attend.

Chapitre 27

Apparemment, il y aura des danses tous les jours et toutes les nuits, chacune nommée différemment de l'autre. Il y a la Célébration Solaire, le Bal du Réveillon de la Mi-été et, oh, mon préféré, le Rassemblement de la Fécondité. Si ça ne suffit pas à vous faire grimacer, je ne sais pas ce qu'il vous faut.

Je ne suis pas vraiment surprise par tous ces bals – je me doutais qu'il y en aurait –, mais je commence seulement à comprendre toute l'horreur que représente une semaine passée à danser, à boire et à bavarder avec des fées.

Sans parler du fait que pendant sept jours d'affilée, je vais devoir porter des *talons*.

Argh, le fléau de mon existence.

Le bon côté des choses, c'est qu'étant associée au Roi de la Nuit, je ne suis pas obligée de participer à toutes les danses et à tous les rassemblements du Solstice organisés durant la journée. Apparemment, beaucoup de faes de la Nuit aiment dormir durant la journée, je suis donc plutôt tranquille s'agissant des devoirs officiels incombant à une compagne de Roi de la Nuit.

Mes chaussures claquent contre le sentier de pierre alors que Des, son cortège et moi entrons dans le palais royal du Royaume de la Flore.

Je me touche les cheveux pour la millionième fois, un peu embarrassée à l'idée que le ciel nocturne scintille actuellement dedans. En ce moment, j'ai l'impression d'être le cosmos personnifié ; ma robe de ce soir est du bleu nuit profond des cieux.

Nous descendons plusieurs volées de marches et plus nous nous enfonçons, plus je me sens claustrophobe.

À quelle profondeur se trouve cette salle de bal ?

Réponse : assez pour rendre mon derrière déjà sensible encore plus douloureux.

Quand nous atteignons enfin le bas, la salle dans laquelle nous entrons me coupe le souffle. Elle a beau être en sous-sol, ce n'est pas l'impression qu'elle donne.

Des arches élaborées et vertigineuses soutiennent les plafonds cathédrale et les pierres pâles sont taillées comme des joyaux. Les piliers disséminés dans toute la pièce sont sculptés pour représenter des jeunes filles fées avec des fleurs tissées dans les cheveux.

Des centaines de lanternes en verre sont suspendues aux murs et à plusieurs gros candélabres, les bougies dégoulinantes illuminant la salle d'une lueur vive et vacillante.

La plupart des surfaces sont couvertes de plantes et de fleurs, certaines en pots, d'autres grimpant sur les murs. D'autres fougères recouvrent les tables pleines de nourriture qui longent chaque côté de la grande salle de bal.

En plein milieu de la pièce, il y a un énorme arbre, dont le tronc s'étire jusqu'au plafond, où se déploie son feuillage. De là, les pétales d'une drôle de fleur fae pleuvent sur nous.

Des me voit observer l'arbre.

— On dit que la première Reine de la Flore est ensevelie sous cet arbre. Qu'au lieu de mourir, elle a choisi d'être enterrée vivante pour que son corps et son âme continuent de nourrir son peuple pendant des milliers d'années.

— C'est extrême, comme décision.

L'arbre géant, les jeunes filles fées sculptées dans la pierre, les hauts plafonds cathédrale… je tourne sur moi-même.

— Ça ressemble à tes dessins, soufflé-je.

Quand j'étais à la Peel Academy, Des m'a dessiné plusieurs illustrations de l'Autremonde. Au moins l'une d'elles représentait cette grande salle, j'en suis certaine.

— Tu t'en souviens ? s'étonne-t-il.

— Évidemment.

Je me souviens de tout.

— J'avais désespérément envie d'en apprendre plus sur ta vie.

Il ne répond rien, mais ce n'est pas nécessaire. Son expression est bien assez éloquente.

Elle est toute à toi.

— Nuit sans étoiles, murmure l'un des invités à sa partenaire quand ils nous dépassent.

Ces deux petits mots interrompent le moment que nous avions, Des et moi. Un rire m'échappe et les lèvres du Négociateur s'étirent en un sourire secret, des rides se formant aux coins de ses yeux. Ces fées ne se doutent pas que l'homme à côté de moi est responsable de cette soirée anormalement sombre.

Des m'attire tout contre lui, et ce geste ne passe pas inaperçu. Pour le deuxième jour d'affilée, il retient l'attention de toute la pièce. Ce n'est pas aussi évident ce soir que la veille, cela se ressent plutôt que de se voir, alors que leurs regards me réchauffent la peau. J'imagine qu'il y a quelque chose de particulièrement captivant dans le spectacle du Roi de la Nuit, le souverain des secrets, du sexe, des rêves et de la violence, en train de passer du bon temps avec une humaine.

Des fait courir un doigt le long de ma clavicule exposée.

— Tu as remarqué ? demande-t-il.

— Remarqué quoi ?

Des parcourt la pièce des yeux.

— Les ailes.

Je reporte mon attention sur les fées autour de nous.

Il a raison.

Comme à Somnia, plusieurs individus ont sorti leurs ailes. Pas tant que ça, mais plus qu'hier soir, c'est une certitude, alors que les fées étaient bourrées, à ce moment-là.

Nous sommes arrivés depuis presque une heure quand Mara fait son apparition dans la salle de bal, entourée d'un groupe d'hommes dont aucun n'est l'Homme Vert.

Le spectacle est troublant, et je n'arrive pas à déterminer pourquoi jusqu'à ce que, quelques secondes plus tard, elle prenne le menton de l'un des hommes pour l'embrasser.

Je hausse les sourcils.

— Le harem de la reine, explique Des.

Donc les reines faes ont aussi des harems.

— Mais elle a un compagnon… m'étonné-je, les yeux rivés sur elle.

Aujourd'hui, sa robe est d'une couleur écarlate vibrante et son corsage enserré de rubans dorés. Ses lèvres sont rouge sang et quand elle sourit, cela lui donne une expression particulièrement sauvage.

— C'est vrai, acquiesce Des.

Il attrape deux flûtes de champagne sur le plateau d'un serveur et m'en tend une.

Je la prends distraitement.

— Mais je croyais…

Je croyais que les âmes sœurs ne pouvaient coucher avec d'autres gens, mais qu'est-ce que j'ai fait durant toutes ces années où j'ai été séparée de Des ? Ce n'est pas parce que mon cœur n'arrivait pas à tourner la page que je me suis réfrénée de sortir avec d'autres hommes… ou d'avoir des relations intimes avec eux.

Des a la courtoisie de ne pas le mentionner. Au lieu de ça, nous continuons à regarder Mara pendant quelques secondes de plus.

— Qu'en pense l'Homme Vert ? demandé-je.

Des hausse une épaule.

— J'imagine qu'il n'est pas ravi de partager sa compagne. Mais c'est la reine, et lui n'est qu'un lâche.

Aïe.

Avant que l'un de nous ait pu ajouter quoi que ce soit, nous entendons des pas résonner dans le couloir, en provenance de l'escalier qui mène ici.

Peu à peu, un silence s'abat sur la salle, alors que des centaines d'yeux se tournent vers les doubles portes qui mènent à la salle de bal.

Les bruits de pas s'interrompent et les portes s'ouvrent. Deux rangées de soldats faes vêtus d'uniformes d'une couleur dorée brillante entrent dans la pièce, leurs mouvements précis et chorégraphiés.

Ils finissent par s'arrêter et pivoter, créant une allée improvisée. Une autre fée en uniforme descend l'allée, avant de s'arrêter au bout.

— J'ai l'illustre honneur de vous présenter, en provenance des cieux radieux, Sa Majesté Janus Soleil, le Roi du Jour ! annonce-t-il.

Je me couvre les yeux pour me protéger de l'éclat qui fuse de l'entrée de la salle de bal quand quelqu'un descend l'allée, avant de s'arrêter devant les soldats. Il faut plusieurs secondes avant que la lueur s'estompe.

Une fois que c'est le cas…

Je ne vois que des cheveux dorés, une peau bronzée et des yeux du même bleu clair que les eaux des Caraïbes.

Ma flûte de champagne m'échappe des mains et explose sur le sol.

Cela rompt le sort qui retenait toute la pièce prisonnière. Les fées se détournent du roi fae pour me dévisager, fronçant encore plus les sourcils quand ils réalisent que c'est l'humaine, celle qui ne devrait pas être ici, qui cause tout ce vacarme.

Je suis trop distraite pour m'en soucier, les yeux rivés sur la fée.

Le Roi du Jour.

Je commence à trembler et mon esprit se met à hurler.

Des agite la main, et sous l'effet de sa magie, les morceaux de verre se reconstituent, puis le champagne revient dans la flûte. Son regard passe subrepticement de moi à l'homme qui, jusqu'à il y a quelques secondes, scintillait vivement au soleil.

— Il m'a enlevée, murmuré-je. C'est lui qui m'a enlevée. Depuis chez toi. Il m'a amenée à Karnon.

Celui qui m'a livrée à mon agresseur, celui qui pourrait tout aussi bien être le Voleur d'Âmes en personne, est aussi un autre roi fae.

Une forte nausée m'envahit.

Des garde le regard posé sur moi une seconde, puis, en un claquement de doigts, il disparaît, les deux flûtes de champagne qu'il avait à la main tombant de nouveau au sol. Une seconde plus tard, elles volent en éclats, du verre et du vin pétillant imbibant le sol et le bord de ma robe.

Des réapparaît en face de Janus, l'air autour de lui enveloppé dans l'ombre et ses ailes aux bouts griffus déployées.

Les ombres épaississent dans la pièce, d'abord dans les coins, avant de ramper entre les jambes des fées comme un brouillard sombre et sinistre.

La pièce est toujours plongée dans le silence, figée, quand Des attrape le Roi du Jour par le col et lève le bras. Son poing s'enfonce dans le visage de Janus avec un bruit mou, et le son résonne dans toute la salle.

Quelle que soit la raison de l'atmosphère rêveuse ayant envahi la pièce, cet acte suffit à rompre le sort. Des cris s'élèvent dans la salle et les gens se mettent en mouvement.

Le bras de Des est comme un marteau-pilon, frappant le Roi du Jour encore et encore. Les soldats en uniforme de Janus se rassemblent autour de Des tandis que ceux du Royaume de la Nuit accourent dans la mêlée.

Avant que j'aie pu comprendre ce qu'il se passait, les soldats se sont retournés les uns contre les autres, et les invités aussi. Soudain, toute la salle est en émoi alors que des bagarres éclatent entre les fées. Les faes de la Faune me pointent du doigt et plusieurs d'entre eux commencent à se frayer un chemin vers moi à travers la foule.

Oh merde, j'avais presque oublié la petite vendetta du Royaume de la Faune dont nous étions la cible, le Négociateur et moi.

Un peu plus loin, Malaki, Temper et plusieurs soldats du Royaume de la Nuit essaient de se diriger vers moi.

Des ailes se déploient dans toutes les directions, toutes plus belles les unes que les autres. Elles chatoient de toutes sortes de couleurs, et ce serait à couper le souffle si ça ne voulait pas dire que des centaines de fées étaient en train de péter les plombs.

La pièce caverneuse ne me paraît plus si grande que ça, et je commence à être submergée par un gros accès de claustrophobie.

Tout est ma faute. C'est moi qui ai causé la fureur de Des. Et même si une part cruelle et violente de moi savoure cette rétribution, le reste est horrifié à l'idée d'avoir déclenché ces événements.

Je commence à bousculer la foule pour me frayer un passage, déterminée à atteindre les deux rois.

Si quelqu'un doit avoir sa vengeance, ce sera moi, ronronne ma sirène.

Les fées s'élèvent dans les airs et continuent à s'entre-déchirer. Pendant ce temps, Des et le Roi du Jour se battent, l'un aussi étincelant que le soleil, l'autre sombre comme la nuit.

Les fées de la Faune m'ont presque atteinte, et les gardes de la Nuit qui tentent de me rejoindre sont encore trop loin pour m'offrir la moindre protection.

Je vais devoir affronter ces fées toute seule. À cette idée, un frisson de plaisir me parcourt le dos, et je sens un sourire se dessiner sur mon visage.

Mes ongles sont à deux doigts de s'aiguiser quand la voix de Mara transperce le tumulte.

— *Il n'y aura pas de tuerie dans ma maison !*

Tout le monde sauf Des et Janus se fige, personne ne voulant contrarier la reine qui les a invités.

Le Négociateur, quant à lui, n'en a visiblement rien à faire de ce que pense Mara. Il a cloué le Roi du Jour sous lui et continue à lui enfoncer son poing dans le visage.

— *Desmond Flynn, Roi de la Nuit, par la loi de mon royaume, je t'ordonne d'arrêter,* tonne la voix de Mara.

Le bras levé, Des hésite, la respiration forte et saccadée. Ses cheveux, qui étaient jusqu'alors dégagés de son visage, retombent en mèches hirsutes. J'ai déjà vu mon compagnon animé d'une rage froide, mais rarement comme ça, déchaîné de colère. Il y a quelque chose de très… brut là-dedans.

Avec réticence, il laisse retomber son poing, la respiration lourde. Il se penche tout près de Janus et murmure quelque chose à l'oreille du Roi du Jour, puis il se lève et son regard parcourt la foule. Ses yeux s'immobilisent en se posant sur moi.

Il ressemble à un ouragan réprimé dans un homme. Il a des taches de sang sur le visage et un petit filet au coin de la bouche. Mais c'est la fureur contenue dans ses yeux et les ombres profondes qui enveloppent la pièce qui indiquent toute l'ampleur de sa colère.

Le Roi du Jour se remet sur ses pieds et lance un regard meurtrier à Des.

Mara frappe dans ses mains et toute l'attention se reporte sur elle. Elle avance vers les hommes en ondulant des hanches et la foule s'écarte devant elle.

— Mesdames et messieurs, déclame-t-elle. Je vous présente le premier défi de compagnon.

Défi de compagnon ?

Toutes les autres personnes présentes dans la pièce s'agitent, et leurs regards scrutateurs passent des hommes à moi. Mara les imite et pose les yeux sur moi. Elle me sourit, ses lèvres brillantes donnant à son visage une expression à la fois charmante et malveillante. Le reste de son visage est durci par la colère.

— Félicitations au Roi de la Nuit et à sa compagne sirène, reprend-elle. Maintenant, contenez tous votre enthousiasme et veuillez reprendre les festivités dans le calme.

Je ne comprends pas comment elle parvient à faire ça, mais Mara apaise toute la salle alors qu'elle était à deux doigts de sombrer dans le chaos.

Une par une, les fées font disparaître leurs ailes et lissent leurs tenues froissées. Quelques regards mauvais sont échangés entre les invités – et plusieurs fées de la Faune mécontentes m'en lancent aussi –, mais les conversations et les rires reprennent bientôt dans la salle.

Des essuie le sang sur sa bouche et lance un regard noir au Roi du Jour, qui le lui rend. Mais Mara n'en a pas fini avec eux. La Reine de la Flore mène les deux rois à l'écart et leur fait passer une porte latérale.

Mon cœur rate un battement à cette vue. Sans Des, j'ai une conscience aiguë d'être un agneau dans la tanière des lions.

— Écartez-vous de mon chemin. *Écartez-vous* de mon chemin… si vous marchez sur ma robe, je jure devant Dieu que vous n'aurez bientôt plus de doigts de pied.

Même au milieu des sons de plus en plus bruyants de la foule, la voix de Temper me parvient aux oreilles.

— Qui est-ce que je dois frapper pour avoir un peu de place ? *Bougez de là !*

Malaki la suit de près, une expression sévère sur le visage.

— C'était quoi, ça, nom d'une pipe ? s'énerve Temper une fois à mes côtés, les yeux tournés vers l'endroit où les deux fées en sont venues aux mains il y a quelques instants.

Je secoue la tête et déglutis.

— Tu vas bien ? s'inquiète Malaki en venant se placer à côté de Temper.

Je hoche la tête et ravale ma salive. Maintenant que le combat est terminé et que l'adrénaline se dissipe, je prends conscience de la situation : l'homme qui m'a enlevée est un roi fae, et il est *ici*. Je vais devoir côtoyer le Roi du Jour pendant le restant de cette visite. Je vais peut-être même devoir interagir avec lui. À cette idée, une vague de nausée et de nervosité me submerge.

— Je dois bien lui accorder ça, le Négociateur a un sacré coup droit, dit Temper. Ce roi belle gueule s'est effondré aussi vite qu'une trique dans une église.

Temper, toujours aussi éloquente.

— C'est quoi, un défi de compagnon ? interrogé-je Malaki.

Il fronce les sourcils.

— Quand une fée rivale conteste un lien, il ou elle peut défier le compagnon en duel. C'est une vieille tradition, surtout employée pour démontrer la valeur du compagnon affirmé ou en guise d'insulte, si une fée extérieure pense que l'un des compagnons n'est pas digne de l'autre. La plupart du temps, ce n'est qu'un moyen pour le compagnon (ça concerne plutôt l'homme, en général) de défouler son agressivité et d'établir ses revendications.

Ai-je déjà mentionné que les traditions faes étaient bizarres ? Parce qu'elles le sont tellement.

— Je n'aurais jamais cru te revoir un jour, entonne une voix familière dans mon dos, me tirant de mes pensées.

Une chair de poule désagréable me recouvre la peau à ce son.

Aetherial.

Je me retourne juste à temps pour voir la soldate fae, vêtue des pieds à la tête d'un uniforme lisse et doré avec un emblème de soleil au niveau de la poitrine. Elle croupissait dans la cellule à côté de la mienne, quand nous étions les prisonnières de Karnon.

— Aetherial !

Je suis stupéfaite de la voir en chair et en os, avec son visage anguleux et brillant et ses cheveux blonds coupés court. J'avais les yeux bandés chaque fois qu'on me faisait sortir et retourner dans ma cellule, je devais donc me reposer sur mon imagination quand je lui parlais. Elle est plus grande et plus mince que je l'imaginais, les lèvres douces et boudeuses, alors que je m'attendais à ce qu'elles soient fines et féroces.

Enfreignant sûrement tout un tas de règles du protocole, je l'attire dans mes bras.

Au lieu de s'écarter, elle me rend mon étreinte. Quand elle finit par me lâcher, c'est pour m'examiner des pieds à la tête.

— Je dois admettre qu'une fois propre, tu es encore plus charmante que lors des rares aperçus que j'ai eus de toi, remarque-t-elle.

Elle reporte son regard sur mes ailes et ajoute :

— Même si je ne me souviens pas de ça. Des t'a donné le vin ?

— Le vin ? répété-je en fronçant les sourcils. Non, c'est…

Ma voix se coince un instant dans ma gorge, puis je termine :

— C'était Karnon.

Je pourrais jurer que son fantôme est parmi nous, ce soir, parce que le roi mort semble partout et dans toutes les conversations.

— C'est Karnon qui a fait ça ? répète-t-elle en haussant les sourcils. Je ne devrais pas être surprise, je suppose.

J'ai envie de lui demander ce qu'elle entend par là, mais une question encore plus importante me ronge.

— Comment as-tu… ?

— … survécu ? termine-t-elle pour moi.

Je hoche la tête. La dernière fois que je l'ai vue, elle était dans un état presque catatonique.

Elle hausse les épaules.

— Apparemment, je n'avais pas dépassé le point de non-retour quand on m'a retrouvée. J'ai entendu dire que je devais remercier ton compagnon pour ça… dit-elle, son regard se portant vers l'endroit où elle a vu Des pour la dernière fois. Il a l'air… intense.

Je laisse échapper un rire creux.

— J'ai entendu dire, continue-t-elle, que quand il en a eu fini avec Karnon, il n'en restait même pas une dent.

Des souvenirs indésirables de cette ultime rencontre défilent dans ma tête.

— Je comptais essayer de le remercier, ce soir, admet-elle, ses traits se durcissant. J'ai tant rêvé d'étriper ce salopard cornu.

— Qui est ton amie ? demande Temper.

Elle est restée à la périphérie de notre conversation, mais finit par s'y insérer comme une amante jalouse.

— Aetherial, voici Temperance… Temperance, je te présente Aetherial, dis-je, faisant les présentations.

Aetherial serre la main de Temper.

— Vous devez être l'ensorceleuse dont tout le monde parle, devine-t-elle en déposant un baiser au dos de sa main. Enchantée.

Rien ne coupe mieux la chique à Temper qu'un peu de flatteries.

— Qui êtes-vous ? demande-t-elle, d'un ton un peu plus sympathique qu'elle l'aurait été en temps normal.

— Une ancienne camarade captive, explique Aetherial.

Notre conversation s'interrompt quand tout le monde se tait soudain dans la salle. Des douzaines de faes tournent les yeux vers le coin de la pièce. Je suis leurs regards et vois Mara, Des et Janus sortir l'un après l'autre par la porte qu'ils ont empruntée un peu plus tôt. Des arbore une expression lugubre.

Je me raidis en voyant le Roi du Jour derrière lui, et mes paumes deviennent moites. Même s'il n'a jamais abusé de moi, il m'a livrée à mon agresseur. Dans ma tête, la distinction entre les deux est minuscule.

— Je dois retourner à mon poste, déclare Aetherial en faisant un pas en arrière. Temperance, c'était un plaisir de vous rencontrer.

Elle incline la tête et reprend :

— Callie, j'espère te revoir bientôt.

Puis elle se fond de nouveau dans la foule pour rejoindre l'homme qui nous a permis de nous rencontrer.

Dès que Des me voit, il disparaît et réapparaît à côté de moi. Ses ailes se déploient autour de moi, repoussant toutes les personnes autour – y compris Temper.

— Je lui déclarerai la guerre pour ça, grogne-t-il. Je te le promets.

Il me faut une seconde pour suivre le cours des pensées de Des. La guerre. Janus. Le Royaume du Jour. Une vengeance pour mon enlèvement.

— Je n'aurai de cesse tant que je n'aurai pas renversé son trône et que je ne l'aurai pas capturé, continue Des. Je l'emprisonnerai dans les catacombes de Memnos, où mes monstres lui arracheront les entrailles pour les lui enfoncer dans la g…

Je plaque une main sur sa bouche.

Bordel de merde. Je veux dire, *bordel de merde.*

— OK, c'était très détaillé et je te suis vraiment reconnaissante pour tout ça…

Il retire ma main.

— Je me suis clairement montré trop doux et indulgent si tu ne me crois pas…

Je remets ma main sur sa bouche.

— … mais j'aimerais vraiment qu'on se contente de surmonter cette semaine sans qu'il y ait d'autres incidents, terminé-je.

Cette fois, quand Des retire ma main de ses lèvres, il le fait de manière plus délicate, gardant ma paume serrée dans la sienne.

— Je ne peux pas défaire ce qui a été fait, mais je veux te faire justice, assure-t-il en baissant la voix. Je ne veux pas que tu aies à revivre cette expérience.

Il va vraiment finir par me faire pleurer.

— Ça n'arrivera pas, assuré-je d'une voix rauque.

C'est une promesse en l'air. Aucun de nous n'a été capable d'empêcher mon enlèvement la dernière fois, et qui peut dire si l'on pourra éviter que ça se reproduise ? Mais parfois, ces promesses en l'air stupides sont nécessaires pour tout le monde.

— Je peux supporter la présence du Roi du Jour pendant une semaine.

C'est un mensonge éhonté, parce que je suis certaine d'en être incapable. Je suis une froussarde quand il s'agit de faire face aux hommes mauvais qui m'ont persécutée.

Mais je vais devoir trouver un moyen de survivre à ça – pour le bien de Des et pour le mien.

Chapitre 28

Cette nuit-là, je suis couchée dans les bras de Des, les étoiles de retour à leur place dans le ciel et les cheveux étalés autour de nous. Quelques lumières de fées planent dans les airs au-dessus de nous, créant une douce lueur dans la pièce.

Des me caresse le dos, ses gestes ébouriffant les plumes de mes ailes. Ma joue est pressée contre son torse chaud. Si je devais appeler un endroit mon foyer, ce serait juste ici.

— Parle-moi de ton père, dis-je.

Je suis paresseusement des doigts les muscles de son torse. Des laisse échapper un rire sans joie.

— Je t'ai effrayée à ce point, tout à l'heure ?

Je lève la tête et lui lance un regard perplexe.

— De quoi tu parles ?

Sa main s'immobilise sur mon dos. Quand elle reprend ses mouvements, c'est pour tracer des motifs paresseux du bout des doigts. Je me demande ce que représenteraient ces dessins distraits, si on lui donnait un crayon et du papier.

— On dit que je tiens mon mauvais caractère de mon père, admet-il.

— Qui dit ça ? demandé-je à voix basse.

— Tout le monde sait que la lignée royale du Royaume de la Nuit a tendance à s'énerver facilement, explique-t-il, esquivant ma question. C'est pour ça que ma mère m'a fait faire tant d'efforts pour maîtriser ma colère, et c'est ce qui m'a rendu aussi implacable, quand j'étais avec les Anges de la Petite Mort.

Je me rends compte que j'ai envie de l'interroger sur sa confrérie, mais je ravale mes questions de crainte que cela détourne la conversation de ce que j'ai vraiment envie de savoir ce soir.

— Aujourd'hui encore, continue-t-il, alors que j'ai bénéficié de tant de temps pour travailler là-dessus, la colère prend encore parfois le dessus.

Comme plus tôt dans la soirée.

J'ai envie de lui dire qu'il ne s'accorde pas assez le bénéfice du doute. Lorsque je songe à Des et au contrôle, je pense à tous ces mois passés à essayer de faire céder mon compagnon, quand j'étais au lycée. En vain. Ou à la façon dont il a réfréné sa colère jusqu'au dernier moment, après m'avoir trouvée dans la salle du trône de Karnon, ensanglantée et brisée.

Mais je ne mentionne rien de tout ça.

Au lieu de ça, je demande :

— Ton père perdait le contrôle ?

Des porte la main à mes cheveux. Il fait courir ses doigts dedans et les laisse glisser entre les mèches.

— Parfois… d'après ce que j'ai entendu dire, avoue Des, son regard se faisant lointain. En général, quand il recevait une surprise déplaisante.

Je repose la tête sur son torse.

— Tu n'as toujours pas vraiment répondu à ma question.

Il y a tant de choses que je ne sais pas sur Des – des siècles de souvenirs qu'il n'a pas pris la peine de me confier. Et j'ai envie de connaître sa vie dans les moindres détails, mais celui-là en particulier, celui qui concerne son père, me paraît important.

— Dans ce cas, répond-il en me donnant une tape du doigt sur le nez, tu devrais peut-être poser des questions un peu plus précises.

J'entends l'air quitter ses poumons quand il soupire.

— De toutes les petites vérités marrantes et coquines que tu pourrais me demander, il a fallu que tu choisisses celle-là…

Il a l'air mal à l'aise, réalisé-je. C'est si humain, et cela ressemble si peu à mon compagnon.

— Je n'aime pas parler de lui, admet-il.

Je comprends. Seigneur, je comprends très bien.

— Il tuait ses enfants, lâche Des de but en blanc.

Je me raidis dans ses bras.

— Quand j'ai été conçu, continue-t-il, il avait commencé à tuer tous ses enfants. Les adultes, les enfants, même les bébés.

Je cesse de respirer pendant plusieurs secondes.

Ma première pensée ridicule, c'est que Des a autrefois eu des frères et sœurs.

La deuxième, c'est qu'ils ne sont désormais plus que des fantômes. Tous jusqu'au dernier. Tout ça à cause de son père.

Je n'arrive pas à encaisser cette information. C'est trop cruel, trop diabolique, trop inconcevable.

— Pourquoi ? finis-je par demander.

Ma question semble résonner dans la pièce silencieuse.

Je ne m'attends pas à une réponse, pas seulement parce que Des n'a jamais été communicatif, mais aussi parce qu'en tant que détective privée, j'ai découvert que les affaires les plus tordues avaient rarement une explication. Parfois, les gens commettent des actes atroces juste parce qu'ils le peuvent.

La main du Négociateur glisse de mes cheveux jusqu'à mon bras.

— Il avait entendu une prophétie qui le prévenait que son héritier causerait sa chute.

Ça ressemble à une tragédie grecque.

— Je ne sais pas s'il a un jour éprouvé de la tendresse pour ses enfants, mais si c'est le cas, il tenait bien plus à son pouvoir.

Je comprends désormais pourquoi, aussi effrayants et inhumains que soient les enfants des cercueils, Des refuse de leur faire le moindre mal.

Aucun enfant ne mérite d'être massacré à cause de sa lignée.

— Ma mère était l'une de ses concubines favorites. Quand elle a découvert qu'elle était enceinte, elle a fui le palais. Elle a fini par se retrouver à Arestys. Je ne l'ai su que bien plus tard, mais nous avons vécu dans la clandestinité toute mon enfance.

Je me demandais comment Des avait pu être conçu dans un harem royal et connaître la vie qu'il avait connue.

Je comprends mieux, maintenant.

Mon roi voyou. Il n'aurait jamais existé si sa mère n'avait pas fait ce qu'elle a fait.

Essayer d'imaginer un monde sans Desmond Flynn est encore plus difficile que de se figurer un monde où un père est capable de tuer tous ses héritiers.

À quoi ressemblerait ma vie, sans Négociateur pour me sauver de mon passé, sans Des pour me réconforter la nuit, sans compagnon pour venir me revendiquer après sept ans d'attente ?

J'ai mal rien que d'y penser.

Je caresse sa peau du bout des doigts. Ce n'est pas ce qui s'est passé. L'homme sous moi est plus qu'un rêve ou un souhait. Il est fait de chair et de sang, de peau et d'os, de muscles et de magie.

Et il est à moi.

— Est-ce qu'elle s'est réalisée ? demandé-je. La prophétie.

Pendant plusieurs secondes, je n'entends que la respiration de Des. Au bout d'un moment, il lève la main et les lumières de fées au-dessus de nous s'éteignent.

— Assez de confessions pour ce soir, décrète-t-il.

Dans les ténèbres, je me retrouve seule avec mes pensées. Et je ne peux m'empêcher de me demander…

Quels autres secrets Des me cache-t-il ?

Chapitre 29

Le cliquetis des couverts résonne dans le coin petit déjeuner privé de Mara.

— Eh bien, la soirée d'hier était riche en émotions, remarque-t-elle, rompant le silence.

Les trois souverains faes, moi et l'Homme Vert sommes tous assis autour d'une table à savourer un petit déjeuner dans une ambiance très inconfortable.

L'une des pierres angulaires du Solstice, ce sont les discussions diplomatiques qui ont lieu durant cette semaine, et apparemment, la réunion du petit déjeuner d'aujourd'hui est l'une des premières.

Pour être honnête, je n'ai pas beaucoup d'espoir concernant la direction que prendraient les discussions cette année. Le Roi de la Faune est absent alors que son royaume s'efforce de trouver un dirigeant remplaçant. Des et Janus, quant à eux, ont passé tout le repas à se jeter des regards noirs, pendant que Des fait rouler son couteau dans sa main comme je l'ai déjà vu faire avec ses dagues. Et Mara m'a lancé plusieurs regards, mais elle n'a pas encore sauté le pas s'agissant de m'adresser la parole.

Moi, j'essaie juste de ne pas renvoyer mon petit déjeuner et de ne pas paniquer. Je ne devrais pas être assise docilement à une table avec l'homme qui m'a enlevée chez Des. S'il avait été un être humain, je serais déjà en train de me venger, en me servant de mon charme pour l'obliger à faire tout ce que je veux. Mais hélas, il est un roi fae, à la fois immunisé contre mes pouvoirs et extrêmement puissant.

Le seul qui semble apprécier ce moment, c'est l'Homme Vert. Il dévore ses œufs comme s'il avait élevé cela au rang d'art.

C'est le rendez-vous diplomatique le plus bizarre que j'aie jamais vu.

— Donc, rappelez-moi encore une fois, dit Mara, son regard passant du Roi du Jour au Roi de la Nuit, quelle était cette querelle qui a failli ruiner deux millénaires de rassemblements pacifiques pour le Solstice ?

Des se renfonce dans sa chaise et pose une jambe sur son genou.

— Janus a kidnappé ma compagne.

Le concerné repose brutalement ses couverts sur la table, faisant trembler les assiettes.

— Pour la dernière fois, je ne l'ai jamais touchée, rétorque-t-il en tournant les yeux vers moi. Je ne l'avais même jamais *vue* jusqu'à hier.

Menteur.

Je ne sais pas à quoi il joue, mais je n'oublierai jamais la couronne de lumière qui brille autour de lui ou son visage propre à faire se pâmer les sculpteurs.

Il doit lire mes pensées à l'expression de mon visage, parce qu'il détourne les yeux d'un air irrité.

Mara reporte son attention sur moi.

— Janus t'a kidnappée ? demande-t-elle en croisant les mains sous son menton.

Il me faut une seconde pour répondre parce que, oh, mon Dieu, elle vient de s'adresser à moi, une simple mortelle.

— Oui, confirmé-je d'une voix ferme en reposant ma fourchette.

Janus laisse échapper un son exaspéré et lève les mains au ciel.

— Je n'ai *jamais* fait ça.

— Donc, Janus travaillait avec Karnon ? demande Mara à la cantonade.

Mes yeux sont rivés sur le Roi du Jour.

Personne ne répond.

— Eh bien ? insiste-t-elle en reportant son attention sur Janus. C'est vrai ?

— Bien sûr que non. J'ai un alibi… même si je ne me sens pas enclin à le fournir.

Il lance un autre regard noir à Des.

— Eh bien, voilà, lance Mara avec un sourire léger. Il a un alibi. Callypso s'est peut-être juste trompée.

— Non, répliqué-je.

Sauf que je suis un peu sur la défensive, parce que… et si c'était le cas ? Et si le Roi du Jour parvenait à prouver qu'il n'était pas sur Terre ce matin où il m'a kidnappée ?

Qu'est-ce que ça voudrait dire ?

— Est-ce qu'on peut tous passer à autre chose, maintenant ? demande Mara en ignorant ma réponse.

Elle lance un regard sévère à tout le monde – et plus particulièrement à moi – et je réalise vite que nous avons atteint les limites de ses bonnes grâces.

Subissez et fermez-la, voilà ce qu'elle exige de nous.

— Oui, *s'il vous plaît*, renchérit Janus d'un ton exaspéré.

Des ombres commencent à dériver des coins de la pièce. Je n'ai pas tourné la tête vers Des, mais rien qu'à voir ces ombres, je me doute qu'il ne compte pas acquiescer à quoi que ce soit.

— N… commence Des en se renfonçant dans son siège.

Je ravale ma couardise et pose une main sur sa cuisse pour l'interrompre.

— *Oui*, dis-je d'une voix rauque.

Des détourne son attention de Janus le temps de me lancer un regard orageux. Quoi qu'il ait pu lire sur mon visage, cela lui fait crisper la mâchoire. Très lentement, les ombres se retirent.

Il croise les bras sur son torse et esquisse un bref hochement de tête.

— Fabuleux, lance Mara en prenant sa flûte de champagne. Maintenant, passons aux vraies nouvelles : Desmond, tu as tué Karnon ?

À côté de moi, le Négociateur ne répond rien, l'air à la fois sauvage et insolent.

— Desmond, insiste Mara.

Elle arbore une expression presque prédatrice alors qu'elle attend sa réponse.

Il me prend distraitement la main et se met à jouer avec, un petit geste qui attire l'attention de toute l'audience.

— Oui, je l'ai tué. Il avait fait du mal à ma compagne.

— Hum, fait Mara en buvant une gorgée de son verre.

Elle reporte son regard sur moi, l'air calculateur et curieux.

— C'était comment, d'être la prisonnière de Karnon ? me demande-t-elle.

Mon cœur se met à battre plus fort. Je prends une inspiration pour me calmer.

— C'était l'enfer. L'enfer absolu.

Je suis fière de constater que ma voix ne tremble pas. J'ai beau me sentir complètement déstabilisée, j'ai l'air sûre de moi.

Mara se penche en avant, une lueur malsaine dans le regard.

— Est-ce qu'il t'a violée… ?

— *Assez*, lâche Des d'une voix crépitante de pouvoir.

La Reine de la Flore recule sur son siège et boit une autre gorgée de champagne.

Mes poils se hérissent à sa question et sa curiosité perturbante.

— Je croyais que Karnon était le responsable des disparitions de femmes, reprend-elle. Mais le fait est que le sort n'a pas été rompu. Quelqu'un d'autre tire toujours les ficelles.

Un frisson envahit la pièce.

— Notre enquête nous a fait parvenir à la même conclusion, acquiesce Des.

— Tout comme la mienne, ajoute Janus.

Le regard des deux souverains se croise. Je suis certaine qu'il serait plus facile de mélanger de l'eau et de l'huile que de faire s'entendre ces deux-là.

Quelque chose me dit que cette rivalité était déjà présente avant mon arrivée. La lumière et les ténèbres se combattent constamment.

— Ce que je trouve intéressant, intervient l'Homme Vert, ce sont les enfants des cercueils.

Tous les yeux se tournent vers lui. Jusqu'ici, il n'a pas beaucoup participé à la conversation.

Il laisse tomber ses couverts sur son assiette vide et reprend :

— Ces enfants boivent du sang et font des prophéties… des traits étroitement associés au Royaume de la Nuit.

Il laisse cette petite révélation s'attarder dans l'air.

Des traits étroitement associés au Royaume de la Nuit.

Le sous-entendu est clair : celui qui a engendré ces enfants était un fae de la Nuit, et la seule fée de la Nuit assez puissante pour manipuler la magie utilisée par le Voleur d'Âmes, c'est…

La bouche de Des s'étire en un sourire féroce et tout son visage prend une expression sinistre.

— Donc, vous croyez que c'était moi. Que j'ai violé ces femmes et engendré ces enfants.

Cette idée n'est pas seulement ridicule, elle est aberrante.

— Ça n'aurait pas à être un viol, remarque Mara d'un ton songeur.

Elle observe Des, le déshabillant du regard. Mes poils se hérissent.

— J'ai entendu des histoires concernant ses conquêtes. Qui pourrait résister au Roi de la Nuit et à tous ses charmes ?

Mes doigts se resserrent autour des bords de ma chaise et je dois lutter pour réfréner ma colère.

— Vous n'êtes pas sérieux, n'est-ce pas ? dis-je. Toutes les femmes enlevées pourront vous le dire ; c'est Karnon qui a abusé d'elles, et personne d'autre.

— Et pourtant, la remarque de mon compagnon n'en est pas moins vraie, rétorque Mara. Les enfants des cercueils ont des caractéristiques de faes de la Nuit… et pas de faes de la Faune.

C'est le même casse-tête auquel je me confronte depuis que je suis allée voir les enfants dans la nursery royale. Je déteste l'idée qu'on déforme ces détails pour incriminer mon compagnon.

Des, lui, ne fait rien pour dissiper les accusations portées contre lui. Il se contente de dévisager Mara avec ce sourire malveillant sur le visage, l'air pas du tout affecté par ses mots.

— Pourquoi devrions-nous refuser de croire que c'était toi ? lance Janus. J'ai entendu dire qu'il t'avait fallu presque une semaine avant d'aller secourir ta compagne dans le palais de Karnon. Pourquoi cela a-t-il pris autant de temps, Flynn ?

Cette question… me fait mal. Si l'on oublie le fait que ces souverains sont en train d'inventer des histoires à partir de rien… *pourquoi* Des a-t-il attendu aussi longtemps ?

Ce dernier reste affalé sur sa chaise et lance un regard hautain aux autres dirigeants.

— Et même si c'était moi ? Même si, dans mon pouvoir infini, j'avais tout manigancé rien que pour faire tomber le roi fou ? Que feriez-vous ? Que *pourriez*-vous faire ?

Mara et Janus échangent un regard.

Janus se penche en avant, une lueur intense dans le regard.

— Tout ce qui devra être fait.

Je sens alors toute la profondeur du pouvoir de Des envahir la pièce. Il est aussi vaste que l'univers et aussi sombre que la nuit.

S'il était cruel, s'il était diabolique… il serait impossible à stopper.

S'il était cruel et diabolique, le lien qui nous unit n'en serait pas moins présent.

Que ça me plaise ou non, je serais quand même à lui.

Chapitre 30

Les enfants des cercueils ont des caractéristiques du Royaume de la Nuit.

Un frisson me parcourt la peau, même s'il fait chaud, dehors.

— Pourquoi ça t'a pris autant de temps pour me retrouver quand j'étais prisonnière de Karnon ? demandé-je à Des, alors que je retourne vers notre chambre.

Je n'ai pas envie d'avoir l'air blessée ou accusatrice, mais une partie de moi se sent l'une et l'autre.

Des s'arrête et se tourne face à moi.

— Tu accordes vraiment du crédit à leurs paroles ? s'étonne-t-il en inclinant la tête.

Je ne sais pas quoi répondre, tiraillée entre mes incertitudes et les secrets de Des.

— J'ai juste besoin de savoir, avoué-je à voix basse.

La bouche de Des s'aplatit en une grimace. Il regarde autour de nous, vers les fées qui déambulent dans les jardins.

Je comprends sans mal ce qu'il veut dire : cet endroit n'est pas assez privé.

Il fait un signe de tête vers l'énorme cèdre dans lequel nous sommes installés et déploie ses ailes derrière lui.

— Suis-moi.

Avant que j'aie pu lui demander ce qu'il fait, il bondit dans les airs, ses ailes immenses si déplacées à la vive lueur du jour. Autour de nous, les gens s'arrêtent pour l'observer.

Je laisse échapper un soupir, prends de l'élan et me propulse, mes ailes me soulevant dans les airs.

Des atterrit sur l'une des branches du cèdre la plus proche. Je le rejoins maladroitement, manquant de dépasser la branche et de tomber de l'autre côté. Il m'attrape par la taille et laisse échapper un rire rauque qui s'infiltre jusqu'au plus profond de moi.

Il ne peut pas être mauvais. Il ne peut *pas*. Nous sommes peut-être tous les deux un peu tordus, et, oui, Des a tué plusieurs personnes, mais il ne peut pas être *diabolique*, plutôt… légèrement malveillant.

Je me positionne sur la branche de telle façon que mes jambes pendent dans le vide ; l'arrière de mes chevilles effleure mes ailes et mes épaules touchent celles de Des. De si haut, les fées ressemblent à de minuscules insectes.

Je hume l'air frais de la forêt, la cime des arbres oscillant légèrement sous la brise.

— Ce matin-là, celui de ta disparition, commence Des, tu n'imagines même pas…

Sa voix se brise et je tourne la tête pour le dévisager. Il est très loin du roi fae sûr de lui que j'ai vu à la table de petit déjeuner de Mara. À cet instant, je sens l'émotion et la douleur dans ses paroles.

— Au début, j'ai cru que tu m'avais quitté, explique-t-il. Que tu étais partie comme je l'avais fait tant de fois, à l'époque où tu étais au lycée. Dans les jours qui ont suivi, j'ai *prié* pour que ce soit le cas. C'est la tasse de café pleine qui a tout changé. Elle était posée là, sur la table de la terrasse, intacte. Tu es la dernière personne qui partirait sans avoir bu sa tasse de café.

Je souris un peu, parce que c'est vrai ; je ne gaspillerais jamais un bon café.

— C'est à peu près à ce moment-là que j'ai réalisé que tu n'étais pas partie ; tu avais été *enlevée*. La colère que j'ai ressentie, la peur…

Il s'interrompt et secoue la tête.

— J'ai écumé la Terre entière pour toi, puis tout l'Autremonde. À chaque minute qui passait, mes craintes grandissaient. Et c'était pire…

Il se passe une main dans les cheveux et laisse échapper un rire étranglé.

— Bien pire que ces sept ans d'attente. Infiniment pire. J'ai encaissé des années de faveurs pour des miettes de pain, et malgré ça, il m'a fallu des jours avant de me retrouver dans le Royaume de la Faune.

Mon cœur se serre alors que je regarde Des se remémorer ces jours durant lesquels j'ai été portée disparue. Je n'étais pas au courant de tout ça.

— J'aurais dû pouvoir te retrouver. J'aurais dû. Mon pouvoir fonctionne de telle manière que… les secrets que j'entends, les voix qui me disent ce que j'ai besoin de savoir… elles étaient anormalement silencieuses.

Les secrets ? Les voix ?

Il me prend la main et la porte à sa bouche. Je le sens trembler légèrement, comme si ce souvenir était encore viscéral.

— Et notre lien ? demandé-je. Tu n'aurais pas pu t'en servir pour me retrouver ?

J'ai entendu des contes au sujet d'âmes sœurs parvenant à se retrouver en se servant du lien les unissant comme d'une boussole qui les dirige à l'endroit où est leur compagne ou leur compagnon.

Des détourne les yeux de l'horizon.

— Il y a une chose que je ne t'ai jamais avouée au sujet de notre lien…

Je ne savais pas qu'une simple phrase pouvait autant vous emplir d'appréhension, mais c'est l'effet que me fait celle-ci. Mon estomac se tord.

— Quoi ? demandé-je, luttant à prononcer le mot.

— Chérubin, notre lien… est défaillant.

Chapitre 31

Quand je viens trouver Temper dans sa chambre, elle est en train de choisir sa tenue. Aujourd'hui, ses cheveux sont tressés en douzaines de nattes, ornées de cristaux et de spirales dorées.

— Qu'est-ce qui ne va pas, meuf ? demande-t-elle quand je me laisse tomber sur son lit.

Je la regarde se changer, la tête posée dans ma main.

— Rien…

Tout.

— Je ne vais pas mentir, ces tenues faes sont vraiment sympas, lance-t-elle en en jetant une à côté de moi.

J'émets une réponse évasive.

Pourquoi suis-je venue ici ? Temper fredonne quasiment à voix basse. Clairement, tout se passe à merveille entre Malaki et elle. C'est une ensorceleuse en chaleur, ce qui veut dire qu'elle n'est pas d'humeur à écouter mes histoires tristes.

— Qu'est-ce qu'il y a ? insiste-t-elle tout en commençant à se déshabiller.

— Rien.

Elle ricane.

— Meuf, on est amies depuis presque une décennie. Arrête de tourner sur le pot…

Je grimace.

— *Autour*, Temper. *Autour* du pot.

Elle se tourne vers moi.

— J'ai l'air d'en avoir quelque chose à faire, de l'exactitude de mes expressions ? rétorque-t-elle. Quoi qui te tracasse, crache le morceau.

— Des et moi ne sommes pas officiellement des âmes sœurs, articulé-je dans un murmure.

Elle s'immobilise au milieu de son geste, les seins complètement exposés.

— Qu'est-ce que tu veux dire ?

J'attrape le soutien-gorge de rechange sur la pile de vêtements à côté de moi et le lui lance. Elle l'enfile distraitement.

J'entends encore les mots prononcés par Des, sur la cime de cet arbre.

Chérubin, notre lien… est défaillant.

— Quand j'étais la prisonnière de Karnon, Des n'a pas réussi à me trouver parce que même si, techniquement, nous sommes des âmes sœurs, notre magie est incompatible.

— Incompatible ? répète Temper, ébahie. C'est le truc le plus stupide que j'aie jamais entendu. Comment peut-elle être incompatible ?

— Je suis une humaine. C'est une fée. Nos magies viennent d'un monde différent.

C'est aussi la raison pour laquelle le charme ne marche pas sur les faes, et pour laquelle le pouvoir occulte de Karnon n'a jamais fonctionné sur moi.

Ce n'est pas comme si la magie humaine et fae étaient totalement incompatibles… de toute évidence, Des arrive à utiliser son pouvoir sur moi… mais quand il s'agit de mêler nos deux essences… notre lien est imparfait.

— Mais vous êtes quand même des âmes sœurs ? s'étonne Temper.

Je hoche la tête, mon menton frottant contre le dos de mes mains. Des me l'a assuré, encore et encore.

Tu es ma compagne.

— OK, alors arrête de chouiner, lâche Temper en enfilant sa tenue. Au moins tu *as* une âme sœur, toi. Le reste d'entre nous doit gérer toutes ces histoires d'amour à l'ancienne.

J'attrape l'un de ses oreillers et enfouis mon visage dedans.

— Argh, tu as raison, admets-je.

— Évidemment que j'ai raison, répond-elle, avant de voir l'oreiller dans ma main. Oh, euh… tu ne devrais pas trop te frotter contre ça. Je suis à peu près sûre qu'il a été utilisé comme accessoire hier soir quand Malaki…

— Beurk ! m'exclamé-je en jetant l'oreiller pendant que mon amie se marre.

— Meuf, ton visage était enfoncé plus profond dans cet oreiller que la queue de Malaki en moi.

— J'ai *tellement* de raisons de ne pas avoir envie d'entendre ça.

Tellement.

— Il est *énorme*, continue Temper en se laissant tomber sur le lit à côté de moi. Mais tu sais, juste ce qu'il faut. On sait toutes les deux qu'une queue n'est jamais trop grosse.

Je lâche un grognement. Sérieusement, pourquoi je suis venue ici ?

— Et quand il s'y met, reprend-elle, ce salopard est un vrai marteau-pilon…

OK, cette image est vraiment perturbante.

— … je ne peux que m'accrocher à tout ce que je peux.

Je me lève du lit.

— OK, j'en ai assez entendu.

— Ne fais pas comme si tu n'avais pas envie de savoir.

— Il y a une différence entre savoir et *savoir*, rétorqué-je.

Personne n'a besoin d'autant de détails que ce qu'est encline à confier Temper.

— Tu es prête ? l'interrogé-je quand elle termine de se changer.

— Ah, il faut toujours que tu me presses, se plaint-elle.

Elle secoue ses cheveux et attrape ses affaires.

— Je suis prête.

Nous quittons toutes deux la chambre de Temper et nous dirigeons vers les jardins en contrebas. Nous coupons à travers le domaine du palais et nous arrêtons une fois arrivées devant une table et des chaises. Nous nous asseyons et, pendant environ une minute, nous ne disons pas un mot, nous contentant d'observer les fées qui se baladent.

— Donc, finit par dire Temper en détournant son attention des fées autour de nous. Où est passé le criminel favori de tout le monde ?

— Tu vas devoir être un peu plus spécifique.

Elle et moi connaissons beaucoup de criminels.

Temper pousse un soupir.

— Le Négociateur, précise-t-elle.

— Oh… encore en réunion.

Une réservée aux souverains. Je devrais être présente ; je sais que les discussions incluront les rapports au sujet des captives de Karnon. Mais la tradition m'interdit de me joindre à eux, alors je suis là, à me tourner les pouces avec Temper.

Une humaine s'approche de nous avec un plateau de thé et une assiette de petits sandwichs dont la croûte a été retirée. Je me raidis en voyant la peau marquée de son poignet quand elle pose son fardeau sur la table.

Une esclave.

Cela me semble mal d'être ainsi servie par elle. Si elle avait choisi d'être serveuse, ce serait une chose, mais nous sommes face à une situation bien différente.

Les yeux baissés, elle commence à déposer les tasses de thé devant nous.

J'essaie de stopper ses efforts pour nous servir.

— Ça ira, dis-je. On s'en occupe. Merci d'avoir apporté tout ça.

Elle refuse de me regarder, même quand elle hoche la tête. Et bon sang, je m'en veux pour tout ce que je fais et ne fais pas, à cet instant, parce que l'idée de l'esclavage donne une teinte ignoble à tout ce qui m'entoure.

Elle se retourne pour partir.

— Eh, attendez ! lance Temper à la femme.

Cette dernière ne réagit pas.

— Eh, insiste Temper, je vous parle !

La femme humaine s'arrête. Puis, avec hésitation, elle se retourne.

Temper tapote la chaise vide à côté d'elle.

— Asseyez-vous.

La femme donne l'impression que s'asseoir est la dernière chose qu'elle a envie de faire, mais elle finit par obéir avec réticence.

— Comment vous vous appelez ? l'interroge Temper.

Tout en parlant, elle commence à préparer une assiette de sandwichs à la femme et lui sert une tasse de thé.

— Gladiola, répond la femme.

Elle se tortille sur sa chaise et regarde autour d'elle d'un air nerveux.

— Bonjour, Gladiola, je suis Temper et voici Callie, dit-elle en guise de présentations. Est-ce que tu sais ce que nous sommes ?

Gladiola hoche la tête avec timidité.

— Tu sais donc que je peux faire mordre la poussière à toutes les fées qui m'énerveront, et que Callie, ici présente, peut t'obliger à faire tout ce qu'elle a envie de te voir faire ?

Super, elle est en train d'effrayer et de faire pression sur cette esclave humaine. C'est tout à fait comme ça que je m'imaginais passer le Solstice.

Gladiola hoche de nouveau la tête.

— Oh, super. Dans ce cas, maintenant qu'on est claires là-dessus, profitons d'un petit goûter toutes ensemble.

Temper pousse l'assiette de sandwichs qu'elle a préparés pour Gladiola un peu plus près de la femme.

— Donc, dis-moi, quels sont les derniers ragots, ici ?

Elle tourne les yeux vers moi.

— Je ne suis pas censée vous adresser la parole.

— Pourquoi pas ? s'étonne Temper. Nous sommes toutes humaines, ici.

Elle se contente de secouer la tête.

— Allez, l'encourage Temper. Tout va bien, on veut juste entendre quelques commérages.

Je lance un regard méfiant à mon amie, tentant de comprendre à quoi elle joue.

Gladiola laisse échapper un soupir tremblant.

— Les fées sont mal à l'aise à l'idée qu'une humaine s'apprête à devenir la prochaine Reine de la Nuit.

— Je ne vais *pas* devenir reine, répliqué-je.

La femme baisse les yeux sur ses mains posées sur ses genoux.

— Ils ne font pas non plus confiance au Roi de la Nuit. Il a tué un autre roi et les faes de la Faune veulent se venger. Et…

Elle hésite.

— Et quoi ? l'encourage Temper.

Gladiola tord ses mains sur ses genoux.

— Les gens racontent que le Roi de la Nuit est à l'origine des disparitions.

Mon estomac se noue. Elle est la deuxième personne à insinuer ça aujourd'hui.

Un frisson de malaise me parcourt le dos.

C'est juste une rumeur.

Gladiola nous regarde tour à tour.

— Je peux partir ?

Avant que Temper ou moi ayons pu répondre, un contingent de soldats de la Nuit traverse les jardins en courant.

Plusieurs d'entre eux nous dépassent sans ralentir, jusqu'à ce que j'en retienne un par la manche.

— Qu'est-ce qui se passe ?

Il manque de ne pas s'arrêter. Ce n'est que lorsqu'il voit qui le tient qu'il s'immobilise. Il prend une grande inspiration et annonce :

— Un autre soldat a disparu.

Chapitre 32

Un autre soldat a disparu. Je n'arrive pas à penser à autre chose, ce soir, alors que les fées profitent d'un autre bal dans le château du Royaume de la Flore.

Depuis notre arrivée ici, trois soldats de la Nuit, quatre de la Faune, un du Jour et deux de la Flore ont disparu des abords du domaine du palais. Ce sont des chiffres effarants, même pour le Voleur d'Âmes.

Qui qu'il puisse être, il devient de plus en plus audacieux… ou plus désespéré.

Tout cela a jeté un froid sur le festival. Même le bal de ce soir est plus sinistre que les deux précédents. Les conversations sont feutrées et je pourrais jurer avoir vu certaines fées regarder par-dessus leur épaule comme si le croque-mitaine risquait de bondir pour s'emparer d'elles pendant qu'elles ne regardent pas.

Ce soir, au lieu de s'amuser, Des passe d'un officiel à l'autre, recueillant des nouvelles, proposant des suggestions et écoutant les inquiétudes. Encore maintenant, alors qu'il est censé profiter de la soirée, il travaille. Je le regarde, les bras croisés sur son torse massif et penché pour écouter un fae de la Flore.

— Je suis surpris qu'il vous ait laissée seule, remarque Janus en venant se placer à côté de moi, tel le soleil matinal personnifié.

Je sens presque aussitôt la panique me submerger.

Il ne va pas m'enlever, tenté-je de me raisonner. *Pas ici, en tout cas.*

Une pensée encore plus vive me traverse.

Et s'il était à l'origine des disparitions récentes ?

D'accord, il n'était pas là le premier soir, quand deux de nos hommes ont disparu, mais il m'a enlevée, moi, je suis au moins sûre de ça.

— Je suis surprise que vous ne soyez pas à ses côtés à proposer votre aide et vos conseils, rétorqué-je.

Je suis fière de voir que ma voix ne tremble pas.

— Je voulais un verre… m'informe-t-il en le levant. Et faire une pause.

Il fait tourbillonner son vin et ajoute :

— Et puis, je trouve le Roi de la Nuit insupportable… sans vouloir vous offenser.

Il me jette un coup d'œil, et je soutiens son regard. Tout, chez lui, devrait être chaleureux et accueillant, avec sa peau bronzée, ses cheveux dorés et ses yeux bleu vif. Pourtant, je le trouve froid, si froid.

Tu m'as enlevée. On le sait tous les deux.

— Vous devez me détester, remarque-t-il à voix basse, sans détourner le regard.

— Vous admettez ce que vous avez fait ?

Je n'arrive pas à croire que j'ai cette conversation.

— Je ne vous ai *pas* enlevée.

— On sait tous les deux que c'est faux, répliqué-je.

— Par les Dieux, lâche-t-il en levant les yeux au ciel, je vous jure que c'est vrai.

Ma peau se hérisse. Plus je reste là à parler à cet homme, plus j'ai l'impression de me rapprocher un peu plus de la mort.

— Écoutez, reprends-je en me penchant vers lui, je ne sais pas si vous êtes le Voleur d'Âmes, ou si vous travaillez juste pour lui, mais je trouverai le moyen de prouver votre culpabilité, espèce de sale malade.

Je tremble, j'ai peur et j'ai assez d'adrénaline dans les veines pour soulever une voiture, mais je viens de regarder mon kidnappeur dans les yeux et de lui dire le fond de ma pensée.

Bon sang, je me sens vraiment *badass*.

Je m'apprête à partir quand il m'attrape le poignet.

— Attendez…

— Ne me *touchez* pas, l'avertis-je.

Depuis l'endroit où il est en pleine conversation, à l'autre bout de la pièce, Des relève vivement la tête et tourne son attention vers nous.

Janus me lâche le bras comme si je l'avais brûlé.

— J'étais en train d'adresser un discours à mon peuple quand vous avez été enlevée. J'en ai la preuve.

Des ombres se mettent à ramper aux abords de la pièce.

— Je ne vous crois pas, rétorqué-je.

Mais encore une fois, j'hésite. Est-ce que je me trompe ?

Soudain, plus rien de tout ça n'a d'importance, parce que Des se matérialise devant moi, me protégeant du Roi du Jour.

— Janus, tu ferais mieux de t'éloigner de ma compagne, lâche Des.

Il déploie ses ailes, exposant ses griffes à l'air particulièrement létales. Il fait un pas en avant.

— Ne lui parle pas. Ne la regarde pas, continue-t-il en faisant un autre pas menaçant. Ne t'approche pas d'elle.

Leurs nez se touchent presque, désormais.

— En ce qui te concerne, elle n'existe pas.

Autour de nous, le silence s'est abattu sur la pièce. Je suis certaine que tout le monde s'attend à ce que la bagarre d'hier soir se répète.

Janus n'a pas l'air impressionné.

— Tu oublies ta place, Flynn. Je suis en droit de parler à n'importe lequel des invités présents ici, qu'il s'agisse de compagnes ou pas.

Des baisse la voix jusqu'à ce que je sois la seule à pouvoir l'entendre.

— Je t'ai déjà dit comme ça avait été facile de tuer Karnon ? Ses os se sont brisés comme des brindilles, son corps a explosé comme un fruit trop mûr.

Des sourit d'un air cruel.

— L'éliminer était la chose la plus facile du monde. Ne commets pas la même erreur que lui. Reste loin de ma compagne, ou je te tuerai comme j'ai tué le roi fou.

***

La menace de Des suffit à convaincre Janus de garder ses distances.

Je me frotte les bras alors que je regarde le Roi du Jour évoluer à travers la foule. Il boit son vin et attrape une autre flûte sur une table toute proche.

Lentement, les ailes du Négociateur se replient sur elles-mêmes et les ténèbres reculent.

— Tu vas bien? demande-t-il en posant les mains sur mes bras.

Il m'examine des pieds à la tête, comme si Janus avait pu me blesser pendant qu'on parlait.

Je hoche la tête et prends une inspiration tremblante.

— Je vais bien. C'est juste… il me rend tellement nerveuse.

Mon regard revient se poser sur le Roi du Jour, qui est désormais en train de discuter avec Mara et l'Homme Vert. Tous trois nous observent avec méfiance.

Le Négociateur laisse échapper un rire rauque, une partie de la menace qui le teintait mourant dès qu'il retrouve son sérieux.

— Et dire que j'ai craint un jour que tu puisses apprécier ce connard.

Je me souviens de Des me parlant du Roi du Jour et m'expliquant qu'il était un amoureux de la vérité, de l'honnêteté et de la beauté, et bla-bla-bla.

Je frissonne.

Des prend mon visage en coupe dans sa main.

— On peut partir. Sur-le-champ. Mes hommes feront nos valises et nous suivront. Janus ne peut pas mettre le pied dans mon royaume sans que je le sache, et il est conscient que s'il fait ça, la mort l'attendra, dit le Négociateur, les yeux pétillants de malice.

Des est peut-être vraiment un descendant de démons. Je distingue quelque chose, au fond de son regard, qui est avide de violence. Plus encore que ma sirène.

— Tu n'as qu'un mot à dire, ajoute-t-il.

Son offre est très tentante. Si je reste, je devrai endurer tout cela encore plusieurs jours.

Mais si nous partons…

Si nous partons, Des aura l'air faible ou, pire, coupable.

Je secoue la tête.

— Allons au bout de ces festivités.

Il me dévisage pendant plusieurs secondes, puis hoche la tête.

— Si tu changes d'avis…

— Je te le dirai, lui assuré-je.

Durant l'heure qui suit, les discussions s'enchaînent alors que Des et moi parcourons la pièce. Maintenant que le Négociateur est à mes côtés, je me retrouve mêlée aux discussions avec les fées. Argh. Le fait que ces mêmes fées aient passé la majeure partie de leur temps à s'efforcer désespérément d'ignorer mon existence ne m'aide pas à me détendre. La situation pourrait être plutôt divertissante, si elle n'était pas aussi dure pour les nerfs.

Je suis une humaine, et pas un déchet en forme d'humain que quelqu'un a ramassé par terre. Personne ne devrait faire comme si je n'existais pas.

Malgré tous les efforts de Des, je finis par réussir à m'esquiver. Alors que je m'éloigne de lui, il me lance un regard qui me fait étreindre mon bracelet de perles.

Mon petit doigt me dit que je devrai payer plus tard pour l'avoir abandonné à son sort.

Je flâne vers la table où sont posées des rangées de verres de vin en libre-service.

C'est pas de refus.

J'en prends un et pousse un petit soupir après avoir bu ma première gorgée.

Ça fait du bien.

Plusieurs minutes après m'être échappée, je réalise que je n'ai aucune conversation à rejoindre. De manière assez suspicieuse, Malaki et Temper sont tous deux absents. Je scrute la foule à la recherche d'Aetherial, en me demandant si elle est là ce soir. Si c'est le cas, je ne la vois pas.

Je bois une autre gorgée de mon verre. Les seules autres personnes avec qui j'ai pu faire connaissance, ce sont les souverains. Hors de question que je parle avec Janus, qui est en train de papoter avec des faes officiels de la Faune, et Mara est sur la piste de danse, au milieu de ce qui ressemble énormément à une orgie publique. Son harem d'hommes réclame son attention, leurs mains et leurs lèvres pressées contre sa peau. C'est bizarre de tous les voir évoluer ensemble pendant qu'un quatuor à cordes joue de la musique en arrière-plan, et le fait que je les observe est encore plus bizarre.

J'éprouve une envie désespérée d'effacer cette image de ma mémoire… mais je n'arrive pas à détourner les yeux.

Bon sang, où est Temper quand j'ai besoin d'elle? Elle saurait exactement quoi dire pour commenter ce qui se passe.

Mais au lieu de mon amie, je me retrouve avec l'Homme Vert. Il se place à côté de moi et je réprime un grognement.

Pas lui.

Il suit mon regard vers Mara et son harem.

— On s'y habitue, dit-il.

Je bois une bonne gorgée de mon verre.

Jésus, Marie, Joseph, je suis bien contente de pouvoir de nouveau boire de l'alcool. Les fées, comme je l'ai très vite compris, sont plus faciles à gérer quand on est un peu pompette.

— Les faes de la Flore n'ont pas pour habitude d'être monogames… même ceux qui ont une compagne ou un compagnon, continue-t-il.

Je m'en fiche et je n'ai pas vraiment envie de savoir.

— Oh, réponds-je.

— Les précédents rois du Royaume de la Nuit ne l'étaient pas non plus. Pas même le père de votre compagnon.

L'Homme Vert est trop près et ma main me démange tant que j'ai envie de le repousser de quelques pas.

— Je sais.

Laisse tomber le sujet, Homme Vert. S'il te plaît, pour l'amour de Dieu et de tous ses petits anges, laisse tomber.

— Je me serais attendu à ce que, en tant que future reine du Royaume de la Nuit, vous soyez vous-même ouverte aux… poursuites hédonistes.

Je ne sais pas s'il me fait des propositions ou s'il tâte juste le terrain, mais bon sang, ce type est vraiment flippant.

Mara attrape l'un des hommes les plus proches d'elle et l'embrasse passionnément sur la piste de danse, pendant qu'un autre lui palpe les seins.

… et son compagnon reste à côté de moi à observer toute la scène.

Le niveau de dégoût de cette situation crève le plafond.

— Une fois qu'on s'est fait à la nature inhabituelle du procédé, je pense qu'on finit par trouver ça très libérateur. J'ai eu un très grand nombre d'amantes… mais je n'ai jamais été avec une femme humaine.

D'accord, *ça*, c'était une proposition.

Je vide mon verre et, voyant que cela n'améliore pas la situation pour autant (ça valait la peine d'essayer), je repousse l'Homme Vert de quelques pas.

— Vous feriez mieux de reculer, mon pote.

Et moi, de me trouver un autre verre de vin. J'ai besoin de *beaucoup* de vin.

— Donc, qu'est-ce que le Roi de la Nuit compte faire de vous, une simple mortelle ? demande-t-il en m'adressant un sourire narquois, le torse toujours pressé contre ma main.

Je regarde l'Homme Vert avec plus d'attention.

— Excusez-moi ?

C'est quoi, cette question ? Je suis la *compagne* de Des, pas une nouvelle employée.

— Engendrer des héritiers, continue l'Homme Vert d'un ton songeur. Ça doit être au sommet de ses préoccupations, surtout compte tenu de votre âge et de votre fertilité…

Engendrer des héritiers ?

Engendrer… des *héritiers ?*

J'ai l'impression d'avoir appuyé sur la touche avance rapide de mon cerveau, mes pensées se mettant à défiler à une vitesse vertigineuse, jusqu'à s'arrêter sur une prise de conscience des plus accablantes.

Des et moi avons fait l'amour sans protection.

Des et moi avons fait l'amour sans protection.

Oh, Seigneur, oh, Seigneur, oh, Seigneur.

Soudain, il n'existe pas assez de vin en ce monde pour me rendre capable d'avoir cette conversation.

Je laisse retomber ma main du torse de l'Homme Vert.

Je ne prends pas la pilule. Des n'a jamais mis de préservatif.

Merde, merde, merde.

Quel genre d'imbécile *oublie* un truc pareil ?

C'est une question rhétorique, parce qu'évidemment, c'est moi, l'imbécile.

Des et moi n'avons jamais abordé le sujet des enfants, mis à part cette confession qu'il m'a tirée de force il y a plusieurs semaines, où j'ai admis vouloir des enfants avec lui.

Mais pas maintenant.

Et si… oh, mon Dieu… et si… *et si j'étais enceinte ?*

La voix de l'Homme Vert dérive jusqu'à mes oreilles :

— … faes ne sont pas particulièrement fertiles, mais les humains, si.

Argh, ce mec ne va jamais laisser tomber. Où est le bouton « éjecter » de cette conversation ?

J'aperçois alors Temper, qui entre dans la salle de bal tout en rajustant sa robe d'un air gêné.

Voilà mon échappatoire.

— Temper… *Temper !* m'exclamé-je, une note de panique bien audible dans la voix.

Elle tourne la tête et scrute la foule jusqu'à me repérer. Ma meilleure amie voit mon expression, puis l'homme à côté de moi et, Dieu la bénisse, elle commence à se faufiler à travers la foule, une expression déterminée sur le visage.

— Vous allez bien ? demande l'Homme Vert, les yeux brillants d'excitation plutôt que d'inquiétude.

Comme s'il n'avait pas remarqué l'effet que me faisaient ses mots.

Je scrute la foule et mes yeux se posent sur Des, qui me tourne le dos. C'est à lui que je devrais parler de ça, mais il est coincé dans une discussion et, plus important encore, je n'ai pas envie d'avoir *cette conversation.*

C'est alors que Temper me rejoint.

— Tirez-vous, Homme Vert, la reine a besoin de plus de vin.

Avant que l'Homme Vert ou moi ayons eu le temps de réagir, Temper passe un bras sous le mien et m'entraîne à l'écart.

— Seigneur, je t'aime, lâché-je.

— Jésus t'aime aussi, espèce de cinglée, répond-elle en cognant sa hanche contre la mienne.

— Je dois sortir d'ici, dis-je.

Je ne prends pas la peine de faire de commentaire sur l'éclat qu'arbore Temper ou sur ses cheveux un peu ébouriffés par le sexe.

— Qu'est-ce qui ne va pas ? demande-t-elle en m'étudiant de haut en bas. On dirait que tu viens de surprendre tes grands-parents en pleine action.

Je déglutis.

— Je vais t'expliquer, mais…

Je regarde toutes les fées qui emplissent la pièce autour de nous. Puis je baisse la voix et termine :

— Pas ici.

Elle pince les lèvres et m'examine de nouveau, mais hoche la tête.

Nous sommes presque arrivées à la porte quand j'entends la voix de Mara.

— *Callie !*

Je ferme les yeux.

On y était presque.

— Tu veux qu'on fasse semblant de ne pas avoir entendu ? propose Temper.

— *Callie !* s'exclame à nouveau Mara, d'une voix plus insistante, cette fois.

Je pousse un soupir et secoue la tête.

Nous nous retournons toutes les deux. La Reine de la Flore n'est plus sur la piste de danse, elle boit un rafraîchissement là où je me trouvais il y a un instant avec l'Homme Vert, qui a disparu.

— Viens ici, ordonne-t-elle en me faisant signe d'approcher, pendant que son cortège d'hommes m'observe avec curiosité.

— Ai-je mentionné que je n'aimais pas cette femme ? demande Temper à côté de moi. Regarde-moi un peu ce sourire suffisant. Elle ressemble au genre de garce qui devient amie avec toi rien que pour te piquer ton petit ami.

C'est précisément pour cette raison que Temper et moi sommes amies. Elle comprend.

— Pff, je devrais sûrement y aller, soufflé-je.

Être la compagne d'un roi fae a ses inconvénients. J'ai passé mon adolescence à faire tapisserie et les années qui ont suivi à faire oublier aux gens qu'ils m'avaient vue. Mais maintenant que je suis la compagne d'un roi fae, je suis tout sauf une personne anonyme.

Temper plonge un doigt dans son vin et le remue d'un geste songeur. En général, elle arbore cette expression quand elle commence à concocter un sort.

— Si elle t'énerve, fais-moi signe et je viendrai à ton secours sans hésitation.

Je hoche la tête.

— Merci d'assurer mes arrières, T.

— Quand tu veux… oh, et plus tard, je veux que tu me racontes ce que tu t'apprêtais à me dire, me prévient-elle en reculant.

Je déglutis, mal à l'aise, et me remémore les paroles de l'Homme Vert.

Je suis peut-être enceinte.

Je hoche la tête et me sépare de Temper, prenant de grandes inspirations tout en me dirigeant vers Mara, qui est en train de pouffer de rire avec son harem. Son regard s'aiguise en se tournant vers moi.

— Alors, dites-moi, lance-t-elle, comment vous vous êtes rencontrés, avec Desmond ?

Je jette un regard aux hommes qui nous observent. Tout le monde arbore une expression si prédatrice. C'est exactement pour ça que je voulais rester très, très loin de l'Autremonde. Ces gens peuvent vous manger tout cru.

Elle suit mon regard et lance :

— Ne t'en fais pas pour eux. Je meurs d'envie d'entendre cette histoire.

J'ai le réflexe impulsif de mentir, comme je l'ai toujours fait quand je parlais de ma rencontre avec Des, mais avant, je réévalue mon public.

Vous savez quoi ? Pourquoi ne pas leur dire la vérité ?

— La première fois que j'ai rencontré le Roi de la Nuit, c'est le soir où j'ai tué mon beau-père. Il m'a aidée à cacher le corps.

Pendant un instant, personne ne dit un mot.

Puis l'un des hommes se met à rire. Un par un, les autres l'imitent. Même Mara esquisse un sourire.

— Qu'est-ce que je vous avais dit sur les humains ? lance l'un des hommes aux autres. Ce sont de petites créatures féroces, quand elles en ont envie.

Je regarde l'homme en fronçant les sourcils, mais la Reine de la Flore détourne mon attention de lui.

— Eh bien, eh bien ! s'exclame-t-elle. Toi et Desmond avez *tellement* en commun. Pas étonnant qu'il soit à ce point épris de toi. Une femme selon son cœur.

Je fronce les sourcils.

— Qu'est-ce que ça veut dire ?

Elle balaie ma question d'un geste de la main et boit une autre gorgée de son verre.

— Ce n'est pas à moi de raconter ça. Mais en parlant d'histoires, j'imagine que tu en as une passionnante à raconter à propos de ton temps passé avec Karnon.

Ouais, ce n'est pas vraiment le genre d'histoire que j'ai envie de raconter à l'heure de l'apéro dans le palais de la Reine de la Flore.

— Ça a dû être un vrai choc, continue-t-elle quand je ne réponds rien, d'arriver ici, dans l'Autremonde… et après avoir été kidnappée, en plus ! Je n'imagine même pas ce que ce doit être de se retrouver emprisonnée dans le palais de Karnon. Cet endroit affreux était à l'abandon depuis longtemps, quand tu y es arrivée.

Os brisés, sang qui coule, interminable agonie.

Je lui adresse un sourire crispé. Elle se penche en avant et reprend :

— J'ai entendu dire que Desmond était arrivé *juste* à temps. C'est presque troublant. Je me demande comment il t'a retrouvée aussi vite…

Je la regarde en plissant les yeux. Je vois tout à fait où elle veut en venir. Si je n'avais pas parlé de ça à Des plus tôt, ses mots se seraient infiltrés sous ma peau.

Elle m'effleure le bras.

— Enfin, ça n'a plus d'importance, maintenant. Tu es en sécurité, et grâce à ces ailes, Desmond s'est assuré que tu ne pourras plus le quitter pour retourner sur Terre.

Dès que je comprends le sous-entendu de cette dernière phrase, mon cœur rate un battement.

Grâce à ces ailes, Desmond s'est assuré que tu ne pourras plus le quitter…

— … *Callypso ?* appelle la voix de Mara, paraissant venir de très loin.

Je cligne plusieurs fois des paupières et le visage de la Reine de la Flore s'éclaircit devant moi. Son expression est pleine d'inquiétude, mais je sais que c'est du cinéma. Tout comme la manière désinvolte dont elle a réussi à planter ces doutes dans ma tête.

— Tu vas bien ? demande-t-elle en tendant la main vers mon bras.

C'est alors que les mots prononcés par Des sur la cime de l'arbre me reviennent en mémoire. Le fait que, malgré la faiblesse de la connexion qui nous unit, il a ressenti mon besoin d'aide et ma douleur grâce à notre lien. Que mon agonie aux mains de Karnon devait être tellement intense que le Négociateur a perçu ma détresse et, à travers elle, m'a localisée.

C'est comme ça que Des m'a trouvée. *Pas* parce qu'il voulait me garder ici, dans l'Autremonde, comme un oiseau en cage. Il ne pense pas comme ça, même si c'est le cas de la Reine de la Flore.

Dès que les doigts de Mara me touchent le coude, je m'écarte d'elle dans un sursaut.

Autour de nous, j'entends les hoquets étouffés des fées qui ont dû voir mon geste. Apparemment, ne pas laisser une reine vous toucher est considéré comme un faux pas.

— Vous vous trompez, rétorqué-je en faisant un pas en arrière.

Je sens mes ailes se froisser d'agitation.

— Vous vous trompez tellement.

Je dois m'éloigner de ces créatures, avec leurs faux sourires et leurs paroles perfides.

— Attends, j'espère ne pas t'avoir contrariée, prétend-elle.

Un mensonge.

— Je t'ai appelée parce que je voulais t'offrir un cadeau, en l'honneur de ton lien avec le Roi de la Nuit.

Je sens l'appréhension me gagner. Des m'a appris que quand les fées offraient des cadeaux, ce n'était jamais sans contrepartie.

Le harem de la Reine de la Flore se presse autour de moi, me bloquant le passage alors que Mara fait un geste par-dessus son épaule.

Une servante humaine se faufile à travers la foule d'invités, un plateau en argent à la main. Dessus est posé un verre de vin en métal délicat, rempli d'un liquide violet clair. Elle s'arrête aux côtés de la reine.

Mara le prend sur le plateau avec prudence.

— Est-ce que tu sais ce que c'est ? m'interroge-t-elle.

Je secoue la tête, abasourdie par la tournure qu'ont prise les événements.

— Je me disais que, peut-être… mais non, oublie ça.

Elle me tend le gobelet, et ce n'est qu'à ce moment-là que je comprends. C'est ça, son cadeau… quoi que puisse être ce liquide.

Je prends le gobelet en argent avec réticence et baisse les yeux sur le liquide avec une légère grimace.

Voyant que je ne fais rien de plus, quelques-uns des hommes de Mara se moquent de moi, comme si j'étais simple d'esprit. Ne pas goûter une boisson qu'on vient de se voir offrir !

— Tu dois essayer, insiste la Reine de la Flore.

Il est hors de question que je boive ça. Pas alors que c'est cette femme qui me l'a donné.

Avant que j'aie pu commettre un nouveau faux pas, l'air ondule autour de nous et les ombres s'approfondissent.

Tous les autres doivent le sentir aussi, parce que les conversations baissent d'un ton.

C'est alors que Des se matérialise de l'ombre, comme s'il sortait d'un rêve. Il est à la fois la lumière et les ténèbres, des ombres qui se recourbent autour de lui aux rayons de lune qui semblent l'illuminer de l'intérieur.

Les fées s'écartent du passage, formant une sorte d'allée devant lui. Il se dirige vers moi en silence, ses cheveux blancs dégagés de son visage et la mâchoire crispée. Comme la toute première fois que je l'ai vu, il me coupe le souffle.

— Qu'est-ce que c'est que cette histoire de cadeau ? demande-t-il lorsqu'il atteint notre groupe.

Il me prend doucement le calice délicat des mains.

— C'est ça ?

Il s'écarte de plusieurs pas, sourcils haussés. Puis il porte le verre à son nez.

— Du vin de lilas, dit-il.

Plusieurs personnes émettent des hoquets.

Il adresse un sourire approbateur à Mara.

— Toujours, toujours aussi rusée, très chère reine.

D'un geste délibéré, il renverse le liquide et le laisse se répandre au sol tout en continuant à faire les cent pas.

Un silence de mort s'abat sur la salle.

Mon regard passe d'une personne à l'autre alors que je tente de comprendre ce qui se passe.

— Tu piétines mon hospitalité ? demande la reine d'une voix tendue.

— Tu devrais peut-être y réfléchir à deux fois avant de songer à duper ma compagne. Quelqu'un pourrait se faire de fausses idées, remarque Des d'une voix implacable.

Je *savais* que quelque chose clochait avec ce verre.

Mara sourit.

— Et tu devrais peut-être expliquer à ta compagne humaine pourquoi tu lui refuses ce droit le plus sacré et ésotérique entre amants. Ou pourquoi elle mourra en tant que mortelle, alors qu'elle aurait pu vivre à tes côtés pendant des siècles.

Chapitre 33

— OK, c'est quoi, du vin de lilas ? demandé-je.

Nous sommes de retour dans nos quartiers. Des a jeté sa veste pêle-mêle sur la table et relevé les manches de sa chemise, révélant ses avant-bras musclés. Quant à moi, j'ai retiré mes hauts talons et mes cheveux retombent en cascade dans mon dos.

Il est appuyé contre le mur et m'observe, les bras croisés.

— Une boisson.

Super. Le Des communicatif est parti se cacher.

— Tu vas devoir m'en dire plus que ça.

Mara et Des ont tous les deux failli péter un câble pour du vin.

— Contrairement à ce que tu crois, je ne «dois» rien du tout, réplique-t-il, les yeux étincelant dans la pièce assombrie.

Qu'est-ce qu'il peut être exaspérant !

— Écoute, soupiré-je, si tu ne me le dis pas, quelqu'un d'autre le fera. C'est ta seule chance de mettre les choses au clair.

Ses bras retombent le long de ses flancs et il s'avance vers moi.

— Très bien, tu veux que je mette les choses au clair ? Voilà la vérité, claire et nette. J'ai pensé à te donner du vin de lilas un *millier* de fois.

Il vient se placer juste devant moi et quelque chose, dans son agitation, me fait reculer.

— Je me suis imaginé te le donner secrètement, comme Mara vient de le faire, te persuader de le boire sans savoir de quoi il s'agissait.

Mon dos se plaque au mur et Des m'emprisonne entre ses bras.

— J'en ai même fait préparer, continue-t-il en tendant la main pour caresser ma gorge du pouce. J'en avais dans mon frigo, sur l'île de Santa Catalina, et j'en ai toujours sous la main au palais.

— Qu'est-ce que c'est?

Et pourquoi devrais-tu utiliser la tromperie pour me le faire boire ?

Les muscles de sa mâchoire se crispent alors qu'un dilemme fait rage en lui, entre tout m'avouer ou ne rien dire. Au bout d'un moment, il cède à mes interrogations.

— Il y a très longtemps, les fées ont trouvé un moyen de rendre leurs amants mortels immortels, explique-t-il.

Son regard est perçant, plein d'espoir, alors qu'il parle.

— Ils leur ont donné du vin de lilas, et leur chair, qui aurait dû vieillir, est devenue sans âge. La magie qui aurait dû être imparfaite est devenue parfaite. Deux espèces n'ont plus fait qu'une.

— Je ne comprends pas, dis-je. Pourquoi en faire un secret?

Ce n'est pas comme si j'avais quoi que ce soit contre le vin de lilas, maintenant que je suis au courant de son existence.

— Je ne voulais peut-être pas connaître ton opinion. Si tu voulais devenir immortelle, cela aurait voulu dire que tu étais prête à faire une croix sur toutes ces choses qui te rendent si délicieusement humaine… des choses que j'aime.

Oooh.

— Mais si tu ne voulais pas être immortelle, ça voudrait dire que tu me demandais de te regarder vieillir sans rien faire… te regarder mourir.

Il scrute mon visage, assombri par la tristesse. Parce que je *vieillis*, c'est vrai. Je serai morte bien avant lui.

— Alors tu t'es dit que me faire boire le vin sans me le dire valait mieux que de connaître mon opinion sur le sujet?

Vous voyez, c'est pour ça que les couples doivent se parler. C'est l'exemple parfait de la différence entre une option saine et une option malsaine.

— Tu remarqueras que je ne t'ai *rien* fait boire, se défend-il.

— Mais tu y as songé, répliqué-je.

— À combien de choses as-tu songé ? Est-ce que le simple fait de songer à quelque chose est mal ? soulève-t-il, ses lèvres effleurant mes lèvres.

Je déglutis.

— Qu'est-ce qui t'a empêché de me donner le vin ?

Il s'écarte un peu et fronce les sourcils.

— La même chose qui m'a empêché de t'emmener, le soir de ton bal de promo, pour te faire mienne pour toujours. Je possède assez d'humanité brisée en moi pour savoir que c'est mal, et assez de maîtrise pour lutter contre ma nature profonde.

— Et quelle est ta nature profonde ? l'interrogé-je dans un doux murmure.

— Prendre ce que je veux quand je le veux, sans jamais m'en excuser auprès de personne.

OK…

— Tu veux connaître un secret ? ajoute-t-il sans attendre ma réponse. Notre lien ne sera complet que si tu bois le vin de lilas. Ce n'est qu'à ce moment-là que nous pourrons partager librement notre magie.

Chapitre 34

Plus il me parle de ce vin de lilas, plus ça me plaît.

— Rappelle-moi encore une fois pourquoi tu ne veux pas que je boive le vin ? demandé-je.

Des m'adresse un petit sourire.

— Peu importe ce que je veux. Je t'ai attendue pendant huit ans, chérubin, et tu es là, maintenant, à réchauffer mon lit et à soutirer mes secrets. Ça me suffit amplement.

— Pourquoi Mara a-t-elle essayé de me donner du vin de lilas ? demandé-je, curieuse de connaître les motivations de la Reine de la Flore.

Il est clair qu'elle ne m'apprécie pas beaucoup, alors pourquoi me faire un tel cadeau ?

Des incline la tête.

— Faisons un marché : je réponds à ta question si tu réponds à l'une des miennes.

Tout doit toujours se transformer en marché, avec le Négociateur.

— Très bien, acquiescé-je.

Ce n'est pas comme s'il ne pouvait pas me prendre une perle et me forcer à lui dire la vérité, de toute façon.

Je sens un léger frisson de magie dans l'air alors que Des me lie à mon accord.

Son sourire s'étire, puis il le dissimule.

— Pour répondre à ta question, Mara avait sûrement plusieurs raisons de te donner le vin de lilas. Elle voulait que toute la salle la voie se montrer généreuse avec une humaine et accepter notre lien. C'est une manœuvre politique. Elle voulait aussi faire comprendre que tu serais mieux acceptée si tu devenais plus comme nous. Et pour finir, elle cherchait des faiblesses dans notre relation.

— Pourquoi ferait-elle ça ? l'interrogé-je.

— Pour avoir un moyen de pression, explique Des. C'est facile d'avoir de l'emprise sur les gens, une fois qu'on les a compris.

C'est à donner le tournis, toutes ces couches de stratagèmes manigancées simultanément par les fées. Moi qui croyais commencer à comprendre ces créatures, voilà que j'entends ça. Je n'arriverais même pas à garder le fil d'un tel niveau d'intrigues.

— Maintenant, reprend Des, je crois que c'est mon tour.

Ah, oui, c'est à moi de répondre à une question.

— De quoi est-ce que tu parlais avec l'Homme Vert, plus tôt dans la soirée ?

Je me sens pâlir.

Il a remarqué cette conversation ?

Cet homme est bien trop perspicace.

Je déglutis. Je n'ai *vraiment* pas envie de m'engager là-dedans.

Plus j'hésite, plus je sens sa magie peser sur moi. Elle s'enroule autour de ma trachée et me force à parler.

— On a couché ensemble sans protection, finis-je par lâcher.

La magie ne desserre pas son étreinte.

Argh.

Des attend que je termine.

Je prends une grande inspiration.

— Je suis peut-être enceinte, murmuré-je.

Il écarquille les yeux à cette confession.

Je me frotte la nuque et l'observe avec méfiance alors que sa magie se dissipe.

Il m'étudie, et je n'ai aucune idée d'à quoi il pense.

— Qu'est-ce qui te tracasse vraiment, chérubin ? demande-t-il enfin.

Hein ?

— C'est ça qui me tracasse, Des. Le fait d'avoir un bébé.

Rien que de prononcer ces mots rend la situation encore plus réelle. Je dois faire un test de grossesse fissa.

— Je croyais que tu avais envie d'avoir des enfants? remarque Des de sa voix la plus dangereuse.

J'en ai envie, c'est vrai; le problème n'est pas de savoir si j'en veux, mais quand.

— Tout ça va trop vite, dis-je.

— Trop vite?

Ce n'était clairement pas les bons mots à dire. Je le vois dans ses yeux. Dans cet éclat étrange et peu familier, brille quelque chose de typiquement fae.

— Tu ne crois pas qu'on a déjà été assez lentement comme ça? souligne-t-il.

Il presse une main délicate sur mon ventre et la referme dessus. Je le dévisage, bien consciente d'être face à Des le fae, le Des sombre, qui aspire à des choses que je ne peux comprendre.

Qu'a dit Phaedron, déjà?

Aucune fée ne laisserait sa compagne lui échapper, tout ça parce qu'elle a protesté.

N'était-ce pas exactement le thème de cette soirée? La possibilité que j'aie envie de choses qui m'éloigneront de Des au lieu de me rapprocher de lui?

— J'ai peut-être envie que tu portes mon enfant, dit-il, sa main passant de mon ventre à mon bracelet. J'ai peut-être envie qu'on commence tout de suite…

Je déglutis, la bouche sèche.

D'un coup, il me lâche le poignet et recule, se passant les mains dans les cheveux. Cette étincelle dangereuse s'évanouit de son regard.

Il se laisse tomber lourdement sur la chaise la plus proche et, maintenant que le Des inquiétant s'est retiré, je sens mes genoux chanceler de… quoi? Soulagement? Déception? Son côté sauvage est presque aussi attirant qu'effrayant. Ça fait peut-être de moi quelqu'un de dérangé, mais tant pis; je sais que je suis tordue depuis longtemps.

— Pardonne-moi, souffle-t-il, les mains sur le visage. Ce lien éveille tout un tas d'instincts barbares.

Je lisse ma robe et m'écarte du mur.

— Je n'aurais pas dû réagir comme ça, ajoute-t-il en se frottant la bouche et le menton. C'est juste... particulièrement difficile pour les femmes de concevoir des enfants faes. Nous ne les voyons pas comme des fardeaux. *Je* ne les considérerai jamais comme des fardeaux.

J'ai chaud et froid à la fois, et je me sens confuse, comme si quelqu'un m'avait coupé l'herbe sous le pied.

— Et j'espérais, continue-t-il, que tu ne les voies pas comme ça non plus.

— Ça fait partie de la raison pour laquelle tu t'es réfréné de me donner le vin de lilas ? deviné-je.

Je suppose que ma fertilité faiblirait dès que j'aurais bu le vin, si cela peut vraiment me faire ressembler à une femme fae.

Il éclate de rire.

— Par les Dieux, non ! Je t'ai déjà expliqué les raisons pour lesquelles je ne t'avais pas donné le vin. Et si j'avais été déterminé à te mettre enceinte, chérubin, je ne pense pas qu'un petit obstacle comme l'immortalité suffirait à m'en empêcher.

Son regard me réchauffe au plus profond de moi. Je laisse échapper un soupir.

— Mais tu veux des enfants, n'est-ce pas ? l'interrogé-je.

Ses yeux argentés stupéfiants croisent les miens. Ils me rappellent la lumière, les ténèbres et tout ce qu'il y a entre les deux.

— Avec toi ? Bien sûr.

Je ne sais pas pourquoi cela me touche à ce point, pourquoi ce qu'il me dit et la façon dont il le dit me serrent autant la gorge, mais c'est ce qui arrive.

Parfois, j'oublie que j'ai vraiment la chance d'avoir cette vie, dans toute son horreur et sa beauté. Dans toutes ses complications confuses. Je n'ai qu'à tendre la main pour l'obtenir, quand je le veux. Plus que ça, Des a *envie* que je tende la main pour m'en emparer.

Je me dirige vers lui, en proie à mes émotions violentes et à fleur de peau.

— Je ne crois pas que tu sois enceinte, déclare-t-il en levant la tête quand je m'approche. Mais si tu l'étais, nous y ferions face ensemble, chérubin, comme nous avons toujours fait face à tout le reste…

Je prends son visage entre mes mains et le fais taire d'un baiser.

Cet amour entre nous est plus grand que lui, plus grand que moi.

— Des flammes aux cendres, de l'aube au crépuscule, pour le restant de nos jours, sois à moi pour toujours, Desmond Flynn, murmuré-je contre ses lèvres, récitant ces mots à cause desquels je l'ai perdu par le passé.

Ils contiennent toujours ce même pouvoir merveilleux et effrayant que la première fois que je les ai prononcés, même maintenant que j'ai payé le prix pour le faire.

Des m'attire plus près et me serre contre lui.

J'oublie toujours que sous toute son impudence et son pouvoir, une partie de lui est vulnérable, hésitante. Je lui ai dit ces mots il y a sept ans, mais sept ans sans les entendre, c'est long… une éternité, pour deux âmes sœurs.

Je le sens tressaillir sous moi alors qu'il répond :

— Jusqu'à ce que les ténèbres meurent.

Chapitre 35

Des et moi entrons dans le salon de Mara en fin de matinée. Aujourd'hui, j'ai pris un petit déjeuner… avant de manquer de tout dégobiller durant notre entraînement.

Oh, les joies de devenir une arme de destruction massive !

Mara est déjà couchée sur un canapé à nous attendre. Elle est vraiment majestueuse, avec sa robe couleur lilas drapée autour d'elle, qui donne un aperçu de ses jambes grâce à quelques fentes.

— Ah, vous voilà, dit-elle en levant les mains pour nous accueillir, comme si les événements d'hier ne s'étaient jamais produits.

Je suis encore en sueur après mon exercice, et j'essaie discrètement de tirer sur ma tenue d'entraînement en cuir qui s'est collée à ma peau. Des, quant à lui, est bien plus impressionnant avec sa tenue moulée à son corps comme une amante.

Nous étions en pleine lutte, et je suis certaine que j'étais en train de prendre le dessus, quand les soldats de Mara nous ont interrompus pour nous informer que la Reine de la Flore requérait ma présence.

Des a pris sur lui de se joindre à moi, même s'il n'a reçu aucune invitation. Et nous voilà désormais face à elle, l'air complètement déplacés dans ce petit salon distingué.

Autour de Mara, plusieurs serviteurs s'affairent. J'aperçois la peau rouge et boursouflée de leurs poignets.

Des humains. Des *esclaves*.

Le regard de Mara suit le mien et l'expression de son visage se fait plus excitée quand elle réalise ce que j'observe.

Dans son monde, quels que soient mes titres et mes relations, je resterai toujours l'une d'entre *eux*. Une ombre, un serviteur, une race inférieure.

Mara reporte son attention sur Des et lui adresse un sourire rusé.

— Tu ne me faisais pas assez confiance pour me laisser seule avec ta compagne ?

— La dernière fois que ma compagne s'est retrouvée seule avec un souverain, elle a failli mourir. N'y vois rien de personnel.

Mara fait claquer sa langue.

— Tu es *si* protecteur, remarque-t-elle.

Puis elle tourne les yeux vers moi et demande :

— Mais tu n'as pas besoin de protection, n'est-ce pas ?

Sur Terre, non.

En fait, si Des avait fait un truc comme ça chez moi, ça m'aurait agacée au plus haut point. Mais ici, où mon charme est sans effet et où je suis entourée d'immortels qui aiment encore plus les sports sanglants que ma sirène, j'ai tendance à laisser Des se montrer protecteur avec moi.

Je m'assieds sur le fauteuil en velours vert en face d'elle et Des s'installe sur le siège assorti de l'autre côté.

— Du thé ? propose Mara en faisant un geste vers le service élégant posé sur la table basse devant elle.

Je secoue la tête.

— J'espère que ça ne vous dérange pas si je m'en sers un, continue-t-elle.

Les vignes qui recouvrent toute la pièce remontent le long de la table basse, s'enroulent autour de la théière et d'une tasse fine. Elles soulèvent les objets en porcelaine dans l'air et, avec délicatesse, inclinent la théière pour verser le liquide dans la tasse.

— Appréciez-vous votre séjour, jusqu'ici ? s'enquiert Mara en se renfonçant dans son siège.

Je n'arrive pas à détourner les yeux de toutes ces plantes en train de verser une tasse de thé.

Je ne me lasserai *jamais* des démonstrations de magie.

— Hum hum, articulé-je.

Je regarde d'autres vignes se joindre au spectacle, une pour ajouter du lait dans la tasse, l'autre pour y laisser tomber un cube de sucre.

— J'ai entendu dire que durant la première soirée de festivité, vous et le roi vous étiez esquivés dans la forêt pendant quelque temps.

Je détourne les yeux du thé.

Je rougis en me souvenant de la façon dont Des m'a pressée contre cet arbre, le torse collé au mien pendant qu'il allait et venait en moi.

Évidemment, la reine sait qu'on a fait l'amour sous la canopée de sa forêt.

— Oh, il n'y a aucune raison d'être embarrassée, m'assure-t-elle en remarquant mes joues rouges. Nous célébrons le cycle des saisons en nous unissant. C'est un honneur de voir le Roi de la Nuit et sa compagne sanctifier la célébration en participant. J'ai moi-même disparu dans la forêt plusieurs fois pendant cette seule soirée.

Franchement, j'aurais préféré ne pas connaître ce détail.

Je glisse un regard à Des.

Il est installé sur son fauteuil, une cheville posée sur son genou et se frottant la lèvre inférieure du pouce tout en m'observant. À en juger par la flamme qui brûle dans ses yeux, il se souvient très bien de cette soirée, lui aussi. Et contrairement à moi, il n'a pas l'air embarrassé du tout.

L'une des vignes tend une tasse de thé à Mara. Elle la prend et la porte à sa bouche d'un geste gracieux.

— Donc, reprend-elle en mettant les amabilités de côté, j'ai aussi entendu dire que tu recherchais activement le Voleur d'Âmes.

Mara m'observe par-dessus le bord de sa tasse de thé.

Je hoche la tête. Techniquement, Des et moi menons l'enquête ensemble, mais quand je tourne de nouveau la tête vers lui, j'ai l'impression qu'il a envie que je m'en attribue tout le mérite.

— Tu sais donc que des gardes des quatre royaumes ont disparu durant les festivités du Solstice.

Je hoche de nouveau la tête.

— J'espérais éviter cette situation, avoue-t-elle en buvant une gorgée de thé et en secouant la tête. Je voulais discuter avec vous du témoignage des dernières personnes qui ont vu les victimes en vie. Je pense que vous trouverez ça très intéressant.

Elle se penche pour prendre une cuillère à café sur le plateau à thé, puis la plonge dans sa tasse.

— Vous voyez, un grand nombre d'entre eux affirment avoir vu leurs camarades accompagnés d'un individu précis. Le *même* individu.

J'agrippe mes accoudoirs, redoutant, *sachant* déjà ce qu'elle va dire.

— Qui ? demandé-je malgré tout.

— Votre compagnon, Desmond Flynn.

Chapitre 36

Des reste assis avec langueur sur le fauteuil à côté du mien. Il arque un sourcil.

— Tu avais l'intention d'annoncer ça à ma compagne, *seule à seule* ?

Rien n'a de sens, dans cette situation. Ni les témoignages, que j'arrive à peine à encaisser, ni la réaction sereine de Des à cette révélation.

Mara ignore sa remarque.

— Peux-tu nous indiquer l'emploi du temps de ton compagnon, ces derniers soirs ?

Attendez, elle est sérieuse ? Elle veut que je fournisse un alibi à Des ?

Mon regard passe de Mara à Des – Mara ressemble à un requin ayant senti l'odeur du sang et Des ne laisse rien paraître.

— Oui, réponds-je d'une voix ferme. Il était avec moi. Vous soupçonnez la mauvaise personne. C'est Janus qui m'a enl…

— Desmond était avec toi toute la nuit ? insiste Mara en me coupant la parole.

Ma sirène remue à mon agitation, désirant sortir. Si j'avais été sur Terre, je l'aurais repoussée, mais ici, dans l'Autremonde, où ma magie est plus ou moins inutile, je n'ai pas à craindre de perdre le contrôle de mon pouvoir. Alors je la laisse remonter à la surface.

Ma peau se met à miroiter.

— Vous croyez *vraiment* que je laisserais le Roi de la Nuit quitter mon lit une fois qu'il est dedans ? demandé-je, le charme teintant ma voix.

Je ne subirai pas d'interrogatoire.

En face de moi, Mara esquisse un sourire, une lueur rusée dans les yeux.

Un bruit de verre brisé interrompt la discussion.

Une jeune et jolie servante me dévisage, les yeux écarquillés, un vase brisé à ses pieds. Elle se rapproche et le verre crisse sous la semelle de ses chaussures.

Mara lève les yeux au ciel.

— Petite insolente, grince-t-elle entre ses dents, avant d'ordonner : Nettoie ça tout de suite.

Mais la servante ne nettoie pas le vase. Elle n'écoute pas du tout la Reine de la Flore. Ses yeux sont rivés sur moi et elle est totalement sous mon charme.

Mon pouvoir sombre et séducteur glisse sous ma peau.

Enfin, quelqu'un se plie à ma volonté.

Mara pose sa tasse de thé et les vignes autour d'elle commencent à se tortiller et à fouetter l'air de manière agitée.

— Tu veux des coups de fouet, femme ? lance-t-elle d'une voix stridente.

Je souris alors que la servante se rapproche, savourant le pouvoir, le contrôle.

— Félicitations, ma reine, intervient Des. Tu es l'une des premières fées à être témoin de ce dont ma compagne est capable avec les humains.

Mara détourne les yeux de la servante pour lancer un regard déconcerté au Négociateur. Puis elle me réexamine avec ce qui ressemble à une approbation réticente dans les yeux. Pendant ce temps, sa servante se dirige toujours vers moi, son regard vitreux fixé sur mon visage.

Je me tourne face à elle.

— Nettoie le vase que tu as cassé, puis reprends tes tâches habituelles, dis-je.

Aussitôt, la servante se retourne, revient vers le verre brisé et commence à en ramasser les plus gros morceaux.

— *Incroyable*, souffle Mara.

Je fronce les sourcils alors que j'observe la servante et entraperçois la peau rougie au niveau de son poignet, là où elle a été marquée.

C'est Mara qui lui a fait ça. Qui l'a marquée.

— Comme il nous serait plus facile de les contrôler si nous disposions de quelqu'un comme elle, s'émerveille Mara d'un ton songeur avant de se tourner vers Des. Est-ce qu'il y en a d'autres comme elle ?

Mes doigts se crispent autour des accoudoirs de ma chaise.

Humaine. Esclave. *Victime.* C'est ce que j'ai été un jour, ce qu'est cette servante. Et la reine des fées à côté de moi est sa geôlière, sa tortionnaire. C'est *elle* qui mérite tout mon courroux.

Je me tourne vers Mara, sentant ma colère se déchaîner. Je me lève, un frisson de pouvoir me parcourant. Voilà un mal à combattre, une reine à vaincre, une âme à briser et un corps à saigner.

Dans la périphérie de ma vision, je vois Des se raidir. Mon roi inébranlable est nerveux, pour une fois. Comme c'est *ravissant.*

Mon corps ondule alors que je m'avance vers Mara. Lentement, je m'assieds sur ses genoux.

— Ça ne vous dérange pas ? demandé-je, sans me soucier de connaître la réponse.

Elle étire les lèvres en un sourire.

— Tu as un compagnon, enchanteresse, rappelle-t-elle.

— Il ne proteste pas.

Pas encore.

Elle hausse les sourcils.

— Dans ce cas, je t'en prie.

Je vois le désir dans ses yeux. Les fées, ai-je découvert, ont une sexualité plus ouverte que les humains.

Je pose les mains de chaque côté de sa tête pour la bloquer. Je me penche tout près d'elle et demande :

— Pourquoi les gardez-vous prisonniers ?

Mon regard se pose sur son cou. Si délicat. Une partie si fragile de son corps. Je ne peux pas contrôler cette femme, mais je peux la séduire. Je peux lui faire mal.

Mes ongles s'aiguisent, éraflant son canapé. Elle ne se rend absolument pas compte que sa réponse déterminera ce que je ferai ensuite.

— Qui ? demande-t-elle, ses lèvres malicieuses articulant gracieusement le mot.

— Les esclaves, précisé-je. Vous les marquez et les gardez prisonniers. Pourquoi ?

Une main lourde se faufile sous mon bras.

— On s'est assez amusés comme ça, mon amour, dit Des en me soulevant des genoux de Mara.

Je suis à deux doigts de me débattre. Je sens presque déjà son sang couler entre mes doigts.

— Garde tes vendettas pour plus tard, chérubin, ajoute-t-il d'une voix plus basse.

Au lieu de me réinstaller sur mon siège, Des nous fait asseoir tous les deux sur le sien, m'attirant sur ses genoux. Mon désir de vengeance n'est freiné que par les lentes caresses de sa main le long de mes côtes.

Mara nous observe, les paupières à demi closes.

— T'a-t-on raconté l'histoire de ma sœur ? reprend-elle en me regardant d'un air songeur.

Elle continue sans attendre ma réponse.

— Thalia Verdana, indique-t-elle, l'héritière de la Flore la plus puissante de ce millénaire. Ce n'était pas une beauté saisissante, mais qu'est la beauté face au pouvoir ?

Le regard de Mara se fait distant alors qu'elle continue :

— Bien sûr, pour Thalia, la beauté était tout. Elle convoitait ce qu'elle n'avait pas.

La Reine de la Flore tourne les yeux vers moi et Des.

— Évidemment, tout le monde sait aussi qu'on n'a pas besoin d'être beau quand on a trouvé l'amour… et elle l'a trouvé, sous la forme d'un ménestrel itinérant, rien que ça. Ou c'est ce qu'elle croyait, en tout cas.

Mara remue distraitement sa tasse.

— Nos parents étaient scandalisés par cette union, mais ça n'a pas empêché Thalia de continuer à le voir. Saviez-vous que les fées pouvaient brader leur pouvoir ? Elles peuvent le partager, en faire don, mais elles ne peuvent pas le transmettre… la mort rompt tous les marchés.

Elle examine ma peau brillante et reprend :

— Il s'est avéré que l'homme était en réalité un enchanteur… une fée capable d'ensorceler les autres fées par un souhait et un baiser. Thalia est tombée sous son charme…

Elle se racle la gorge.

— Mes parents l'ont tué avant qu'il ait pu détruire notre royaume. Bien sûr, à ce moment-là, Thalia ne pouvait plus être sauvée. Elle l'a suivi dans le Royaume de la Mort. C'est comme ça que je suis devenue l'héritière de ce royaume.

Mara nous adresse un sourire crispé.

— Cela faisait longtemps que je n'avais plus rencontré d'enchanteur… et jamais je n'en avais rencontré un humain. Malgré mes réserves, je me rends compte que vous me captivez…

Une lueur de désir passe dans ses yeux alors qu'elle m'examine.

— Oui, Callie a cet effet sur les gens, acquiesce Des d'une voix un brin possessive. De quoi parlions-nous, déjà ?

Des m'observe, puis tourne les yeux vers Mara.

— Ah, oui, lance-t-il en claquant des doigts. Ça me revient, maintenant. Mara, tu étais en train d'insinuer que j'étais à l'origine des disparitions récentes.

Elle se réinstalle sur son siège.

— Quand plusieurs témoins voient tous la même chose, on ne peut que se demander…

C'est la deuxième fois en deux jours qu'un autre souverain remet en cause l'innocence de Des.

J'ai de nouveau envie de m'énerver.

— Ce n'est pas lui, grogné-je.

Le son qui sort de ma bouche est à la fois dur et mélodieux.

— C'est Janus qui m'a enlevée. Soit vous mettez en cause ces deux rois, ou vous n'en mettez aucun en cause.

La Reine de la Flore tend la main vers l'une des vignes, qui commence à s'enrouler autour de son bras.

— Aucune des autres femmes capturées ne s'est plainte d'avoir été enlevée par le Roi du Jour, s'étonne-t-elle. Seulement vous, la compagne du Roi de la Nuit. Comment puis-je être sûre que vous n'êtes pas juste en train de le protéger ?

Seule la poigne de fer de Des sur ma taille m'empêche d'aller étrangler la reine fae.

— De plus, continue-t-elle, ces femmes capturées ont toutes dit avoir été enlevées après s'être endormies. Le sommeil, comme vous le savez, est gouverné par le Royaume de la Nuit.

Tous les indices pointent vers Des. Pourquoi est-ce que tout pointe vers Des ?

Ma peau pâlit alors que cette pensée angoissante tourne dans ma tête.

— Et pourtant nous sommes assis là, à discuter comme des gens civilisés, remarque Des en se penchant en avant. Tu n'as pas sanctionné mon royaume et tu ne m'as pas viré des festivités. Tu ne m'as exclu d'aucune célébration, bien que j'aie enfreint l'accord de neutralité il y a deux soirs quand j'ai attaqué Janus. Tes actions – ou ton absence d'actions – ne ressemblent pas à celles d'une reine inquiète.

Les vignes autour de Mara commencent à fouetter l'air autour d'elle.

— Ne prétends *pas* connaître mes intentions, Desmond Flynn.

Son pouvoir se répand dans toute la pièce et l'air est submergé de l'odeur écœurante des fleurs.

Les yeux de Des étincellent.

— Renvoie-nous, ma compagne et moi, Mara. Nous partirons. Le Solstice pourra continuer et tu pourras tester ta théorie concernant ma culpabilité, la provoque-t-il, le regard hypnotique.

Le pouvoir de la Reine de la Flore englobe toujours la pièce comme un nuage d'orage prêt à exploser. Mais au lieu de déverser sa colère, Mara jauge Des du regard.

— Donne-moi ta parole que tu es innocent, et nous pourrons mettre fin à tout ça, lâche-t-elle.

Le Négociateur, un homme qui passe la moitié de sa vie à conclure des marchés avec des imbéciles, n'hésite pas une seconde :

— Je donnerai ma parole en échange de la tienne.

— Je te demande pardon ? rétorque Mara, l'air offensée.

— Je te jurerai mon innocence si, en retour, tu me promets cinquante ans d'alliance indéfectible entre les Royaumes de la Flore et de la Nuit.

Une vague de colère submerge le regard de Mara, et l'odeur florale sature de nouveau l'air.

— Tu oses tirer parti de mes bonnes grâces ?

— Je préfère t'avoir comme alliée que comme ennemie.

Et dire qu'il y a seulement quelques minutes, j'étais à deux doigts de mettre une raclée à cette femme.

Les mots de Des semblent apaiser la majeure partie de sa colère. Elle se renfonce dans son siège.

— Très bien.

Tout en continuant à me retenir d'un bras, le Négociateur tend l'autre, et Mara lui serre la main.

Dès que leurs paumes entrent en contact, l'air vacille autour d'eux, ondulant comme de l'eau.

— Je promets devant les Dieux Immortels que je ne suis pas à l'origine des disparitions.

Le corps de la reine semble se détendre. Elle hoche la tête.

— Je jure devant les Dieux Immortels, et au nom de mon royaume, que pendant cinquante ans, nous serons les alliés du Royaume de la Nuit.

Dès que ces mots ont été prononcés, la magie qui ondulait autour d'eux implose, aspirée de nouveau dans leurs mains serrées.

Et c'est terminé.

Chapitre 37

— Tu t'amuses bien, esclave ?

Je me retourne et fouille des yeux la forêt sombre de la Reine de la Flore à la recherche de l'homme qui vient de parler. Les chênes sacrés qui m'entourent frissonnent sous la brise nocturne.

Cette voix…

Elle est si familière.

Mais il n'y a personne dans la forêt, personne à part moi.

Je me frotte les bras, ne sachant trop comment je me suis retrouvée dans le bosquet de chênes sacrés de la reine.

Peu importe, je vais retourner dans ma chambre en volant.

Mes ailes se déploient dans mon dos et battent quelques fois pour s'étirer.

Je sens quelque chose me couler sur le bras. Une autre goutte tombe sur mes cheveux.

Je lève mon bras devant mon visage. Dans la pénombre, je distingue à peine le liquide, je sais juste qu'il est sombre. Sombre et chaud.

Je prends une brusque inspiration.

Du sang.

Une autre goutte tombe sur le sommet de ma tête. Je lève les yeux vers le treillis de branches. Du sang suinte de l'écorce, et plus je regarde, plus l'écoulement est important. J'entends des gouttes tomber sur les feuilles qui jonchent le sol de la forêt. Ça ressemble à un début d'orage, le sang tombant d'abord doucement, puis de plus en plus vite. Il coule sur ma peau et mes vêtements.

— La vie et la mort sont de si proches amantes, lance une voix à travers les ténèbres. Tu n'es pas d'accord ?

Un homme sort du bois, ses iris et ses cheveux tressés aussi sombres que la nuit.

Il est exactement comme je m'imaginais les fées, avant de rencontrer Des. La couleur de ses yeux est inversée, sa bouche expressive et boudeuse, son nez droit et fin, ses oreilles pointues. Il possède le genre de beauté sinistre qu'on trouve dans les contes de fées.

L'homme étire très légèrement les lèvres et ses yeux s'illuminent de cette manière démente propre aux fées.

— Tue-la, dit un autre homme derrière moi.

Cette voix ! Elle est si douloureusement familière. À n'importe quel autre moment, je me serais retournée, mais mon instinct me dit que la vraie menace est en face de moi, et je ne lui tournerai pas le dos.

— Son âme ne m'est pas destinée, réplique l'homme aux yeux noirs tout en continuant à me dévisager avec une intensité sinistre.

Je sens une lame me mordre la gorge et, du coin de l'œil, j'aperçois une crinière de cheveux blond polaire.

— Tu as raison, lance la voix familière dans mon dos. Elle est à moi.

D'un coup, je comprends.

Des. C'est la voix de Des que j'entends dans mon dos.

— Profite bien de toutes les petites morts qu'il te reste, me murmure-t-il à l'oreille. Je vais venir te chercher.

Puis il me tranche la gorge.

***

Je me réveille dans un hoquet de stupeur, le corps emmêlé dans les draps et une paire de bras forts autour de moi.

La lueur de l'aurore s'infiltre dans la pièce par la fenêtre, projetant des teintes bleues sur tout ce qu'elle contient. Tout est si différent des ténèbres de mon rêve.

Je lève la tête et plonge mon regard dans les doux yeux argentés de Des. Mon cœur manque de cesser de battre.

Mes oreilles bourdonnent encore là où il m'a murmuré ces mots il y a quelques secondes, et je pourrais jurer sentir une douleur fantôme me piquer la gorge, à l'endroit où est passée sa lame.

Il écarquille un peu les yeux à ma réaction.

— Chérubin, est-ce que… tu as *peur* de moi ?

Je déglutis pour ravaler la boule qui s'est formée dans ma gorge, ne voulant pas répondre.

C'était juste un rêve, et pourtant… pourtant, ça avait l'air réel.

Que m'a dit Des, il y a longtemps ?

Les rêves ne sont jamais que des rêves.

Il continue à scruter mon visage.

— Tu as *vraiment* peur.

Des fait courir sa main sur mon bracelet et demande :

— Pourquoi as-tu peur de moi ?

Dès qu'il m'a posé cette question, sa magie vient peser sur mes épaules, et je n'ai pas besoin de baisser les yeux sur mon poignet pour savoir qu'une autre perle a disparu.

Je me lève du lit, entraînant un drap avec moi.

— C'était juste un rêve, réponds-je.

Ça ne suffit pas. La magie est toujours là, pesant sur moi.

— Et ? insiste Des, bien conscient que je suis toujours sous l'emprise de sa magie.

Je m'étreins la gorge.

— Et dans ce rêve, tu m'as tuée, avoué-je.

Cette réponse suffit à me libérer du pouvoir de Des.

Il se laisse aller en arrière sur notre lit, l'air maussade. Mon regard dérive vers ses cheveux ébouriffés par le sommeil et son torse nu. C'est une sensation étrange d'être à la fois effrayée et attirée par quelqu'un, mais c'est ce que je ressens.

— Callie, m'appelle-t-il en me voyant lutter contre mes instincts. Viens ici.

J'hésite, et je pourrais jurer que ce moment de doute brise quelque chose au fond de mon compagnon.

Il baisse un peu plus la voix.

— Tout va bien. Jamais je ne…

Il s'interrompt, puis reprend :

— Jamais je ne te ferais de mal.

D'un coup, je me sens vraiment stupide. Je sais qu'il ne me ferait jamais de mal. Il est cette partie de mon âme qui vit à l'extérieur de mon corps.

Je m'avance vers lui. Il se lève du lit, se dressant de tout son mètre quatre-vingts, vertigineux, *intimidant.*

Il me rejoint et me prend dans ses bras. La présence qui, dans mes rêves, semblait si haineuse, ne renvoie désormais plus qu'un amour puissant. Les muscles utilisés pour me tuer ne servent désormais plus qu'à me réconforter.

— Raconte-moi ton rêve dans les moindres détails, demande-t-il.

Et c'est ce que je fais.

Quand je termine, mon compagnon inébranlable a l'air… inquiet.

— Qu'est-ce qu'il y a ? l'interrogé-je.

Il secoue la tête, sourcils froncés.

— Rien de bon. Si c'était un rêve normal, j'aurais réussi à te réveiller. Ceux-là… ceux-là ne te relâchent que lorsqu'ils l'ont décidé. Je pensais avoir perdu la main s'agissant de te réveiller, mais maintenant, je me demande…

— Quoi ? demandé-je en scrutant son visage.

— Le contrôle des rêves est une caractéristique du Royaume de la Nuit. Il est possible que quelqu'un te prenne pour cible pendant que tu dors, et c'est peut-être la même personne qui enlève les soldats.

Il va venir te chercher.

— Le Voleur d'Âmes, murmuré-je.

Chapitre 38

Qui est le Voleur d'Âmes, au juste ? Et pourquoi envahirait-il mes rêves ? C'est ce que je me demande tandis que nous nous dirigeons tous deux vers la salle du trône de Mara.

Si mes rêves sont plus que de simples cauchemars, alors qui était l'homme aux cheveux noirs ? Et le Des du rêve n'était-il qu'une illusion destinée à m'effrayer ? Ou mes rêves n'ont-ils rien à voir avec les disparitions ?

Toutes ces questions me donnent mal au cœur.

Des et moi entrons dans le palais de la Flore, dont les murs sont couverts de plantes vivantes et fleuries. Une partie du Solstice exige qu'on assiste aux audiences de la Reine de la Flore avec ses sujets dans la salle du trône.

— Quels faes de la Nuit, mis à part toi, possèdent un pouvoir suffisant pour pénétrer dans mes rêves ? murmuré-je, alors que nous traversons le château.

— Beaucoup.

Argh, c'est perturbant.

Des secoue la tête.

— Mais, continue-t-il, aucun ne devrait avoir assez de pouvoir pour m'empêcher de te réveiller. S'il me restait des frères et sœurs en vie, ils seraient peut-être assez forts pour pratiquer ce genre de magie, mais mon père les a tous tués.

C'est une information intéressante : le pouvoir se transmet à travers les lignées.

— Et ton père ? l'interrogé-je. Est-ce qu'il pourrait…

— Il est mort, répond Des, l'air stoïque.

Eh bien, je suppose que ça règle le problème.

Je me tais quand nous entrons dans la salle du trône de Mara et rejoignons la foule d'autres fées.

C'est dans cette salle du trône que nous avons rencontré la reine à notre arrivée. Je la parcours de nouveau des yeux, examinant les plafonds voûtés, les murs couverts de vignes et les lustres avec leurs bougies dégoulinantes, alors que Des me fait traverser l'allée.

Mon estomac se serre quand je vois Janus au fond de la pièce, aux côtés du trône de la reine et aussi rayonnant qu'un soleil matinal.

Quel est son rôle dans ce mystère ?

Dès que les deux rois se voient, je sens la tension grimper en flèche dans la pièce. Les autres doivent la sentir aussi, parce que les fées se mettent à regarder autour d'elles. L'air commence à enfler de magie, à tel point qu'il en devient difficile de respirer.

Voilà ce qui arrive quand deux mastodontes se retrouvent face à face.

— Tout va bien, assuré-je en touchant le bras de Des.

Si seulement j'étais à moitié aussi brave que le suggèrent mes mots. Je redresse le dos.

Je suis le cauchemar de quelqu'un, me dis-je.

D'accord, sûrement plutôt d'un macaron que d'une vraie personne, mais eh, il faut bien commencer quelque part.

Nous nous retrouvons bientôt à côté du Roi du Jour, à la grande frustration de Des et de Janus.

Janus n'est pas la seule fée à avoir une dent contre nous. Une douzaine de faes de la Faune sont assis ou debout dans la salle du trône, et la plupart nous lancent des regards mauvais, au Négociateur et moi.

Je suppose qu'ils n'ont pas encore tourné la page après que Des a tué leur roi…

Tout le tralala ne débute que presque une heure plus tard, ce qui n'arrange pas les choses ; sans parler du fait que même quand ça commence, c'est à peu près aussi intéressant que de regarder de la peinture sécher.

Ma seule planche de salut, c'est Des, qui est occupé à me murmurer des secrets à l'oreille concernant les membres de l'audience assis sur les bancs.

— *Il aime porter les vêtements de sa femme.*

— *Elle couche avec tous les gardes royaux, et tout le monde est au courant sauf son mari.*

— *Elle a un serviteur qu'elle appelle «papa» en secret et à qui elle demande régulièrement de la punir.*

Il se penche de nouveau et chuchote :

— J'ai passé toute la matinée à m'imaginer écarter tes douces cuisses pour te baiser jusqu'à ce que tu me supplies de jouir.

Je vacille un peu sur mes pieds et ma sirène manque de jaillir à la surface ; je dois faire un gros effort pour la maintenir en cage.

Mara tourne les yeux vers nous, avant de reporter son attention sur le sujet devant elle.

Je lui lance un regard incrédule.

Il a choisi *ce moment* pour me chuchoter des paroles coquines ?

— Je voulais juste m'assurer que tu m'écoutais, prétend-il.

Derrière nous, une porte latérale s'ouvre et Malaki s'approche de Des, accompagné de deux soldats de la Nuit. Il se penche pour murmurer quelque chose à son oreille.

Le Négociateur hoche la tête, avant de se pencher vers moi.

— Un autre soldat a disparu.

Encore un ?

— Je dois sortir brièvement pour parler à mes hommes. Malaki va prendre ma place jusqu'à mon retour.

Il dépose un baiser rapide sur mes lèvres, puis disparaît, passant la porte latérale avec les soldats de la Nuit.

Je regarde Malaki en clignant des paupières et ce dernier m'adresse un sourire tendu, avant de fusiller ouvertement Janus du regard.

Mara laisse partir son dernier sujet et se renfonce dans son trône, ses cheveux flamboyants retombant en cascade sur sa poitrine. Aujourd'hui, des roses blanches sont emmêlées dans ses boucles vives.

À côté d'elle, l'Homme Vert tourne les yeux vers moi, une expression intense sur le visage.

Argh, que cette fée est déstabilisante.

Les doubles portes au fond de la pièce s'ouvrent et une femme menottée est amenée dans la salle. Ses bras sont nus et j'aperçois une marque de feuille qui dépasse de sous les menottes.

Une humaine. Ses yeux sont gonflés, mais son visage est sec et son menton levé d'un air défiant. Tous les regards sont rivés sur elle alors qu'on la fait traverser l'allée, ses pas et ceux des gardes résonnant dans toute la pièce.

Jusqu'à maintenant, les fées ayant bénéficié d'une audience avec la reine étaient des nobles se querellant sur des sujets futiles. Cette fois, je sens que la situation est différente.

Quand elle arrive au bas de l'estrade, les gardes faes la forcent à se mettre à genoux.

— Quels sont ses crimes ? demande Mara d'une voix paresseuse.

— Elle a été surprise en train de forniquer avec une fée, répond l'un des gardes.

Attendez, c'est sérieux ?

La fille a des menottes aux poignets parce qu'elle a sauté un mec avec des ailes ?

— Des témoins ? ajoute Mara d'un ton d'ennui.

— Deux, indique le garde.

Les deux témoins sont amenés, deux humains, à en juger par leurs oreilles arrondies. Tour à tour, ils attestent avoir surpris la servante dans le domaine du palais, en train de jouer au docteur avec un soldat.

Au milieu du deuxième témoignage, la fille humaine se met à sangloter en silence.

Je me dandine d'un pied sur l'autre. Cette situation me semble malsaine. Cette femme est jugée parce qu'elle a fait exactement ce que nous faisons, Des et moi.

À côté de moi, Malaki se racle la gorge, l'air mal à l'aise.

— As-tu quoi que ce soit à dire pour ta défense ? demande Mara à l'humaine après le départ des témoins.

— S'il vous plaît, plaide-t-elle d'une voix rendue rauque par ses larmes. C'est lui qui m'a attrapée. J'ai tenté de le repousser, mais il était plus fort…

Oh, Seigneur.

Mon sang se glace dans mes veines. Je sens la nausée monter et mon estomac se tord aux paroles de la femme.

Ça ne ressemble pas à un rendez-vous galant dans les bois. Ça ressemble à un viol. Et maintenant, c'est cette femme qui s'apprête à être punie.

— Où est cet homme ? s'enquiert Mara.

Le malaise profond qui m'a submergée il y a un instant est en train de se transformer en quelque chose de brûlant et inconfortable.

Fais quelque chose.

— Il est en chemin, l'informe le garde.

— Très bien, lance Mara en réarrangeant ses jupes. Donnez vingt coups de fouet à l'esclave et, si elle a été fécondée, avortez la progéniture.

— Non.

Je ne réalise que j'ai pris la parole que lorsque toutes les personnes présentes dans la salle tournent les yeux vers moi.

Merde, OK, c'est parti.

— Je te demande pardon ? rétorque Mara, à la fois sceptique et amusée.

— Personne ne fera de mal à cette femme, insisté-je en faisant un pas en avant.

Je peux sentir mon pouvoir enfler sous ma peau. Mon corps ne s'illumine pas, mais je sens ma magie juste sous la surface. Je n'ai pas traversé l'enfer pour regarder une autre femme subir ce genre de traitement.

Mara tourne les yeux vers Malaki.

— Général, dit-elle, occupez-vous de la compagne du roi.

Je referme les mains en poings, ma sirène s'agitant en tous sens. Elle ne s'adresse même pas à moi directement, comme si je ne valais pas la peine qu'elle me remarque.

L'attention de la foule passe de moi à Malaki.

Il croise les bras sur son torse et lâche :

— *Non.*

Un frisson de murmures s'élève dans l'assemblée.

Je croise le regard de Malaki et j'ai du mal à respirer. Le plus vieil ami de Des est en train de se mettre en danger pour moi.

Mara hausse un sourcil. Puis elle se détourne de nous et annonce à ses hommes :

— Mettez la punition à exécution comme prévu. Amenez le bourreau.

Une fée s'écarte du coin de la pièce et s'approche de l'estrade, un fouet à la main.

Une sensation nauséeuse s'élève de nouveau en moi.

— Mara, vous ne pouvez pas faire ça ! m'écrié-je.

Une autre vague de murmures se déploie dans la salle, mais la Reine de la Flore m'ignore.

Le bourreau s'approche de la fille et se place dans son dos. Quelqu'un d'autre apporte une sorte de banc incurvé et les gardes situés chacun d'un côté de la servante la forcent à se plier en deux sur le banc. Ils attachent ses menottes à sa base pour qu'il lui soit impossible de bouger, le dos exposé au bourreau et à la foule derrière lui. J'entends ses sanglots et vois son dos trembler.

Le bourreau déplie son fouet et oh, mon Dieu, oh, mon Dieu, ça ne peut pas être réel.

Le bout métallique du fouet scintille dans la salle, et c'est ce petit détail qui me pousse à agir.

Je me mets en marche, animée du besoin farouche de protéger cette femme. Ma peau se met à luire et j'entends les pensées sombres et chuchotantes de ma sirène.

Fais couler leur sang, fais-les payer. Protège la fille.

Je viens placer mon corps entre l'humaine et le bourreau.

— Si tu la touches, tu le regretteras, menacé-je d'une voix aussi sauvage que mélodieuse.

Si je n'avais pas encore l'attention de toute la pièce, c'est le cas maintenant.

— Pour l'amour des Dieux Immortels, Callypso ! s'exclame Mara, s'adressant enfin à moi. Écarte-toi !

— Non.

Malaki fait un pas en avant, peut-être pour se joindre à moi. Mara lève vivement la main pour l'arrêter.

— Ah, ah, dit-elle.

À ces mots, les vignes sur le mur derrière Malaki viennent s'enrouler autour de lui, le clouant sur place. C'est le premier vrai signe indiquant que j'ai énervé la Reine de la Flore.

— Si Callypso doit devenir souveraine un jour, continue Mara en reportant son regard sur moi, elle doit mener ses propres combats. En es-tu capable, enchanteresse ?

Mara et l'Homme Vert m'observent avec la même expression fiévreuse, se repaissant de ma colère et attendant de voir ma réaction.

Je la regarde et regrette de ne pas lui avoir arraché la gorge quand j'en ai eu l'occasion.

— Toute personne qui fera le moindre mal à cette femme devra passer par moi, annoncé-je à la salle.

Mara sourit, une expression malveillante sur le visage.

— Qu'il en soit ainsi, lâche-t-elle avec un geste du poignet. Bourreau, procédez à la punition.

Derrière moi, le bourreau remue avec nervosité. J'entends le son du fouet qui se déplie et les hoquets stupéfaits de la foule.

Une colère latente brûle au fond de mon ventre alors que je me laisse tomber à genoux et tends les mains vers les menottes de la femme. Elle me regarde, les yeux écarquillés et cerclés de rouge, tandis que je m'active sur le loquet.

Merde, j'ai besoin d'une clef.

Le bourreau se met en position derrière moi, faisant craquer plusieurs fois son fouet pour le détendre.

Je frémis en réalisant que je ne réussirai pas à libérer cette femme à temps. Ces chaînes ne s'ouvriront pas sans clef, et cette dernière est dans la poche des soldats, trop loin de moi et réticents à m'aider. Mon seul allié, Malaki, est pieds et poings liés. Je suis toute seule, et si j'abandonne cette femme, elle sera fouettée.

Un feu brûle dans mon âme et du poison coule dans mes veines.

Si mon charme fonctionnait, j'aurais fait payer leur manque de réaction à toutes les fées immobiles autour de moi. Mais tout ce que j'ai, c'est mon corps et mes convictions.

Prenant ma décision en une fraction de seconde, je recouvre la femme de mon corps, mon dos ailé désormais exposé au bourreau.

Elle tremble de peur, et cela ne fait qu'alimenter mon désir de vengeance.

— Je ne permettrai pas qu'il t'arrive quoi que ce soit, murmuré-je d'une voix éthérée.

J'entends le bourreau reculer. Derrière lui, Malaki hurle.

Je lève les yeux vers Mara, brûlants de fureur.

Tu le paieras.

J'ai encore le regard rivé sur elle quand le claquement du fouet résonne dans toute la pièce. Je sens la douleur de la lacération une seconde plus tard.

Avec un craquement écœurant, les os délicats de mes ailes se brisent sous le coup. J'émets un hoquet alors que la douleur me submerge. Ma vision se trouble.

Plusieurs plumes ensanglantées flottent jusqu'au sol.

Je dois resserrer mon étreinte sur la femme tremblante sous moi pour me maintenir entre elle et le bourreau quand je l'entends relever le bras.

Sous moi, la servante continue à trembler.

— Tout va bien se passer, murmuré-je, la voix teintée par mon charme.

Je ne les laisserai pas la toucher.

J'entends le fouet siffler de nouveau dans l'air. Cette fois, quand il m'entaille la peau et me fêle les os, je ne peux retenir un cri, un son horriblement harmonieux.

Je sens du sang chaud couler le long de mon dos alors que d'autres plumes tombent sur le sol.

Vingt coups de fouet. Encore dix-huit à endurer.

À ce rythme-là, je n'aurai plus d'ailes quand le bourreau en aura terminé avec moi.

Malgré la douleur, je me mets à rire, sentant les regards horrifiés de la foule autour de moi.

N'était-ce pas ce que je voulais ? Me débarrasser de mes ailes ?

Soudain, la pièce jusqu'alors vivement éclairée s'assombrit. Les feuilles se recroquevillent et les vignes battent en retraite, comme repoussées par les ombres. La pièce devient de plus en plus sombre. Les vignes qui retenaient Malaki se dessèchent et dépérissent, lui permettant de se libérer de ses liens.

La foule était déjà silencieuse avant ; désormais, c'est comme si tout le monde avait cessé de respirer.

J'entends le fouet siffler une troisième fois dans l'air.

Il claque en heurtant de la peau et je tressaille, attendant la douleur. Elle ne vient jamais.

Je lève les yeux et découvre Des. Il tient le bout du fouet dans son poing et du sang coule de sa paume et le long de son poignet. Il arrache l'arme de la main du bourreau et la jette de côté.

— Qu'est-ce qui se passe, ici ? demande-t-il d'une voix faussement engageante.

Il tourne sur lui-même, parcourant la foule des yeux. Son pouvoir emplit toute la pièce et la salle devient plus sombre à chaque seconde qui passe, alors que les plantes jusqu'alors en fleurs se flétrissent et meurent.

Je m'écarte du corps de l'humaine et m'affaisse sur le côté. Je ne peux bouger aucune de mes ailes ; j'ai l'impression qu'elles ne sont plus qu'une plaie géante et ouverte.

— On dirait que vous vous êtes tous bien amusés pendant mon absence, remarque Des à l'attention de la foule.

Son regard s'attarde sur Mara et l'Homme Vert, tous deux toujours assis sur leur trône.

— En permettant que ma compagne soit écorchée vive.

C'est lui, ma vengeance. Ma violence. La mort ailée venue exécuter la sentence de toutes ces fées. Je souris presque.

— Malaki, ajoute-t-il, recense toutes les personnes présentes ici. Assure-toi que le Seigneur des Cauchemars leur passe le bonjour.

— Avec plaisir, répond Malaki en se débarrassant du reste de vignes mortes qui l'emprisonnaient.

— Et toi…

Des se tourne vers le bourreau, et ses pas résonnent de manière menaçante dans la salle alors qu'il s'approche de lui.

— Espèce d'imbécile. Qu'est-ce que tu croyais ? Tu dois connaître les règles : une blessure infligée de manière délibérée sur une fée peut être vengée par son compagnon.

Des attrape le bras de l'homme et le tord dans son dos. Puis il se penche tout près de lui.

— Je suis là pour la venger.

Peu importe le Solstice et l'accord de neutralité. Le Négociateur a soif de sang.

Pour la troisième fois en autant de minutes, j'entends le craquement écœurant des os brisés alors que Des casse le bras du bourreau. Et il ne s'arrête pas là. Il lui brise les deux bras, puis les jambes. Entre chaque coup, il lui murmure des choses à l'oreille, et elles doivent être horribles, parce que la fée hurle plus fort en réaction à ces mots que sous l'effet de la douleur.

C'est à cet instant que les doubles portes s'ouvrent et qu'un homme aux oreilles pointues est mené dans la salle par deux gardes de la Flore. Au contraire de la femme humaine traînée ici plus tôt, ce fae n'est pas menotté.

Les trois hommes s'immobilisent au spectacle devant eux : moi et mes ailes ensanglantées et brisées, le bourreau estropié et un Des impitoyable penché au-dessus de la fée. Sans oublier la foule captivée qui ne parle et ne bouge pas, se contentant de regarder la scène se dérouler.

— Qui est-ce ? veut savoir Des en scrutant l'homme fae qui vient d'être escorté dans la salle du trône.

— L'homme qui a abusé de cette femme, indiqué-je d'une voix tout à fait humaine.

En tout cas, je suis à peu près sûre que c'est lui. Ils ont dit qu'ils allaient le ramener.

Desmond m'observe pendant plusieurs secondes, et je sens à quel point il lui est difficile de soutenir mon regard. Plus il me voit comme ça, les ailes explosées, plus sa fureur et sa haine redoublent d'intensité. Il tourne les yeux vers la femme menottée à côté de moi et doit comprendre en partie ce qui se passe, même s'il a manqué le procès lui-même.

Pour finir, il tourne les yeux vers la fée qu'on vient de faire entrer.

Peu de créatures haïssent autant que moi les crimes commis à l'encontre des femmes, mais Des en fait partie. Le Négociateur s'avance et attrape l'homme par le cou. Les gardes autour de lui protestent, les yeux tournés vers Mara. Mais s'ils s'attendent à ce qu'elle intervienne, ils en sont pour leurs frais. La Reine de la Flore semble satisfaite de laisser les événements se jouer comme ils le font.

Des attire la fée contre lui et murmure de nouveau quelque chose à sa nouvelle cible. Quoi qu'il ait dit, cela fait aussitôt son effet sur l'homme. Même à cinq mètres de là et distraite par ma douleur, je vois la fée écarquiller les yeux et son visage pâlir quand elle entend les paroles de mon compagnon.

Puis Des commence à le traîner devant les gardes, en direction de l'estrade. Le Négociateur jette quasiment la fée sur le sol devant le trône de Mara.

— Dis à ta reine ce que tu avais l'intention de faire, ordonne-t-il.

La fée marmonne quelque chose, tête baissée.

— Plus fort.

— Je veux endurer le reste des coups de fouet de l'esclave en guise de punition, lance-t-il.

Mara se penche en avant et pose son menton dans sa main.

— En guise de punition pour quoi, au juste ?

Je ne sais pas si Mara n'a pas compris ce que cet homme a fait à la femme ou si elle ne fait que jouer avec lui.

— Pour avoir fait l'am… commence la fée, avant de s'étrangler et de s'interrompre.

J'ai assez de fois fait l'expérience de cette sensation pour savoir ce qui l'a causée… ou *qui*.

J'observe Des, qui se tient au-dessus de lui, bras croisés et mâchoire crispée. Une beauté dangereuse… voilà ce qu'il est.

— Pour avoir cou…

Il se met à balbutier, cherchant à éviter de prononcer le mot qu'il va être forcé à dire.

Cinq secondes plus tard, il abandonne.

— Pour… l'avoir violée.

La foule jusqu'alors silencieuse laisse échapper des murmures scandalisés.

Mara lève une main.

— Silence ! ordonne-t-elle pour faire revenir le calme.

Les ténèbres s'infiltrent dans la salle, éteignant les bougies, étouffant la vie des plantes qui poussent le long des murs.

Des reporte son attention sur Mara.

— La seule chose… la *seule*… qui te sauve, c'est ton serment, déclare-t-il d'une voix calme.

Sur ces mots, Des revient vers moi, les ailes déployées de manière menaçante. Avec ses lourdes bottes et sa silhouette massive, il ressemble à un prince sombre tout droit sorti des abysses.

Avec un soin infini, il me soulève et traverse l'allée pour quitter la salle tout en me serrant dans ses bras.

Chapitre 39

Des est silencieux alors que nous quittons la salle du trône, ses pas résonnant dans les couloirs caverneux. Nous sommes tous deux enveloppés dans l'ombre. À chaque pas qu'il fait, les bougies s'éteignent autour de nous et les précieuses plantes de Mara se flétrissent.

— Dis-moi ce qui s'est passé, dit-il.

Ce n'est pas une question.

Je le sens trembler de colère, lutter contre l'instinct de déchirer, arracher et détruire. Son corps bourdonne presque tant il a besoin de ça.

— Ils s'apprêtaient à punir cette femme humaine. Elle a été violée.

Je dois m'accorder quelques secondes pour me ressaisir à cause de la douleur dans mon dos.

— Je ne pouvais pas les laisser faire, ajouté-je.

Ses yeux, orageux et tourmentés, se posent sur moi, et je vois qu'une grosse partie de lui lutte pour rester en colère. Que s'il ne conserve pas sa colère là où je peux la voir, il devra relâcher toutes ses autres fichues émotions.

— Alors tu as enduré la punition à sa place.

Il a parlé d'une voix sans intonation, et je n'ai aucune idée de ce qu'il pense.

Je hoche la tête, et son humeur continue à s'assombrir.

Des me porte hors du château, traverse les jardins du palais et se dirige vers notre suite. Les ténèbres qu'il traînait avec lui plongent désormais le domaine du palais dans l'ombre, obscurcissant le ciel et étouffant la vie des plantes qu'elles touchent.

Des fées arrêtent ce qu'elles étaient en train de faire pour nous observer, le Roi de la Nuit courroucé et sa compagne, cette dernière laissant goutter du sang sur les sentiers de pierre.

Ma vision devient un peu floue à cause de la douleur ou de la perte de sang, et, bordel, mes ailes me font si mal.

Quand on approche du cèdre géant qui abrite nos quartiers, nous attirons l'attention de plusieurs soldats de la Nuit qui gardent ce périmètre. Dès qu'ils nous voient, ils arrivent en courant.

— Allez chercher un guérisseur, leur ordonne le Négociateur.

Ils repartent aussi vite qu'ils sont venus.

D'un pas vif, Des grimpe l'escalier qui s'enroule autour de l'arbre. Quand nous atteignons nos quartiers, il ouvre notre porte d'un coup de pied, fendillant l'encadrement. À l'intérieur, il se dirige vers le lit et me dépose sur le ventre, avec délicatesse.

— On va te soigner, mon amour, me promet-il en écartant une partie de mes cheveux de devant mon visage.

Je hoche la tête et ravale mes émotions. Je me sens brisée et vulnérable, et je suis si peu habituée à ce qu'on prenne soin de moi. J'avais oublié comme ça faisait du bien de compter pour quelqu'un, et la tendresse dont pouvait faire preuve le féroce Négociateur.

Il se redresse et, un instant plus tard, je l'entends pousser un juron entre ses dents, sûrement après avoir jeté un œil aux dégâts causés à mes ailes. Puis je sens ses mains sur moi, glissant le long de ma peau. Je sens sa magie s'infiltrer en moi, adoucissant la vive morsure de mes blessures.

Je pousse un soupir soulagé, la sensation nauséeuse dans mon estomac se dissipant, maintenant que la pulsation de mes blessures a été étouffée.

— Ça devrait engourdir la douleur, chérubin, dit-il. Mais je ne possède aucune affinité pour la guérison.

Il s'accroupit à côté de moi et me prend la main.

— Ce que tu as fait… commence-t-il en scrutant mon visage. Personne ne l'oubliera. Ni la femme que tu as protégée, ni la pièce remplie de fées, ni la Reine de la Flore et son cortège… ni moi. Même si c'est Mara qui porte la couronne, toutes les personnes présentes dans cette salle ont vu qui était la vraie reine, aujourd'hui.

Ma gorge se serre. Il va me faire pleurer.

— Je ne pouvais pas rester sans rien faire pendant que…

Il me fait taire d'un baiser.

— Je sais.

À ce moment, quelqu'un frappe à ce qu'il reste de la porte. Un instant plus tard, j'entends des bruits de pas alors que des soldats entrent dans notre suite, amenant une guérisseuse fae.

Des s'écarte de moi pour parler au groupe. Pendant une minute, je n'entends plus que des murmures bas, puis le Négociateur et la guérisseuse reviennent vers moi.

— Mais elle est humaine, proteste cette dernière en me voyant.

Les ombres s'obscurcissent dans la pièce.

— Oui, acquiesce Des d'un ton de défi.

— Vous devez savoir que notre magie ne fonctionne pas sur…

— Soignez-la, ou vous perdrez la vie, ordonne-t-il à la femme.

Un silence s'abat sur la pièce pendant plusieurs secondes, puis j'entends quelqu'un pousser un soupir tremblant.

— Je vais faire de mon mieux, Votre Majesté.

Une seconde plus tard, Des revient à mes côtés.

— Arrête d'embêter les fées innocentes, soufflé-je.

— Personne ici n'est innocent, répond-il d'un ton sombre.

Je frissonne un peu, la peau glacée. Je ne sais pas si c'est à cause de tout le sang que j'ai perdu ou de l'état de choc. Des me frotte les bras et s'efforce de me réchauffer avec sa magie.

— Tu veux connaître un secret ? chuchote-t-il en entrelaçant ses doigts avec les miens.

— Toujours, réponds-je sur le même ton.

Je ne lui fais pas remarquer que nous sommes dans une pièce remplie de fées. Connaissant mon compagnon, soit ce qu'il s'apprête à me révéler n'est pas un très gros secret, soit il a rendu le reste du monde sourd à notre conversation.

— Avant d'être scribe, avant même d'être concubine, ma mère était une espionne, admet Des tout en lissant mes cheveux.

Je sais qu'il essaie juste de me distraire, mais ça marche. Je me concentre sur l'histoire alors que la guérisseuse fae commence à faire courir ses mains délicatement le long de mes ailes. Je sens qu'elle est en train de redresser les os, mais la magie de Des est si forte que ce qui devrait me faire souffrir atrocement n'est que légèrement inconfortable. Et je peux ignorer cet inconfort tant que Des capture mon attention.

— Comment est-elle passée d'espionne à concubine ? demandé-je d'une voix douce.

— Elle a déjoué une conspiration à l'encontre du roi, explique-t-il, les yeux fixés sur nos mains entremêlées.

Je sens encore sa colère féroce à travers ses mains tremblantes, et je la vois dans la pénombre de la pièce, mais je ne dis rien. Le Roi de la Nuit est peut-être effrayant aux yeux du reste du monde, mais pas pour moi.

— Mon père l'a convoquée dans sa salle du trône pour la remercier personnellement de lui avoir sauvé la vie. Les paroles qu'ils se sont échangées restent un mystère, mais elle a dû beaucoup lui plaire, parce qu'à la fin de la rencontre, il lui a fait quitter son poste pour la placer dans son harem royal.

Je hausse les sourcils.

— Et ça lui convenait ?

Des laisse échapper un petit rire.

— Non. Pas du tout. Elle était ce qu'on pourrait appeler une concubine non consentante. Mais à cette époque, tout était différent dans mon royaume, et mon père… il ne régnait pas du tout comme moi.

Plus j'en apprends sur la mère de mon compagnon, plus j'ai envie de la connaître. Et plus j'en apprends sur son père, moins je l'aime.

— Après sa mort, jamais je n'aurais cru rencontrer une autre femme comme elle, continue Des. Quelqu'un ayant traversé beaucoup d'épreuves et sachant toujours reconnaître la différence entre le bien et le mal. Quelqu'un de fort et brave.

Il m'étreint la main.

— Et puis je t'ai rencontrée.

Je cligne plusieurs fois des paupières, la gorge serrée.

Des prend une expression plus grave et resserre son étreinte sur ma main.

— Quand je t'ai vue couchée comme ça, les ailes brisées… commence-t-il, avant de secouer la tête. Ça a fait remonter des souvenirs de cette nuit-là, dans la salle du trône de Karnon, et de cette *autre* nuit… je me suis remémoré le jour de la mort de ma mère.

Je… ne savais pas.

Pas étonnant qu'il punisse aussi férocement ceux qui s'en prennent aux femmes ; il a été modelé par les expériences qu'il a vécues.

L'heure des histoires se termine peu de temps après, et une demi-heure plus tard, Des me quitte pour aller faire les cent pas du côté opposé de la pièce, ses pas lourds résonnant sur le sol.

Pour finir, ses bottes s'immobilisent.

— Alors ? s'enquiert-il.

La guérisseuse qui s'affairait au-dessus de moi se redresse et jette un autre chiffon ensanglanté dans une bassine.

— C'est le mieux que je puisse faire, dit-elle.

Elle a réussi à ressouder les os de mes ailes et à soigner en partie la peau ouverte, mais il est clair que la blessure est loin d'être guérie.

Les ombres se tordent et épaississent dans la pièce. Cette journée met vraiment l'humeur de Des à rude épreuve.

Je ne sais pas si ses menaces étaient sérieuses ou non, quand il a ordonné à la fée de me soigner, mais elle a fait de son mieux. Ce n'est pas sa faute si la magie des faes et celle des humains ne sont pas compatibles.

— Temper, murmuré-je.

Des se rapproche de moi.

— Qu'est-ce que tu as dit, chérubin ?

— Va chercher Temper. Elle peut m'aider.

Difficile de croire qu'une ensorceleuse aussi portée sur le mal que Temper puisse être douée pour soigner, mais c'est le cas. C'est bien la preuve que le Destin est un sale petit farceur.

Il s'avère que nous n'avons même pas besoin d'aller chercher Temper : la porte déjà cassée de notre chambre d'amis est soudain arrachée de ses gonds alors que Des est encore à mes côtés.

— *Callie*, gronde Temper d'une voix teintée de pouvoir.

Je lève les mains avec précaution et les agite faiblement.

Elle entre en trombe dans la pièce, les yeux fous.

— Qui est-ce que je dois tuer ?

Des croise les bras.

— Tu vas devoir faire la queue, dit-il.

Elle vient se placer à mes côtés et ses yeux se posent sur mon dos.

Elle prend une brusque inspiration.

— Meuf, qu'est-ce qui s'est *passé ?* murmure-t-elle, sa colère se transformant en panique.

Ce n'est jamais bon signe quand Temper prend une voix douce avec vous. Je dois avoir l'air encore plus mal en point que je le croyais pour provoquer une telle réaction chez elle.

— J'ai besoin que tu la soignes, annonce Des en approchant derrière elle.

Lui aussi a désormais une pointe de panique dans la voix.

— Sans blague, lâche-t-elle en posant les mains sur mes ailes.

Elle ferme les yeux et fredonne à voix basse.

Presque aussitôt, je sens la magie de Temper à l'œuvre. Là où celle de Des est tout en ténèbres revêches et en ombres contenues, la sienne ressemble plus à la chaleur d'un four.

Quand elle rouvre les yeux, ils étincellent. Elle continue à fredonner, les notes graves de sa voix renvoyant quelque chose d'angoissant.

— Négociateur, dit-elle. Explique-moi ce qui s'est passé.

Nous échangeons un regard, lui et moi. La dernière fois que Temper s'est mise en colère pour moi, elle a fait exploser un portail.

— Qu'est-ce que tu sais déjà ? demande Des.

— Seulement ce que Malaki m'a dit…

Malaki a parlé de tout ça à Temper ? Cette fée est vraiment menée par le bout du nez.

— … que Callie avait été blessée et que nous devrions peut-être partir bientôt.

— Oh, là, protesté-je en tentant de me redresser. On va devoir *partir* bientôt ?

Temper me repousse fermement sur le lit.

— Qu'est-ce que j'ai raté d'autre ? s'enquiert-elle.

J'interviens avant que Des ait pu lui expliquer.

— Ils voulaient fouetter une humaine qui avait été violée, commencé-je.

Je raconte ensuite le reste de l'histoire à Temper, à partir du moment où Des a quitté la salle du trône jusqu'à celui où il m'a prise dans ses bras pour m'en faire sortir.

Quand je termine, Temper a complètement réparé mes ailes brisées. Elles me démangent à l'endroit où la peau neuve est apparue et où les os se sont reconstitués, mais mis à part ça, elles sont comme neuves.

— Où est cette petite conne ? demande-t-elle en parlant de Mara. Je vais la tuer.

Ses paroles provoquent un sourire malfaisant sur les lèvres de Des et, oh, mon Dieu, la seule chose pire que de voir ces deux-là être ennemis, c'est qu'ils deviennent amis.

Un coup frappé à l'encadrement de la porte cassée interrompt la diatribe de Temper.

Dehors, un serviteur humain attend, tête baissée. Il tient un bouquet de fleurs sauvages à la main.

— Oui ? dit Des en se dirigeant vers l'entrée.

— J'ai un présent pour la compagne du Roi de la Nuit, déclare-t-il en levant le bouquet.

Je me redresse du lit.

— Callie, dis-je en traversant la pièce.

Je lui prends le bouquet et ajoute :

— Merci pour les fleurs.

Il lève la tête avec hésitation et je regarde dans ses yeux verts et froids.

— Merci à *vous* pour ce que vous avez fait, murmure-t-il d'une voix douce. Aucun de nous ne l'oubliera.

Il n'a pas besoin de préciser qui est ce « nous ».

Il incline de nouveau la tête, puis se retourne et descend les marches.

— Attendez ! lancé-je en sortant sur le porche à l'extérieur de la suite.

Il se retourne vers moi.

— Vous n'êtes pas obligés de vivre comme ça, plaidé-je. Aucun de vous. Il y a une place pour vous tous, sur Terre.

Il sourit.

— Nous vous sommes reconnaissants, à vous et vos manières étranges. Peut-être qu'un jour, nous partirons. En attendant…

Il incline la tête et se remet en marche.

Je sens mes épaules s'affaisser. Rome n'a pas été construite en un jour, mais quand même, la pilule est dure à avaler, sachant que ces humains vont continuer leur vie ici, où ils n'ont quasiment aucun droit.

— Donc, lance Temper quand je reviens dans mes quartiers, je propose qu'on fasse exploser quelque chose et qu'on se tire.

Des n'a pas l'air opposé à l'idée.

Je sens le désespoir et la douleur me submerger, au point de m'étrangler. Soudain, je ne peux supporter ça plus longtemps.

Des éclairs me réchauffent les veines. Peut-être qu'en faisant s'évaporer toutes mes souffrances, toutes mes angoisses insignifiantes, toute ma frustration et ma fatigue, vous trouveriez un bloc indestructible. Quelque chose qui ne peut être brisé par la cupidité, la convoitise ou la violence. Quelque chose qui n'est pas tout à fait de la magie, mais qui n'en est pas moins puissant.

— Non, dis-je à Temper. Je ne fuirai *pas* cet endroit.

Un fantôme de sourire étire les lèvres de mon compagnon quand je croise son regard.

— Il est temps que l'Autremonde comprenne toute la force que peut receler une esclave.

Chapitre 40

Ce soir-là, je regarde la robe magnifique qui m'attend. Elle est couleur prune, si sombre qu'elle est presque noire. Les chaussures qui vont avec ne sont rien de plus que du cuir et des rubans… des chaussures faites pour danser.

Je prends une grande inspiration.

Il est temps d'enfiler mon armure de combat pour faire de nouveau face à ces fées. Je ressens encore l'écho des coups de fouet sur mes ailes.

Des s'approche de l'armoire dans laquelle est accrochée la robe et en ferme les portes.

Je le regarde, confuse.

— Nous ne serons pas présents ce soir, déclare-t-il.

— Mais…

Il prend mes joues entre ses mains et m'interrompt d'un baiser. Ses lèvres remuent contre les miennes jusqu'à ce que j'aie oublié pourquoi je protestais.

Je pose les mains sur ses avant-bras et les fais glisser le long de sa peau exposée. Je sens la chair de poule recouvrir sa peau à mon contact.

Et dire que j'ai cet effet sur le Roi de la Nuit ! Parfois, j'oublie qu'il éprouve autant de sentiments pour moi que j'en éprouve pour lui.

Il écarte ses lèvres des miennes et les approche de mon oreille.

— Ma compagne est *loin* d'avoir été assez satisfaite depuis notre arrivée ici.

Mon entrejambe se réchauffe à ces mots. Que manigance le Négociateur, au juste ?

Je sens le souffle de Des effleurer ma peau à la jonction entre mon cou et ma mâchoire. Il y dépose un baiser.

— Quelle déplorable âme sœur je fais, de la priver de ça.

Il me fait reculer encore et encore jusqu'à ce que mes ailes touchent le mur, me piégeant contre lui.

L'une de ses mains remonte du haut décolleté de la fine robe fae que je porte. Elle est retenue par des lacets élégants à l'avant, noués au niveau du col échancré.

Le Négociateur fait glisser un doigt le long de ce col, avant d'attraper le bout d'un des rubans. Ses yeux croisent les miens au moment où il tire dessus pour défaire le nœud. Le chemisier se relâche alors que les lacets se détendent un centimètre après l'autre.

Des abaisse le vêtement sur ma poitrine, exposant mes seins. Il dépose un baiser entre eux.

— Seigneur, tu es exquise, dit-il à voix basse.

On peut largement dire la même chose de lui.

Je retire le cordon en cuir qui retenait ses cheveux longs jusqu'aux épaules et passe les mains dedans.

Il m'aide à lui retirer son T-shirt et le jette au sol.

Je fais glisser mes mains sur ses pectoraux musclés.

— Fais quelque chose de magique, murmuré-je.

Les lèvres de Des tressaillent, comme s'il trouvait ma requête à la fois drôle et attendrissante.

— Donne-moi ton prix, chérubin.

C'est à mon tour de réprimer un sourire. Il y a toujours un prix, avec lui, mais ces derniers temps, il n'est pas toujours déplaisant.

Au lieu d'obtempérer, je laisse ma robe parler pour moi, la faisant glisser jusqu'au sol.

Le Négociateur prend une brusque inspiration et m'étudie de la tête aux pieds. Je ne porte plus qu'une culotte, et à en juger la façon dont mon compagnon la regarde, elle ne va pas rester là longtemps.

Je sens la magie de Des m'effleurer alors qu'elle quitte son corps.

Un instant plus tard, les vases de fleurs perchés partout dans la pièce se renversent tous en même temps, et toute l'eau et les fleurs qu'ils contiennent s'en déversent.

Mais au lieu de tomber par terre, ils ne font que flotter dans l'air, comme si la gravité avait disparu. L'effet est impressionnant.

— C'est assez magique pour toi ? s'enquiert Des, les yeux rivés sur moi.

— Tout juste.

Il sourit.

— Petite maligne.

Il m'embrasse encore, et ma culotte glisse d'elle-même sur mes hanches tandis que la magie de Des entre à nouveau en scène.

Il s'écarte le temps de faire courir ses mains le long de ma poitrine.

— Ma courageuse compagne, ma farouche compagne. Aucune fée n'a jamais été plus fière de sa femme.

Ses paroles me touchent. Depuis que je suis ici, dans le Royaume de la Flore, on m'a fait comprendre très clairement que les humains n'étaient pas vus comme les égaux des fées. Mais s'il y a bien une chose dont Des s'est toujours assuré, c'est que je me sente à sa hauteur en toutes circonstances.

Il fait glisser une main sur ma peau jusqu'à ce que le bout de ses doigts effleure mon entrejambe. En réaction, ma peau s'illumine. Nous nous dévisageons, nous sentant encore plus vulnérables à cet acte intime, parce que nous gardons les yeux rivés l'un sur l'autre.

Je remue les hanches en réaction à ses caresses, forçant ses doigts à me pénétrer, ressortir, puis me pénétrer de nouveau. J'étais déjà mouillée quand il m'a déshabillée, mais l'intérieur de mes cuisses commence à devenir visqueux.

Le reste de ses vêtements s'ôte de lui tout seuls.

Ai-je mentionné que j'adorais la magie ?

Son sexe se presse entre nous, si dur qu'il est dressé.

J'oscille contre lui et il émet un grognement à cette friction.

— Je ne peux pas te résister…

Il me soulève alors, avant de me rabaisser lentement. Je sens le bout de son sexe pousser contre ma fente, puis s'infiltrer à l'intérieur, me remplissant un centimètre après l'autre.

Il s'abreuve de l'expression de mon visage alors que j'arque le dos et entrouvre les lèvres quand il s'enfonce jusqu'à la garde.

Il prend mes mains dans les siennes et les plaque au mur de chaque côté de ma tête. La seule chose qui me maintient droite, c'est son torse et ses hanches.

— Rien n'a jamais été aussi bon, assure-t-il. J'en suis certain.

Il se retire, émettant un son épais et mouillé, puis s'enfonce de nouveau. J'émets un hoquet à cette sensation et m'arque en avant contre lui, resserrant les jambes autour de sa taille.

— Plus vite, soufflé-je contre lui.

Mais, comme la fée obstinée qu'il est, il ne va pas plus vite. Ses mouvements sont lents et profonds, ils me rendent folle. Ses ailes se déploient autour de moi, m'enveloppant dans un cocon improvisé.

— Et si je voulais que tu sois ma reine ? demande-t-il tout en allant et venant en moi.

Ses yeux pétillent dans les ténèbres presque complètes qu'il a créées sous ses ailes.

— Mmm, articulé-je, fermant les yeux et savourant les sensations.

Il continue à ralentir, prenant un rythme de plus en plus douloureux.

Je remue contre lui et rouvre les yeux.

— *Des*, me plains-je.

Il me regarde, l'air sérieux.

— Qu'est-ce que tu dirais de ça ?

De quoi ?

Il presse ses lèvres contre mon oreille.

— Donne-moi la réponse que j'attends, et je te donnerai ce que tu veux.

Qu'est-ce qu'il m'a demandé ? Quelque chose en rapport avec le fait de devenir sa reine…

Je devrais savoir que céder aux marchés de Des n'est jamais une bonne idée ; ils sont toujours à son avantage.

Mais alors que je suis clouée au mur avec son sexe enfoui au fond de moi, je n'ai pas vraiment la tête à jouer les expertes stratégiques.

Et les coups de reins de Des se sont presque totalement arrêtés.

— Oui, soufflé-je, impatiente de reprendre où nous nous sommes arrêtés. Ce serait génial.

N'importe quoi pour le persuader de se remettre à bouger.

Il sourit, l'air d'un chat content de sa bêtise.

— Bien, dit-il.

Ses coups de boutoir reprennent et, *doux Jésus*, c'est incroyable.

Il me lâche les mains pour me presser contre lui. Il s'écarte du mur et nous fait traverser la pièce. Des fleurs et des gouttes d'eau qui flottaient encore dans l'air m'effleurent la peau alors que nous les dépassons. C'est comme si le temps lui-même s'était arrêté.

— Ma future reine, se réjouit Des, les yeux posés sur moi.

J'enroule les bras autour de son cou pour le maintenir tout contre moi.

— Plus vite, murmuré-je.

— Si exigeante, s'amuse-t-il.

Le Roi de la Nuit me plaque de nouveau contre le mur et va et vient en moi, chaque coup de reins plus puissant que le précédent. Il s'enfonce de plus en plus profondément et ses ailes se redéploient.

— Je vais jouir, lâché-je.

— *Attends.*

Que j'attende ? Je ne suis pas sûre d'en être capable. Mon orgasme est en train de grimper et il exige d'être libéré.

Il resserre les mains sur moi et lance :

— *Maintenant.*

Pas besoin de me le dire deux fois.

Je me sens voler en éclats alors que mon orgasme me transperce. La sensation devient encore plus intense quand j'entends Des grogner, son sexe épaississant en moi alors qu'il me pilonne pour trouver satisfaction à son tour.

J'ai l'impression que cela dure une éternité, alors que des vagues successives de plaisir me submergent.

Ce n'est que plusieurs minutes plus tard, quand Des s'est retiré de moi et que nous nous sommes tous deux effondrés sur le lit, les membres entremêlés, que je me souviens de ses paroles.

Et si je voulais que tu deviennes ma reine ?

Donne-moi la réponse que je veux, et je te donnerai ce que tu veux.

Qu'est-ce que je viens d'accepter, au juste ?

Chapitre 41

Je sommeille dans les bras de Des, sentant ses mains caresser mes ailes. Je n'ai jamais été une grande fan des câlins après l'amour, mais c'était avant que le Négociateur devienne mien. Maintenant, je me rends compte que j'aime plutôt ça.

Les fleurs et l'eau ont repris leur place dans les vases, mais désormais, un morceau de parchemin épais plane au-dessus de nous, ainsi que cinq pinceaux différents, qui peignent tous en même temps. Je n'ai aucune idée d'où Des a sorti ces pinceaux, ou le parchemin, ou les cinq petits pots de peinture en céramique posés sur une table de chevet à côté du lit.

Comme la toute première fois où il a pratiqué son art pour moi, je suis fascinée.

La peinture prend très vite forme, même s'il me faut quelques minutes pour comprendre ce qu'il dessine exactement. Mais au bout d'un moment, je réalise que ce sont des plumes que je regarde ; tout un tas de plumes irisées.

— Tu es en train de peindre mes ailes, murmuré-je.

— Mmh-mmh, confirme-t-il en faisant de nouveau courir sa main sur elles.

L'un des pinceaux s'écarte du parchemin et volette vers la table de chevet à côté de moi. Il plonge ses poils dans l'un des pots de peinture et, une fois recouverts de peinture noire, remonte au-dessus de mon corps.

Une goutte de peinture tombe sur mon épaule avant qu'il ait pu rejoindre le parchemin.

— Des !

Il rit, bien conscient de ce qui vient de se passer.

— Tu l'as fait exprès !

— Peut-être, répond-il d'un ton évasif, un sourire dans la voix.

Il porte la main à mon épaule et, du pouce, efface la peinture sur ma peau.

Je hume son odeur, mélangée la mienne.

— Je pense qu'on devrait sauter plus d'événements, murmuré-je.

Il tourne la tête vers moi et ses lèvres effleurent mon front.

— Voilà une excellente idée.

Je souris un peu tout en faisant courir mon doigt sur son torse, encore humide de sueur. Je dessine des volutes sur sa peau, avant de continuer vers les tatouages qui s'enroulent autour de son bras. Un jour, je mémoriserai ce motif par cœur.

Il termine sa peinture en silence et nous la regardons tous deux s'achever. Une fois qu'elle est finie, la peinture et les pinceaux vont se poser sur la table de chevet.

— J'ai un secret à te confier, murmure Des, la bouche pressée tout contre mes cheveux.

Je me fige.

Il m'a déjà confié des secrets par le passé, mais seulement à mon insistance. Le fait qu'il me le propose de lui-même… Quand il l'a fait plus tôt dans la journée, pendant qu'on me soignait, je croyais que ce n'était qu'un événement exceptionnel destiné à me distraire de la situation. Mais maintenant, je me dis qu'il souhaite peut-être s'ouvrir un peu plus à moi, me faire un peu plus *confiance*.

Je tourne la tête vers lui.

Il arbore soudain un air sombre, alors qu'il était si insouciant et satisfait il y a quelques minutes.

— Quand je ferme les yeux, je ne vois que la forme de ton visage et la lueur de ton regard. Tu es les étoiles dans mon ciel sombre, chérubin.

Ce n'est pas du tout ce que je m'attendais à entendre sortir de sa bouche. Je me rends compte que mon cœur n'est tout simplement pas assez grand pour contenir toute l'étendue de ce que je ressens pour cet homme.

Des déglutit.

— Toi et moi partageons beaucoup de tragédies. Ma mère est morte trop tôt. Nous avons eu des pères terribles...

Il m'a déjà dit la même chose il y a quelques jours.

Il prend une grande inspiration et reprend :

— Mon père était en train de tuer tous ses héritiers quand ma mère a découvert qu'elle était enceinte. Elle a fui le palais avant que quiconque puisse l'apprendre. Le royaume a cru qu'elle avait simplement déserté son roi... une offense déjà bien assez grave. Et qui n'est pas passée inaperçue. D'après ce que j'ai pu apprendre, ma mère était la concubine favorite de mon père. Son ego a dû en être froissé. Il l'a cherchée pendant des années, mais elle avait été une espionne professionnelle; elle savait comment se cacher. Elle m'a élevé à Arestys et a dissimulé nos identités ainsi que l'étendue de nos pouvoirs au monde entier. Elle s'est bien débrouillée pour nous cacher, mais... je nous ai exposés.

Il y a tant de culpabilité dans sa voix lorsqu'il prononce ces mots.

— Dès qu'il a découvert notre existence, mon père est venu nous trouver et... il l'a tuée.

Je sens l'horreur me serrer la gorge. Le regard de Des est lointain, comme si ce souvenir se déroulait de nouveau sous ses yeux. Il se passe une main sur le visage.

— J'avais quinze ans quand j'ai regardé ma mère mourir.

Je ne peux même pas imaginer...

— Des, je suis tellement désolée.

Est-ce qu'un « je suis désolée » a déjà rendu ce genre de situation plus supportable ? Mais je ne peux pas m'empêcher de le dire quand même.

Il cligne plusieurs fois des yeux et s'arrache à ses souvenirs.

— J'ai tué mon père.

Je relève vivement les yeux vers lui. L'espace de quelques secondes, j'arrête de respirer.

Des... a tué son père ?

Tant d'émotions affluent en moi. La surprise, l'horreur, la peur... une affinité.

Toi et moi partageons les mêmes tragédies.

Je comprends mieux, maintenant. Nous avons tous deux tué notre père de nos mains. Cela me pousse à me demander de nouveau ce qu'il a pu voir, ce premier jour où il m'a rencontrée. Je me suis toujours dit que ma perversité avait dû le choquer un peu. Je ne me serais jamais attendue à ça.

— C'était un accident ? l'interrogé-je.

Il rit.

— Non, avoue-t-il d'une voix amère. C'était très délibéré.

Ma peau se hérisse.

— Pourquoi est-ce que tu me racontes ça ?

Il fait glisser sa main le long de ma taille pour m'attirer contre lui.

— Parfois, quand je te regarde, tout mon passé se réveille. Il se superpose à qui tu es et à ce que tu fais.

Il m'étreint un peu plus fort, presque au point de me faire mal.

— Je me souviens de mes vieilles blessures et je sens… je sens le désir de vengeance s'éveiller. Je ne peux pas changer mon passé ni le tien. Je ne peux même pas t'empêcher d'être blessée… mais je peux faire en sorte que les autres expient pour le mal qu'ils t'ont causé.

Il a prononcé ces derniers mots d'une voix si basse, si malveillante, qu'un frisson m'échappe.

Ça n'augure rien de bon.

— À quoi tu penses, Des ? l'interrogé-je.

Parce qu'il est clairement en train de manigancer quelque chose. Il baisse les yeux sur moi, ses cheveux blancs et ses yeux argentés plus typiques de l'Autremonde que jamais.

— À rien, chérubin. À rien du tout.

Chapitre 42

— Tu as entendu les nouvelles ? me demande Temper le lendemain matin.

Nous sommes toutes deux en train de petit-déjeuner dans le même grand atrium où j'ai mangé lors de ma première matinée ici.

Quand je me suis réveillée seule dans mon lit ce matin, j'ai rejoint la chambre de Temper et je l'ai emmenée avec moi. J'étais déterminée à montrer à tous les invités du Solstice qu'hier n'était pas la dernière fois qu'ils entendraient parler de moi.

— Quelles nouvelles ? demandé-je en arrachant un morceau de strudel pour le fourrer dans ma bouche.

Les douzaines d'autres invités dans l'atrium n'arrêtent pas de lancer des coups d'œil vers moi et mes ailes réparées, murmurant à l'oreille de leurs amis.

Je me rends compte que j'ai envie de tous les étrangler – même ceux qui n'étaient pas dans la salle du trône de Mara avec moi. Comment les gens peuvent-ils accepter la façon dont sont traités les humains ici ?

Les serveurs, eux, n'arrêtent pas de trouver des raisons de venir à ma table, certains pour me murmurer des remerciements discrets, d'autres pour me glisser une pâtisserie supplémentaire ou une boisson chaude.

— Meuf, tu rates tous les potins les plus croustillants, dit Temper, me faisant reporter mon attention sur la conversation.

Elle a sûrement tiré lesdits potins des humains présents ici.

— Pas si tu me les racontes, réponds-je.

Je pose les talons sur la table, ce qui me vaut d'autres murmures.

Temper se penche en avant.

— La fée qui a violé ton humaine hier ?

La nourriture devient insipide dans ma bouche. Je me force à avaler.

— Eh bien ?

— Il a disparu pendant la nuit. Apparemment, tout ce qu'il restait de lui, c'était un doigt, même si certains disent que ce n'était pas du tout un doigt… plutôt sa queue.

Je grimace.

— Beurk, Temper, tu n'aurais pas pu attendre que j'aie fini mon petit déjeuner ?

La dernière chose à laquelle j'ai envie de penser, c'est aux parties intimes d'un prédateur sexuel.

— Ce n'est pas tout.

Je hausse les sourcils tout en soulevant ma tasse pour en boire une gorgée.

— Apparemment, le harem de la reine a disparu… on dit qu'ils ont été enlevés directement dans le lit de la reine, même si personne n'a rien vu.

Je manque de m'étrangler avec mon thé.

Un violeur et le harem de la reine ont disparu en même temps ?

Une seule personne aurait eu à la fois le mobile et le pouvoir nécessaires pour faire ça, et il n'était pas dans mon lit quand je me suis réveillée ce matin.

Temper vole une tranche de bacon dans mon assiette et ajoute :

— Les gens disent que c'est Des qui a fait ça.

Tout comme ils le tiennent responsable des disparitions des soldats. Sauf que maintenant… maintenant, je ne suis plus sûre de savoir comment le défendre.

— Où est-il, d'ailleurs ? demande Temper.

Je secoue la tête.

— Je ne sais pas.

Elle se renfonce dans son siège, un petit sourire suffisant sur le visage.

— Ce petit salopard l'a vraiment fait, hein ? se réjouit-elle. Je crois que je l'aime bien.

Je sens la magie de Des s'enrouler autour de moi comme un lasso, nous tirant en arrière, ma chaise et moi.

En parlant de petit salopard…

— Merde, juré-je entre mes dents.

Je me rattrape au bord de la table alors que mes chevilles croisées retombent au sol. La chaise sur laquelle je suis assise commence à s'éloigner de la table par à-coups saccadés.

— Qu'est-ce qui se passe ? s'étonne Temper.

Mon sang se met à affluer dans mes veines.

— Des est de retour.

Chapitre 43

Non seulement Des est de retour, mais il veut de nouveau qu'on s'entraîne, d'où la laisse magique qui me traîne quasiment vers l'un des jardins de la reine. Ce n'est que lorsque j'arrive sur place que la magie du Négociateur se dissipe.

J'aperçois Des lui-même, adossé à un arbre. Devant lui, il tient le pommeau de son épée comme s'il s'agissait d'une canne. Il porte une tenue humaine à cent pour cent, aujourd'hui, de son T-shirt KISS à son pantalon en cuir et ses bottes noires aux bouts en métal.

— Bonjour, chérubin, dit-il en sortant de l'ombre, l'air bien trop enjoué.

Il me jette l'épée.

— Bonjour, réponds-je d'un ton prudent en rattrapant l'arme sans mal.

Je porte une robe fae légère et des sandales en fines lanières de cuir. Rien qu'à ma tenue, je sais que cette session d'entraînement sera plus dure que les autres.

J'observe Des se diriger vers un côté des jardins pour se procurer une autre épée.

— Quoi ? lance-t-il, me tournant le dos.

Ça fait bien longtemps que j'ai arrêté de me demander comment il arrive à deviner l'expression de mon visage alors qu'il ne me regarde même pas.

Inutile de tourner autour du pot.

— Est-ce que les rumeurs disent vrai ? l'interrogé-je.

— Quelles rumeurs ?

Il fait tournoyer l'épée dans sa main tout en s'approchant de moi, détendant son poignet. Alors qu'il n'est plus qu'à trente centimètres, il laisse retomber l'arme le long de son flanc et m'attire à lui pour un bref baiser.

Je ferme les yeux sous l'afflux d'émotions qu'il provoque en moi. Il a le goût des secrets et des illusions, mon roi rusé.

Je m'écarte et relève lentement les paupières.

— Celles qui disent que tu es responsable de la disparition du harem de la reine ?

Il m'observe un long moment, une lueur toujours aussi énigmatique dans ses yeux argentés.

— Cette question ne sera pas gratuite, me prévient-il doucement.

Tout l'air s'échappe de mes poumons.

Il l'a fait. Bon sang, il l'a fait.

— Lève ton épée, mon amour, dit-il en s'écartant de moi. Mets-toi en position de combat.

Je fais ce qu'il me demande, même si mon cœur bat la chamade après cette réponse évasive.

— Pourquoi ? ajouté-je tout en me mettant en position.

Lui et moi savons tous les deux que je ne parle pas de ses instructions.

Nous commençons à tourner l'un autour de l'autre.

— Je crois que tu sais pourquoi, annonce-t-il, confirmant quasiment la véracité des rumeurs.

Il me fonce alors dessus, l'épée brandie.

J'esquive, ma jupe traînant derrière moi.

— C'est tout ce que tu comptes faire, Callie ? Me fuir ? me provoque-t-il, alors que je me déplace entre les sentiers encadrés de roses.

Il est sur mes talons. Je sais que s'il en avait envie, il pourrait apparaître devant moi, mais pour l'instant, il se contente de me pourchasser.

D'un coup, je pivote face à lui et lève mon épée vers la sienne.

— Est-ce qu'ils sont morts ? m'enquiers-je.

Le coin de sa bouche tressaille.

— Définis « morts ».

Seigneur.

Nos épées font des étincelles alors que j'abaisse la mienne et la détache de la sienne. Je passe sous son épaule et tente de l'attaquer par-derrière. Le Roi de la Nuit se retourne juste à temps et dévie mon coup.

— Pourquoi ? répété-je.

— *Personne* ne fouette ma compagne.

La véhémence avec laquelle il prononce ces mots me coupe le souffle, à tel point que sa prochaine attaque passe à deux doigts de faire mouche. Au lieu de ça, j'entends un bruit de déchirure quand la lame tranche le tissu léger de ma robe.

— Défends-toi, Callie, grogne-t-il.

Je recule d'un geste vif.

— Mais… comment ? demandé-je, parlant de sa dernière réponse. Tu as fait un accord de paix avec la reine.

Il m'attaque comme une force de la nature.

— Et j'aurai la paix. Il existe des tas d'hommes séduisants pour réchauffer son lit.

Mais aucun ne sera la réplique parfaite des hommes avec qui elle était en relation jusqu'alors. Des n'a pas touché à son compagnon, il s'en est pris aux hommes avec qui elle se distrayait.

— Comment vas-tu maintenir la paix ? Elle saura que c'est toi, non ?

— Chérubin, as-tu déjà envisagé la possibilité que ce ne soit *pas* moi ? lance-t-il en abattant son épée comme une enclume.

J'esquive le coup, puis donne un coup d'épée vers lui.

— Tu as aussi pris les soldats ?

Il pare mon attaque.

— Qu'est-ce qu'il se passera si c'est le cas ? demande-t-il. Est-ce que tu m'aimeras moins ? Est-ce que tu me détesteras ?

Sa réponse est étrangement similaire à celle qu'il a donnée à Mara quand elle lui a posé la même question.

Je m'écarte de lui et recule.

— Bon sang, Des, sifflé-je, je ne suis pas une reine des fées que tu peux duper avec tes mots. Sois honnête avec moi.

Le monde entier semble soudain plongé dans le silence ; les oiseaux cessent de gazouiller et les feuilles des arbres de bruisser.

Il s'avance vers moi en agitant son épée de gauche à droite de manière menaçante, la lame s'entrecroisant devant lui.

Dès qu'il m'a atteinte, je dois faire de gros efforts pour bloquer et esquiver son déluge d'attaques.

Nos lames se heurtent de nouveau.

— Tu me fais confiance ? demande-t-il.

Je n'entends que le froissement de ma robe sous le vent et nos respirations légères.

Est-ce que je fais confiance à Des, l'homme qui m'a sauvée de mon père et qui m'aime de loin depuis des années ? L'homme qui m'a secourue de moi-même et qui m'a enflammée encore et encore ?

— *Oui*, soufflé-je.

Son regard s'adoucit.

— La réponse à ta question est non, déclare-t-il, son regard vorace rivé sur moi. Compagne de mon âme, je n'ai rien à voir avec la disparition de ces soldats.

Je sens la sincérité dans ses mots, et cela me fait l'effet d'un coup en pleine poitrine. Toutes les confessions de Des ont un poids particulier, comme s'il me remettait une partie de lui-même, mais celle-ci me paraît encore plus lourde que les autres.

— Tu me crois ? m'interroge-t-il, nos épées toujours collées l'une à l'autre.

Je hoche la tête et prends une inspiration.

— Oui.

Tout son corps se détend, et je sens une ouverture. Je laisse retomber mon épée, contourne Des, puis pivote sur moi-même tout en brandissant ma lame.

La pointe érafle son avant-bras et une ligne de sang apparaît.

Dès que je réalise que je l'ai blessé, je laisse tomber mon épée et fixe l'entaille, horrifiée.

M'a-t-il laissée le toucher à dessein ?

J'ai aussitôt la réponse à ma propre question.

Non. Ce n'était pas préparé.

Des arrête de se battre et baisse les yeux sur l'entaille, stupéfait.

— Tu m'as *touché*. Tu m'as porté un coup.

Il jette son épée de côté, le combat complètement oublié. Une seconde passe, puis il se met à rire.

— Tu as réussi. Tu as enfin réussi.

Il est devenu fou !

Il me prend dans ses bras et nous fait tournoyer tous les deux.

— Tu sais ce que ça veut dire ? demande-t-il en me dévisageant.

Je n'en ai aucune idée.

— Tu es enfin prête.

Chapitre 44

Ce soir-là, le bal du Solstice ne se passe pas tout à fait comme prévu.

Alors que Des et moi nous dirigeons vers la salle de bal, je sens le poids réconfortant de mes deux dagues, actuellement sanglées à une paire de fourreaux situés contre l'intérieur de ma cuisse et dissimulés sous ma robe sombre et irisée. Le Solstice est-il un festival pacifique ? Oui, en théorie. Est-ce que je compte me servir de ces armes ? Pas à moins d'être provoquée. Mais après les événements d'hier et les encouragements de Des, j'ai décidé de venir armée à cette fête.

Et je ne vais pas mentir, je me sens d'humeur mauvaise, ce soir, et ça me va tout à fait.

Des et moi sommes à peine entrés dans la salle de bal souterraine que Mara nous tombe dessus. Un seul regard suffit à nous faire comprendre que la Reine de la Flore est hors d'elle.

— Où sont-ils ? grogne Mara en attrapant les revers de la veste du Négociateur.

Elle le secoue comme une folle et l'odeur florale de son pouvoir emplit l'air.

— Desmond Flynn, *où* sont-ils ?

— De quoi tu parles ? demande-t-il à voix basse.

— Tu sais très bien de quoi je parle. Je jure devant les Dieux Immortels que je ferai tout ce qui est en mon pouvoir pour rompre notre serment de paix si tu ne me dis pas où est mon harem.

— Ressaisis-toi, Mara, rétorque le Négociateur en décrochant ses mains de ses vêtements. Tes sujets te regardent.

En effet, tout le monde nous observe, captivé par ce dernier petit *drama* entre souverains.

Je remarque que la plupart exposent leurs ailes. Apparemment, le Roi de la Nuit et sa compagne humaine ont influencé la mode de l'Autremonde, malgré notre relation taboue – ou peut-être à cause de ça.

Je me tourne vers Des et l'observe avec fascination. Je suis presque convaincue par sa performance, alors qu'il fait comme s'il n'avait aucune idée d'où pourraient être passés les concubins de la reine. Mais évidemment, il m'a déjà presque admis sa culpabilité.

— Tu n'as fait que causer des problèmes depuis ton arrivée dans mon royaume, grogne Mara. Depuis le moment où tu as attaqué Janus jusqu'à celui où ta femme *humaine* a remis en question mon autorité devant mon propre peuple.

À ces mots, la pièce commence à s'assombrir, sûrement parce que Des se souvient nettement de ce qu'il s'est passé quand j'ai remis en question son autorité.

— Sans parler du fait que le Roi de la Faune veut ta mort, continue-t-elle, et que plusieurs personnes te pensent responsable de la disparition de ces soldats. Et maintenant, mes hommes se sont envolés…

C'est alors que l'Homme Vert nous rejoint, écartant tendrement les cheveux de la Reine de la Flore de son épaule. Elle tressaille à ce contact et écarte sa main d'un geste pas si subtil. Elle tourne les yeux vers lui et lui adresse un sourire tendu.

OK, cette interaction n'était *tellement* pas normale. Les compagnons ne sont pas censés être répugnés l'un par l'autre, et ils ne font pas qu'endurer la compagnie de l'autre.

L'Homme Vert adresse un sourire à Mara, puis à nous, totalement indifférent à la réaction de sa reine.

— Et si on allait dans un endroit plus discret ? propose-t-il.

— *Très bien*, siffle Mara avant de tourner les talons.

— Je n'irai nulle part avec aucun de vous deux, rétorqué-je.

Pas après les événements d'hier.

— Pardon ? lâche Mara en me lançant un regard incrédule.

— Je ne crois pas avoir bredouillé, lâché-je.

Tout le monde se tait autour de nous, choqué par ma réponse.

— Vous êtes peut-être leur reine, continué-je avec un geste vers la salle, mais vous n'êtes pas la mienne.

J'entends de brusques inspirations.

Seigneur, ce que ça fait du bien d'envoyer promener cette femme.

— Desmond, commence la Reine de la Flore, dis à ta comp…

— Non, répliqué-je en me plaçant devant Des. Le Roi de la Nuit n'est pas un messager, et je comprends très bien ce que vous dites, alors si vous avez quelque chose à me dire, dites-le-moi en *face*.

Un silence s'installe dans la salle de bal pendant environ cinq secondes. Puis le pouvoir de Mara commence à grandir, jusqu'à faire trembler les murs de son palais. Les plantes de la pièce prennent vie, se tordent et fouettent l'air.

— Espèce de sale petite…

Desmond vient se placer à mes côtés.

— Attention, ma reine. Toute offense faite à ma compagne est une offense envers moi. Et je ne tolérerai aucun affront.

C'est le plus près que peut approcher Des d'avouer qu'il est à l'origine de la disparition des hommes de Mara. La Reine de la Flore lit quand même entre les lignes. Ses yeux lancent des éclairs alors qu'elle regarde le Négociateur.

— Espèce de fils de…

L'Homme Vert pose une main sur l'épaule de Des et l'autre sur celle de Mara.

— Allons dans un endroit plus *privé*, insiste-t-il.

La pièce continue à s'assombrir. Je sens la magie de Des m'envelopper et me noyer dans l'ombre. Autour de nous, les invités sont tous parfaitement silencieux.

— Dis-le, l'encourage Des, un sourire lui étirant le coin des lèvres. Termine ta phrase.

Un frisson me parcourt le dos.

— Dis-le, répète-t-il, plus bas.

Les plantes s'agitent dans tous les sens et le regard de Mara est dur comme la pierre.

— Espèce de fils de pute. Tu ne seras jamais plus qu'un roi bâtard, et ta compagne une esclave. Toi et ton espèce faites honte à mes murs.

Des sourit, et les ténèbres submergent le monde entier.

Chapitre 45

Attentes pour le Solstice : que tout le monde laisse de côté ses querelles pour une semaine, se tienne la main et chante *Kumbaya.*

Le Solstice dans la réalité : tout le monde devrait passer à deux doigts de la mort au moins une fois.

Dans toute la salle, les fées se mettent à paniquer alors que les ténèbres engloutissent la pièce.

Je sens le souffle d'une centaine de types de magie différents tenter d'illuminer la pièce, avant d'être étouffé par le pouvoir de Des. Le long des murs, j'entends les plantes bruisser. Il me faut plusieurs secondes pour réaliser qu'elles sont en train de se flétrir… de mourir.

— Avant qu'il y ait des plantes, avant qu'il y ait des animaux, avant même qu'il y ait de la lumière, il y avait les ténèbres, déclare Des d'une voix onctueuse comme du miel. C'est de ces ténèbres que sont nés tous nos désirs les plus profonds et nos peurs les plus secrètes. Et je connais tous les vôtres. Je devrais peut-être te les partager…

Je pourrais jurer avoir entendu Mara prendre une brusque inspiration.

— Ou je devrais peut-être me contenter de te foudroyer sur place.

— La trêve… commence-t-elle.

— Oui, répond Des, cette fichue trêve, celle-là même que tu as réussi à contourner s'agissant de ma compagne. Tu crois qu'elle sauvera qui que ce soit maintenant ? Tu dois bien te rendre compte que je peux tordre cette promesse aussi bien que toi.

Les plantes continuent à se dessécher autour de nous ; j'entends leurs râles d'agonie inhumains.

Elle ne répond rien, mais l'odeur entêtante des fleurs en décomposition a empli l'air.

— Ou je vais peut-être faire les deux. Révéler tes secrets, et ensuite briser ton joli trône. Dois-je commencer par le fait que tu détestes le contact de ton compagnon ?

Mara siffle entre ses dents, mais ne nie pas l'accusation.

— Je sais que tu désires mes caresses… et celles de ma compagne.

À cette dernière confession, des murmures s'élèvent dans le noir. Je suppose qu'avoir envie qu'une humaine caresse vos parties intimes est *extrêmement* scandaleux.

— J'ai aussi appris d'autres choses. Dois-je continuer ?

Elle ne dira pas non. Je le sais, Des le sait, et elle doit le savoir aussi. Elle doit préserver sa fierté et les apparences. Elle ne peut pas se plier à la volonté d'un fae en visite dans son royaume. Mais je sais aussi que Des exhume des vérités qu'elle préférerait laisser enfouies.

Il s'avère qu'elle n'a pas besoin de se demander si elle doit répondre au Négociateur.

Des ténèbres jaillit la lumière. Au début, elle est faible, mais à chaque seconde qui passe, elle se fait de plus en plus vive, jusqu'à prendre la forme d'un homme… Janus.

Tout son corps irradie de lumière, projetant une faible lueur dorée dans la pièce. Il se dirige vers notre groupe, flanqué de ses gardes – Aetherial en fait partie. Il fait signe à ses soldats de rester en arrière, puis nous rejoint.

— Mes amis, déclare-t-il en posant une main sur les épaules de Des et Mara. Et si nous trouvions un endroit calme pour nous sauter à la gorge ?

Je m'attends à moitié à ce que la présence de Janus ne fasse qu'énerver Des plus encore, mais mon compagnon parcourt la pièce des yeux, l'air de s'éveiller de l'état dans lequel il se trouvait. Très lentement, les ténèbres se retirent et Des se frotte la bouche, avant de hocher la tête avec réticence.

Les fées de la salle de bal clignent des paupières alors que la lumière revient, et tournent rapidement les yeux vers nous. Puis les murmures commencent. Tout le monde dévisage Des avec frayeur.

Les faes de la Faune ne sont plus les seuls à se méfier de lui, maintenant ; c'est le cas de toutes les personnes présentes ici.

Le Négociateur pose ses yeux argentés sur moi.

— Amuse-toi, mon amour. Je reviens dans une minute.

Il fait signe à certains de ses soldats, qui viennent me flanquer ; puis, après un dernier baiser, il s'éloigne avec les autres souverains.

Je les regarde se retirer tous les quatre, leur pouvoir écrasant s'en allant avec eux.

Une fois qu'ils sont partis, Aetherial s'avance vers moi, ce qui met tous mes gardes sur les nerfs. Je leur fais signe que tout va bien.

— Ton compagnon ne déconne vraiment pas avec toute cette histoire de lien, remarque-t-elle, les yeux tournés vers la porte par laquelle ils sont sortis.

Je tourne la tête vers elle. Est-ce que c'est ce qui vient de se passer ? Il a mentionné que ses instincts avaient tendance à prendre le dessus sur lui, mais le Desmond que je connais a toujours été l'incarnation de la maîtrise de soi.

— J'ai entendu dire que c'était particulièrement difficile pour les souverains de la Nuit, continue-t-elle. Ça a quelque chose à voir avec leur sang ancestral, qui les rendrait hyper agressifs.

Des m'a dit qu'il descendait soit des dragons, soit des démons. Je suppose que ces deux créatures sont enclines aux sautes d'humeur.

Elle tourne les yeux vers moi.

— J'ai aussi entendu une rumeur selon laquelle un homme aux cheveux blancs enlevait des soldats durant les festivités du Solstice.

Je lâche un grognement.

— Tu ne vas pas t'y mettre aussi.

— Alors tu n'y crois pas ?

— Que mon âme sœur enlève des soldats ? Non, je n'y crois pas.

Et je suis sincère. Des a beau être implacable, il n'est pas un monstre, et n'a rien à voir avec le Voleur d'Âmes.

— La vérité, continué-je en me rapprochant d'Aetherial, c'est que depuis que j'ai posé les yeux sur ton roi, j'étais certaine qu'il était impliqué dans les disparitions.

Aetherial tourne vivement les yeux vers moi.

— Tu es sérieuse ? Pourquoi ?

Je fronce les sourcils.

— Quand j'ai été livrée à Karnon, j'ai vu l'homme qui m'a capturée… et c'était *ton* roi.

— Impossible, affirme-t-elle.

— Pourquoi crois-tu que Des a attaqué ton roi le soir de votre arrivée ?

Aetherial scrute mon visage.

— Tu dis la vérité, murmure-t-elle avant de secouer la tête. Mais c'est impossible. J'ai aussi vu la sincérité chez mon roi. Il n'avait rien à voir avec ces disparitions.

Je hausse une épaule, reportant mon attention sur l'endroit où j'ai vu les souverains faes pour la dernière fois.

Nous sommes en train de nous retourner les uns contre les autres – tout le monde pointe tout le monde du doigt. La vérité, c'est que nous sommes tous dupés par le Voleur d'Âmes, qui qu'il puisse être.

Le Voleur d'Âmes…

Je me tourne vers Aetherial.

— Tu ne connaîtrais pas le dernier endroit où les soldats du Jour disparus durant le Solstice ont été vus, par hasard ?

Elle secoue la tête.

— Ils ont disparu à différents endroits du domaine du palais… principalement juste à l'orée des jardins royaux.

À l'orée des jardins royaux.

Les rapports qu'on m'a donnés corroborent cette information ; ils indiquent que les hommes se sont volatilisés aux abords du domaine du palais.

La seule chose qui se trouve au-delà des jardins, c'est la forêt de chênes sacrés de la reine, qui entoure toute la propriété. Je suis déjà allée dans cette forêt une ou deux fois, mais j'ai surtout rêvé de cet endroit, encore et encore.

Que m'a dit le Négociateur il y a plusieurs semaines ?

Dans l'Autremonde, les rêves ne sont jamais que des rêves. Ils ne sont qu'une autre réalité.

Ma peau se met à bourdonner d'électricité. J'éprouvais cette même sensation quand j'étais détective privée, chaque fois que je me sentais à deux doigts de résoudre une affaire.

— Je dois y aller, lâché-je.

Aetherial me lance un regard perplexe.

— Tu ne viens pas d'arriver ?

— Je reviens vite, assuré-je en balayant sa question de la main.

Le Voleur d'Âmes a profité du Solstice pour chasser, et maintenant, je sais exactement où le trouver.

Chapitre 46

Je traverse la forêt de chênes sacrés de la Reine de la Flore, tout en adressant un regard renfrogné aux soldats qui me suivent.

— Cet endroit n'est pas sûr pour vous.

Si j'avais réfléchi un instant à la présence de la poignée de soldats de la Nuit assignés à ma protection avant de quitter la salle de bal, j'aurais tenté de les semer. Ou j'aurais au moins demandé à n'être accompagnée que de femmes, puisque le Voleur d'Âmes n'essaie pas d'en capturer, ces derniers temps. Des six soldats qui m'entourent, une seule est une femme.

— Le roi nous a ordonné de vous protéger, répond l'un d'eux.

Il m'a déjà donné cette réponse les quelques autres fois où j'ai tenté de les convaincre de partir.

Je reporte mon attention sur la forêt devant moi. Mis à part les quelques gouttes de sang chaud sur ma peau, je n'ai rien trouvé de suspicieux ou de perturbant ici.

Des lumières de fées volettent entre les bosquets d'arbres, projetant une lueur éthérée dans le bois.

— Vous pourriez toujours retourner au bal, suggère l'un des soldats.

Argh. Et rejoindre ces fées lèche-bottes et magouilleuses ? Retrouver Mara, avec ses insultes voilées et ses sourires faux, ou l'Homme Vert et son regard lubrique ?

— Laissez-moi encore quelques minutes.

Rien que de penser aux souverains de la Flore me fait me frotter les bras. Quelque chose cloche chez ces deux-là.

— *Callypso…*

Je m'arrête.

— Vous avez entendu ? demandé-je aux soldats.

Deux d'entre eux hochent la tête, le visage lugubre. L'un me prend par le bras.

— Il est temps de rejoindre le bal, ma dame.

Il a raison, bien sûr, mais j'hésite tout de même. Enfin, il se passe quelque chose d'un brin flippant ici, et je vais devoir filer en sécurité.

Je les laisse quand même m'entraîner vers les jardins, que je distingue à peine au loin.

— *Enchanteresse…*

Mon dos se raidit. Je jette un œil derrière moi pour trouver l'origine de la voix. L'espace d'une fraction de seconde, j'aperçois une crinière de cheveux blond polaire dans la pénombre.

— Des ? murmuré-je avant d'avoir pu m'en empêcher.

Dès que j'ai soufflé son nom, mes gardes hésitent et scrutent les bois à la recherche de leur roi. Mais l'endroit où il se tenait il y a un instant est désormais aussi sombre que le reste.

L'un de mes gardes pousse un cri.

Je me retourne vivement.

— Qu'est-ce qui s'est passé ?

Ils échangent des regards, tous aussi perplexes les uns que les autres. Il nous faut plusieurs secondes avant de réaliser ce qui ne va pas.

Il y a une seconde, j'étais accompagnée de six soldats.

Il n'y en a plus que cinq.

***

— Vite, vite, vite !

Les soldats ne prennent pas la peine de chercher leur collègue. Ils m'attrapent et me poussent vers les jardins.

Ils ne sont pas assez rapides.

Nous avons à peine fait dix pas qu'un tas de vignes tombe de la cime des arbres et se tend vers l'un des soldats.

Tout se passe en moins d'une seconde.

Elles s'enroulent autour de ses bras et ses épaules, puis le soulèvent vers le feuillage au-dessus de nous.

— Oh, *merde*, juré-je.

Je n'avais jamais vu un truc pareil.

Le soldat bat des pieds dans le vide alors que la canopée l'engloutit.

Je déploie mes ailes par réflexe.

Je refuse de perdre un autre soldat.

Avant qu'aucun des autres n'ait pu m'arrêter, je bondis dans les airs. Je bats furieusement des ailes pour me rapprocher du garde. Il est toujours emmêlé dans les vignes, qui plaquent son corps au tronc de l'arbre.

Je me sers de mes griffes pour trancher les plantes. Mais d'autres se reforment aussi vite et s'enroulent autour du soldat.

Qu'est-ce que c'est que ça ?

Je parviens à libérer une de ses mains et, grâce à elle, il arrive à tirer son épée et à couper les vignes.

L'une des branches jaillit, s'enroule autour de son poignet et *serre*. J'entends le craquement des os qui se brisent. Le soldat pousse un cri et son arme retombe inutilement sur le sol de la forêt en contrebas.

J'arrache les plantes pour libérer son poignet brisé. Je sens alors des vignes ramper sur mon propre corps et s'enrouler autour de ma poitrine.

Merde.

Je suis entraînée loin du garde et mon corps est jeté au sol. J'atterris à quatre pattes et, pendant plusieurs secondes, demeure immobile, la respiration courte.

Les quatre soldats restants se rassemblent autour de moi et m'aident à me relever. Déjà, plusieurs d'entre eux ont déployé leurs ailes. Ils s'apprêtaient sans doute à me rejoindre dans la canopée.

Je regarde au-dessus de moi. Sous mes yeux, les vignes engloutissent totalement le soldat, le collant à l'arbre.

Puis, à ma grande horreur, l'arbre s'ouvre en deux autour de la fée avec un bruit de déchirure humide, et commence à l'avaler.

— Bordel de merde.

Je déplie de nouveau mes ailes, mais les soldats restants me retiennent.

— On doit partir ! s'exclame l'un d'eux.

Mais je ne peux détourner les yeux.

Il ne faut que quelques secondes au tronc de l'arbre pour engloutir totalement la fée, puis quelques secondes supplémentaires pour se refermer, en commençant aux pieds du soldat avant de remonter, laissant une fine ligne de sang dans son sillage.

Puis tout est terminé.

Un arbre vient d'avaler un soldat sous mes yeux.

C'est ma faute. J'ai mené ces gardes dans cette forêt sinistre et maintenant, deux hommes sont morts.

Pendant encore plusieurs secondes, je me contente de fusiller du regard la cime des arbres tout en me réprimandant intérieurement pendant qu'on m'emmène hors de la forêt. Puis je me souviens de quelque chose.

Je suis la compagne du Roi de la Nuit. Je ne suis pas une victime, je suis une survivante, une combattante.

Je suis le cauchemar de quelqu'un.

— Lâchez-moi, dis-je d'une voix calme.

Les soldats ne me prêtent aucune attention.

— J'ai dit, *lâchez-moi.*

Cette fois, mes paroles ont l'intonation d'un ordre.

— Ma dame… proteste l'un d'eux.

Ma peau se met à luire.

— Ce n'est pas une manière de traiter la compagne de votre roi. Vous *allez* m'écouter, et vous *allez* suivre mes ordres.

Et c'est ce qu'ils font, cette fois. Leurs mains retombent le long de leurs flancs.

Je me retourne et repars vers l'arbre, mes jupes bruissant autour de mes chevilles.

— Messieurs, lancé-je par-dessus mon épaule. Quittez cet endroit et allez trouver votre roi. Cet endroit n'est pas sûr pour vous.

Cette fois, ils n'obéissent pas à mon ordre. Quelques secondes après que je l'ai prononcé, les quatre soldats restants viennent me flanquer.

— Nous ne partirons pas, dit l'un d'eux.

J'ai envie de me mettre à grogner. Ils doivent pourtant savoir à quel point ce lieu est dangereux pour eux.

Je repousse mes inquiétudes et mes frustrations. Je ne peux me concentrer que sur une chose à la fois.

L'épée du soldat capturé repose à quelques pas de là. Je la récupère et me place en face de l'arbre qui vient de dévorer l'un des hommes de Des.

Ce n'était vraiment pas le jour pour m'énerver.

Je lève la lame comme une batte de base-ball, bien consciente que ce n'est pas comme ça qu'on brandit une épée.

— Il est interdit de couper… commence l'un des soldats dans mon dos.

J'abats mon arme et l'enfonce dans le tronc de l'arbre. Puis, d'un geste vif, je la retire.

— Je ne coupe pas l'arbre, lancé-je par-dessus mon épaule.

BAM.

Je frappe de nouveau le tronc.

— Je sauve l'un de mes gardes.

J'arrache ma hache improvisée de l'écorce, projetant des éclats de bois autour de moi.

— Il y a une différence.

Il n'y a pas vraiment de différence. Mon objectif n'est peut-être pas de couper l'arbre, mais je vais sûrement devoir abattre cette saloperie pour sauver ce soldat.

L'arbre gémit et j'entends ses voisins siffler, recourbant certaines de leurs branches pour tenter de nous frapper.

Je crois bien que je viens de devenir l'ennemie de ces chênes.

Je regarde les gardes par-dessus mon épaule.

— Alors, vous allez rester plantés là, ou m'aider à sauver votre camarade ?

Il ne leur en faut pas plus.

Ce qu'il reste de mes gardes et moi scions le tronc de l'arbre chacun à notre tour, projetant des morceaux d'écorce à chaque coup. Le chêne se met à hurler, un son inhumain qui porte dans tout le bois.

Nous continuons jusqu'à ce que je distingue un morceau de peau.

Le soldat de la nuit est toujours enveloppé dans les vignes, le corps niché au cœur de l'arbre.

Ce n'est pas le genre de truc qu'on voit tous les jours.

Je laisse tomber mon épée et, avec mes gardes, je parviens à tirer le soldat du centre de l'arbre alors qu'il tousse sans discontinuer.

Il halète et retire les maigres racines qui semblent s'être faufilées *sous* sa peau et dans ses veines.

— Merci, dit-il à ses camarades d'une voix essoufflée en leur donnant une tape sur l'épaule.

Il parcourt le groupe des yeux jusqu'à les poser sur moi.

Le garde secouru se lève, époussette la saleté et les morceaux d'écorce sur son corps. Puis il s'agenouille devant moi, me prend la main et la presse contre son front.

— Je vous dois plus que mon allégeance, ma reine. Je vous promets que tant que je vivrai, mon bouclier et mon épée vous protégeront. Je mets ma vie à votre service.

Chapitre 47

Le chêne que nous avons tranché émet de drôles de sons sifflants, et ses voisins se sont tus pour l'instant. Les vignes qui enveloppaient jusqu'alors le soldat s'enroulent au cœur de l'arbre et se flétrissent.

Les gardes, quant à eux, s'occupent de leur camarade et me laissent prendre la mesure de ce qui vient de se passer.

Une voix m'a appelée, j'ai vu quelqu'un qui ressemblait à Des, puis deux soldats ont disparu. Nous avons retrouvé l'un d'eux, l'autre est toujours aux abonnés absents. Cette suite d'événements est affreusement similaire aux histoires qu'on a entendues.

Je me tourne vers les autres arbres autour de nous. Je n'ai jamais été autant écœurée par la couleur verte de ma vie.

Mais le vert n'est pas seulement la couleur de cette forêt. Un sang noir coule de nombreuses branches autour de moi, transformant le bois sacré en lieu macabre, que je m'attendrais plus à trouver sur Memnis, le territoire des Cauchemars.

Une pensée horrible me vient soudain.

Les hommes disparus…

Je me dirige vers l'endroit où j'ai laissé tomber l'épée du soldat. Je la ramasse et me dirige vers un arbre particulièrement ensanglanté, à quelques pas de là. De nouveau, je lève mon arme.

— Ma dame, lance la soldate derrière moi. C'est déjà assez grave d'avoir coupé un arbre pour sauver un soldat. Si nous en tranchons un autre, ce sera vu comme un acte de guerre.

Dommage pour Mara, elle a déjà prêté un serment de paix avec le royaume de Des.

— Je n'en ai rien à foutre de ce que la Reine de la Flore pensera de ça.

Je fais craquer mon cou, puis lève l'épée et l'abats. La lame s'enfonce dans le tronc épais et quelque chose de chaud et d'humide jaillit de la blessure.

L'arbre hurle – un son qui ressemble à un couinement de cochon – quand je l'entaille.

Je retire l'épée de l'écorce. Du sang suinte de l'estafilade.

Des arbres qui saignent. Quel spectacle effroyable.

Personne d'autre n'ose se joindre à moi, même si tous m'observent avec une attention soutenue.

Je frappe encore et encore, ignorant la douleur dans mon bras. Chaque coup entaille un peu plus l'écorce et projette des éclats de bois et des gouttes de sang. L'arbre continue à hurler alors que son feuillage frémit.

Je suis couverte de sang. J'en ai dans les cheveux et sur le visage, et cela me rappelle cette nuit fatidique, il y a de nombreuses années, quand j'ai tenu tête à mon beau-père… et quand je l'ai regardé mourir.

Lentement, mais sûrement, l'écorce durcie du chêne laisse place à un cœur plus doux. Je commence à me servir de mes griffes pour l'arracher, ignorant avec soin le sang qui recouvre désormais mes mains. J'arrache un dernier morceau et découvre exactement ce que je craignais.

Au cœur de l'arbre, couvert de sang et d'une toile de racines, il y a un homme endormi.

C'est terrifiant de regarder le visage de cet homme, disparu depuis Dieu sait combien de temps, les bras croisés sur son torse comme si quelqu'un l'avait disposé ainsi.

Contrairement au soldat de la Nuit que nous venons de retrouver, cet homme semble être ici depuis très longtemps. Les vignes enroulées autour de lui ont fusionné et ses longs cheveux sont collés à sa peau.

Quelle qu'ait pu être la couleur d'origine de son uniforme, il est désormais écarlate et imprégné de sang. Mais je n'ai pas besoin de connaître la couleur de son uniforme pour deviner à quel royaume il appartient. Ses cornes incurvées de bouquetin indiquent qu'il s'agit d'un soldat de la Faune.

— Vous avez organisé une fête de coupage d'arbres et je n'ai pas été invité ? lance une voix familière dans mon dos.

Je me retourne.

Des est appuyé à un chêne non loin de là, et m'observe de ses yeux qui voient tout, ses cheveux blancs voletant sous la brise.

Il a les bras croisés, ses biceps ont l'air énormes et ses tatouages particulièrement menaçants. Je dois me remémorer que les trois bracelets de bronze autour de son autre bras servent à prouver sa valeur, parce qu'à cet instant, même vêtu de sa tenue de fae, il ressemble juste au Négociateur, l'homme qui passe des marchés à des fins lucratives et brise les os de ceux qui me font affront.

— Si ma compagne compte enfreindre la loi, elle pourrait *au moins* m'inviter à participer, remarque-t-il en s'écartant de l'arbre.

Mais l'expression de son visage change quelques secondes plus tard, quand il découvre la scène.

— Qu'est-ce qui s'est passé ? demande Des, tout amusement envolé de son visage.

J'essuie mes mains ensanglantées sur ma robe.

— Je crois que j'ai retrouvé les soldats disparus.

Chapitre 48

Des disparaît, avant de se matérialiser à côté de moi une seconde plus tard. Il étudie l'homme endormi dans l'arbre.

— *Mara*, murmure-t-il.

Mara, la vaniteuse Reine de la Flore, cache des hommes dans sa forêt de chênes sacrés, l'un des endroits où abattre un arbre est interdit.

Pas étonnant qu'on n'ait pas retrouvé les soldats – ils étaient cachés dans le seul endroit que personne ne pouvait perturber. Seule une étrangère comme moi aurait pu être assez ignorante et culottée pour profaner ce bosquet.

Je sens le souffle de la magie de Des une seconde avant qu'elle heurte les vignes. L'arbre hurle alors qu'il noircit et se décompose. Les vignes qui retenaient l'homme se flétrissent.

Le Négociateur fait un geste de la main et sa magie décroche le soldat endormi de l'arbre. Les vignes grognent et fouettent l'air au moment où l'homme est libéré.

Son corps est couvert de sang, comme le serait un nouveau-né, tandis que la magie de Des le dépose sur l'herbe. Et d'une certaine façon, il s'agit bien d'une sombre renaissance.

— Les arbres qui saignent, dis-je à Des.

Chacun doit abriter un soldat disparu, son corps blotti à l'intérieur comme dans un cocon.

Le Négociateur hoche la tête.

— Je sais, chérubin, répond-il, et son regard croise le mien.

Les plantes ne sont pas en train de pourrir à cause d'une maladie… elles servent de cercueils.

Des se penche au-dessus du soldat endormi et l'examine de la tête aux pieds.

— Il est dans le même état que les femmes, remarque-t-il, un muscle se crispant sur sa mâchoire.

Les arbres se mettent à bruisser et à frémir alors que le vent commence à souffler. Il soulève et secoue mes cheveux.

— Mara arrive, annonce Des d'une voix sinistre.

Ma peau se glace. Pendant tout ce temps, la Reine de la Flore était la responsable des disparitions d'hommes.

Le vent forcit encore et commence à arracher les feuilles des branches.

Je sens son approche plus que je ne l'entends, sa magie épaississant l'air d'odeurs de pin et de chèvrefeuille.

Quand je la vois enfin, sa robe fouette l'air derrière elle et ses cheveux roux tourbillonnent autour de sa tête comme une couronne flamboyante. Dans son dos, un régiment de gardes la suit, le visage grave.

— *Qui a assassiné l'un de mes arbres ?*

Assassiné… comme s'il s'agissait d'un homme et non d'une plante. Ça l'est peut-être pour elle. Elle tient peut-être bien plus à ces arbres qu'aux hommes qui dorment à l'intérieur.

Je me redresse quand elle rejoint notre groupe.

Les yeux de Mara se posent sur l'arbre que je viens de détruire et son gémissement bas est emporté par le vent, s'élevant de plus en plus haut jusqu'à se transformer en cri.

— Mon chêne sacré !

L'espace d'un instant, nous sommes oubliés. Elle se précipite vers l'arbre et tombe à genoux devant lui, avant de poser la main sur son tronc ensanglanté.

Ce n'est sûrement pas le bon moment pour lui faire remarquer qu'on n'en a pas abattu un, mais deux.

Elle n'accorde pas un seul regard au soldat endormi étendu près d'elle.

— Je n'aurais jamais cru que c'était toi, gronde Des d'une voix basse, pleine de menaces.

Il déploie ses ailes et ses griffes blanches comme des os scintillent dans la pénombre. Les ombres se rassemblent autour de lui.

Mara garde la tête baissée.

— Tu es entré dans le palais du Roi de la Faune et tu l'as profané. Je t'ai invité dans mon royaume et tu as osé refaire la même chose. D'abord avec mon harem, et maintenant avec ma forêt sacrée.

Autour de nous, j'entends des racines et des vignes se mettre à craquer et à remuer.

— Tu croyais qu'une promesse de paix entre nos royaumes te garantirait l'immunité.

Ses cheveux commencent à voleter autour d'elle alors que son pouvoir s'élève, le parfum floral se teintant d'une odeur de pourriture écœurante.

— Tu t'es… *trompé.*

Mara hurle et une centaine de racines et de vignes jaillissent vers nous. Des vient se placer devant moi et des ombres se propulsent hors de lui, étouffant les lumières de fées et bloquant à la vue les cieux au-dessus de nos têtes. Les racines se flétrissent et meurent après n'avoir fait que caresser ma peau.

Tout n'est plus que ténèbres huileuses. Je ne distingue plus le haut du bas, la gauche de la droite. Il n'y a plus de sol, plus de forêt, plus de soldats, plus de ciel. Rien d'autre que la nuit primordiale.

Depuis les ténèbres, j'entends Des émettre un petit rire.

— Oh, Mara.

L'air s'emplit de pouvoir et la reine fae hurle.

Boum !

La terre tremble et Mara relâche une autre vague de sa magie.

— C'est le mieux que tu puisses faire ? la provoque Des un instant plus tard.

Je ne comprends pas ce qu'il se passe. Je ne peux que supposer que les deux souverains sont en train de se battre.

La magie enfle de nouveau dans l'air… encore et encore.

— *Callypso…*

Mes cheveux se hérissent sur ma nuque. La voix de Des m'appelle depuis une direction totalement différente de celle où je croyais qu'il était.

— *Enchanteresse…*

Je me retourne au son de sa voix.

Du néant qui m'entoure, une silhouette apparaît au loin. Des m'observe, sans se rapprocher.

Et pourtant, je pourrais jurer le sentir encore en plein combat avec la Reine de la Flore, ailleurs parmi les ténèbres.

Il me fait signe de le rejoindre. Voyant que je ne bouge pas, il se retourne et s'enfonce plus loin dans les ombres sombres.

Que se passe-t-il ? Est-ce une illusion ? Est-ce réel ? Que se passera-t-il si je le suis ?

Que se passera-t-il si je ne le fais pas ?

Par réflexe, je me mets à avancer, après avoir jeté un coup d'œil par-dessus mon épaule. Je ne sais pas pourquoi je m'embête. Mis à part Des, il n'y a rien d'autre à voir que les ténèbres infinies. Je comprends maintenant pourquoi l'un des titres de Des est « le Roi du Chaos ». Ce monde de nuit perpétuelle pourrait rendre fou n'importe qui.

Mais lentement, les ombres laissent de nouveau place à la forêt. Ce n'est que lorsque je distingue les lumières de fées au-dessus de ma tête que je regarde derrière moi. Une houle de ténèbres recouvre encore la forêt. Il en émane de faibles cris et grognements.

Quand je fais volte-face, mon compagnon m'attend au loin, entouré de ces chênes sanglants.

— Des ? demandé-je, confuse.

Comment peut-il être à deux endroits à la fois ?

— Comme tu es belle, s'extasie-t-il.

Une nouvelle fois, je sens la chair de poule sur mes bras. Il y a quelque chose… d'anormal dans sa voix. Mais quoi ?

— Callypso Lillis, l'enchanteresse, déclare Des en s'avançant.

— Des, qu'est-ce qui se… ?

Les mots meurent sur ma langue quand il approche.

Ces cheveux, ces yeux… c'est l'image crachée de Des. Mais son visage est un peu plus carré et l'incurvation de sa bouche un peu plus cruelle.

Ce n'est pas Des !

Je fais un pas en arrière.

— J'avais envie de te rencontrer depuis longtemps.

Mon cœur cogne dans ma poitrine et mon regard passe des oreilles pointues de la fée à ses cheveux blancs et à son corps sculpté.

Ce n'est pas Des, mais il lui ressemble.

Le corps de cet homme est un peu plus compact que celui de mon compagnon, sa carrure un peu plus maigre.

Malgré les incongruités, je reconnais l'homme que j'ai vu dans mes rêves.

… *les rêves ne sont jamais que des rêves.*

— Qui êtes-vous ?

Il disparaît, avant de se matérialiser de nouveau derrière moi.

— *Un fantôme.*

***

Je fais volte-face, m'attendant à le voir dans mon dos, mais il n'y a personne. Je fais un tour sur moi-même, mais l'homme qui pourrait être le jumeau maléfique de Des a disparu.

— Le Bâtard d'Arestys s'est donc trouvé une compagne humaine, lance la voix de l'homme quelque part au-dessus de moi. Et moi qui avais pitié de lui.

Le Bâtard d'Arestys… J'ai déjà entendu ça quelque part…

— Mais tu n'as rien d'une humaine ordinaire, continue-t-il. Une humaine avec des ailes et des écailles. Une sirène capable d'envoûter les mortels rien qu'avec sa voix. Même moi, j'aurais pu faire une exception pour une mortelle comme toi.

J'observe la canopée au-dessus de moi, tentant de trouver l'origine de sa voix.

— Comment m'avez-vous attirée ici ? demandé-je.

Comment personne n'a-t-il pu sentir votre présence ? Des règne sur les ténèbres et tout ce qui s'y trouve.

La fée rit.

— Quand ton compagnon apprenait à faire des tours dans les ténèbres, je les maîtrisais déjà.

Je regarde autour de moi et tente de suivre la voix de l'homme. Bon sang, il n'arrête pas de bouger.

— Si le téméraire souverain de la Nuit est ce qu'il est, c'est grâce à moi… mais plus pour longtemps.

La fée réapparaît devant moi, brandissant une arme dans sa main.

— Merde.

Je fais un bond en arrière quand il donne un coup vers ma poitrine. La soie se déchire et sa lame entaille ma robe. Un filet de sang apparaît à cet endroit, s'imbibant dans le tissu effiloché.

La douleur brûlante et l'afflux d'adrénaline suffisent à éveiller ma sirène. Ma peau s'illumine et, *ouiiii*, je sens ma propre férocité grandir.

L'homme recule, me dévorant des yeux.

— Quel dommage de devoir te tuer alors que je pourrais te garder comme animal de compagnie.

Ses paroles sont exactement ce dont j'avais besoin pour lâcher prise.

Je fonce sur lui, sentant pulser en moi le pouvoir sauvage et chaotique avec lequel je suis née.

Les hommes comme lui meurent entre mes mains.

Je frappe. Gauche, droite, mes instincts sont renforcés par mon entraînement.

Il esquive les coups, son regard scintillant comme le fait si souvent celui de Des quand il s'enthousiasme pour quelque chose.

La fée disparaît.

Je me retourne juste au moment où il se matérialise dans mon dos et tente de me porter un coup de couteau.

Oh, Seigneur, non seulement il ressemble à Des, mais il se bat comme lui, se volatilisant et sortant de nulle part à volonté.

Je lève le bras pour parer le coup, puis je lui attrape le poignet et le tords de toutes mes forces.

Il s'évanouit dans l'air, mais pas avant d'avoir lâché son arme.

Je la ramasse alors qu'il se reconstitue dans mon dos. J'esquive son poing de peu, mais ne suis pas assez rapide pour éviter son coup de pied dans le dos.

Je grogne et m'écroule dans l'herbe. Ma dague toujours à la main, je m'efforce de me remettre sur mes pieds, mes ailes encombrantes m'empêchant de rouler sur le côté.

Avant que j'aie eu le temps de me relever, je sens le poing de mon agresseur se refermer sur mes cheveux. Il tire ma tête en arrière. Avec un cri, je me retourne, me tords et donne des coups avec ma lame volée. Elle tranche l'air et entaille le flanc de mon assaillant.

Il siffle, me lâche les cheveux et recule d'un pas.

Je me tourne face à lui, la respiration forte.

Presque hébété, il se touche le flanc. Puis il fixe ses doigts ensanglantés, stupéfait.

Une furie sanguinaire me submerge.

Je me remets debout et déploie mes ailes dans une démonstration de pouvoir.

Le visage de la fée se transforme, prenant une expression plus sinistre.

— Tu m'as coupé.

Je souris à la colère que je perçois dans sa voix.

Je compte bien prendre encore et encore, jusqu'à ce que cette fée ne soit plus qu'un tas d'os et de chair en bouillie.

Tout s'assombrit autour de moi.

— Chérubin, lance Des en apparaissant à mes côtés, entraînant les ténèbres avec lui. Qu'est-ce que tu fais ic… ?

Il s'interrompt quand il aperçoit mon assaillant.

— *Toi.*

Face à nous, la bouche cruelle de la fée s'étire.

— Bonjour, mon fils.

Chapitre 49

Fils ?

Mais le père de Des est censé être…

— Tu es mort par mon épée, Galleghar, réplique Des.

Il dévisage la fée comme s'il était face à un fantôme. En toute logique, *c'est* un fantôme.

Son père – *Galleghar* – incline la tête.

— Tu crois ?

Je regarde successivement les deux hommes. Les similarités entre eux sont troublantes. Pas étonnant que tant de rumeurs aient affirmé que Des était la dernière personne avec qui l'on avait vu les soldats disparus. Son père hantait ces bois.

— *Desmond !* s'écrie Mara quelque part au loin. *Espèce de lâche ! Reviens et termine le combat.*

Elle ressemble à une femme brisée.

Galleghar profite de cette distraction momentanée pour disparaître. Une seconde plus tard, l'air remue derrière moi. C'est le seul avertissement dont je bénéficie.

Les bras de la fée se referment autour de moi. Une seconde plus tard, je suis soulevée du sol et propulsée dans le ciel. Il nous fait bondir dans l'air nocturne.

— Que crois-tu que ton compagnon désire le plus… l'amour ou la vie ? me murmure-t-il à l'oreille, alors que Des s'élance après nous.

Je me débats contre lui. Nous nous élevons de plus en plus haut dans le ciel.

— Et si nous le découvrions ? propose le père de Des.

Il ouvre les bras et je me sens brusquement glisser dans le vide.

J'entends Des hurler alors que je dégringole dans le ciel.

À cet instant, mes ailes ne me sont d'aucune utilité. Je n'ai aucun repère et le bosquet de chênes se rapproche de plus en plus sous moi.

D'un coup, je suis soulevée dans l'air et je me retrouve dans les bras de Des.

— Je te tiens, dit-il.

À peine a-t-il prononcé ces mots que Galleghar apparaît dans le dos du Négociateur, les mains appuyées sur les ailes de Des. Il tire vivement dessus et j'entends les os se briser.

Il a cassé les ailes de mon compagnon !

Des rugit de douleur et de colère, ses énormes ailes se repliant selon un angle anormal. Et son père, son fichu père, rit aux éclats, avant de disparaître aussi vite qu'il est apparu.

Le Négociateur replie ses ailes brisées autour de moi tandis que nous chutons tous les deux, dans un effort pour me protéger alors que c'est lui qui est blessé.

Quelques secondes plus tard, nous heurtons la cime des arbres et Des grogne en encaissant le plus gros de l'impact. Nous dégringolons ensemble de branche en branche jusqu'à toucher enfin le sol.

Je gémis et lève les yeux vers Des. Ses yeux sont voilés de douleur, mais il se relève sans hésiter, m'attirant avec lui.

— Tu t'en vas déjà ? lance Galleghar en apparaissant sur une branche devant nous.

Même si Des est meurtri et brisé, sa fureur est palpable. Mon compagnon, qui arrive toujours à se contenir en temps normal, est en train de perdre ce contrôle de soi qu'il s'est tant exercé à maîtriser.

Les ombres se rassemblent et se déversent dans toute la forêt.

L'homme au-dessus de nous a peut-être engendré mon compagnon, il connaît peut-être quelques tours que Des ignore, mais à cet instant, les ténèbres sont en train de se plier à la volonté du Négociateur, et pas à celle de son père.

Tout le corps du Roi de la Nuit bourdonne de rage accumulée. Je *sens* cette colère surnaturelle bouillonner juste sous sa peau.

— Comment as-tu réussi à échapper à la mort ? gronde-t-il.

Galleghar lance un regard indulgent à son fils.

— En tant que Seigneur des Secrets, tu ne devrais pas avoir à poser cette question.

Il saute de la branche, et pour la première fois, j'ai un bon aperçu des ailes déployées derrière lui.

Elles pourraient être des copies carbone de celles de Des, mis à part que les griffes de Galleghar ont l'air plus grosses, qu'elles ont un peu moins d'envergure et que la peau de ses ailes est d'un noir de suie plutôt qu'argentée. Elles se replient derrière lui quand il touche le sol et commence à s'avancer vers nous.

— J'attendais cette réunion avec tant d'impatience, dit-il. Comme je vais savourer de te tuer.

Il pose les yeux sur moi et continue :

— J'aurai peut-être la clémence de conserver ta compagne pour mon nouveau harem… je la garderai uniquement pour mes actes les plus innommables. Les rois ont des besoins.

OK, ce salopard est mort.

Des me relâche lentement et fait un pas en avant. Les ténèbres se déversent de lui par vagues.

Galleghar disparaît la seconde suivante, avant de réapparaître juste devant Des, le bras levé.

Le Négociateur esquive le coup, puis attrape le col de la chemise de Galleghar et enfonce son poing dans son visage. Les deux hommes disparaissent avant que le coup atteigne sa cible. Ils se matérialisent dans le ciel au-dessus de moi, luttant tout en dégringolant. Puis ils se volatilisent de nouveau, apparaissant et disparaissant encore et encore.

Mon cœur déjà battant me remonte dans la gorge. Mon compagnon est puissant, mais il combat le seul homme qui est peut-être à sa hauteur. Et contrairement à son père, Des a les ailes cassées.

J'entends les deux Léviathans rugir tout en combattant, et le monde tremble sous l'effet des déferlements de pouvoir chaque fois que leur magie entre en collision.

Je ne me suis jamais sentie aussi inutile, la tête levée vers le ciel.

— Il s'en tirera très bien.

Je sursaute quand l'Homme Vert sort des bois sombres, sa peau verte brillant légèrement sous la lueur de la lune.

— Qu'est-ce que vous faites ici ? demandé-je en reculant d'un pas.

Je suis entrée dans cette forêt parce que je cherchais des réponses. Jusqu'ici, je n'ai trouvé que des questions.

Il vient se placer devant moi et tend la main pour caresser ma peau en train de pâlir.

— Vous êtes si singulière, murmure-t-il, alors que ses doigts glissent sur les écailles qui parsèment mes bras.

Il lève les yeux vers les miens et ajoute :

— Je me rends compte que je suis vraiment… *subjugué* par vous.

Je m'écarte de lui avec une petite grimace.

— Où est Mara ? demandé-je en regardant par-dessus son épaule.

Quelque chose cloche dans cette histoire, mais quoi ?

— Elle pleure ses arbres bien-aimés, réplique-t-il sans détourner ses yeux ambrés de moi. Je dois admettre que ça m'a beaucoup émoustillé quand vous avez abattu ces chênes.

Il secoue la tête et continue :

— Cette logique humaine très brute sème vraiment la pagaille, ici.

L'Homme Vert tend de nouveau la main vers moi. Je l'écarte d'une tape. Cela me vaut un sourire malfaisant.

— La seule femme que je ne pouvais avoir, la seule âme que je ne pouvais revendiquer.

Ma peau se glace.

— De quoi vous parlez ?

— Je t'ai manqué, pendant mon absence ? demande-t-il en commençant à tourner autour de moi. J'étais impatient de bavarder avec toi, depuis notre dernière petite rencontre dans le Royaume de la Faune.

Chapitre 50

Je nous ai menés tout droit dans un piège, Des et moi. Un piège que je n'arrive pas à comprendre.

Le père de Des est revenu d'entre les morts et l'Homme Vert affirme avoir des souvenirs qu'il ne devrait pas posséder.

Ce dernier lisse l'avant de sa chemise et observe son corps.

— Ce foutu ivrogne est mort il y a *longtemps*.

Je déglutis et commence à reculer.

— Au plus profond de la forêt, l'Homme Vert a rencontré un étranger venu récolter un fruit très *particulier*.

L'Homme Vert – ou qui que soit vraiment cet homme – rit.

— Ce faible a tenté de m'éliminer, continue-t-il en m'adressant un sourire rusé. Mais je suis difficile à tuer. Il est mort, j'ai survécu, et j'ai finalement pu récolter le plus magnifique des fruits.

Il lève les mains pour indiquer les arbres ensanglantés autour de nous.

C'était *lui*, le responsable des disparitions ?

Je meurs d'envie de m'emparer de mes dagues sous le bord de ma robe. Lentement, je porte les mains à mes jupes. Je commence à faire remonter le vêtement d'un geste lent.

Je dois le distraire.

— Comment avez-vous réussi à cacher tout ça à Mara ? l'interrogé-je.

Pas étonnant que la Reine de la Flore n'éprouve aucun intérêt pour son compagnon. Qui que soit cet homme, il n'a pas l'air d'être le vrai Homme Vert. Ce qui veut dire qu'elle vit avec un imposteur depuis Dieu sait combien de temps.

Il rit.

— Tu parles des arbres qui saignent ? Elle croyait qu'ils étaient en train de pourrir… ce qui est le cas… et voulait le cacher à son royaume. Peu de gens savent que les arbres meurent quand les souverains de la Flore sont trop faibles pour préserver leur royaume. Elle craignait d'être en train de perdre son emprise sur son règne.

Je continue à rassembler le tissu de ma jupe dans ma main.

— Et Karnon ? continué-je. Comment avez-vous infiltré son royaume ?

Les yeux de l'Homme Vert deviennent brillants.

— Ah, Karnon. Ce roi fou et intelligent, ma plus grande conquête à ce jour. Me glisser dans une peau pas encore morte… ça m'a demandé beaucoup d'efforts, et c'est le moins qu'on puisse dire.

Un frisson me parcourt la peau. Comment ai-je pu ne pas remarquer la *fausseté* sourde de cet homme ?

— Mais comme tu as pu le voir, les corps vivants ont leurs inconvénients. Je devais me battre avec son esprit pour prendre le contrôle, et je ne gagnais pas à chaque fois.

La double personnalité de Karnon ! Le roi fou était encore là quand son voleur de corps a pris le dessus.

Mais… *comment ?*

L'Homme Vert continue à parler, inconscient de mes questionnements.

— Cet animal a fait de toi l'une de ses semblables pour te permettre de m'échapper. Il a cherché à mettre fin à cette vie en provoquant le Roi de la Nuit, et quelle meilleure façon d'y parvenir qu'en blessant sa compagne ?

J'ai presque entièrement remonté ma jupe. Je suis si près de mes dagues.

— Qu'est-ce que vous êtes ? demandé-je.

L'espace d'une seconde, son corps se transforme. Des cheveux et des yeux d'un noir d'encre remplacent ceux, plus vifs, de l'Homme Vert.

Sa peau pâlit et ses traits deviennent sinistres.

Ces yeux dont la pupille a envahi tout le blanc, cette bouche boudeuse et ces cheveux tressés. J'ai déjà vu ce visage ! C'est celui de l'homme aux cheveux noirs présent dans mes derniers cauchemars.

— Qu'est-ce qu'un corps, vraiment? déclame-t-il. Quelque chose qui vous entrave, et qui périt.

L'illusion se dissipe et il redevient l'Homme Vert.

— J'ai mille yeux et encore plus d'âmes. Je suis ce qui arrive quand les ténèbres meurent. Regarde-moi, et tu verras la vérité.

Je le regarde. Je ne peux détourner les yeux de lui. C'est l'homme qui a dissimulé des milliers de soldats et violé des milliers d'autres.

Le Voleur d'Âmes.

Chapitre 51

J'attrape l'une de mes dagues d'un geste désespéré. Le métal émet un cliquetis quand je le sors du fourreau à ma cuisse.

Il sourit en la voyant.

— Oh, je t'en prie, Callypso. Ne viens-je pas de te prévenir que me tuer ne servirait à rien ?

— Restez loin de moi, l'avertis-je en levant l'arme.

— Hélas, je ne peux pas. Il s'avère que tu me poses un problème très particulier, ma douce, explique-t-il en se frottant la mâchoire. Une prophétie exige que tu meures pour que j'obtienne ce que je veux, mais si tu meurs, tu deviendras hors de ma portée.

Au-dessus de nous, le ciel tremble alors que mon compagnon affronte son père.

— Qu'est-ce que vous voulez ?

Il sourit de nouveau, une expression qui me déstabilise.

— Tu aimerais bien le savoir. J'ai une devinette pour toi : pourquoi un voleur tel que moi déroberait autant de soldats ?

C'est l'une des nombreuses questions auxquelles je n'ai jamais pu répondre, dans ce mystère.

— Réfléchis-y, enchanteresse.

— Ne m'appelez pas comme ça.

— Tu préfères esclave ? demande-t-il. Personnellement, je pense que tu ne corresponds pas à cette dénomination, mais si c'est ce que tu désires…

— Je ne comprends pas, avoué-je en commençant à reculer. Qu'est-ce que Gallagher a à voir avec tout ça ?

Encore maintenant, j'entends le ciel tonner aux sons de la lutte entre père et fils.

Le Voleur d'Âmes sourit.

— Il existe une vieille prophétesse capable de répondre à cette question… pour un certain prix. D'une manière ou d'une autre, tu finiras par le découvrir.

J'essaie de me réfréner de poser la prochaine question qui s'échappe de mes lèvres. Je sais qu'il est inutile de demander ; aucune réponse ne sera satisfaisante. Mais je le fais quand même.

— Pourquoi est-ce que vous faites ça ?

Une flamme se met à danser dans ses yeux.

— Il est peut-être temps pour toi d'en apprendre plus sur moi, comme j'en ai appris plus sur toi.

Il tend de nouveau la main vers moi et la referme sur ma joue.

Toute la confusion que je ressens, toute la peur et la colère font remonter la sirène des profondeurs.

Alors que ma peau s'illumine, je donne un coup de dague en direction de l'Homme Vert, savourant l'instant où la lame entaille la peau.

Une fée normale aurait tressailli de douleur, mais il ne réagit pas. Il ne prend même pas la peine de déplacer sa main. Il se contente de continuer à parler.

— J'ai un problème, enchanteresse. J'ai beau te trouver exquise, tu échappes à mon contrôle. Mais il existe un moyen de remédier à cela.

D'un geste si vif que je peux à peine le suivre des yeux, il attrape mon bras qui tient la dague et le tord.

Je laisse échapper un cri, à la fois de douleur et de rage. Je lève le pied et enfonce mon talon dans sa poitrine, le repoussant loin de moi.

Il émet un petit rire, et ce son me fait l'effet d'ongles sur un tableau noir.

— Tu as perdu quelque chose ? demande-t-il en levant ma dague.

***

Merde.

Je m'empresse de tendre la main vers ma deuxième lame. Ma robe est déjà ensanglantée et déchirée. Je ressemble à un spectre, un fantôme venu hanter ces maudits bois.

Je referme la main sur la poignée en labradorite de l'arme et la tire.

Des et son père continuent à s'affronter au-dessus de nos têtes, l'air épaissi par leur magie.

Je déplace mon poids tout en faisant passer ma dague d'une main à l'autre. À un moment donné, j'ai fini par me sentir à l'aise avec cette arme.

Le Voleur sourit, puis s'élance sur moi.

Contrairement au père de Des, le Voleur d'Âmes ne peut apparaître et disparaître à volonté. Par contre, il peut puiser dans le pouvoir de l'Homme Vert.

Les chênes commencent à siffler et à trembler, leurs larges corps se penchant pour m'attaquer.

J'esquive et dévie les attaques tout en me protégeant de mon adversaire, le corps bourdonnant d'énergie.

Je pourrais faire ça toute la journée.

Quand j'arrive à portée, je donne un coup vers le Voleur, la dague l'entaillant en travers de la poitrine. Je donne ensuite un coup de griffes et lui érafle la joue.

Son sang est d'une couleur saisissante, sur sa peau vert pâle.

Encore. J'en veux encore.

J'ai envie de le voir saigner. De le voir mourir.

Tout ce liquide sombre me rend frénétique. Je bouge avec une grâce fluide, parant les coups du Voleur avec ma lame, fouettant l'air de ma dague et frappant avec le reste de mon corps.

Il ne me faut que quelques minutes pour recouvrir la fée de son propre sang.

Ça, c'est du pouvoir.

C'était idiot de sa part de m'affronter.

— Vous allez devoir faire un peu plus d'efforts, si vous voulez vraiment me faire du mal, provoqué-je le Voleur.

Il sourit.

— Ça peut s'arranger.

Quelques instants plus tard, Mara entre dans notre clairière, dans un sale état. Les fleurs dans ses cheveux sont fanées, elle a de la terre sur la joue et ses vêtements sont presque aussi tachés et déchirés que les miens.

Il ne lui faut que deux secondes pour examiner la scène. L'Homme Vert – son compagnon – couvert de sang et en plein combat avec la femme humaine qui a abattu ses arbres bien-aimés.

— *Toi*, me lance-t-elle presque dans un sifflement.

Des vignes se précipitent vers moi de tous côtés et j'ai à peine le temps de les trancher avec mes griffes et ma dague que d'autres arrivent déjà vers moi.

Je ne combats plus le Voleur d'Âmes, je me défends des attaques de Mara. Au beau milieu de la mêlée, il s'élance vers moi.

Le Voleur fait glisser sa lame sur ma joue, puis sur mon bras.

— Tu as si soif de sang. Je ne m'en serais *jamais* douté.

Je tente de l'attaquer, mais il esquive sans mal.

— Compagnon, lance Mara au Voleur. Qu'est-ce que tu fais ?

— J'accomplis ta vengeance, répond-il par-dessus son épaule.

Cela semble l'apaiser. Les plantes autour de moi continuent à me clouer sur place, en serrant doucement.

Le Voleur d'Âmes passe sa dague sur mon autre joue, m'entaillant la peau. Je ressens une brève piqûre, puis la sensation chaude du sang qui coule le long de ma mâchoire.

— Le seul problème, c'est que dès que je te ferai vraiment mal, ton compagnon se jettera sur moi, remarque-t-il en tapotant le côté émoussé de la lame sur mon nez. Mais je crois avoir trouvé une solution.

Je pourrais tout aussi bien n'être qu'une mouche prise dans sa toile. Les vignes m'ont complètement immobilisée. Mes bras sont cloués à mes flancs. Je tiens encore ma deuxième lame, mais je ne peux pas bouger assez pour trancher mes liens.

Il se penche tout près de moi.

— Et si je t'expliquais ce que je te réserve, exactement ? En ce moment, ma magie est incompatible avec la tienne, ce qui gâche tout. Mais ce n'est pas une fatalité… pas si tu bois un liquide bien particulier. As-tu entendu parler du vin de lilas, le plus rare des élixirs de fées, qui peut non seulement conférer une plus grande longévité aux mortels, mais aussi soigner les blessés ?

J'étrécis les yeux.

— C'est une sorte de remède, et si tu le bois, tu pourras enfin tomber sous l'emprise de mon pouvoir, et ton âme… ton âme sera à moi.

Quel taré.

— Je pourrais te faire boire le vin sur-le-champ, mais… commence-t-il, l'air bien trop content de lui. J'ai une idée encore meilleure.

Il lève ma lame devant mes yeux et l'inspecte. Il plonge son regard dans le mien.

— Ça risque de faire mal.

D'un geste vif, il enfonce la dague dans mon ventre.

Chapitre 52

J'émets un son étranglé, ma peau se mettant à étinceler encore plus.

Ça fait si mal !

Derrière nous, Mara pousse un hoquet et ses vignes se relâchent.

— Qu'est-ce que tu fais ? demande-t-elle, effarée.

Au lieu de répondre, le Voleur fait remonter la poignée. Mon corps tressaute alors qu'il tranche les vignes, la chair et les organes. Je laisse échapper un cri, auquel mon charme donne une note lyrique.

Au loin, Des rugit, ce son éclipsant tous les autres. En un instant, il nous a rejoints dans la forêt, en sang, brisé et furieux.

Il écarte le Voleur d'Âmes de moi et le jette au sol avec un cri enragé.

Je sens les vignes de Mara me relâcher et tombe à genoux.

Ma vision s'assombrit et je ne saurais dire si c'est l'œuvre du Négociateur ou si je suis simplement à deux doigts de m'évanouir.

Je ne peux pas m'évanouir.

J'ai vaguement conscience que Mara observe la scène et que Gallagher, où qu'il soit, ne s'est pas joint à nous. Mais plus que tout, mon attention est concentrée sur mon compagnon et le Voleur d'Âmes.

Le Négociateur marche sur le mollet du Voleur, et l'os se casse net.

— Je pourrais te scalper vif, ou te retirer les entrailles pour t'obliger à les manger, menace Des tout en cassant l'autre mollet du Voleur. Ou je devrais peut-être commencer par tes dents et tes ongles ?

— Des, je t'en prie, arrête ! s'écrie Mara.

— Il a blessé ma compagne, grogne le Roi de la Nuit. Selon la loi, j'ai droit à une rétribution… et je compte bien l'obtenir !

Il déploie ses ailes brisées. Le Négociateur a l'air d'un Dieu sinistre ; jamais il n'a autant ressemblé à un habitant de l'Autremonde. Et je le vois à peine, à travers ma vision de plus en plus floue.

Je presse l'entaille sur mon ventre, dont un flot de sang se déverse. Je me sens m'affaiblir à chaque souffle que je prends.

Je suis mortellement blessée. Il ne doit me rester que quelques minutes à vivre.

Et c'est si douloureux ! Je ferme les yeux et déglutis pour ravaler ma bile.

Des tourne en cercles autour de la fée, les yeux fixés sur le Voleur. Il lève la main et tout s'assombrit autour de nous.

Je sais ce qui va se passer. La même chose que quand Karnon a affronté mon compagnon.

L'annihilation totale.

— Arrête ! hurle Mara.

Elle le sait aussi. Elle est bien loin de la reine hautaine que j'ai rencontrée il y a une semaine, avec ses vêtements ruinés, son visage hagard et sa fierté en lambeaux.

Je me relève, une main appuyée sur mon ventre. Chaque pas que je fais me provoque une douleur cuisante, mais je me force à avancer, la main serrée autour de la poignée de la dague enfoncée en moi.

Ne pense pas à ça.

Des écarquille les yeux en voyant ce que je m'apprête à faire.

— *Callypso, non…*

J'arrache la lame, hoquetant sous l'effet de la douleur, la nausée et les hurlements qui devraient s'élever de ma bouche. Un torrent de sang jaillit de la blessure, me faisant vaciller sur mes pieds.

Certaines ombres – les ombres de Des – reculent, mais une pénombre différente afflue à la périphérie de ma vision.

La mort.

Mon compagnon me rejoint en un instant, abandonnant ses idées de vengeance par amour. Il presse une main sur mon ventre. Ses doigts se retrouvent maculés de sang en l'espace de quelques secondes.

— Chérubin, qu'est-ce que tu fais ? demande-t-il d'une voix brisée.

Je croise son regard dévasté. Cet homme est en train de regarder tout ce pour quoi il vivait lui glisser entre les doigts.

Même lui, il craint que je meure.

Je le vois tenter de se raccrocher désespérément à sa colère, parce que s'il la laisse lui échapper… il va tomber de très haut, et les abysses qui l'engloutiraient alors seraient épouvantables.

— Lâche-moi, Des, demandé-je d'une voix dure comme l'acier.

Sans un mot, avec réticence, il me lâche.

J'avance en titubant jusqu'à l'endroit où le Voleur est étendu au sol. Il a réussi à se retourner sur le dos. Il baisse les yeux sur ma blessure.

Je m'agenouille à côté de lui.

— Vous avez gâché la vie de milliers de soldats. La leur, ainsi que celle de leurs familles et de leurs amis.

Tous ces soldats sont devenus des victimes, comme moi, le corps enterré au cœur des arbres ou couché dans des coffres en verre.

Il déglutit et un peu de sang coule au coin de ses lèvres.

— Tu ne feras pas…

D'un geste vif, je lève le bras et plonge ma dague dans le cœur du Voleur d'Âmes.

Mara hurle quelque part derrière moi, comme si, de ce simple coup, je l'avais poignardée, elle aussi.

Le Voleur d'Âmes rit alors même que du sang s'écoule de sa blessure.

— Tu ne peux pas me tuer, prétend-il.

Le visage de l'Homme Vert se transforme, provoquant un autre cri de la part de Mara. La reine ne savait même pas que l'homme aux côtés de qui elle dormait n'était pas son mari.

Des cheveux noir corbeau et des yeux d'un noir d'encre remplacent les cheveux vert sapin et les iris ambrés.

— Tu veux connaître un secret? murmure-t-il. Janus avait un frère jumeau, qui est mort. La première fois que tu l'as rencontré, c'était moi que tu avais en face de toi.

J'ai un mouvement de recul. Je ne sais pas si c'est dû à la douleur ou à l'hémorragie, mais je n'arrive pas à comprendre ses paroles.

— Pose-toi une question, dit-il. Est-ce que les morts meurent vraiment?

Je dévisage le monstre qui a déjà gâché tant de vies, avec l'impression que la mienne est en train de s'écouler hors de moi.

Il tend la main vers une mèche de mes cheveux.

— Si singulière… souffle-t-il.

Il me sourit et ajoute :

— C'est notre petit jeu… et fais-moi confiance, enchanteresse, c'est loin d'être terminé.

Un souffle de vent traverse la forêt, soulevant un tourbillon de poussière autour de lui.

— Je compte toujours venir te chercher, me promet-il. Ta vie m'appartient.

Chapitre 53

Le Voleur ferme les yeux et son corps cesse de bouger.

Ce n'est que lorsque la vie l'a quitté que ses traits redeviennent ceux de l'Homme Vert.

Maintenant que le Voleur n'anime plus son corps, le souverain défunt arbore une expression bienveillante, gentille.

Mara me bouscule et se laisse tomber aux côtés de son compagnon mort. Elle pleure pour l'Homme Vert, s'étreignant la poitrine comme si ce deuil lui provoquait une douleur physique.

Je me lève, les jambes tremblantes, une main toujours pressée sur le ventre.

Je sens ma vie m'échapper. Ces horribles ténèbres rampent à la périphérie de ma vision.

Je titube, puis tombe. Des me rattrape avant que j'aie pu toucher le sol.

— C'était le Voleur…

— Chuuut, m'interrompt-il en me déposant au sol avant de retirer sa chemise.

D'un geste efficace, il l'arrache en bandelettes et fabrique un genre de garrot pour ma blessure.

Mais c'est trop tard. Je sais que le Voleur a déchiqueté des organes vitaux quand il m'a poignardée. Le soldat en Des le sait aussi.

J'effleure son visage épuisé par le combat et rive mon regard à ses yeux insondables. Ils me font l'effet d'une balise me gardant sur cette terre. Mais les ombres se referment sur moi…

— Je t'aime, Des.

— Je refuse que tu me quittes, Callie, réplique-t-il d'un ton farouche.

Je laisse retomber ma main de son visage et me sens m'enfoncer dans ces ténèbres

éternelles.

Chapitre 54

Desmond Flynn

Elle ne mourra pas.

Elle ne peut pas.

Elle le fera peut-être.

Comme ma mère.

C'est ce qui arrive toujours aux femmes braves. Aux femmes fortes. Si vous en valez la peine, elles saigneront pour vous.

Elles mourront pour vous.

Je me sens déglutir.

S'il vous plaît, pas encore. Plus jamais.

Et pas *elle*. Ma compagne.

La vie était déjà assez morne sans ma mère. Mais avec Callie, avec Callie tout a changé. La vie était mille fois plus douce que je ne l'aurais jamais imaginé.

Si elle meurt… je n'y survivrai pas.

Je caresse sa peau froide et moite, dans un effort désespéré pour faire revenir un peu de vie en elle. Elle a les yeux fixés sur moi, et l'expression de son visage me renvoie une vérité trop brutale.

Elle sait ce qui est en train de lui arriver.

Je sens mon cœur se briser. J'ai tellement mal que je n'arrive presque plus à respirer. C'est tellement pire que mes blessures.

Je n'aurais jamais cru que ça se terminerait comme ça. Mais tout ce que représente Callie, tout ce qui fait son essence, est en train de s'évanouir.

Je fais courir ma main sur son bracelet.

Son bracelet ! Tant qu'elle est en vie, elle est liée à ses serments.

Je n'ai aucun scrupule à les exploiter.

— Tu ne mourras *pas*, lui ordonné-je.

La magie se déverse de moi et une perle commence à s'estomper… puis une autre, et une autre. Elle prend une inspiration saccadée.

Et par les Dieux, ça *fonctionne*.

Plusieurs rangées successives de perles disparaissent.

Prenez-les toutes, mais ramenez-la-moi.

Les perles commencent à disparaître de plus en plus lentement jusqu'à ce que, finalement, elles arrêtent.

Il ne reste qu'un peu plus d'une rangée.

Sa respiration est toujours aussi creuse et sa blessure continue de saigner.

Je ne suis pas guérisseur, mais si la magie a pris, quelque chose a dû s'améliorer.

Mais ce n'est pas le cas.

C'est alors que, avec un bruit sifflant, l'effet s'inverse.

La magie afflue de nouveau dans mon corps, me faisant basculer en arrière, et les perles se reforment une par une.

Noooon !

Je n'ai pas pu aller au bout du sort.

C'est au-delà de mon contrôle.

Callie écarquille les yeux, comme si elle avait senti l'équilibre s'inverser, elle aussi.

Je prends son corps dans mes bras et la berce, la tête penchée sur elle.

Je ne me suis jamais effondré devant Callie. Pas même quand elle s'est retrouvée à la merci de Karnon. Mais c'est ce que je commence à faire à cet instant.

Parce que c'est vraiment en train d'arriver.

— Jusqu'à ce que les ténèbres meurent, mon amour, dit-elle d'une voix faible.

— Non, répliqué-je en secouant la tête. Non, même après ça.

Même si la nuit prend fin, elle sera toujours à moi.

Toujours.

Ses yeux se ferment.

— Non, répété-je avec plus d'insistance.

Je lève les yeux et regarde aveuglément autour de moi. C'est l'instant que je redoutais depuis le jour où j'ai rencontré ma compagne. Celui où je la perds.

Je préférerais encore commettre un acte impardonnable pour la garder en vie plutôt que de la laisser dériver doucement vers la mort.

Un acte impardonnable…

— Mara, où est le vin ? Le… le vin de lilas ?

La reine de la Flore lève les yeux de son compagnon mort, le regard terne.

— Dans le cellier royal, marmonne-t-elle, comme en transe.

Puis elle reporte son attention sur l'Homme Vert.

Le cellier royal. J'y suis déjà allé plusieurs fois, au fil des siècles.

Il ne me faut qu'un instant pour quitter Callie et me matérialiser là-bas, puis plusieurs précieuses secondes pour localiser les bouteilles en verre remplies du liquide violet bien reconnaissable.

J'en prends une et disparais, retournant aux côtés de ma compagne.

D'un geste vif, j'arrache le goulot étroit de la bouteille. L'odeur reconnaissable du vin dérive déjà faiblement jusqu'à mes narines.

J'ai promis à ma compagne que je la protégerais de cette facette de moi-même, celle qui est égoïste et immorale.

J'ai menti.

Le truc, c'est que je suis à la fois une fée et le fils d'un roi tyrannique ; je suis sans aucun doute un descendant des démons. J'ai le mal dans le sang.

Pour une fois, je vais céder aux pensées dépravées qui m'habitent s'agissant de ma compagne.

Le visage de Callie est cendreux, sa peau déjà froide. Son pouls est faible et vacillant.

Je vais lui prendre sa mortalité, comme je me suis si souvent imaginé le faire.

Je porte la bouteille à ses lèvres et incline le vin de lilas vers sa bouche inerte. J'utilise un peu de ma magie pour forcer sa gorge à l'avaler.

Je verse tout, jusqu'à la dernière goutte, et ma main ne tremble pas une fois.

Puis j'attends.

Je caresse ses cheveux, puis ses ailes irisées.

Je n'aurais jamais dû l'amener ici. Je n'aurais jamais dû raviver ce que nous avions. Je n'aurais jamais dû revenir dans sa vie.

C'est une douleur bien particulière de savoir que votre âme sœur serait encore en vie, sans vous. De l'aimer assez pour avoir envie qu'elle bénéficie de cette vie, même si cela voudrait dire effacer tout ce que vous avez eu ensemble. Parce qu'alors, au moins, elle serait encore de ce monde.

Un mouvement attire mon attention sur son poignet. Là où une minute plus tôt, mes perles noires étaient réapparues, elles disparaissent de nouveau une rangée après l'autre.

Seule la mort ou le remboursement peut clore un marché. La mort ou le remboursement.

La mort.

La peur – une vraie peur à étreindre le cœur et à faire transpirer – se déverse en moi.

Elle va vraiment me quitter.

Un gouffre s'ouvre en moi avant de se remplir de toute la douleur, la peur et les souffrances que j'ai endurées pendant tous ces longs siècles.

Je laisse échapper un cri étranglé et fais courir ma main le long du visage de Callie, sa peau humide là où le vin de lilas s'est renversé.

Ma peau commence à me démanger au niveau de la poitrine. Ma magie se rassemble à cet endroit et la pression s'accroît jusqu'à ce que cela en devienne presque douloureux.

Puis, sans crier gare, elle jaillit hors de moi. J'émets un grognement et arque le dos à cette sensation.

Puis… puis je sens mon pouvoir *fusionner*. Avec celui d'un autre.

Penché au-dessus du corps de Callie, je prends plusieurs inspirations saccadées.

Je scrute les traits de son visage. J'ai côtoyé assez souvent la magie archaïque pour reconnaître quand elle est à l'œuvre… comme à cet instant.

Quelques secondes plus tard, la poitrine de Callie se soulève, puis retombe, se soulève, puis retombe.

Ça a marché.

Par les Dieux, *ça a marché.*

***

Callie est en vie.

Son corps s'arque en avant, ses poumons inspirent et expirent plusieurs fois. Sa blessure se referme sous mes yeux.

Je regarde vers les cieux au-dessus de moi et aboie un rire, un son fou et sauvage. La nuit, dans tout son chaos infini, évolue autour et à travers moi.

Elle est en vie et elle est *mienne*. Vraiment, entièrement mienne.

Je me frotte le torse, à l'endroit où mon cœur étreint notre connexion *complète*.

Mes ailes brisées s'étirent de triomphe, et dans mon allégresse, je ne remarque même pas la douleur.

Elle n'est plus mortelle, plus maintenant ; elle est *éternelle*.

Sa magie et la mienne chantent en chœur à travers notre lien.

Rien – *rien* – n'a jamais été aussi bon.

J'ai fait en sorte qu'elle devienne l'une d'entre nous. Non, elle ne sera jamais une fée au sens strict du terme – ses oreilles arrondies en sont la preuve –, mais elle est aussi immortelle que nous, aussi forte que nous, et sa magie est désormais compatible avec la mienne.

Je baisse les yeux sur le poignet à présent nu de Callie, les perles ayant toutes été utilisées.

Seule la mort ou le remboursement peut clore un marché. La mort *ou* le remboursement. Ma demande que Callie survive, le vin de lilas que j'ai versé moi-même dans sa bouche – elle a rempli sa part du marché.

— Tu lui as donné le vin, murmure Mara depuis l'endroit où elle est recroquevillée.

Je hoche la tête sans prendre la peine de détourner les yeux de ma compagne.

— Des regrets ? demande-t-elle.

— Je recommencerai un million de fois.

Les torts peuvent être pardonnés. Il n'y a que de la mort dont on ne revient jamais.

Les derniers mots de Mara s'attardent dans l'air entre nous…

— Espérons qu'elle pense la même chose.

Chapitre 55

J'ouvre les yeux et regarde ce qui m'entoure en clignant des paupières. Je suis dans la suite où Des et moi avons vécu durant tout le Solstice.

Je suis… vivante.

Étrange. Je croyais… je croyais être morte.

Mais je ne me sens pas morte. Je n'ai même pas l'impression de m'être fait rouler dessus par un camion, comme c'est en général le cas après s'être fait tabasser encore et encore.

Je porte une main à mon ventre. Le Voleur d'Âmes, la dague dans le ventre… n'ai-je fait que rêver tout cela ?

Je repousse les vêtements qui me couvrent d'un geste vif. Là, au bas de mon abdomen, il y a une fine cicatrice blanche.

Ce n'était pas un rêve, finalement.

Je m'assieds sur le lit.

Comment ai-je pu survivre à une telle blessure ?

Je ne me sens pas vraiment différente, tout bien considéré. Mis à part que…

Je porte une main à mon cœur. J'émets un hoquet en sentant un tiraillement qui n'a rien à voir avec ses battements.

Les liens entre âmes sœurs sont en général décrits comme des cordes attachant les deux personnes ensemble. Je comprends, maintenant. Je sens ce lien sous ma cage thoracique, qui se déploie dans le monde pour me connecter à Des.

Ce n'est qu'à ce moment-là que je remarque la troisième bizarrerie de la journée…

Je dormais sur le dos.

Je tends la main pour effleurer mes ailes, mais elles ont disparu.

Qu'est-ce que ça veut dire ?

Où sont-elles passées ?

Je baisse la tête sur mes avant-bras et mes ongles. Tous deux sont parfaitement humains.

Frénétiquement, je cherche à faire réapparaître mes écailles à la force de ma volonté. À ma grande surprise, je sens ma connexion s'étirer. Un instant plus tard, la peau de mes avant-bras prend une teinte dorée alors que des centaines d'écailles miroitantes prennent forme.

Ça n'aurait jamais dû arriver.

Je leur demande de disparaître et, avec un nouveau tiraillement sur le lien que je partage avec Des, elles s'évanouissent, ma peau revenant à la normale.

C'est la magie de Des. Je la sens pulser en moi.

Il a réussi à me sauver je ne sais comment, et au passage, notre magie s'est unie – notre *lien*. C'est en tout cas la meilleure théorie dont je dispose à cet instant.

Pour la tester, je lève le bras et tente d'utiliser ma magie empruntée pour faire léviter le vase de fleurs à côté de notre lit. À part vibrer un peu, il ne bouge pas.

OK, je me trompe peut-être.

— Mon petit chérubin rusé n'est même pas encore sorti du lit qu'il tente déjà d'exploiter son côté du lien.

Le propriétaire de la voix apparaît sur le seuil de notre chambre, adossé à la porte. Il porte un T-shirt Def Leppard, un pantalon en cuir et ses bottes de gros dur, ses cheveux blond polaire noués dans une queue-de-cheval de petite fille.

Ma tenue préférée.

Quand je le vois, l'excitation s'épanouit dans tout mon corps.

— Des… nous sommes *liés*.

Un sourire s'étire en travers de son visage.

— Oui.

J'effleure mon abdomen.

— Et tu m'as soignée.

Tout, chez moi, bourdonne de vie. Je me sens comme neuve, et puissante de la plus exquise des manières.

— Comment tu as fait ?

Temper ? M'a-t-elle soignée, réparant notre lien au passage ? Je n'aurais jamais cru qu'elle était capable d'une chose pareille.

— J'ai mes méthodes.

Des s'écarte du mur et vient se placer à mes côtés. Je lui effleure le visage et il appuie sa joue contre ma main, fermant les yeux pour savourer la sensation.

— Qu'est-ce qui s'est passé ?

— Pendant que je combattais mon père, tu as affronté l'Homme Vert.

— Le Voleur d'Âmes… murmuré-je.

Encore maintenant, rien que de penser à lui me donne des frissons.

Il est toujours dans la nature.

Et le père de Des…

— Mais je croyais que ton père…

— … était mort ? termine-t-il pour moi en prenant un air sombre. Moi aussi.

L'expression de Des se fait distante.

— Où est-il ? demandé-je.

— En train de lécher ses nombreuses blessures, je suppose, répond le Négociateur.

Quoi qu'il ait pu se passer entre le père et le fils, il est clair que Des a remporté cette manche. Et il est tout aussi clair que la victoire ne lui a apporté aucune satisfaction.

— Où qu'il soit, reprend-il en crispant la mâchoire, une chose est sûre : il est de mèche avec le Voleur d'Âmes.

Rien que d'entendre le nom du Voleur me fait reporter mon attention sur ma situation immédiate.

La blessure au couteau dans les tripes. Toute cette chair que le Voleur a déchiquetée quand il a fait remonter sa lame le long de mon ventre. Le froid qui s'est infiltré en moi quand mon sang s'est déversé de mon corps…

Je me souviens de Des exigeant que je vive. Je sens encore les doigts fantômes de sa magie tenter de me tenir à l'écart de la mort.

Mais ça n'a pas marché. Je me souviens de ça. Je l'ai senti quand sa magie m'a relâchée.

Et pourtant je suis là, *en vie.*

Je pose les yeux sur mon bracelet. Je ne vois que mon avant-bras nu.

Je l'ai porté pendant huit ans, et maintenant il a disparu.

Je fais courir ma main sur mon poignet.

— Où est-il ?

— Tu as fini de repayer ce que tu me devais hier soir, indique-t-il.

En restant en vie.

— Mais ça n'a pas marché.

— J'ai trouvé une… alternative, dit-il d'un ton presque défiant.

Je me frotte le bras, un frisson d'inquiétude rampant le long de mon dos.

— Quelle alternative ?

Son regard argenté scrute le mien.

As-tu entendu parler du vin de lilas, le plus rare des élixirs de fées, qui peut non seulement conférer une plus grande longévité aux mortels, mais aussi soigner les blessés ?

Les paroles du Voleur d'Âmes résonnent dans ma tête.

— C'était la seule solution, affirme Des.

Je secoue déjà la tête, une vague d'effroi me submergeant.

— *Non*, murmuré-je.

C'est une sorte de remède, et si tu le bois… ton âme sera à moi.

— Je t'ai donné du vin de lilas.

Le Négociateur d'habitude dénué de remords m'implore de comprendre du regard.

— Je ne pouvais pas te laisser mourir.

Est-ce que les morts meurent vraiment ?

C'était un piège. Tendu par le Voleur d'Âmes, et Des, le maître de la tromperie, est tombé en plein dedans.

J'ai bu le vin et échappé à la mort… mais cela a un prix.

C'est notre petit jeu… et fais-moi confiance, enchanteresse, c'est loin d'être terminé.

Toute la magie noire que manipule le Voleur peut désormais être utilisée contre moi. Je suis plus vulnérable en tant qu'immortelle que je ne l'ai jamais été quand j'étais une humaine ordinaire.

Et le Voleur d'Âmes le sait.

Je compte toujours venir te chercher. Ta vie m'appartient.

Épilogue

Au cœur de la forêt de chênes sacrés de la reine, les arbres royaux saignent, pourrissant de l'intérieur. Le bruit des coups de hache et des hurlements inhumains des chênes emplit l'air. Les arbres sont abattus un par un, et les corps des hommes endormis en sont arrachés.

Un par un, tous les grands royaumes faes quittent le domaine du palais de la Flore, rentrant du Solstice en emmenant leurs camarades endormis.

Tout le monde arbore un air grave, solennel.

Des jours sombres se profilent.

Dans tout l'Autremonde, des enfants étranges et mortels attendent, leurs yeux vitreux fixés sur un point invisible au loin.

Un océan de cercueils en verre repose dans quatre royaumes séparés. Les femmes à l'intérieur sont immobiles, le corps enveloppé dans leur uniforme, leur épée couchée sur la poitrine. Même si des mois et des années ont passé, leur peau est toujours aussi douce que le jour où elles ont fermé les yeux.

Elles dorment pendant que le temps s'écoule, et elles attendent, attendent…

Ça approche.

Quelque chose approche.

Les doigts s'agitent. Les muscles tressaillent.

Pas mortes, mais pas vivantes non plus… pas *encore.*

Les chênes sacrés grognent, leurs branches ondulant alors qu'un faisceau de vignes se retire de leurs membranes internes.

Une fissure apparaît le long de l'un des cercueils de verre, formant une toile d'araignée sur la surface transparente. Du bois craque au centre d'un chêne. Un enfant maléfique sourit.

Puis, à l'unisson, des milliers et des milliers d'yeux s'ouvrent.

L'heure est venue.

Imprimé en France
FRHW011736200622
31184FR00003B/13